D1696138

Mariella Mehr

ZEUS ODER DER ZWILLINGSTON

Für Margherita B.

Mariella Mehr

ZEUS
ODER
DER ZWILLINGSTON

Roman

herausgegeben von Ruth Mayer

EDITION R♀F, Zürich

Mit Ausnahme von Professor Jean Rodolphe von Salis und Hans Erni sind sämtliche Namen und Gestalten in diesem Buch frei erfunden, Ähnlichkeiten mit lebenden Personen also zufällig.

Lektorat:	Ruth Mayer
Umschlagbild:	"Die alte Schlange Natur", 1970, von Meret Oppenheim. Das Objekt befindet sich im Besitz des Musée national d'art moderne, Centre Georges Pompidou, Paris; Copyright bei der Erbengemeinschaft Meret Oppenheim
Umschlaggestaltung:	Esther Freitag, Zürich
Satz:	H.U.Ellenberger
Druck:	Niedermann Druck AG, St.Gallen

ISBN 3-9520576-0-6

Printed in Switzerland

Die Autorin dankt folgenden Institutionen für die Förderung ihrer Arbeit:
Migros-Genossenschafts-Bund, Zürich
Pro Helvetia
Stadt und Kanton Bern
Jubiläumsstiftung der Schweiz. Bankgesellschaft, Zürich

Die Herausgeberin dankt folgenden Institutionen für Druckkostenbeiträge:
Dr. Adolf Streuli-Stiftung
Migros-Genossenschafts-Bund, Zürich
Stadt und Kanton Bern

Wir danken folgenden Personen für ihre (auch materielle) Unterstützung und/oder ihre freundschaftliche Begleitung:

Anna Mengia von Albertini
Margrit Brunner
Hilde und Ernst Feldmann-Schmidli
Nell Gattiker
Marlies Graf Dätwyler
Peter Graf (Bern)
Renate Gyalog
Rana Krey
Fredi Lerch
Margrit Mattli
Thomas Mayer
Barbara Saladin
Myriam Salzmann
Edith Schlicht
Bettina Truninger und Raffael Ullmann
Lotta Waldvogel

sowie allen ungenannt bleiben wollenden Sympathisantinnen und Sympathisanten.

I.

Der Kommunikationsbedarf ergab sich für Doktor Bonifazius Wasserfallen aus der Existenz der Heil- und Pflegeanstalt insofern, als der vor ihm aufgebaute Gast ihr freiwilligster Gefangener war. Es geht nicht an, murrte Wasserfallen und riss ärgerlich die Augen auf, auch so einer wie Sie dürfte sich bei Gelegenheit zu entscheiden haben. Er nannte ihn Schlaumeier und Witzbold. Als ob derartige Tatsachen wie Zweierleis ruhig vorgetragene Erklärung, zweierlei zu sein oder zumindest gehälftet leben zu müssen, ihm selbst ein Lachen abringen könnten. Ihm, den Doktor Wasserfallen Schlaumeier nannte und Witzbold. Eine ziemlich respektlose, für ihn nicht eben schmeichelhafte Anbiederei.

Es herrschten hier, das konnte Zweierlei bereits feststellen, seltsame Bräuche. Zwei Tage waren verstrichen, seit er auf Pegasus das zweite Fenster der Südfront im dritten Stock der Krankenanstalt passierte, auf einer steinernen Amphore mit atypischer Öffnung landete, die sich später als Abtritt entpuppte, und den Ort schleunigst verliess. Der eigenen Unsterblichkeit überdrüssig, wollte er sich ihrer doch in erfreulicherer Umgebung entledigen, aber da fand sich an Erfreulichem vorerst wirklich nichts. Wärter begegneten ihm, einige rempelten ihn auch an, aber niemand schien von seinem Überdruss, ja kaum von seiner Existenz Notiz zu nehmen, bis er dann nach langem Umherirren vor Wasserfallen zu stehen kam. Das Problem wird zu lösen sein, sagte er sich. Zweierlei zu sein, wem läge solche Erfahrung näher als ihm, es war schliesslich kein Zeitvertreib. Es diene der Weltgeschichte, der hiesigen, gab er Doktor Wasserfallen zu verstehen.

Von Weltgeschichte allerdings wollte Doktor Wasserfallen nichts wissen, das Thema war ihm zu weit gefasst. Er fragte den mysteriösen Reiter nach dem werten Namen. Aber so weit, dachte dieser ohne Gewissensbisse, sind wir noch nicht, dass wir hier mit Namen um uns schletzen, wenn doch noch nicht einmal aktenkundig war, dass er zweierlei war, und so hiess er ja auch bereits für einige, die fremde Namen fürchten, Zweierlei. In der hiesigen Weltgeschichte liess so mancher zweierlei zurück - und nicht nur Namen. So weit hatte er sich noch nicht verstiegen, dass er sich schon beim ersten Anbiedern verriet.

Nach einem mehr oder weniger nutzlosen Wortgeplänkel schliesslich liess der Doktor wissen, dass er es nun an der Zeit fände, ihm einige sich zu merkende Grundsätzlichkeiten mit auf den Weg zu geben, wenngleich mit Weg nur die Korridore gemeint waren, die durch diese Irrenanstalt führten. An sonstigen Wegen war nicht viel zu begehen, abgesehen vom Gang in die Landwirtschaftsgebäude nebenan, wo die Knechte hausten und das Vieh. Einer wie Zweierlei, der keine Milch trank und auch sonst von gesunder Kost wenig oder nichts hielt, hatte dort nichts zu suchen. Eine hohe, stabil und trutzig aussehende Mauer umschloss die Gebäude. Was ausserhalb dieser Mauern zu begehen war, entzog sich vorerst Zweierleis Kenntnis. Immerhin hatte das Pferd die Mauer bewältigt, trotz der unüblichen Höhe auch für schützenswerte Güter, und Zweierlei nahm an, dass es von dannen geflogen war, einem weitern Auftrag entgegen. Wenn auch von Himmelshänden geschaffen, heruntergekommen, wie er, Zweierlei, war, konnte er keine absolute Einmaligkeit für sich beanspruchen. Diese Zeiten waren vorbei.

Während Doktor Wasserfallen Essenszeiten, Tischordnung und Lichterlöschen erläuterte, als handle es sich um das Kredo eines Irren, dachte Zweierlei etwas melancholisch an seinen geflügelten Gefährten. Da biss ihn plötzlich eine von ihm bis jetzt nicht bemerkte Patientin in die Wade, dass es schmerzte und er vor Schreck beinahe ihren Kopf mit seinen schweren Füssen zertrat, was ihm ein leichtes gewesen wäre, hätte er nicht gleichzeitig den interessierten Blick des Doktors aufgefangen, der, leicht verhangen, die eher lächerlich zu nennende Szene beobachtete: Rosas fürchterlich grimmiger Mund an Zweierleis Wade. Doktor Wasserfallen war gewillt, dieses Vorkommnis als Gewinn zu buchen, als Fortschritt im eintönigen Dasein der Rosa Zwiebelbuch, die, an Erlebnissen arm, sich auch gar nicht mehr erinnern mochte, wer oder was sie vor ihrem derzeitigen Leben in der Anstalt war. Ein Foto des von ihr eigenhändig erwürgten Sohnes trug sie wohl mit sich, zusammen mit anderem Papier, unter dem zu lottrigen Büstenhalter. Doch darauf angesprochen, entgegnete sie früher wutschnaubend, dass es sich bei dem auf dem Foto zu sehenden, rotbackigen Säugling um den Gottessohn handle, das sehe doch jeder. Dass man sie partout nicht standesgemäss ehren wolle, sei eine besondere Perfidie des Herrn Doktor, die sie ihm jedoch seiner weissen Rockschösse wegen verzeihe und wegen des Genusses, ihm nahe sein zu können. Denn bei Doktor Wasserfallens Rockschössen gehe es um weissere als weisse, was man von denen der andern Herren und Damen nicht sagen könne. Die trieben sich ja auch in den Stallgebäuden herum oder fänden sich im unteren Kellergewölbe gleich reihenweise zum schnellen Zwitschern ein, so dass die Lustschreie bis in die Küchenetage zu hören seien und die Damen sich mit geröteten Gesichtern und glänzenden Augen beim Pillenverteilen rettungslos verzählten, wovon wieder der Schwarzmarkt innerhalb des Anstaltsgemäuers profitierte.

Gelegentlich nannte Doktor Wasserfallen Rosa Zwiebelbuch seine Gebenedeite, aber wirklich nur gelegentlich, mit hochrotem Kopf und weinseligen Wangen. Doch das, so Rosas tiefste Überzeugung, machte keinen Hasen fetter und weckte keinen Gottessohn aus dem Tiefstschlaf, auf dass er, der Gottessohn, sie, Rosa Zwiebelbuch, erlöse. Und eigentlich hatte sie sich ja längst abgefunden. Über ihr Söhnchen befragt, gab sie schon lange keine Auskunft mehr, schnaubte nur wütend. Auch jetzt, da sie mit ihrem grimmigen Mund kniend an Zweierleis Wade hing, tat sie es stumm, aber ausserordentlich gründlich. Die aussergewöhnliche Gründlichkeit hätte Wasserfallen, der sie seit Jahren behandelte, auffallen müssen. Doch der war viel zu sehr damit beschäftigt, Mister Namenlos oder Zweierlei, der angeblich von Flügeln getragen seinen Einstand in der Irrenanstalt gegeben hatte, die Räumlichkeiten und deren nur sie betreffende Verordnungen, Regeln und Erlasse zu erklären.

Zweierlei, vom beissenden Schmerz an der Wade gequält, taugte nicht zum Beobachter sich mehr und mehr steigernder Gründlichkeit. Der hatte andere Sorgen, dem waren die Rosa und der Schmerz verhasst, er biss auf die Zähne, den Schrei zu ersticken. Zweierlei wollte Rosas Gründlichkeit nicht auf den Grund gehen, auf den Zahn fühlen, hörte nur das wütende Schnauben, das sich wie das Schnauben eines Tiers anhörte, als wäre die Seele eines solchen Tiers bei der Rosa zu Gast und als fände im Innern der Rosa eine gleichsam psychische Dimerisation statt, zwanglos und unbekümmert.

Am Ende dieser Überlegung zuckte Zweierlei kaum merklich zusammen. Er fühlte sich mitverantwortlich für die schmerzhafte Gründlichkeit der Rosa Zwiebelbuch und verlor deshalb Doktor Wasserfallen aus den Augen, der nun ihn ebenso interessiert beobachtete wie zuvor Rosa Zwiebelbuch. Etwas spöttisch meinte Wasserfallen, es könne mit dem Fliegen oder der Zweierleistory wohl nicht so hoch her sein. Er rate ihm dringend zur Mässigung seiner Bedürfnisse. Aber, soviel war Zweierlei klar, mit Bedürfnissen dürfte der Doktor nicht wirklich seine Bedürfnisse gemeint haben, wohl eher jene, die andere normalerweise für einen wie ihn artikulierten, der in der Krankenanstalt kein Einzelfall zu sein wünschte. Wasserfallen nahm ihn am Arm. Es fiel Zweierlei unangenehm auf, dass er ihm damit näher rückte, als ihm lieb war. Angewidert ging er dem Doktor voran zur Abteilung E, wo man ihn unterzubringen gedachte. Bis dahin wurde er noch nicht einmal aufgefordert, mehr zu seiner Person zu sagen oder die vielen Anmeldebogen, ärztlichen Fragelisten und das persönliche Effektenformular auszufüllen. Die schnaubende Rosa hinter sich lassend, ging er dem Doktor voraus, glücklich, dessen impertinenten Gesten entronnen zu sein. Nur der Weingeruch, der des Doktors Mund entströmte und dessen konsequente Abneigung gegen Zahnbürsten und Paste verriet, störte ihn.

Zuversichtlich betrat Zweierlei die Abteilung E. Sie befand sich, dem Ordinationszimmer Doktor Wasserfallens diametral gegenüber, an der Ostwand des Gebäudetraktes, gleich über der Anstaltsküche. Vorher, beim Vorbeigehen, beobachtete

Zweierlei aus den Augenwinkeln Rosa Zwiebelbuch, die zielstrebig durch die Küche schlurfte, hin zu den zu dieser Tageszeit leeren Kartoffelkippkesseln, wo sie laut und deutlich rülpste. Zweierlei war sich sicher, kein menschliches Rülpsen gehört zu haben, ein monströses Rülpsen war es, schauderhaft. Er war versucht, seinen Entschluss, sich der lästigen Unsterblichkeit zu entledigen und hierfür ausgerechnet diese Krankenanstalt ausgewählt zu haben, von tiefstem Herzen zu bereuen. Er zuckte die Schultern mit der ihm eigenen, seiner schweren Gestalt angemessenen, mächtigen Bewegung, so dass Doktor Wasserfallen, einen Schritt hinter ihm und bis anhin beinahe fröhlichen Ganges, erschrocken stehen blieb. Er würde sich später Notizen machen müssen. Ein interessanter Fall, dachte Wasserfallen, wirklich sehr interessant.

II.

Obwohl einige Kranke allen Ernstes das Anstaltsareal, den brachliegenden Kartoffelacker ebenso wie das wild wuchernde Nesselfeld und die verrottenden Brombeersträucher fachmännisch absuchten, fand sich keine Spur vom himmlischen Pegasus, was Doktor Wasserfallen, der auch von noch so poetischen Hirngespinsten nichts hielt, als erste Eintragung in Zweierleis Akte vermerkte. Zweierlei, der allein wusste, wie sich sein Eintritt wirklich abgespielt hatte, schwieg dazu.

Man wurde aber trotzdem fündig. Wenn sich auch das himmlische Ross nicht finden lassen wollte: unter den Brombeersträuchern, wo die ersten Zeitrosen blühten, fand man das säuberlich glattgenagte Gerippe der Stute Bianca, die vor Jahren an Blutarmut verenden musste. Seither war Leere im Pferdestall, wo die Knechte nächtens immer noch Rülpsen und Schmatzen zu hören glaubten, da, wo die bemitleidenswerte Bianca einst täglich schwächer wurde, bis es den Josef erbarmte. Er trat ihr vom roten Fusel ab, den er stets mit sich führte und ohne den der Josef zum Arbeiten nicht taugen wollte. Wein gebe man auch den blutarmen Kindern, hatte er weise gemeint, und es soll ein Pferd an dem nicht darben, was der Mensch literweise zu sich führe und ihm allemal zu ausreichend glücklichen Zuständen Anlass biete, zumindest was das Seelchen betreffe. Von dieser Sorte habe nun ja gewiss auch ein Pferd eins mitbekommen auf den dornenreichen Weg als Last- und Schufttier. Er, Josef, sei ja an der Quelle als erster Stiefelknecht des Herrn Doktor Wasserfallen, der es sich zur Angewohnheit gemacht habe, wie unabsichtlich mal vom einen, dann vom andern Wein etwas stehenzulassen, Reste, die er, Josef, dann in seiner eigenen Wäntele zusammenschütte, als seine ganz persönliche Furage betrachte und so furagiere, dass die Bianca es ihm stets mit sanftem Blick verdankt habe. Schliesslich sei nicht sicher gewesen, ob sie sich nun vor Schwäche oder im ungewohnten Trunk dorthin legte, wo sie verstarb.

Das glattpolierte Gebein der Bianca fand man also im kahlen Gestrüpp, was zu einigem Schaudern und Seufzen Anlass gab, und die Rosa kniete vor dem Gerippe, um dasselbige ernsthaft zu untersuchen. Das ergötzte den Josef ausserordentlich. Er selbst war vor vielen Jahren in einem fremden Sarg aufgegriffen und am selben Tag in die hiesige Krankenanstalt verbracht worden, wo man ihm schon bei der Eintrittsuntersuchung eröffnet hatte, dass es sich nicht nur um einen fremden Sarg, sondern auch um eine ihm, Josef, fremde Leiche gehandelt habe, da doch die Mutter deutlich gekennzeichnet gewesen sei. Aber er habe halt im Suff das Mal unter dem linken Auge der Toten übersehen, das seine Mutter zeitlebens nie getragen habe, weder als Zierde noch als Zeichen der Sünde. Die Kennzeichnung der Person, seiner, Josefs Mutter, wäre demnach das Fehlen jedes Kennzeichens gewesen, und eben dieses fehlende Kennzeichen habe er übersehen und sei deshalb in den falschen Sarg gestiegen. Ausgerechnet in den Sarg der Hanne, des Schreinermeisters Tochter, sei er gestiegen, wo dieser doch die Tochter besonders dingfest eingesargt habe und an der ihm zugefügten Josefschen Schmach noch heute leide, zwanzig Jahre später. Im Dorf sei keine Ruhe eingekehrt seit jenem nächtlichen Frevel. Den Josef wünsche sich keiner zurück, habe doch der Schreinermeister Wüst dem Josef bei allen Heiligen Wüstes angedroht, sollte dieser es wagen, Heimatboden zu betreten. Deshalb sieht sich der Josef als ein im Exil Lebender, sozusagen Verfolgter auf Lebenszeit. Da ist ihm der Wein des Herrn Doktor eben recht, den dieser wie unabsichtlich im Pikettzimmer stehen lässt oder im eigenen Arbeitsraum, dessen Tür, zweimal gepolstert, keinen Laut hinaus- und hineinlässt, wenn der Herr Doktor Gehirne kuriert.

Ob der Mutmassungen und phantastischen Verstiegenheiten über den seltsamen Bestattungsort der Stute Bianca vergass man beinahe des andern Ross und den Himmelsreiter selbst. Rosa, immerzu schnaubend, stahl sich davon. Sie hatte, Josef sah es genau, ehe ihr Gesicht erneut erstarrte, gelächelt. Über das Gerippe der Stute Bianca gebeugt, hatte sie gelächelt, ein Lächeln besonderer Art.

Rosa Zwiebelbuch. Vom Göttlichen hatte sie nie gesprochen. Sie war der Philosophie abhold, obwohl doch angeblich von Gott gesegnet und vom innigsten Wunsch beseelt, als eine Gesegnete geehrt zu werden. Sie, Wasserfallens Gebenedeite, die den schreienden Säugling beinahe bedächtig erwürgt haben soll, als diesen lautstark nach der Welt dürstete und er sein krebsrotes Köpfchen in ihre Brust bohrte. Vom Göttlichen sprach sie nie, die Rosa Zwiebelbuch, in deren Brust trotz der unseligen Tat ein fühlendes Herz zu schlagen schien. Warum sonst hätte sie, über das Gerippe der Stute Bianca gebeugt, gelächelt?

III.

Falsch wäre, anzunehmen, Rosa Zwiebelbuchs leiblicher Beginn hätte von vornherein, sozusagen schicksalhaft und genauestens programmiert, Stoff für Dramatisches abgegeben. Das Leben selbst schreibt keine Dramen, lässt sich allenfalls dramatisch interpretieren. Diese Dramatisiererei schliesslich ist die folgenreichste aller menschlichen Eigenschaften, denn nur das Banale bleibt frei und verpflichtet zu nichts, auch nicht zur Fortführung eines banalen Lebens. So gesehen, wäre Rosa Zwiebelbuchs Leben überhaupt nicht oder anders verlaufen, es gäbe dann in ihrem vertrackten Dasein keinen Gottessohn roten Häuptchens, schreiend nach der Welt dürstend, nach dieser Welt an Rosas mütterlicher Brust. Rosa selbst verkörperte das Dramatische und produzierte doch im Grunde genommen weiter nichts als eine fatale Fehleinschätzung der Ereignisse in der Person eines neugeborenen Bübchens, dem sie partout, aber bedächtig das Leben zu vergällen trachtete, um es schliesslich ebenso bedächtig zu erwürgen und so der aufgezwungenen Dramatik ihres Lebens die Spitze zu brechen.

Wenn in Rosas Namen und zum Verständnis ihrer späteren Lebensstationen doch beim bei allem Werden üblichen und trotz der dramatischen Formulierung banalen Zeugungsakt begonnen werden muss, dann nur, weil das Banale so banal nun auch wieder nicht ist und oft humoristische Züge trägt.

Mit Humor allerdings war Vater Zwiebelbuch nicht eben gesegnet, als er 1941, am 23. September abends um 19.20 - während Radio Beromünster einmal mehr dem Herrn Professor von Salis das Wort erteilte und der Herr Professor den Widerstand gegen den Sog der Kriegsverherrlichung in die Herzen der Schweizer Bürgerinnen und Bürger säte, eine Streupropaganda sozusagen, eine amtlich geprüfte Massensendung, pauschalfrankiert - seinen Zappelphilipp im Untergeschoss der Anna Zwiebelbuch, geborene Lamm, spazierenführte. Beiläufig erwähnte er, dass es dieser sein neuester Versuch nun wert sei, mit einem Sprössling gekrönt zu werden, mit einem, wie er einer sei, ein ganzer Kerl, von guter Treu und gutem Glauben. An der kirschenen Bettstatt hing das Soldatengewand, Tschoppe und Hose, an der bereits die Ränder leicht fransten, die nach Kuhdung, Brissago, etwas feucht und schweissig roch. Den Grabstein, die militärische Erkennungsmarke, gab er nie her, der hing nicht an der Bettstatt und lag auch nicht auf dem von Wässerchen überbordenden Nachttisch. Mit dem Grabstein am Hals führte er seinen Zappelphilipp im Laufschritt und tapfer spazieren, man konnte ja nicht wissen, manche starben auch im Bett, sogar in solchen Zeiten, wo man an der Grenze vor den von SS-Totenkopfsoldaten bewachten Transportzügen salutierte und an Fernen dachte, wo es sich möglicherweise lustvoller zappeln liess als in dieser kirschenen Bettstatt. Die duftete nach Annas Wässerchen und nach der Schnelligkeit einer halbherzigen Samenverschüttorgie, die horizontal vonstatten ging und keine höhere Weihe benötigte. Ausser plärrenden Gören, derer sich in solchen Zeiten, die der Mannsbilder bedurfte wie keine andere, selbst eine Anna Zwiebelbuch schämen zu müssen glaubte, hatte sich bis anhin nichts ergeben, nichts, worauf man stolz sein konnte.

Der Herr Professor wies soeben registrierend auf die ersten Toten in Leningrad hin, wo seit kurzem tapfere Soldaten ebenso tapfere Soldaten schlachteten.

Da steht auch Vater Zwiebelbuchs Zappelphilipp an vorderster Front, gewinnt zuckend und forsch an Terrain, robbt in männlicher Einsamkeit in die für derartige Tapferkeiten vorgesehene Gefechtsstellung, schiesst dann zielgerade ins feindliche Weiberland - heldenhafter Aufschrei des tapferen Soldaten. Um sich schlagende, marschgewohnte Füsse fegen das Kriegsgewand von der kirschenen Bettstatt, Zappelphilipp salutiert alsogleich entschuldigend, hier nicht den deutschen Totenköpfen, nein, Soldatengesetz ist Soldatengesetz; den General vor Augen, salutiert Zwiebelbuch samt Gehänge, das nun schlaff vom Krieg im Schosse Anna Zwiebelbuchs, geborene Lamm, ruht und rastet.

Humorig soll es nie zugegangen sein bei den Zwiebelbuchs und solchen Übungen, humorig nicht. Historische Lügen wurden hüben und drüben verschoben, hier aber, in Anna Zwiebelbuchs Untergeschoss, herrschte Ehrlichkeit. Kein Stöhnen rang sich von ihren zusammengepressten Lippen, als ihr die Ladung im Weibergemach detonierte; und als sich der Samen zum Ei gesellte, wurden deutscherseits auf die Erreichung des operativen Ziels in Russland grosse Hoffnungen gesetzt, war doch der Kaukasus noch nicht vom übrigen Russland abgeschnitten und der deutschen Führung die Möglichkeit noch nicht gegeben, an andern Frontsektoren mit den im Süden frei gewordenen Armeen zur Offensive überzugehen.

Ein vaterländischer Fluch des eben noch so tapfer kämpfenden Zwiebelbuchs, ein Tritt in die Frontseite des kriegsberichterstattenden Geräts - man hat doch auch Hoffnungen gesetzt. In die deutsche Seite. Und denen soeben mannhaft den Sieg vorweggenommen.

Anna Zwiebelbuch, geborene Lamm, verlässt das verwüstete Schlachtfeld, noch einmal davongekommen bei allem Hinhalten. Sie schiebt das verrutschte Becken in die fürs Gehen geeigneten Proportionen, befeuchtet den trockenen Mund mit einem raschen, aus den Tiefen kommenden und knurrend zelebrierten Räuspern, wischt sich mit einem Zipfel Bettlaken das restliche Gesäme von den mageren Beinen und dreht am hölzernen Geräteknopf, des durch den Fusstritt Vater Zwiebelbuchs ausgelösten ätherischen Kreischens überdrüssig. Dann erst stellt sie das Gerät zurück an seinen Platz auf das eigens für diese Errungenschaft gezimmerte Gestell mit den gedrechselten Fussen, auf die Vater Zwiebelbuch besonders stolz war. Ein Vorkriegsgeschenk für seine Anna war's, ein neumodisches, eins zum Vorzeigen, weil die Anna 30 wurde. Überhaupt lebte man damals im Hochgefühl einer neumodischen Zeit, las den Stürmer, fühlte sich so richtig germanisch und rassisch einwandfrei wie jene drüben, die den Jud das Grausen lehrten. Ja, man war zum Herrenmenschen geboren, auch als armer Störmetzger und als einer, den die geradlinige Anna ab und zu gehörig zurechtstutzte, wenn man vom Säuischen allzusehr verdreckt war, nach säuischem Gedärm stank und, das gesoffene Blut verdauend, ebenso säuisch ins Bett plumpste, wo die Anna zuvor die Laken gewechselt und die Bettstatt poliert hatte, bis man das biedere Metzgergesicht darin spiegeln konnte. Dass man nicht in Leningrad blitzenden Auges und fröhlichen Mutes russische Barbaren besiegte und der roten Pest - was einem auch von offizieller schweizerischer Seite immer wieder bestätigt wurde, dass die rote Pest eine solche sei und bleibe - nicht die Zähne zeigte, statt dessen der andern, nicht weniger soldatischen Pflicht nachkam, zukünftige Söhne zum Heile Helvetiens in Annas Bettlaken zu zeugen - nun, daran waren der Urlaub schuld und die unverrückbare politische Topographie der Heimat. Zumindest so lange, bis der Russ bezwungen sein würde, deutsche Führer den Frieden auch ins heimatliche Tal brächten und den ewigen Jammerern, den Luderern, dem Gemeindegesindel, diesen Dunkeltauchern, die den Jud reinliessen und versteckten und auch sonst kein Gefühl für Anstand hatten, den Stolz, den germanischen, beibringen würden. Meineidige Halunken, die. Denen würde man es beizeiten zeigen, den Graus lehren wie drüben den Jud, das Vagantengesindel und das rote Pack.

Ermattet von solchen Bocksprüngen unter dem massigen Quadratschädel, wälzt sich Vater Zwiebelbuch endlich stöhnend aus der kirschenen Bettstatt, versorgt den ebenfalls matten Philipp im nicht mehr ganz weissen Unterzeug, zieht sich die grüne Hose übers Gesäss und knöpft sie umständlich zu. Austreten ist jetzt gefragt. Man nimmt die Erinnerung an Anna Zwiebelbuchs Hintern friedlich knurrend mit auf die Laube - einschlagen hat's müssen, wäre ja gelacht. Und man lacht listig ins Dunkle, während drinnen in Annas geräumigster Stube Rosa Zwiebelbuchs Werden beginnt.

Etwas selbstgefällig streicht sich die Anna über den Bauch. Wenn das kein Bub wird, so einer zum Hätscheln und Tätscheln, der ihr nicht nach dem Hintern grapscht und auch sonst das mütterliche Gehäuse achtet. Anna Zwiebelbuchs eben wieder sträflich vernachlässigte Brust hebt sich beinahe inbrünstig und atmet die Sehnsucht aus, aus den Brustwarzen, dem unangetasteten Besitz Vater Zwiebelbuchs, bis sie steif sind.

Ob er Holz nachschieben wolle im Herd, und im Leuen warte man wegen der Versammlung auf ihn. Die beginne präzis um acht, ruft sie ihm noch nach.

IV.

Den würde er sich vornehmen.
Wissenschaftlich.
Der würde ihm nicht entwischen. Ihm nicht, dieser Sapperlot, dem anscheinend das Leben selbst zur Krankheit geraten war. Dieser Sapperlot.

Wasserfallen litt seit seinen ersten Sprechversuchen an einer leichten Logoklonie, ganz im Einklang mit dem leicht hinkenden Gang, den er einer pränatalen Havarie verdankte. Deshalb bewahrte er jenen Ort, jenen Weiberleib mit seinem Gewirr von Gängen als freudlos und unfriedlich im Bewusstsein. Ja, dieses freudlose Gewirr von Gängen im Weiberleib, dachte er oft bekümmert, während er durch die ebenso freudlosen Gänge seiner Klinik mehr irrte als schritt. Überhaupt, diese Freudlosigkeit im Umgang mit Gehirnen. Wasserfallen wiederholte mehrere Male das Wort durchnudeln. Durchnudeln wird er den, so richtig wissenschaftlich durchnudeln. Dem das Gehirn durchnudeln, nahm sich Wasserfallen vor, ein offenbar heimtückisch eingerichtetes Gehirn. Als ob da eine Strassenbahn durchführe, mit deren Hilfe es sich aus sich selbst davonstehlen könnte. Dem würde er das Reisen gründlich verleiden, so ohne Kreditkarten, dem. Immerhin war man nicht umsonst an diese Gehirne gekettet, wenn man Wasserfallen hiess und seine Zeit in Heil- und Pflegeanstalten absolvierte. Man war an diese Gehirne gekettet und wurde immer daran erinnert, wessen Wohnung man in Wirklichkeit bewohnte. Wobei bewohnen wohl nicht der richtige Ausdruck war, denn eigentlich war man Gefangener in diesen fremden Gehirnwindungen, weil man die eigenen zu bewohnen nicht imstande war. Aber der, der sich freiwillig zur Verfügung stellte, und das war neu, dem wollte er das Davonstehlen gründlich verleiden, schliesslich lebt man nicht nur von achtlos Zurückgelassenem. Hier würde er Miete bezahlen, eine bittere Miete, zugegeben, wer besässe nicht gern seine eigene Wohnstatt. Aber bezahlen würde er, so ist das Bleiberecht geregelt, dachte Wasserfallen, wenn er auch noch nicht wissen konnte, von welcher Beschaffenheit der Obolus sein würde. Jedenfalls harte Währung, so stellte er sich vor, und schliesslich ist ein Gehirn, Zweierleis Gehirn, kein Saustall, nein, ordentlich aufgeräumt war's darin, zu ordentlich, wie Wasserfallen schien.

Er kannte einen, der hatte die nicht ganz alltägliche Idee, sich, ehe er sich das Lebenslicht mit einem Kopfsprung aus dem dritten Stock der Männer E ausblies, in seinen etwas eng gewordenen Konfirmationsanzug zu zwängen. Dieser Toni hatte sich fröhlich monatelang geweigert, die selbst bei Langzeitpatienten sonst üblichen täglichen Waschungen zu vollziehen, womit er das Personal dazu nötigte, während er seine alternde Haut mit kindlichem Vergnügen ausbreitete. Gewaschen, im schwarzen Anzug stürzte er sich aus dem Fenster, das für kurze Zeit zwecks Luftzufuhr offenstand und ansonsten nur mit Vierkantschlüsseln zu öffnen war. In seiner Hosentasche fand sich ein vergilbter Konfirmandenspruch. Als wäre der Herrgott ein Futtermittellieferant, standen da mit gotischer Schrift die Lieferbedingungen auf brüchigem Pergament und rot die Ziffern, der Rest mit schwarzer Tinte, etwas bläulich vom Alter, grad so wie die alte Tonihaut nach dem unseligen Sturz. Der stürzte ihn, Wasserfallen, und seine Mannschaft in ein Gewirr von Untersuchungsprotokollen, Verdächtigungen und Mutmassungen; es tauchten tendenziöse Presseartikel auf, als deren Urheber psychiatriefeindliche Kreise unschwer zu erkennen waren. Von psychischer Folter war die Rede. Er, Wasserfallen, habe bereits mit seiner Doktorarbeit bewiesen, dass er an seinem jetzigen, pekuniär einträglichen Platz nur Schaden anrichten könne, seiner krankhaften Phobie gegen alles von den Kriterien einer gängigen Geisteskrankheit Abweichende würden nur die Absetzung und der Entzug der Doktorwürde gerecht. Ja, vor seinesgleichen müsse man die Patienten schützen, so sehr sei er seinen Irrtümern verfallen. Man wisse, dass seinesgleichen solche Desperados ausgesprochen inhuman traktiere, wie zuvor die Zielgruppe seiner Dissertation. Man wisse, dass er manche Patienten schliesslich in den Tod treibe wie diesen Toni, der sich gleichsam vom Himmel zur Erde stürzte, und in dessen Konfirmandenanzug man den Konfirmationsspruch fand, der besagt, dass das Reich des Himmels gleich einem Sauerteig sei, den eine Frau nimmt und unter drei Scheffel Mehl mengt, bis er zur Gänze durchsäuert ist.

Durchnudeln, rekapitulierte Wasserfallen logoklonös, und er sah mit andern Augen seine Mutter, die jeden Samstag wütend auf den Brotteig hieb und immer ein bekümmertes Lächeln um den Mund hatte, der schmallippig nicht zu ihrer sanften, leicht gewölbten Stirn passen wollte und das Gesicht zerteilte, dessen kummervoller Ausdruck ihn an seine pränatale Havarie erinnerte, immer, wenn er sie besuchte. Er nahm an, dass sie sich, wenn auch unausgesprochen, mit diesem zerquälten Ausdruck zeitlebens für seine von ihm unverschuldete Behinderung entschuldigte, ja, dass sie das Gewirr von unfriedlichen Gängen in ihrem Frauenleib dafür verantwortlich machte und traurig den jüngsten Spross des alten Wasserfallengeschlechts um Verzeihung bat.

Wasserfallen dachte an das Ölbild in der heimatlichen Stube, es zeigte einen Vorfahr, dem als Folge eines Anfalls heroischen Mutes das Gedärm aus dem Leib quoll. Auf diesen Altvordern hatte er stolz zu sein, befahl man ihm frühzeitig. Das Hinken wurde schlimmer, sein schlurfender Gang fiel im Dorf zunehmend auf und wurde belacht, besonders von jenen, die oben in der Rüfe hausten, nachts ihre Feuer entfachten, mit fremden Gesängen die Unfreundlichkeit von seinesgleichen wegwischten und den Dörflerneid wegtanzten, den Hass auf ihre rollenden Heimstätten. Das schmerzte, wenn einer von denen ihn nachäffte und hinkend hinaufstieg zur Rüfe, um dann auf halbem Weg in den Zweigen einer grossen, zu jener Zeit prächtig blühenden Lärche zu verschwinden und nur mehr das höhnische Lachen zu hören war. Da wusste Wasserfallen, der seinen Vorfahr ob jenes heroischen Anfalls auch wirklich bewunderte, dass er es ihm nie würde gleichtun können. Dass diesem einen, der jetzt in den Zweigen der prächtig blühenden Lärche kauerte und höhnisch lachte, andere folgen würden und dass sie auszurotten waren mit Stumpf und Stiel, weil einer wie er, hinkend, wie er ging, solche Buben nie erwischen würde. Überhaupt war ihm das Dreindreschen fremd, dafür sorgte das bekümmerte Lächeln seiner Mutter, deren Blick oft am stolzen Auge seines

Vorfahren haften blieb und deren Körper, so hatte er schon früh beobachtet, beim Anblick des herausquellenden Gedärms beinahe wohlig erschauerte. Ein Held soll er gewesen sein, so will es die Geschichte seiner Heimat, und es sei eine Schande, einem Krüppel wie ihm denselben Namen gegeben zu haben. Aber dafür konnten weder Vater noch Mutter etwas, immerhin war er kopfüber aus ihr herausgetreten, nichts liess darauf schliessen, dass er, statt hoch zu Ross wie sein Vorfahr, der schmucke Offizier und Haudegen, hinkend durchs Leben zu schlurfen hatte.

Wasserfallen nahm sich früh vor, diese Schmach zu tilgen. Nur deshalb stieg er von seinem Bergdorf hinunter ins Unterland, dorthin, wo ihn keine Lärche an seine Demütigung erinnerte. Trotzdem nahm er das höhnische Lachen des andern mit und dachte sich aus, wie er sich an ihnen rächen würde, an jenen andern, die ebenso frech und selbstbewusst, ja unverschämt in die Gesichter der währschaften Dörfler lachten und alsbald verschwanden, wenn die letzte Lärche in Blüte stand, für Monate verschwanden, bis dann im Spätherbst ihr Lachen und Johlen erneut den Dorffrieden störte und ihre Feuer nicht mehr ausgingen.

Eine von denen war Wasserfallen grünäugig in Erinnerung. Die Sippschaft rief sie Hera. Der junge Wasserfallen war zur Zeit der Lärchenblüte seinem Alter gemäss mit kurzen Hosen ausgestattet, so dass sein weisses, krummgeratenes Bein zu sehen war. Mutter nannte es mitleidig DASARMEBEIN, wie andere von DERSCHÖNENHAND reden und damit erzieherisch auf ihre unverdorbenen Kinder einwirken, die fortan die Linke als Hässliche zu erkennen haben, mit der man allenfalls den Arsch abwischt, aber keine anständigen Menschen grüsst und schon gar nicht Gedichte schreibt. Wasserfallen sah den Rufnamen Hera, von solcherart Sippe benutzt, blasphemisch in den Dreck gezogen, konnte sich aber trotzdem nicht satt sehen an Heras grünen Meerkatzenaugen, überhaupt an dem ganzen frechen Gesicht, das so verdorben verschmitzt daherkam und gleichzeitig von einer Unschuld zeugte, ganz ohne Arg war, so dass einem warm wurde beim Schauen und er DASARMEBEIN beinahe vergass. Aber Hera lachte womöglich noch frecher als ihr Bruder, der liebevoll Wiesel genannt wurde und wieselflink rannte. In Heras Lachen erfuhr das Wiesellachen seine Steigerung, es war kein helles Kinderlachen, wie es von seinesgleichen gelacht wurde, nein, etwas rauh und kehlig hörte es sich an, und immer war da ein Unterton von leisem Spott.

Doch sie verspottete nicht DASARMEBEIN, das, krummgewachsen, sein Eigenleben an Wasserfallens ansonsten gesundem, gedrungenem Körper führte und recht eigentlich der Schlüssel zu seinen spätern Lebensphasen war, so sehr symbolisierte es seine Unfreiheit und seinen Drang, zu vernichten, was geradegewachsen und frei sich bewegte, sich weder um Zwänge noch um behäbige Gepflogenheiten kümmerte, die in seinem Bergdorf üblich waren. Hera verspottete den zukünftigen Mann in ihm, den allerdings der blutjunge Bonifazius Wasserfallen noch nicht kennengelernt hatte. Aber dieses Lachen, das ihrer Unschuld etwas ungereimt Anrüchiges verlieh, wie ja auch ihre ganze knabenhaft grazile Erscheinung Ungereimtheit sozusagen verströmte, liess seinen zukünftigen Mannesstolz, den wiederum er später nie so zu nennen wagte, schmerzhaft zusammenzucken. Dieses Lachen endete quasi zwischen seinen weissen Oberschenkeln, von denen der eine etwas höher angesetzt war und dessen Gelenk falsch in der Pfanne lag, so dass er nur hinkend den Rüfehang erklimmen konnte und deshalb oft kriechend hinaufrobbte, von wo das kehlige Lachen der Hera ertönte, die sich an rauhen und flinken Spielen mit ihresgleichen ergötzte. Hatte er, auf allen Vieren, von denen drei gesund und geradegewachsen, endlich den schmalen Felsvorsprung erreicht, unterhalb der grossen Lärche, in deren Zweigen der wieselflinke Wiesel zu höhnen pflegte, fühlte sich der junge Bonifazius seinem grossen Vorfahr, zumindest was Mut und Ausdauer betraf, schon etwas näher. Er presste seinen Unterleib an den Stein, bohrte die Füsse, die in groben Bergschuhen steckten, in die von den ersten Frühlingstagen angenehm erwärmte, brüchige Erde, wobei er achtlos ein paar früherblühte Bergblumen zertrampelte und einer aus dem Schlaf gerissenen Grille den Ausgang versperrte.

Er spürte seinen Pulsschlag im Gedärm, und fast schien es dem Buben, als müsste auch er wie sein grosser Vorfahr dieses Gedärm zurückdrängen an seinen angestammten Platz, während er mit ausdruckslosem Gesicht einen Blick auf die oberhalb der Lärche spielende Meute riskierte. Er beobachtete sie, die breiten Bubenhände um den Fels gekrallt, verführerisch stieg ihm der Duft der blühenden Lärchen in die Nase, und lauter und lauter pochte es im Leib. Heras Lachen widerhallte von den umliegenden Bergen, schön flatterte ihr der zerschlissene Rock um die gutgewachsenen, schmalen Mädchenbeine. Sie lockte, schrie und verführte in einer ihm fremden Sprache, von der sich allerdings einige einfache Wörter längst in den ihm eigenen Mutterdialekt geschlichen hatten. Wasserfallen schaute zu, wie sich das fremde Mädchen mit dem Wieselflinken aus ihrer Sippschaft in den Steinen wälzte, lachend. Beinahe gurrend tönte jetzt dieses Lachen. Sie bohrte dem Spielkameraden ihre spitzen Knie in die Leistengegend, die Hände im braunen Bubenhaar vergraben, während das anstössig lange, ungebändigte Mädchenhaar um sein Gesicht flatterte wie vorher der zerschlissene Rock um ihre knabenhafte Hüfte. Wasserfallens Gesicht verfinsterte sich, die schwarzen, zusammengewachsenen Brauen, die ihm auch sonst ein eher düsteres Aussehen verliehen, beschatteten die tiefliegenden Bubenaugen. Zornig mahlten seine Backenzähne, während tief drin im Bubengedärm Hitze sich breitmachte und Wasserfallen tapfer gegen sein schmächtiges Bubengemächt kämpfte, schluchzend, beinahe stöhnend. Es galt den Feind zu bezwingen, der da am Bubenleib wuchs und zuckte.

Der Feind, das hatte man ihn ebenso früh gelehrt wie die Verehrung für seinen grossen Vorfahr, dem er sich jetzt in seinem heroischen Kampf, an den Felsvorsprung beinahe geschmiedet, noch näher fühlte, der Feind befand sich zwischen den Schenkeln. Wütend suchte er sich seinen Weg durchs zaghaft keimende Haargestrüpp, rieb sich mordlustig und gierig am Kalkgestein, bis endlich Mutters bekümmertes Lächeln zu Hilfe eilte und ihn aus jeder weiteren Kampfhandlung entliess.

Keuchend und finsterer noch als zuvor stemmte Wasserfallen den gedrungenen Bubenkörper hoch, beide Beine waren ihm eingeschlafen, schmerzhafter als sonst schien ihm DASARMEBEIN doppelt unbeweglich und ganz unerträglich. Es war dem spätern Mann in ihm, dem er jetzt zumindest zeitweise auf ihm lästige Weise begegnete, nicht vergönnt, dieses Rätsel zu lösen: das Rätsel dieser finstern Wut beim Anblick gutgewachsener Menschen, die die Sprache jener Sippschaft sprachen, deren Feuer nie erloschen, die nach der Lärchenblüte verschwanden, für Monate, so dass man sie endgültig verschwunden glaubte, ehe sie wieder auftauchten und lärmten und lachten und höhnisch zwischen den Zweigen der blühenden Lärchenbäume hinabstarrten ins Dorf, wo am Stammtisch ihresgleichen verhandelt wurde mit unschönen Worten. Sogar der Dorfpfarrer fühlte sich ab und zu bemüssigt, mitzureden, kreuzeschlagend und betend soll er oft den Weg hinauf zum Rüfehang gegangen sein. Keuchend soll er oben gestanden sein, zwischen den kräftigen Pferden und den verlotterten Wohnwagen, umkreist von der Sippschaft des Wieselflinken und der Hera. Weinend umringten sie ihn und schreiend, lamentierend fuchtelten sie mit den Händen am schweren Kreuz herum, das er zur Rettung ihrer Seelen hinaufgewuchtet hatte, auf den Hang mit den Pferden und Wohnwagen der Sippschaft, die jetzt ohne Kinder das Blühen der Lärchen nicht mehr abwartete und verschwand, für immer.

Ein Fürsorger war gekommen, begleitet von zwei Polizeibeamten, die man ja auch unten im Dorf nicht gern sah. Sie hatten die Kinder weggenommen, trotz des Schreiens und Weinens der Frauen und des Männerfluchens. Im Zuge gewisser Fürsorgemassnahmen, von denen im Dorf keiner etwas verstand, so chinesisch tönten sie in den Ohren der einfachen Dörfler, hatte man die Kinder weggenommen, um sie zu sesshaften, arbeitsamen und gehorchenden Bürgerinnen und Bürgern zu erziehen. Wo käme man hin, sagte der Fürsorger, wenn man diesem arbeitsscheuen Gesindel die Kinder liesse - die dem Herzjesulein am nächsten sind, sagten sie dann alle, und man steckte die Hera in eine Arbeitserziehungsanstalt. Der Wiesel hatte fortan einem Bauern im Stall zu dienen.

Mit dem Lachen war's aus auf dem Rüfehang, als die Sippschaft das Tal verliess, für immer verschwand, die einen auf der vergeblichen Suche nach ihren Kindern, die andern, aber das konnte der junge Wasserfallen nicht wissen, lochte derselbe Fürsorger ein, zum Wohl der Volksgemeinschaft. Die Männer in Arbeitsanstalten, die Frauen in Irrenhäuser, jenen Deponien, wie sie für solch minderwertiges Pack zuhauf vorhanden waren, nicht nur in Wasserfallens Heimat. An einer Erbkrankheit hätten sie alle gelitten, die ganze Sippschaft, hörte Wasserfallens Mutter beim Einkauf im Dorfladen, und noch bekümmerter wurde ihr Lächeln beim Anblick des Jungen, der nicht recht verstand und finsterer denn je dreinblickte und schwer zu bewegen war, den Rüfehang noch einmal zu erklimmen. Denn vorbei war's mit dem Gurren, dem Locken und Höhnen, keinem mehr flatterte Heras ungebändigtes, anstössiges Langhaar ins Gesicht, das harte Pochen im Gedärm blieb für lange Zeit aus.

Es wäre falsch, zu behaupten, Wasserfallen sei deshalb zum Alkoholiker geworden, zum heimlichen Weintrinker. Der exquisite Wein in Wasserfallens kristallener Karaffe auf der bäurischen Kredenz in seinem Quirinal, wie er das Arbeits- und Konsultationszimmer launig zu nennen pflegte, entsprach seinem Salär als Oberarzt dieser höchst vergnüglichen kantonalen Einrichtung, als die er sie ja oft erlebte, nicht aber den beschränkten geniesserischen Möglichkeiten seines Gaumens, der wohl eher den selbsterhaltenden, dunklen Gesetzen eines seit Jahrzehnten gepflegten, gigantischen Durstes gehorchte. Genuss holte sich Wasserfallen nur aus den Grauzonen menschlicher Psychen, die ihm anvertraut waren und mit denen er sich von Amtes wegen zu befassen hatte, ohne je einmal bewiesen zu haben, auch nur ein Kleines dieser grossartigen Innenwelt wirklich zu begreifen. Was einem Bonifazius Wasserfallen nicht zu verargen war, taten es ihm doch andere gleich. Wasserfallens Weinkonsum hielt sich im übrigen in Grenzen, seine Statur ertrug die täglichen Rationen ohne sichtbare Zerfallserscheinungen, einmal abgesehen von der geröteten Nase und dem üblen Geruch, der seinem unansehnlichen Männermund mit den schadhaften Zähnen entströmte.

V.

Gottlob Abderhalden, der, nach unumstösslichen und seit Jahrzehnten unverändert befolgten Anstaltsgesetzen, Zweierlei - der nur mangels genauerer personeller Angaben weiterhin Zweierlei gerufen wurde - in die eher praktisch zu nennenden Geheimnisse des Anstaltslebens einzuführen hatte, wälzte sich dem Frischling geradezu entgegen. Zweierlei warf sich in Positur, und abwartend beobachtete er Abderhalden, der seinen fülligen Riesenleib, freilich mit Mühe, nun ebenfalls vor Zweierleis nicht weniger imposanter, wenn auch graziler wirkenden Gestalt in Positur brachte und mit flinken Augen musternd über dessen Erscheinung glitt. Zwei Augenpaare trafen sich, Zweierleis weit auseinanderliegende, anthrazitgraue im gemeisselten Gesicht mit Abderhaldens verwaschenen, listigen Koboldaugen, die in fahlen, aufgedunsenen Fleischwülsten beinahe verschwanden. Um Abderhaldens breiten, sinnlichen Mund mit den vollen, roten Lippen zuckte es wie die Kiemen eines verdurstenden Fisches, registrierte der Neuankömmling freudlos. Zweierlei hatte sich seine Niederkunft, die er als die letzte seiner vielen Niederkünfte betrachtete, doch grossartiger, pathetischer vorgestellt, zuckte es ihm seinerseits durch das vom Nichtverstehen strapazierte Gehirn. Hierher verirrte sich nur die Mittelmässigkeit, und in Mittelmässigkeit also sollte er sich seiner Unsterblichkeit entledigen. Unbeweglich vor Abderhaldens Fleischberg verharrend, reute ihn sein Entschluss wieder, dieses teuerste Vermächtnis, wie er meinte, das er an Männer wie Abderhalden oder Wasserfallen zu verschleudern im Begriff war. Rechtzeitig jedoch gewann sein Überdruss erneut die Oberhand. Überdrüssig, wie er aller Dinge und aller Menschen war, konnte es ihm gleichgültig sein, von welcher geistigen Beschaffenheit Männer wie dieser hier waren, die er für seinen Abgang brauchte. Denen wollte er mit seinem Ableben den Glauben gründlich aus den Hintern treten, nahm Zweierlei sich vor.

Er wurde noch etwas grösser, so dass Abderhalden trotz seines ungewöhnlichen Körperumfangs beinahe an ihm hinaufzuschauen gezwungen war, und deswegen zuckte es missbilligend stärker um seinen vollen, fleischigen Mund. Aber insgeheim gratulierte er Bonifazius Wasserfallen zu diesem Prachtexemplar, und fast hätte er sich vor dem Mannsbild die bäurischen Fäuste gerieben, so selbstvergessen vertieft war er in den Anblick dieses klaren, wie aus Stein gemeisselten Gesichts mit den weit auseinanderliegenden, schrägen Augen, der geraden, stolzen Nase und dem womöglich noch stolzeren, herben Kinn mit der breiten Kerbe. Sie verlieh dem Gesicht etwas unversöhnlich Herrisches, nur wenig gemildert durch Zweierleis Überdruss an der eigenen Existenz, der wie ein dunkler, melancholischer Schatten um die Augen irrte und gnädig den ungnädigen Hohn versteckte, der in ihnen glühte.

Zweierlei frei von Eitelkeit zu wähnen, wäre ein Irrtum. Zweierlei war in der Imagination solcher Wesen beheimatet, Wesen wie diesem vor ihm aufgepflanzten, von unsäglicher Mittelmässigkeit beseelten. Ja, durch deren Imagination erst existent und überlebensfähig, stellte sich eine Projektion wie Zweierlei sehr wohl und auch öfters die Frage, wessen Geistes Kind er geworden war im Verlauf der Jahre. Schwer von Schönheit waren die frühen Äonen, toll von Sonne und er selbst glücklich in seinen wechselhaften Gestalten, die ihm die Vorfahren solcher Wesen, wie hier eins vor ihm stand, andichteten. Sie statteten ihn mit allem aus, dessen ein Gott bedarf. Zweierlei, geschaffen, um in der Freude zu leben, wie es sich für seinesgleichen gehörte - immerhin war die Welt ausreichend von seinesgleichen bevölkert -, bedachte etwas verdrossen die inflationäre Qualität der Träume, die zu träumen Menschen dieses Jahrhunderts offenbar beliebten und deren Produkt er heute war.

Da bist du ja, sprach Gottlob Abderhalden feierlich.

Abderhaldens hohe Fistelstimme passte so gar nicht zu seiner riesigen Gestalt und dem grossflächigen, feisten Gesicht mit den fahlen Wülsten um die tiefliegenden Koboldaugen. Sie war eine dauernde Herausforderung für die Lachmuskeln seiner Untergebenen. Als solche verstand und behandelte Gottlob Abderhalden die Kranken. Seine Stimme gab Anlass zu vielen Stunden heiteren Gelächters, selbst jenen ohnehin glücklichen Geschöpfen, die als die Ärmsten im Geiste galten und kaum mehr auf ihre Umgebung achteten. Fistelnd ergab die Erscheinung Abderhaldens eine gebrochene Figur, einen wandelnden Widerspruch, einen in sich gespaltenen Eindruck. Deshalb unterliess Abderhalden lange Reden, und wenn das Reden nicht zu vermeiden war, dann konnte kaum von Reden die Rede sein. In abgehackten, kurzen Sätzen teilte sich Abderhalden mit, ganz im Gegensatz zu seinen Berufskollegen, die sich zumeist weitschweifig und geschwätzig gaben, besonders wenn es um die Eigenarten der ihnen anvertrauten Schützlinge ging, aber auch im Umgang mit ihnen. Abderhaldens Eigenart, Kranke jeden Alters und jeder Herkunft zu duzen, selbst aber erklärtermassen mit Herr Doktor Abderhalden oder Herr Doktor Gottlob Abderhalden angesprochen werden zu wollen, wurde einigermassen amüsiert zur Kenntnis genommen, mit einer jenen Menschen eigenen Toleranz, die sich, gezwungenermassen oder freiwillig, nur mehr dem Ordnen ihrer inneren Zustände widmen.

In Einrichtungen wie dieser hier sind Insassinnen und Insassen tatsächlich gleich, unabhängig von der Frage, ob ihnen die Herkunft Seide oder Sacktuch bereithielt. Das gemeinsam bewohnte Asyl zwingt das sich ausserhalb solcher Anstaltsmauern üblicherweise Widersprechende gleichsam zum Kuss. Umgekehrt diente den Geduzten die von Gottlob Abderhalden gewünschte Höflichkeitsform als Schranke, ja sie konnte geradezu als Schlagbaum bezeichnet werden, den die Geduzten geschickt zu ihrer eigenen Abgrenzung benutzten. Sich der zumeist bizarren Beschaffenheit ihrer seelischen Zustände sehr wohl bewusst, vermieden sie sorgsam jede zutrauliche Geste gegenüber solchen Herren, hiessen sie nun Abderhalden oder Wasserfallen. Sie waren überzeugt, als Fremdlinge in einem eben diesen Herren unzugänglichen Territorium einen gewissen Schutz zu geniessen. Wo käme man hin, wenn einem ein Abderhalden oder Wasserfallen ungefragt über die Schulter gaffen könnte. Man benutzte standesbewusst die von ersterem verlangte Höflichkeitsform nicht bloss diesem gegenüber, sondern auch gegenüber Wasserfallen, der seinerseits nur das Personal duzte. Der Schlagbaum hob sich nie und verwehrte beiden Ärzten den Einblick in die inneren Zustände der ihnen amtlich Anvertrauten.

Es wäre unrichtig, diese Tatsache als Auswuchs eines eigentlichen Standesdünkels zu interpretieren. Untergebene, welcher Systeme auch immer, bedürfen spezieller Schutzvorrichtungen, ganz im Gegensatz zur Macht, die sich allenthalben frei entfaltet. Im übrigen überliess man die Herren ihren gescheiten Grübeleien, liess sie gewissermassen am eigenen Double üben, das man hervorkehrte und mit Gestik und Sprache versah, die dann gewissenhaft analysiert und katalogisiert wurden. Wissenschaftlich. Mit immer grösseren Aktenbergen gewann die eigene Person an innerer Autonomie. Nur Frischlinge lassen sich in die Karten schauen. Später stirbt die Hoffnung auf Heilung, man richtet sich ein im Dschungel, schlägt sich mit Blindheit, der grotesken Gesichte, der lärmenden Stimmen müde, müde des geilen Geflüsters, des Lockens und Turtelns im Seelenhain, dem verfluchten. Man hackt sich Hände und Füsse weg vom malträtierten Leib, wünscht sich das Gehirn aus der Schädelschale, die Erinnerung flieht in den Schlaf.

Der Arzt Gottlob Abderhalden befleissigte sich also der für sein Krankengut reservierten Kommandos. Zu diesen gehörte auch die einfache Frage nach dem täglichen Befinden. Da das Patientenbefinden wie gewisse Tiefdruckphasen über Monate stationär blieb bei fast allen, wurde sie ebenso knapp und aufs Wesentliche beschränkt, nämlich höchst ungenau und mit feinem Spott beantwortet.

Demgegenüber gebärdete sich der Hobbyanthropologe Abderhalden um so blumiger. Seine anthropologischen Studien erschienen in verschiedensten einschlägigen Fachblättern und Sammelbänden, die sich mit den Sonderbarkeiten bestimmter Volksgruppen befassten, deren Vermehrung zu verhindern oder zumindest hinauszuzögern Abderhalden am Herzen lag.

Einen gewissen Ruhm erlangte er mit seinem Aufsatz über den "auffällig wiegenden Gang der Sippe Zero als psychologische oder psychopathologische Verhaltensradikale, unter Berücksichtigung aller wichtigen geophysischen Veränderungen der von den Probanden als Aufenthaltsort bevorzugten Bergregionen sowie der Struktur der den Probanden eigenen Geopsychologie in Korrelation zu diesen Regionen".

Aufsätze ähnlichen Inhalts waren damals, als Gottlob Abderhalden den seinen verfasste, durchaus in Mode. Kein anständiger Philanthrop, und zu dieser seltenen Sorte Mensch zählte sich auch der Hobbyanthropologe Abderhalden, konnte sich diesem Themenkreis verschliessen, wollte er sich nicht dem Verdacht aussetzen, die wahren Bedrohungen des modernen Menschen verkannt zu haben. Während sich andere in der Zeit der Studien mit Käse und Küssen durchschlugen und der Heiterkeit frönten, frönte Studiosus Abderhalden hochkarätigen Grübeleien über die Bedrohung des Menschen, für den er sich selbst hielt und der mit andern zusammen eine Mehrheit ergab. Die Wulstlippen über zerkauten Süssholzfasern fest verschlossen, grapschte sein Gehirn nach den Ursachen derart kolossal gewichtiger Erscheinungen wie beispielsweise der eigenartig wiegenden Gangart der Sippe Zero. Er zermanschte das Gedachte zu einem einfallsreichen und blumigen Wortbrei, der dann in einem wissenschaftlichen Aufsatz seine letzte Form fand. Den Applaus der Honoratioren seiner Zunft nahm Abderhalden mit gefisteltem Dank entgegen, was dem jungen Akademiker den später einträglichen Ruf bescherte, ein besonders bescheidenes Exemplar seiner Gattung, der Philanthropen, zu sein. Bescheidenheit stand in seiner Heimat hoch im Kurs. Eine leitende Stelle in der kantonalen Heilanstalt Narrenwald war ihm deshalb praktisch schicksalsmässig vorbestimmt, zumal sich die Beschäftigung mit anthropologischen Problemen in der Anstalt einer gewissen Tradition erfreute. Jeder seiner Vorgänger hatte sich mit den Erscheinungsformen abnormen Andersseins beschäftigt, hatte geforscht, bewertet, aktualisiert, versehen mit den Privilegien der in kantonale Anstalten eingebundenen Wissenschafter. Der Fundus, aus dem diese Beamten schöpfen konnten, war eine Fülle von Menschenmaterial, das sich in solchen Kliniken ansammelte und oft Jahre zur Verfügung stand. Den eigenartig wiegenden Gang der Sippe Zero, zum Beispiel, hatte Abderhalden nicht etwa in der von der Familie bewohnten Bergregion beobachtet - hier straft sein Vorgehen den Titel der hochlöblichen Schrift schlicht Lügen -, sondern in den Korridoren der Anstalt Narrenwald, wo er noch zur Zeit seines Studiums ein Volontariat absolvierte. Diese Korridore blieben denn auch die eigentliche Wiege von Abderhaldens spätern Untersuchungen, die sich nicht nur mit der Sippe Zero, sondern mit weitern solchen Sippen befassten, deren Angehörige sich öfters als andere in seiner Klinik einfanden, wie Abderhalden dünkte.

Abderhalden hatte es also zu Lob und Ehren gebracht, ohne je ernsthaft die Korridore seines Arbeitsortes verlassen zu haben. Hier lebte er seit Jahrzehnten zusammen mit seinem Fundus, den er zu erforschen trachtete und den er duzte. Insofern waren sich Gottlob Abderhalden und Kollege Wasserfallen nicht unähnlich. In derselben Region aufgewachsen, verliessen sie die heimatlichen Berge nur, um später, ermutigt durch Auszeichnungen und die Veröffentlichung diverser Schriften, die Sippen wie Zero oder Markus oder Xenos gewidmet waren, zurückzukehren, zu ehrbaren Beamten erkoren. Der eine zeichnete sich auf psychiatrischem, der andere auf anthropologischem Gebiet besonders aus. Diese scheinbare Verschiedenheit aber wurde durch die Tatsache aufgehoben, dass sich Psychiatrie und Anthropologie aufs beste ergänzten, wenn man jene Zeiten berücksichtigt, der die beiden Männer ihr junges Wissen verdankten, das sie dann in der ihnen anvertrauten Anstalt an Nachkommen der Zeros und Markus' und Xenos' vertieften.

Während jetzt also Gottlob Abderhalden Zweierlei begrüsste, dessen grauer Blick mürrisch und etwas verhangen in Abderhaldens feistem Gesicht herumstöberte, befand sich der Doktor gleichsam am Beginn einer neuen Aufgabe, am Beginn einer anthropologischen Rennstrecke, die es zu bewältigen galt. Alles hat seine Logik, die Schmach der wissenschaftlichen Abstinenz ein Ende. Abderhalden rieb sich nun doch die bäurischen Hände. Ein segensreicher Tag, fistelte er und noch einmal: ein segensreicher Tag für dich, jetzt beinahe drohend. Frischlingen wie Zweierlei schüttelte man keine Hand, jetzt noch nicht. Weitgereist waren sie alle, diese Zweierleis ohne richtigen Namen. Er nahm es Wasserfallen übel, die Eintrittsformalitäten nicht erledigt zu haben. Immerhin war dieser auf Pikett. Er würde Karoline Presskopf mit dem Papierkram beauftragen. Später. Beim Gedanken an die Presskopf schob Abderhalden seinen unförmigen Leib noch weiter vor.

VI.

Verdrossen schlendert Zweierlei hinter Abderhaldens Leibesfülle zum andern Gangende. Den in stumpfem Grau gehaltenen Wänden entlang sitzt auf langen, weissgestrichenen Bänken das Empfangskomitee, Mann an Mann, mit Kopfstimme begrüsst von Abderhalden, geduztes Patientengut, Abderhaldens Fundus. Mit vollendeter Unhöflichkeit ignoriert Zweierlei sein Komitee, die grauen Wände, geradezu erholsam fürs Auge durchbrochen von schweren hölzernen Türen, ignoriert den beissenden Geruch aus den Waschräumen. In allen Anstalten stinkt es aus den Waschräumen, leicht abgestuft vielleicht durch die zur Reinigung der Kranken verwendete Seife und die Qualität der Zigaretten, die dort gerade in Mode sind und nachts bis hart hinunter zum Filter mit zitternden Fingern und gierig geraucht werden.

Zweierlei zelebriert seine Verdrossenheit so überheblich wie nur möglich. Er stapft hinter Abderhalden her, dessen Gang noch immer das Wälzende, Schleifende hat. Vorbei an den offenen Türen, die den Blick in die Wachsäle freigeben, wo die Betten militärisch geordnet strammstehen, im Überweiss der getünchten Wände strammstehen, weisse Eisengestelle mit verwaschenem Bettzeug darin und dünnen Matratzen, in denen manch einer ausgelitten haben mochte für immer und mancher wohl schrie, als, die frechen Gesichte allgegenwärtig im Gehirn, dem unnachsichtigen, das geile Gelächter noch nicht verstummt war. Das allgegenwärtige Gehirn. Das vermaledeite. Den Hirten sieht Zweierlei nicht, den Guten, thronend in Altrosawolken über den Betten. Frei in diesem Gemäuer ist nur der Holzwurm, der überlebt das Giftgold und das Terpentin auf dem barocken Holzrahmen, frei ist er, und frei sind die, die weglitten in den Betten, auf den dünnen Matratzen im verwaschenen Bettzeug.

Nichts sieht Zweierlei. So verdrossen stapft er durch den Gang ans andere Ende, hört nichts, auch nicht das Murmeln und Brabbeln und Sabbern und Keuchen und Stöhnen und Kichern und Geifern und Labern der Lebenden. Der Toten. Welche Sprache spricht der Holzwurm, der freie? Spricht die Sprache der Freiheit und lacht. Zweierlei hört nichts und gibt sich, gesamthaft gesehen, als guter Patient. Einer wie Zweierlei hat nicht hinzuhören, zu sehen, zu sabbern und wabbeln und brabbeln und murmeln und kichern und keuchen. Hat er nicht. Sieht nicht das Lamm auf des Hirten Schultern, zart beleuchtet von Altrosawölkchen, das niedliche Mäulchen zum Dank geschürzt und blutleer das Zünglein. Nein, das Licht im Gewöll des Lämmchens sieht er nicht. Sieht nicht das Kreuz an der Wand gegenüber dem Hirten, das unerbittliche Kreuz. Sieht nicht Christus, den Leidenden, am Mahagoni hängen, der silberne Leib von silbernen Nägeln gehalten und strahlend das Rot auf der Brust, der leidenden, der mitleidverströmenden Herzjesubrust. Sieht nicht. Stapft durch den Gang.

Julius Pipperger kicherte. Was Hochzeiten betraf, war Pipperger beileibe nicht zuständig. Er hatte vor vielen Jahren in einer jener zerfledderten Zeitschriften, die in allen Anstalten der Welt aufliegen, gelesen, dass es in allen Reisländern Brauch war, Hochzeitspaaren Reiskörner zu streuen. Das fröhliche Bild erfreute den Pipperger so sehr, dass er, trotz des unschönen Kaffeeflecks auf dem glutäugigen Mädchengesicht, immerhin sah man das luftige, weisse Hochzeitskleid und die Blumengirlanden an ihrem schlanken Hals, fortan Reis zu streuen pflegte. Meist zu Unzeiten. Julius Pipperger beobachtete kichernd Zweierleis mürrisch zelebrierte Ankunft, überhörte geflissentlich Abderhaldens gefistelte Höflichkeiten, wie er dies immer tat und dazu gluckste. Zur Unzeit streute Julius Pipperger - und es war ihm ein guter Einfall - seine Reiskörner auch jetzt, so dass es unverschämt kullerte über den tannigen Boden des langen Korridors, wo kein Teppich lag. War man nicht engelgleich nur als Handelnder? Schöpferisch dünkte Julius Pipperger sein Werk fürwahr; es knirschte beträchtlich unter Abderhaldens grossen Schuhen und auch unter den Schuhen Zweierleis, der nachdenklich zu Boden starrte und dann den Pipperger ins strenge Visier nahm. Aber genau das hätte er nicht tun dürfen, auch eine Handvoll Reiskörner kann einem wie Abderhalden oder Zweierlei zur Falle werden. So stolperte denn, unter dem tosenden Applaus des auf den rohen Holzbänken eng zusammengerückten Empfangskomitees, Mann über Mann, hielt sich der eine am andern fest, bis Zweierlei, wendiger als Abderhalden, auf diesen zu liegen kam und keuchend dessen Hals festhielt, der feist und bleich auf seinem massigen Leib sass und sich unter dem festen Griff der breiten Männerfäuste rot färbte. Der Kopf schwoll ihm zur Ungrösse, ihm, der doch ansonsten schon eine Unmenge Kopf besass, zumindest, was die äussere Erscheinung betraf. Ein geradezu erhebender Anblick, ein göttlicher sozusagen, der den Pipperger beeindruckte. Kichernd, das Knie mit den luftig an seinen Armen flatternden Patschhändchen bearbeitend und mit wiegendem Oberkörper, beobachtete Pipperger, wie Zweierlei sein Reich in Besitz nahm, endlich beinahe federleicht auf dem gewaltigen Arsch Abderhaldens landete, dessen Hals Zweierlei noch immer drückte und knetete und dabei heftig atmete. Aber nicht gar so heftig wie Abderhalden, der sich unter Zweierleis kräftigen Schenkeln wundwand und dabei so herzerfrischend quiekte, dass es dem Pipperger eine Freude war und er seinen wiegenden Oberkörper in der Balance halten musste, um nicht sich selber ernsthaft zu gefährden oder gar den Nachbarn anzurempeln. Pipperger hasste fremde Berührungen, da machte er keine Ausnahmen, selbst in heftigster Gemütsbewegung nicht und auch nicht bei Don Ricardo, der sein bester Freund war und immer neben ihn, Pipperger, zu sitzen kam und seine Psalmen so schön zu lamentieren wusste. Auch bei Naturereignissen wie diesem hier, dem göttlichen. Während Abderhalden, jetzt auf dem Rücken liegend und immer noch quiekend, seine Mannheit zu schützen suchte und Julius Pippergers Oberkörper gefährlich weit ausholend auf dem schmalen Gesäss hin und her wogte, psalmodierte Don Ricardo, ungerührt von den Naturgewalten, die sich zu seinen Füssen weitab menschlicher Bewusstseinssphären ein göttliches Stelldichein gaben.

Im Reigen jubelnd jetzt das Empfangskomitee, an die zwanzig Mann, am lautesten jubelte Julius Pipperger. Das Vergnügen des Reiskornwerfers war vollkommen, als Abderhalden, ein Zerstörter, Erledigter, ein gefällter Riese, Gott in der zweiten

Reihe und arm an Anmut und Kraft, mit hoher Stimme nach Karoline Presskopf rief, von der nun bald die Rede sein wird und ausgiebig. Zeus, schrie Julius Pipperger jauchzend, uns ward ein Zeus geboren in dieser Zeit, in dieser vermaledeiten; in diese stinkende Abtrittfegerloge hineingeboren ward uns ein Zeus, o guter Gott, ein Zeus, der nahm sich den gewaltigen Arsch des Abderhalden zum Reich. Da Julius Pipperger wusste, was sich gehört, half er dem grunzenden Zweierlei, der fortan Zeus hiess bis an sein Ende, auf die Beine und klopfte ihm den Staub vom Rücken, ehe er sich mit einem tiefen Bückling verbeugte. Zeus liess es sich gefallen. Noch war ihm zu leben befohlen. Derlei göttlichen Widersinn zu ergründen, wäre vermessen, dachte auch Julius Pipperger, der Hand an die fremde Geschichte gelegt und ihr damit gewissermassen seine ganz persönlichen Zusammenhänge übergestülpt hatte.

Ob Julius Pipperger hingegen als Nutzniesser seiner persönlichen Vita zu betrachten war, kann man getrost bezweifeln. Als Nachkomme des geschickten und frommen böhmischen Henkers Johann Baptist Pipperger war er sich der Bescheidenheit sehr wohl bewusst, die zu leben Auftrag und erste Würde bedeutete. Mutter Pipperger hatte dem jungen Julius nur flüsternd von Johann Baptist Pipperger gesprochen, vor der Abendandacht seiner in Ehrfurcht gedacht und den Buben Julius täglich angewiesen, dessen Andenken ehrerbietig, aber mit grösster Entschlossenheit in den kindlichen Schlaf mitzunehmen und, getreu seinem christlichen Glauben, Fürbitte zu leisten. Nicht etwa für Johann Baptist Pippergers Seele, die man im Himmel und dort zur Rechten Gottes wusste. Nein, der Gehenkten Seelen sollte er gedenken und für sie beten, denn es geht die Sage um beim Geschlecht der Henker, dass diese Seelen, ungetröstet, viel Unheil anzurichten wissen, unverwüstlich, wie das Unerlöste vor sich hin zu leiden hat in alle Ewigkeit.

So bat denn auch der jüngste Spross der Pipperger um Erlösung für die Seelen jener vom Urahn Pipperger Gehenkten und schlotterte in seinem Kinderbettchen vor Angst, als wäre der

Leibhaftige hinter ihm her oder zumindest die Seelen, für die er bat und flehte, bis endlich der Schlaf sich seiner erbarmte und Ruhe ins Kinderherz einkehrte.

Julius Pipperger unterliess es, von seinen Träumen zu reden, vom Reisen ins Henkerland, von den Henkerszungen, die unflätig mit ihm sprachen, in den Mauern des Schlafs und des Traums. Über Unflat wurde im Pippergerschen Haus nicht geredet, wenn auch das Henkergerede immer unflätiger wurde und lauter und Julius Pipperger beizeiten dem Wahn verfiel. Da half kein Heulen und Zähneknirschen, obwohl Pipperger das seinerzeit gesunde Gebiss zum Opfer darbot und knirschte, bis das Anstaltspersonal es nicht mehr aushielt, die Nachtschwester vor allem, aber auch die Gefährten auf der Abteilung E und Bonifazius Wasserfallen, der, auf die Anstaltsruhe und den gesunden Schlaf aller bedacht, genervt nach dem Zahnarzt rief und das Gebiss des Julius Pipperger entfernen liess. Julius Pippergers Wahn hingegen fand allseits Beachtung, ja begeisterte Beachtung, als Gottlob Abderhalden in den Annalen zu stöbern begann. Er entdeckte, dass die Pipperger eine geborene Janocek war und deshalb eine direkte Nachfahrin jenes Janocek sein musste, der vom alten Johann Baptist Pipperger eigenhändig gehenkt worden war und der einer grossen Landfahrersippe berüchtigtster Hoffnungsträger gewesen sein soll. Mit der Pipperger, geborene Janocek, starb das Geschlecht aus, denn den Julius Pipperger hatte man frühzeitig kastriert wegen des Wahns und der Herkunft, nicht nur von Vaters Seite. Pipperger, niemandem gram, ertrug sein Schicksal mit Würde, wie zu Kinderzeiten, als es beten hiess und flehen für die Seelen der Gehenkten, als das unflätige Reden begann, erst leise, dann lauter und sich schliesslich zum Orkan auswuchs in seinem armen Gehirn. Die anfängliche Begeisterung für seinen Wahn, ja selbst die Ordnungssucht der Herren Wasserfallen und Abderhalden hielt sich bald einmal in Grenzen. Jahre später verebbte die Heilsorgie um seine Person vollends, so dass Julius Pipperger einem glücklichen Lebensabend entgegensehen konnte, der Reiskörner gewiss in der Jackentasche, der rechten.

Als beiderseits des langen Korridors ohne Läufer auf dem tannigen Boden klirrend Schlüssel ins Schloss fielen, stand Zeus wieder fest auf seinen Beinen. Auch Abderhalden stand, ordnete umständlich das Beinkleid über der schmerzenden Mannheit, den grimmigen Blick geduckt unter den dichten Brauen, sprungbereit jetzt trotz der Leibesfülle, die ihm bei dem vorangegangenen Gerangel zum Verhängnis geworden war. In den Senkel stellen würde er den, Zeus in den Senkel stellen. Schwer wog die Schmach, den nicht selbst geritten zu haben, den Meineidigen. Hatte man nicht Gott selbst angerufen, schwer atmend am Boden. Half's nicht, mussten dem Kräfte gegeben sein, des Leibhaftigen würdig.

Zeus' Gesicht, leicht überschattet schon wieder vom Überdruss, verlor seinen überirdischen Glanz.

VII.

Es mag an der einheitlichen Architektur staatlicher Einrichtungen dieses Genres ebenso liegen wie an der im Laufe vieler Jahrzehnte zur höchsten Reife gelangten Ritualisierung zwischenmenschlicher Kommunikation in solchen Anstalten: das Öffnen einer Anstaltstür, ja bereits das Schlüsselklirren kurz zuvor übt eine geradezu magische Wirkung auf die Internierten aus. Nicht nur in der Flurer Anstalt Narrenwald, nein allerorten, wo Kranke anzutreffen sind und in langen Korridoren eng zusammengepfercht einen gewichtigen Part nicht nur des Tages, sondern auch des Lebens hinter sich zu bringen haben. Ohne eine andere mögliche Handlungsvariante überhaupt in Betracht zu ziehen, dauerparalysiert durch den tiefgreifenden Verlust an Wundergläubigkeit, eins der am häufigsten anzutreffenden Anstaltssyndrome vor allem bei chronisch Kranken, wird der sich öffnenden Tür entgegengestarrt. Nicht etwa interessiert oder hoffnungsvoll, im Gegenteil, es ist ein schicksalergebenes Starren, stumpf im Ausdruck, ohne jeden Glanz. Hinter diesem Starren verbirgt sich nichts, rein in seiner Hoffnungslosigkeit, denunziert es die Hoffnung als Obszönität, als des Teufels Oblate. Es ist dieses Starren ein jungfräuliches Prinzip, im Auge zum Tode Verurteilter ebenso sichtbar wie in den Augen psychisch Leidender. Bestürzung zu erfahren hingegen, welch heitere Fleischeslust und, gerade deswegen, erbärmlich vergänglich. Man starrt also jeder sich öffnenden Tür entgegen wie der dieser Öffnung vorangegangenen Öffnung, man registriert das der Öffnung vorangegangene Schlüsselklirren wie das der vorangegangenen Öffnung vorangegangene Schlüsselklirren, es werden keine Wetten abgeschlossen, wozu auch. Es wird kein Rufen laut, wozu auch. Die, die sich wiegen, wiegen sich starrend weiter, die, die sabbern, sabbern starrend weiter und brabbeln weiter und girren und gurren und labern weiter vor sich hin, eine selige Akzeptanz des Ereignislosen umgibt die Leiber der Eingesperrten.

Aber diesmal war es ein ungebührliches Schlüsselklirren und Öffnen der Türen an beiden Enden des langen Ganges. Weder wurde ein Esskarren hereingeschoben, noch war es die Zeit der Medikamentenabgabe. Auch eine Visite des Fürsorgepersonals oder eine der vielen Anstaltsärzte stand nicht auf dem Plan; ebensowenig war es die Stunde der Ergotherapie, zu der die Männer der Abteilung E täglich abberufen wurden, so sie nicht bettlägerig waren. Ein wahrlich ungebührlicher Tag war dieser. Erst hatte die seltsame Ankunft Zeus' auf der Abteilung Männer E den natürlichen Ablauf der Stunden gestört und die Internierten mehr, als ihnen zuträglich war, irritiert, jetzt das Schlüsselklirren und Öffnen der Tür ausserhalb der gewohnten Zeiten. So mischten sich denn ungläubiges Staunen und Missmut in das Starren zur ungewohnten Stunde. Unerwartete Ereignisse waren rar. Dies war eins, als zu zwei Seiten des langen Ganges Schlüssel ins Schloss geschoben und beide Türen gleichzeitig aufgerissen wurden; aus der Dunkelheit des Korridors hinter der Tür des vordern Gangendes erschien die Gestalt der Karoline Presskopf im Türrahmen, während Bonifazius Wasserfallen die Öffnung der Tür des hintern Gangendes füllte.

Im Bewusstsein, die Anstaltsatmosphäre des Hauses Narrenwald wesentlich zu bereichern, versah Karoline Presskopf seit bald zehn Jahren ihren Dienst an den Ärmsten der Armen im Geiste. Bescheiden und ohne viel Aufhebens hatte sie um Einlass in die Anstalt ersucht, nachdem sich ihr Mann, Professor Doktor Ulrich Presskopf, ebenso bescheiden und ohne Aufhebens aus dem Leben entfernt und im Gerichtsmedizinischen Institut, als dessen Direktor er zu Lebzeiten amtierte, einen Kunstfehler auf dem Seziertisch zurückgelassen hatte. Der Kunstfehler, die gewesene Kurzwarenhändlerin Kunigunde Waser, auf der Frauenabteilung C der Psychiatrischen Anstalt Narrenwald verstorben, wäre kein Kunstfehler geworden, hätte man auf ihre Zimmernachbarin Rosa Zwiebelbuch gehört, als diese lauthals nach Bonifazius Wasserfallen rief, den zu massregeln sie grimmig gewillt war. Nicht als Kunstfehler wäre die Kurzwarenhändlerin Kunigunde Waser auf dem Seziertisch des Gerichtsmedizinischen Instituts gelandet, hätte sie einer andern Sorte Menschen angehört als jener, die nach Wasserfallens wissenschaftlichen Forschungen öfter als andere der psychiatrischen Hilfe anheimfällt und meist ungebessert, aber verstummt ihr ohnehin minderwertiges Leben gleichsam im vorbezogenen Leichenhemd stoisch vollendet.

Es starb sich leicht in diesen Kreisen, wenn auch verschieden. Die schöpferische Lust des Todes, sein geradezu fröhlich unmoralischer Umgang mit dem Variantenreichtum mortaler Möglichkeiten nimmt sich bekanntlich auch derer an, die arm an Abwechslungen vor sich hin gelebt hatten. Um so mehr empörte sich Rosa Zwiebelbuch, deren Bettnachbarin so gar nicht stoisch verstarb, sondern erbärmlich erstickte, nicht ohne vor der endlich einsetzenden Agonie schreiend und weinend nach Hilfe gerufen zu haben. Als die Leiche Kunigunde Wasers dem gerichtsmedizinischen Direktor Presskopf zugeführt wurde mit dem Auftrag, die exakten Umstände ihres Ablebens zu durchleuchten und anschliessend die Wahrheit, nichts als die Wahrheit zu sagen, schnaubte Rosa Zwiebelbuch wütend und schrie nach Bonifazius Wasserfallen. Er hatte ihr seelisches Gleichgewicht durch die unsachgemäss behandelte Atembehinderung der gewesenen Kurzwarenhändlerin Kunigunde Waser arg strapaziert. Der unsachgemässen Behandlung des Leidens der Kunigunde Waser, Rosa Zwiebelbuch war sich dessen sicher, hatte sie jene schlaflose Nacht zu verdanken, als ihre Bettnachbarin weinend nach Hilfe schrie und dann an einem Erstickungsanfall verschied. Rosa Zwiebelbuch behauptete, mit eigenen Augen gesehen zu haben, wie man die gewesene Kurzwarenhändlerin Kunigunde Waser mit Medikamenten ruhigstellte, die den Anforderungen einer Asthmabehandlung offensichtlich diametral entgegenstanden und eher verstärkten, was sie zu bekämpfen vorgaben. Da man jedoch allerorten und besonders in der Anstalt Narrenwald den Reichtum des Wissens immer auf Seiten der weisen Weissen glaubt und eine, arm im Geist wie Rosa Zwiebelbuch, als Anklägerin kaum in Betracht kam, wurden ihre Anklagen, ihr Behaupten und Lamentieren mitleidig überhört.

Als Ulrich Presskopf den Leichnam der gewesenen Kunigunde Waser zu sezieren begann, verlangte er ihre Akte. Es wurde ihm sofort und arglos Einsicht gewährt. Bei der Verstorbenen handle es sich, war in der Akte zu lesen, um eine uneinsichtige, aufsässige Patientin mit stark hysterischen Zügen. Komme man ihren übertriebenen Bedürfnissen nicht nach, reagiere sie mit einem krampfartigen Aussetzen der Atmung, das von einem schauerlichen Lungenpfeifen begleitet werde. Nach solchen Anfällen pflege sie jeweils das Anstaltspersonal um Verzeihung zu bitten, indem sie vor diesem auf die Knie gehe, dessen Füsse küsse und weinend die Hände ringe. Man komme bei Beobachtung dieser peinlichen Vorfälle nicht umhin, Kunigunde Wasers Intelligenz als sehr niedrig einzustufen, ja sie gebärde sich bei solchen Gelegenheiten als ein Kretin. Um ihren auffällig primitiven Drang nach Aufmerksamkeit zu befriedigen und sie im Glauben zu lassen, bei ihrem krampfhaften Aussetzen des Atems handle es sich um ein besonders interessantes und bemerkenswertes Symptom, habe man es vorerst mit harmlosen Asthmacocktails versucht, die aber keine Beruhigung der Person gebracht hätten. Im Gegenteil, die Patientin habe sich mehr und mehr in beinahe schon schamlos zu nennender Weise produziert und sei dazu übergegangen, sich ihrer Anfälle nicht mehr nur nachts, sondern auch tagsüber in fast obszöner Weise zu bedienen. Dies habe viel Unruhe in die Abteilung gebracht, so dass auch andere Patientinnen, die sich üblicherweise ruhig und besonnen der Anstaltsordnung unterwerfen würden, mit höheren Dosierungen ihrer täglichen Medikamente hätten ruhiggestellt werden müssen. Man habe sich deshalb dazu entschlossen, durch Elektroschocks eine Besserung herbeizuführen und so das aufsässige Element der Kunigunde Waser zu eliminieren. Als diese nichts fruchteten, habe man zu den stärkeren Neuroleptika der Gruppe (Name unleserlich) gegriffen, unter deren Einfluss sich die Patientin zumindest für kurze Zeit beruhigt habe. Nachts habe sie eine ziemlich hohe, aber auch bei Patientinnen mit Atembeschwerden noch vertretbare Schlafmitteldosis (Name des Präparats unleserlich) erhalten. Das auffällige Gebaren der Patientin habe aber zu keiner Zeit merklich nachgelassen, von einer Krankheitseinsicht könne keine Rede sein. Oft sei sie vor ihrem

Bett zusammengesunken aufgefunden worden, wo sie verzweifelt geschrien und geweint und gebetet habe. An solchen Auftritten sei aber eine gewisse Künstlichkeit feststellbar gewesen, die Patientin habe sich vermutlich in Szene setzen und so die Aufmerksamkeit des Anstaltspersonals in frecher Weise erzwingen wollen. Am Tag ihres Ablebens habe sie in besonders anstössiger Weise nach ihren Kindern geschrien und unflätig deren Besuch verlangt. Als sie dann auch noch ihren Gatten zu sehen gewünscht und gedroht habe, alle Hebel in Bewegung zu setzen, um der ihrer Meinung nach "ungerechtfertigten Internierung" ein Ende zu bereiten, habe man der Abteilungsschwester Rosy (von den Patientinnen unanständigerweise Abteilungsknüppel genannt) den Auftrag gegeben, die Patientin mit einem Doppelpräparat, einer Mischung aus Beruhigungs- und Asthmamittel, sofort ruhigzustellen. Diesem Auftrag sei ein besonders geschickt inszenierter und dreister "Asthmaanfall" vorausgegangen. Schwester Rosy habe den Auftrag ausgeführt und die Patientin zu Bett gebracht, wo sie sich vorerst ruhig verhalten habe, wenngleich sie etwas kindisch vor sich hin gestarrt und leise geplappert habe. Erst Stunden später, die Nachtschwester habe gerade ihre erste Runde durch die Wachsäle beendet, sei ein Schreien und Weinen zu hören gewesen, die Kurzwarenhändlerin Kunigunde Waser sei heftig atmend und pfeifend im zerwühlten Bett gelegen. Deren Zimmernachbarin Rosa Zwiebelbuch habe, nicht weniger laut schreiend, fluchend und die Hände ringend, aufrecht im Bett gesessen. Sofort habe die Nachtschwester Bonifazius Wasserfallen in seiner Privatwohnung angerufen, der sei auch rasch herübergeeilt in die Anstalt, wo er aber nur noch den Tod der Kurzwarenhändlerin Kunigunde Waser habe feststellen können.

Ein Kunstfehler, dachte der Gerichtsmediziner Ulrich Presskopf, dem die Leiche der Kunigunde Waser zu treuen Händen übergeben worden war. Kopfschüttelnd studierte er die Krankenakte. Ein klarer Kunstfehler, dachte er nach der ersten, eher oberflächlichen Begutachtung der Leiche Waser, verstimmt durch die Pflicht, seinem Stand Loyalität erweisen zu müssen.

Ulrich Presskopf verschied tags darauf ebenfalls und nicht ganz freiwillig, nach einer ernsten und der Angelegenheit angemessen langen Unterredung mit Karoline Pressekopf, ohne die Regeln seines Standes gebrochen zu haben. Drei Rosen zierten den eichenen Sarg, den Presskopfs schneidige Assistenten zu Grabe trugen, eskortiert von seinen Couleurfreunden und Freimaurern, denen er sich zu Lebzeiten und noch im Tod verpflichtet fühlte. Doktor Ulrich Presskopf, gewesener Direktor des Gerichtsmedizinischen Instituts, war ein tapferer, stiller Mann. Lauteren Herzens schied er aus dem Leben.

Bald einmal beruhigten sich die Gemüter jener, die von fahrlässiger Tötung sprachen, was das Ableben der gewesenen Kurzwarenhändlerin Kunigunde Waser betraf. Auch Rosa Zwiebelbuch beruhigte sich wieder, nachdem Abteilungsknüppel Rosy mit Medikamenten nachgeholfen und der widerspenstigen Kindsmörderin versprochen hatte, dass sie durch keine nächtlichen Derangements mehr gestört werde. Fortan hauste Rosa Zwiebelbuch allein im kahlen Gemäuer des Zimmers 21, das sie während Jahren mit der gewesenen Kurzwarenhändlerin Kunigunde Waser zu teilen genötigt gewesen war.

Das kuriose Verscheiden des Gerichtsmediziners Ulrich Presskopf blieb unbeachtet, unauffällig, wie er lebte und zu sterben beschloss. Es herrschte erleichtertes Aufatmen nach den aufregenden Ereignissen, die Bonifazius Wasserfallens Thron nur fast zum Wanken brachten und so gar nicht nach dem Geschmack jener waren, die als Gesandte höherer Fügung diesen Kanton und mit ihm die Psychiatrische Anstalt Narrenwald verwalteten. Die verwitwete Karoline Presskopf ihrerseits fieberte gleich nach dem Weggang des verehrten, wenn auch immer etwas stillen und farblosen Mannes ungeduldig ihrer neuen Bestimmung entgegen, nicht ohne vorher gebührend Abschied genommen zu haben von der Vergangenheit, die Ulrich Presskopf hiess und ihr ein bescheidenes Vermögen hinterlassen hatte. Karoline Presskopf trat ihre Erbschaft selbstverständlich an, es dünkte sie richtig. Auch nahm sie ausreichend dankbar Abschied von seinen verbliebenen Rückständen, die unter den drei Rosen im eichenen Sarg vermoderten.

Später soll die Witwe Presskopf keine Träne mehr um ihren verstorbenen Gatten geweint haben, so sehr war sie von ihrem christlichen Auftrag erfüllt, den Ärmsten der Armen im Geiste zu dienen. Die spärlichen Aufzeichnungen Ulrich Presskopfs zum Tod der Kurzwarenhändlerin Kunigunde Waser verbrannte sie diskret: man hatte den Toten die Ruhe zu gönnen, die ihnen gebührte; man hatte auch einem Kunstfehler ewige Ruhe zu gönnen, pflegte sie später säuerlich lachend und oft zu sagen, wenn einem der jüngeren Pfleger oder einer der Pflegerinnen die Zunge vor lauter Neugierde allzu locker sass.

Karoline Presskopf konnte sich über ihren neuen Lebensabschnitt nicht beklagen. Leicht war ihr der Einstieg ins Anstaltsleben gelungen, und in den Kaffeepausen sass sie zwischen Wasserfallen und Abderhalden, die beide wussten, welch unschätzbaren Dienst sie der Witwe des Verblichenen verdankten. Karoline Presskopf schwieg beharrlich. Dass sie ihre erste Karriere als scharfzüngige, spitze, wenn auch etwas naiv formulierende Hobbyschreiberin der grössten Tageszeitung ihres Kantons, dem Leibblatt des verstorbenen Ulrich Presskopf, abrupt abbrach und dem Dienst an den Nächsten in der Psychiatrischen Anstalt Narrenwald opferte, indem sie sich als Hilfsschwester ZuständigfürAllerlei verdingte, schrieb sie Jahre später ihrem Interesse für eher makabre Lebenssituationen zu. Sie hatte ausgiebig zu schweigen und zu verschweigen gelernt. Sporadisch aufblitzendes Misstrauen in den Augen der Herren Wasserfallen und Abderhalden vermerkte Karoline Presskopf ziemlich gelassen. Ein eher unsensibles Gemüt, kannte sie keine Angst, wie sie Erpresser zuweilen befällt und zu den abwegigsten Handlungen zwingt, bis sie dem grossen Rächer ins Garn laufen. Sie gab glaubhaft vor, Bonifazius Wasserfallen abgöttisch zu lieben, und auch für Gottlob Abderhalden verspürte sie eine gewisse Wärme. Das gelegentliche Misstrauen der beiden Männer liess sie sanft erröten.

Während das Erröten die in reichlich späten Jahren geopferte Jungfräulichkeit auf Karoline Presskopfs streng geschaffenes Gesicht zurückzuzaubern schien, überschlug sie emsig ihren Lebensplan: Sie konnte zufrieden sein. Vorbei der etwas diffuse

Hass auf den neumodischen ökologischen und menschenrechtlichen Firlefanz, dem sich ihre Zeitung aus opportunistischen Gründen (die Ampel stand zu der Zeit auf Rot) verschrieben hatte und den sie konsequent publizierte, so sehr Karoline Presskopf auch scharfzüngig vereinfachend mit ihren Kolumnen dagegenredete, um schliesslich, nicht ganz uneigennützig, zu resignieren. Die vom Hass auf diese staats- und selbstredend auch machtzersetzenden Tendenzen Geläuterte sass nun selbst an einem Hebel, der ihr uneingeschränkte Macht verlieh, die sie bescheiden lächelnd ausübte. Eine kleine Lebenslüge hatte ihr Schicksal besiegelt, was gab es Köstlicheres als das Verschweigen eines Wissens, das andere fürchteten, selbst honorable Herren wie Abderhalden und Wasserfallen. Unbestechlich schwieg sie weiter, ein machtvolles Schweigen, dem sich die beiden demütig beugten. Karoline Presskopfs leibliche Anwesenheit genügte, vor allem Wasserfallens pekuniäre und emotionale Grosszügigkeit wahrhaft königliche Bocksprünge springen zu lassen, ganz zum Vorteil der weiter schweigenden Witwe, die in ruhigen Zeiten vergessen zu haben schien, wofür sie bezahlt wurde. In solchen Zeiten, in Wasserfallens Ordinationszimmer an dessen nacktes Bein gegossen, DASARMEBEIN, bediente sich die Witwe Presskopf ausgiebig, dass es beiden eine Lust war.

VIII.

Zeus hatte sich nun einmal die Zertrümmerung seines privatesten Materials zum Ziel gesetzt, des ihm von Irdischen angedichteten irdischen Leibes, der ihn, in fataler Verneinung aller Logik, von der Sterblichkeit abhielt, ja ihn geradezu zu leben zwang. Es war der epische Sprachstrom seiner Erhalter, dieser Zwangsneurotiker der Verse und Hymnen, der ihn ohne sein Einverständnis seit Jahrtausenden am Leben erhielt - man denke nur an die mittlerweile selbst unsterblich gewordene "Ilias" Homers, die Hymnen und Epen des Aeschylos oder des Aristophanes, in moderneren Zeiten Hölderlins "Empedokles", Rilkes sentimentale Anbetungen des Schlachtgottes Ares und der nicht weniger kriegerischen Artemis, Schillers Enthusiasmen an die Adresse Aphrodites, Goethes närrische Verehrung für Hermes. Ja, selbst Dürrenmatt, den Zeus über Derartiges erhaben glaubte und gnädig, wenn es um den bestmöglichen, literarisch tödlichen Untergang, zumindest der andern, ging, beschäftigte sich über Gebühr mit seinen eigens und nur zu seinem persönlichen Vergnügen geschaffenen Geschöpfen, Launen des Augenblicks. (Mit Frauen dieser Branche beschäftigte sich Zeus nicht, darin glich er akkurat jenen, die ihn zu leben nötigten.) Der Zwang des Menschen, den er so spielerisch geschaffen hatte, seiner unsäglichen Gier nach der immerwährenden Wollust zu dienen: der Zwang dieser armen Geschöpfe, Mythen zu verinnerlichen, ja täglich neue zu ersinnen, zwang ihn seinerseits, über das ihm erträgliche Mass hinaus zu leben. Natürlich ehrten ihn, Zeus wollte es nicht leugnen, all die Heldentaten, die als Dichtungen die Jahrhunderte überdauerten. Es ehrten ihn die Lobpreisungen seiner archaischen Potenz, seiner Kampfeslust, seiner Machtgier. Es ehrten ihn all diese ehrfurchtsvollen Verse, sofern kunstreich in klassische Form geschmiedet. Sie besangen seinen kosmischen Ruhm mehr als jede Eroberung, seien es nun Frauenleiber oder Ländereien. Was ist eine Heldentat, auch eine erdichtete, ohne den, der sie besingt? Was wäre eine List ohne den Überlisteten, der sich bezwungen in den Staub wirft? Zur Göttlichkeit geadelt wird sie erst durch den Sänger im Staub, durch dessen schrankenlose

Unterwerfung im Gesang und im Staubschlucken. Das war ihm, Zeus, während Jahrtausenden recht. Zugegeben, seine Eitelkeit war sprichwörtlich, auch sie wurde in Hexametern besungen, in Epen, Dramen und Elegien verewigt. Aber seit einem Menschenalter war ihm seine Eitelkeit ebenso lästig wie die ehrerbietige Devotion der Sänger, kam sie nun in metrischen Versen daher oder nicht. Der erste kosmische Metriker wünschte die Metrik zum Teufel, Ohropax - Friede seinen Ohren - kam für seinesgleichen nicht in Frage.

Wenn einer des irdischen Leibes überdrüssig ist, sei dies nun des Alters oder anderer widriger Umstände wegen, kümmert er sich traditionsgemäss um die Art seines letzten Ganges wie um die Stunde hierfür, die ihm richtig erscheint. Er schafft sich sozusagen seinen letzten, sehr persönlichen Mythos, etwa, wie dann später in Todesanzeigen oder in Curricula vitae nachzulesen ist: "Im Kreise ihrer Angehörigen ging Amalie Lichtenstamm getröstet in die ewigen Osterfreuden ein". Die Tatsache, dass heute vorwiegend in Spitälern vom Leben Abschied genommen wird, soll uns nicht täuschen, sind doch diese Spitäler ebenso zu Mythen verkommen wie Schillers freudiger Götterfunken, der sich Beethovens Symphonie zur Schlafstatt nahm. Gleichzeitig gestattet der Aufenthalt im Spital den Zweifel an der Sterblichkeit bis in die letzten Sekunden. Ich sterbe, ich sterbe nicht: Die weisse Margherita lässt sich rupfen bis ans End. Ist das Spiel einmal verloren, hat man's kaum bemerkt, ist hinüber, wie der Volksmund - ohne das Drüben der Erloschenen näher zu umschreiben - etwas naiv behauptet. Wer im Leben Mythen braucht, kann ihrer auch im Tod nicht entbehren. Schliesslich, im Tod, erklärt sich der, dem zu Lebzeiten aller Götter Unsterblichkeit zum Mythos taugte, selbst zum Mythos. Als Mythos dann darf er getrost der spätern Enkel stete Geissel sein. So schaffen Mythen immer neue Mythen, die, sakrosankt, ihn, Zeus, aufs allerärgerlichste immer neu mit Lebenslust vergifteten. Der Todestrieb, wie ihn die Wissenschaft in immer neuen Variationen herbeisang, blieb ihm, dem Immerwährenden, mit all seinen Vorteilen vergönnt.

Mit düsteren Gedanken reichlich versehen, stapfte Zeus am Arm seiner neuen Leibgarde, der Wärterin Karoline Presskopf, durch die Korridore des gigantischen Gebäudekomplexes der Flurer Heil- und Pflegeanstalt Narrenwald. Nicht etwa, dass er sich ihrer Hässlichkeit sonderlich schämte, für derlei Eitelkeiten blieb fürwahr nun keine Zeit. Aber ein Lächeln wäre doch wohl nicht zuviel verlangt, ein Lächeln für den Lebensmüden. Selbst Zeus' über alles gestrenge, frühere Gattin, die, was die markerschütternden Brunstschreie (nur zu oft galten sie fremden Schönen) ihres liebestollen Gatten betraf, recht eigentlich buchhalterisch veranlagt war, pflegte zu lächeln bei seinem Anblick. Und sie lächelte, dessen erinnerte sich Zeus nur allzu gut, besonders lieblich zu trickreichen Intrigen, die ihn bändigen sollten. Geradezu grimmig gedachte Zeus ihres lächelnden Mundes selbst während der Zeiten der Menstruation. Er liess das Wort im Munde genüsslich zergehen, so sehr entzückte ihn das Vorhaben, wenigstens einen Bruchteil der ihn und sein früheres Weib umgarnenden Mythen zu seinen Lebzeiten zu zerstören. Behaupten doch Dichter und Denker noch heute, im schon etwas abgetakelten Seniorenbad, in der Peripherie des Olymps, wo sich auch das Kurhaus der Götter befand, hole sich Hera, so wurde sie von ihren Bewunderern fälschlicherweise genannt, jährlich die Jungfräulichkeit zurück. Sie, die stets alles fahren liess, was fortdrängte, ausser ihn, den Göttergatten Zeus.

Nun, die da, seine ihm von Doktor Wasserfallen persönlich verschriebene Wärterin Karoline Presskopf, lächelte nicht. Steif und zielstrebig trippelte sie an seiner Seite den Säuberungsstätten der Flurer Irrenanstalt Narrenwald entgegen. Sie befanden sich am Ende des langen Korridors, links die Toiletten und emaillierten Waschbrunnen, rechts die Dusch- und Baderäume, stille Zeugen männlichen Zerfalls und männlicher Schwäche. Zeugen aber auch letzten Aufbegehrens wider den chemischen Eingriff in die Natur, die selbst hier ihr Recht und auch die karg bemessene Lust nach Ewigkeit verlangt. Da lockt's und kost's und zärtelt's gegen die Verzweiflung an mit nichts als sich im Spiegel. Wo menschliche Vernunft, und sei sie noch so dünn dosiert, gewaltsam begraben wird, sozusagen bei lebendem Gehirn, da kann der Trieb, der vermaledeite, um so fröhlicher wüten. Davon profitierte nicht zuletzt das Anstaltspersonal, das, nicht ganz ohne alle Lust zumeist, den Triebhaftesten und Sehnsüchtigsten, den Gierigsten unter den Gierigen die verzweifelt fröhlichen Hände zum Gebet schnürte, mit breiten Mullbinden, die dann eine Zeitlang weiss und rein am Körper leuchteten. So war's dem Herrn Jesus recht, dem dort im Wachsaal, dem Leider am Kreuz.

Vom Olymp besehen, befand sich Zeus gewissermassen in den Niederungen, im Unterland. Nach irdischen geographischen Selbstverständlichkeiten aber verhielt es sich exakt umgekehrt, er befand sich auf dem Scheitelpunkt eines granitenen, hoch gelegenen Plateaus, von dem aus der gesamte Rest der Gegend Unterland genannt wurde. Nach der Burgbrücke, sagen die seltsamen Bewohnerinnen und Bewohner dieser majestätischen Gebirgswelt, in die das gigantische Bauwerk Narrenwald einst geradezu blindwütend hineingehauen wurde, beginnt das Unterland, was soviel wie Ausland, Fremde, das Geheimnisvolle, Gefährliche bedeutet. Da es die gigantischste aller Anstalten war, die diese Bergwelt vorzuweisen hatte, entschied sich Zeus für selbige und hoffte, die Besonderheiten hiesiger Charaktere würden ihm bei seinem Vorhaben behilflich sein.

Das so - je nach Beschaffenheit der hiesigen Geister ehrfurchtsvoll, ängstlich, hin und wieder auch eher dumm, verächtlich - benannte Gefährliche, Fremde hatte, wie jeder andere anständige Ort, einen Namen: DERORT. Aber mit derartigen Granit- und Kalkgebirgen vor der Stirn wird nur allzu verständlich, dass sich die Einheimischen des Namens nicht erinnern mochten, der die Projektion ihrer Sehn- und Glückssüchte verkörperte, aber auch ihr sprichwörtlich gewordenes Talent, Namen ebenso zu verwechseln wie Geldbeutel, Soutanen und, in sehr viel früheren Zeiten, Soldateneide.

Zeus, für Belustigungen noch immer empfänglich, dünkte die Wahl gut. Als Mythos zum Überleben verurteilt, konnte ihm eine Bergwelt nur recht sein, die sich selbst zum Mythos erhoben hatte und deshalb, wie er, zum Überleben wider alle

Vernunft verurteilt war. Hier ist gut sterben, dachte Zeus, er konnte sich - immer noch am Arm der Wärterin Karoline Presskopf - ein maliziöses Grinsen nicht verkneifen. Er schritt energischer aus, was seine Begleiterin aus dem trippelnden Rhythmus brachte und in Rage. Verschlagen drückte er ihren mageren, rührend kindlichen Arm an seine Rippen. Das Resultat kam einem unverhofft geschenkten Erfolg gleich. Karoline Presskopfs Mund verzerrte sich zu einem schmerzvollen Lächeln, was ihr Gesicht augenblicklich verschönerte. Eigenartig, sinnierte Zeus, was er, wollte er seinen Biographen trauen, vor Jahrtausenden launig und jauchzend geschaffen haben soll, schien sich selbst nur im Schmerz existent. Nicht Freude war es, die sie jubeln liess, nein, der Schmerz. Als hätten sie sich ein Leben lang zu bestrafen, litten sie vor sich hin, stumpf und klaglos, kein Fluch erschütterte mehr das Weltall. Wider alle Vorhaben erinnerte sich Zeus mit Genugtuung der frühern Flüche, die sein Wirken begleitet hatten. Wenn sie in Kirchen, Moscheen und Tempeln beteten, so baten sie nicht etwa um Freude, sie baten um noch mehr Schmerz, litten noch demütiger: ein verachtenswertes Geschlecht. Schicksalergeben und ohne Saft in den Knochen verstiessen sie alles, was sich in die Tiefen der Leidenschaft wagte, was fluchte und zürnte und in aller Wildheit zu lieben vermochte. Im Zorn, erinnerte sich Zeus, war aller Liebe Anfang. Dieses allegorische Paar, so befand er, hatte in den letzten Jahrhunderten eine ungebührliche Entschärfung erfahren mit dem Ergebnis, dass in der Liebe nur mehr gefragt wurde, wer denn, grad zur Stunde, um Damokles' Willen wen zu erleiden hat. Dass sich solches heutzutage noch Liebe nannte, war nur eine von vielen Obszönitäten. Da war man denn doch als Göttervater ehrlicher, obwohl man beim Lügen, als Übervater, der man mangels Grossvater oder besser Übergrossvater war, straffrei ausging. Selbst ein solcher wurde ihm, Zeus greinte beinahe, aus überaus egoistischen Gründen verweigert.

Ganz Stoiker, stapfte Zeus neben seiner Wärterin einher, die nun, durch Zeus' niederträchtige Berührung verschönt, beseelt von einem fast überirdisch sanften Gefühl, den Waschräumen geradezu entgegenflog. Zeus sah nichts, hörte nichts, ganz in seine Grübeleien vertieft, blieb ihm der Anblick seiner doch eher schäbig zu nennenden Umgebung erspart. Er schweifte ein Menschenleben zurück in die Zeit, als er sich im Unterland, am Ort, niederliess. Mit seiner Ruth hatte er damals, enthusiastisch, wie es sich für Gott und Göttin gehörte, ein Übersetzungsbüro eröffnet. Zeus kam dem Geheimnis nie auf die Spur, weshalb sie von den Sterblichen in Verkennung aller Historie Hera gerufen wurde, seine Ruth, die er abwechslungsweise RuhtamAbend, RotRuhtdasAbendrot, IhrerPauseBackerot, manchmal auch, während besonders intimer Aktivitäten, DerrohenKüsseLippen nannte. In Zeiten, die Schönheit als subversiven Akt handelt, ermangelt es bekanntlich auch der exakten Sprache, und so machten sich beide, Gott und Göttin, auf, Mist und Mythen zu entziffern, deren Inhalt zu übersetzen, sie dorthin zurückzuführen, wo alles begann. Ruth hatte immer, oft laut und wütend, behauptet, die Blume sei der einzig wahre Mythos, für den zu leben sich auch eine Ewigkeit lang lohnen würde. Sie war kokett und etwas unklar, seine Ruth, den Mist beschrieb sie nicht weiter, wohl aber die Beschaffenheit der Blume, mit der sie den sanften, etwas schmierigen Glanz des Edelweiss' meinte. Ein Edelweiss prangte denn auch auf ihrer gemeinsamen Visitenkarte, die sie an Interessierte und Desinteressierte, Befreundete und solche, die sich befreundet glaubten, abgaben. Ein Edelweiss auf blauem Grund und dann die lapidare Erklärung, ein Übersetzungsbüro zu betreiben.

Gerade durch seine Arbeit als Übersetzer vermeintlicher und tatsächlicher Mythen wuchs Zeus die gewählte Sterbestätte Narrenwald so recht ans Herz. Narrenwald, ausserhalb des Ortes DERORT, war der Ort, wo seine müde Unsterblichkeit zu ruhen gedachte. Göttlichkeit ist kein Ort, nur ein mehr oder weniger wünschenswerter Zustand. Jetzt hatte Zeus die göttlichste aller göttlichen Möglichkeiten gefunden, Narrenwald in einer Gebirgswelt, die sich selbst zum Mythos erhob, von dem er zu profitieren hoffte. Zeus vergass Missmut und Lebensüberdruss. Er jodelte am Arm seiner Wärterin.

Den Dusch- und Baderäumen entströmte heute ein besonders penetranter Geruch. Karoline Presskopf presste die schmalen Lippen zusammen und hielt den Atem an. Sie fingerte nach dem Schlüsselbund. Sie war so gar nicht Ruth, DerAbend-röteroteRuth.

IX.

RuthamAbend. RoteRöteruhtRuth.

Sie stand am Ende seiner Welten und versank mit dem Übersetzungsbüro EdelweissaufblauemGrund für immer in den dunklen Tiefen eines russischen Botschaftsbriefkastens, der sich am schmiedeeisernen Gitter der russischen Botschaft in der Landeskapitale befand. Als unscheinbarer Schlüssel mittlerer Grösse, der unbedingt - und das komplizierte die Angelegenheit erheblich oder anders: Zeus befand sich dadurch in besonderer Gefahr - in das erst kürzlich neu montierte Schloss an seiner, Zeus' Wohnungstür passen wollte. Dies mindestens behaupteten jene Sozialbeamten, die sich kurz nach dem Vergehen RuhtRuths im russischen Briefkasten an Zeus' Wohnungstür gewaltsam vergingen, um ihm eine recht handgreifliche Vorladung zu überbringen, die sie schliesslich zur Deportation in eine für solche Spinner geeignete Anstalt bevollmächtigt hätte. Der Schlüssel fand in das den Bedürftigen verpflichtete Büro für Soziale Fragen - Fragen, die meist unbeantwortet bleiben - zurück, aber erst Tage nach dem gewaltsamen Eindringen der Sozialbeamten in eine für eben derart Bedürftige vorgesehene Klause am Ende der Lorrainestrasse. Dort, wo sich auch Zigeunersippen aufhielten, die sich, aus unerfindlichen Gründen, Die-letzten-freien-Menschen nannten und ab und zu ein trauriges Lied intonierten. Die Häuser, eine nicht unattraktive Mischung aus Bretterbude und Wünsch-dir-was-in-meinem-Märchen, umsäumt von Wolfsmilch EINHALBESJAHR, verwunschen halt, wie es Wünsche nach kürzester Zeit zu sein pflegen, standen wohl zum Abbruch frei. Trotzdem stopfte das Büro für Soziale Fragen die ungebetensten Gäste der Hauptstadt, ungeachtet der desolaten Einrichtungen, in die düsteren Kammern und Korridore dieser Bruchbuden, als wäre es eine Auszeichnung, so ganz ohne Sonne im Dreck zu verkommen. Die einstigen Vorgärten, überzogen von grauem, übelriechendem Schlick, dienten streunenden Hunden und Katzen als Tummel- und auch als Rammelplatz, wenn es der Zyklus des Triebes gebot und nicht gerade ein dünner, sozusagen mit Trauerflor versehener, heillos verirrter Sonnenstrahl die Bewohnerinnen und Bewohner der Hütten hinauslockte und sie für einige Minuten an wackligen Tischen auf vierbeinigem Gerümpel die ebenso grauen Gesichter dem Himmel darbrachten. Der, das ist aktenkundig, liess zu keiner Zeit Fisch oder Brote, ja nicht einmal einen billigen Zweier Roten in die müden Mäuler Der-letzten-freien-Menschen regnen. In solchen Gegenden regnet es lediglich Zahlungsbefehle, Gerichts- und andere Vorladungen. Aber die regnet kein Himmel herab, schon gar kein gütiger, das wissen auch die Kinder, die Umbra-umbra-tätärä-Kinder, die umbra-umbra-tätäräsingend die Hütten umkreisen und johlend das Elend verhöhnen, weil auch die Erwachsenen vom Elend immer als von einem selbstgewählten reden. Eine Art Huckepackregelung, die menschliche Not vom freien Willen getragen.

Manchmal brachte der Postbote den Lottoeinsatz zurück. Der verschwand entweder als eine Rolle Traubenzucker in den Rocktaschen der Frauen, wenn Resignation angesagt war, oder dann als weiterer Wocheneinsatz auf dem Papier, dem geduldigen, das den Ärmsten der Armen besonders dreckig ins Gesicht lacht, bevor sie es bei der Kioskfrau im Lorrainekiosk am vorderen Ende der Lorrainestrasse, wo's nicht ganz so ärmlich zu- und herging, deponierten.

Als also die Sozialbeamten sich an Zeus' Wohnungstür rüde zu schaffen machten, um ihm eine wenig gutgemeinte Vorladung zu überreichen, die sie zur brutalen Deportation des Wohnungsinhabers ermächtigt hätte, lag der zu Deportierende keineswegs in seinen schäbigen Gemächern, nein. Zeus war durch die erst hoffnungsvollen, dann zunehmend enttäuschten, schliesslich wütenden, in Weissglut schwimmenden Beamten nicht aufzutreiben. Er entzog sich ihnen, was derlei Geschöpfe dann und wann zu tun pflegen, aus purer Gewohnheit, sich menschlichem Zugriff zu entziehen.

Zeus trauerte um RuthroteLippen, was einem Gott nur im Versteckten zustand, aus Prestigegründen, versteht sich. Um RoteLippenRuth, die derweil in der russischen Versenkung harrte, als eine Gewesene, eine poetische Allegorie, als ein - weniger poetischer - Schlüssel zum Universum an der hinteren Lorrainestrasse, wo sich die Nichtsesshaften recht unsanft niederlassen liessen und ab und zu eine traurige Melodie intonierten, während die Umbra-umbra-Kinder inbrünstig sangen. Manche behaupteten allen Ernstes, sie sängen ohne den allen Kindern abverlangten Respekt vor den Belangen Erwachsener, wenn sie die verwunschenen Hütten umjohlten. Die Hütten mit dem Elend drin und dem Elend in den Gehirnen der Elenden, die Zeus nicht kannten oder nicht kennen wollten und also seine leibliche Existenz leugneten oder leugnen wollten, als sie von den Sozialbeamten befragt wurden. Zeus verliess seine Gemächer nur nachts, gewohnheitsmässig und heiter, wenn die anderen schliefen und träumten. Die-letzten-freien-Menschen pflegten oft und ausgiebig zu träumen, es verschönte ihren Schlaf ganz ohne Kostenfolge. Zeus, der seit Tagen Untergetauchte, wunderte sich immer wieder über ihre Träume so bar jeden Versmasses.

Da nun einmal RotruhtamAbendRuth in der russischen Versenkung versunken war und die russische Botschaft keine weiteren Übersetzungen des Übersetzungsbüros EdelweissaufblauemGrund benötigte, erinnerten nur mehr ein paar ziemlich wirre Notizen, die man in Zeus' Klause in einer alten Schuhschachtel mit der Aufschrift "Wir fühlen uns Ihrem Gang verpflichtet" fand, an Ruth. Verwirrend nicht nur wegen des Titels, der auf dem obersten, bereits angegilbten Blatt prangte und vom SCHÄDELHAFTEN HIENIEDEN kündete. Die Notizen verwirrten selbst die heimlichen Leser vom Büro für Soziale Fragen. Sie lasen sie unter Erröten und Räuspern, mit einem immer verständnisloseren Kopfschütteln und mit zunehmender Empörung. Einige der Notizen fand man in ein zerfleddertes Heft gekritzelt, das mit einem billigen Lederersatz eingefasst war. Der ohnehin unverständliche, stockende Fluss der Sätze zeugte von einer aggressiven Syntax, die überflüssigerweise mit Wetterweisheiten wie Fallendernebelbringtschönwetter, einer Fleckenreinigungstabelle und den bedeutendsten Berghöhen Österreichs versetzt war. Das Heft, ein Werbegeschenk des Wiener Tierschutzvereins aus dem Jahr 1953, zierten zudem endlose Zahlenkolonnen, Bergsteigernotizen, wahre Freudenstürme AufallenGipfelnistRuth. Den Olymp aber hatte Zeus kein einziges Mal erwähnt, obwohl doch RuthamAbend ihre Zwillingsschwester Hera dort leidlich und für eine nicht unbeachtliche Zeit ersetzte. In den Köpfen des mythensüchtigen Gewürms geisterte die Göttin ungeteilt und heiligte ihm die sündigen Nächte. Einige seiner Vertreter hatten soeben die Tür zur Zeusschen Wohnung aufgebrochen. Da sie ihn nicht fanden und nicht deportieren konnten, lasen sie in den zerfledderten Notizblättern vom fröhlichen Tun mit Ruth, schüttelten ihre unordentlichen Köpfe, während der Gesuchte um RuhtderschönenLippeRot trauerte, mit nichts am Leib als einem Unterhemd, das einer Waschung ebenso bedurfte wie der Körper selbst, der, lang hingestreckt, im Hinterhof der russischen Botschaft ein Bild des Jammers bot.

Ein Bild des Jammers, fürwahr. Den mächtigen Leib schüttelten Krämpfe. Eingeschlossen im Innern des Leibes tobte ein Orkan, schlimmer als die jährlichen Wirbelstürme an den Rändern der Kontinente und oft auch über denselbigen, Wirbelstürme, die der Mensch weiss Gott warum gerne mit weiblichen Namen wie Helene oder Gloria auszustatten pflegt. Dieses Toben RuthruhtderAbendröteLippeRot zu nennen, liegt sozusagen auf der Hand, dieses Toben, das den nicht weniger mächtigen Götterphallus am Götterleib in die göttlichsten Höhen zu ragen zwingt, in jene Höhen, wo wir den Olymp vermuten, der im zerfledderten Heft mit dem Umschlag aus billigem Lederersatz nicht auffindbar ist. Zeus, so steht es geschrieben, legt, während wackere Sozialbeamte in sein Heiligtum eindringen, während sie verständnislos in seinen Papieren wühlen, in seinen RuthamAbendruhtnotizen, Hand an sich, im russischen Hinterhof der russischen Botschaft legt er Hand an sich, RuhtrotderKüssetot auf den Lippen. Schreiend ergiesst er sich in die Richtung, wo wir den Olymp vermuten. Der Schrei lässt die Vögel verstummen, der Himmel, unfähig, Fisch und Brot zu regnen, regnet Spatzen und Amseln zutode, sie fallen und fallen, unzählige Vögelchen, sie zieren den

Hinterhof, der eigentlich kein russischer Hinterhof ist, sondern ein luxuriöser Park, wo selbst die Büsche und Sträucher russisch blühen, so sehr ist man auf Heimat bedacht.

Es ruhen Hand und Vögel, es ruht der mächtige Leib, bis das Gelächter übergross wird, den Leib verlässt und den luxuriösen Park, als eine ozeanische Symphonie, eine fauchende, hinterlistige Lava. Die Geschichte vom Onanieren der Götter war endlich geschrieben.

Die Geschichte vom Übersetzungsbüro Edelweissaufblauem-Grund mag erfunden sein. Göttliches kümmert sich kaum um Wahrheit. Erwiesen ist lediglich, dass Zeus, vieler Sprachen mächtig, den russischen Briefkasten mit Warnungen seltsamster Inhalte fütterte. So etwa, es werde sich die Erde in einem spasmischen Krampf zutode winden. Der Mensch, er verdiene nichts Besseres, der Mensch, ob russischer oder hiesiger Herkunft, werde im Weh versinken und beweinen die Lust der früheren Jahrtausende. Süsser als der Tod, notierte Zeus auf einem gebrauchten Briefumschlag, sei das brünstige Weh, das die Vögel vom Himmel herunterhole. Wenn Götter Hand an sich legen, verliert die Hölle die leidige Angewohnheit, weise zu sein, kritzelte Zeus auf die Rückseite eines alten Briefumschlags. Der barg einst den etwas geschwätzigen Jubel eines befreundeten Bergsteigers, der sich Olympianer nannte und in jungen Jahren den Hocharn, den Hochschwab, Hochkönig und Hochgall, den Hochfeiler, den Hochgolling und schliesslich die Hochalmspitze bezwang (der Olympianer näherte sich grundsätzlich nur Bergen, die österreichisch waren und Hochgall, Hochfeiler oder Hochgolling, auch Hochschwab und Hochkönig hiessen). Und wie zum Hohn schickte Zeus der Warnung ein Gedicht hinterher, das mit göttlichen Mythen in klassischen Versen nun nichts, aber auch gar nichts gemein hatte; den meisten Irdischen dürfte der Leckner so fremd sein wie der Olymp, den sich der Mensch mit Göttinnen und Göttern vollstopft.

"Ob Deutsch, ob Englisch, ob Franzos,
ob reich du bist, ob arbeitslos.
Der Erde Schönheit du empfindest,
wenn dich zum Leckner auffischindest." *

Es wäre verkehrt, anzunehmen, die russische Botschaft hätte solchen Botschaften keine Aufmerksamkeit entgegengebracht. Der Gärtner, gleichzeitig Bürobote, fischte die Mitteilungen täglich aus dem Briefkasten und verteilte sie ihrem Inhalt gemäss auf die verschiedenen Botschaftsschreibtische. Da war der Botschaftsangestellte ZuständigfürKriegundHunger, ein Botschaftsangestellter FürdasKulturelle, ein anderer nannte sich FürdasnationaleAnsehen. Sie alle vertieften sich ernsthaft in die Kritzeleien, die Zeus ebenso ernsthaft "Übersetzungen aus dem Büro EdelweissaufblauemGrund" nannte. Als dann der Schlüssel - von RuhtamAbendrotRuth wussten die Herren selbstredend nichts, wo und wie soll sich denn ein kommunistischer Diplomat auf dem internationalen Parkett Kenntnisse über die poetischen Allegorien eines westlichen Gottes aneignen? - im russischen Briefkasten gefunden wurde und auf dem Schreibtisch des Diplomaten FürKriegundHunger landete, glaubte man allerseits an eine Spionageaffäre und vermutete gewitzte Spione hinter den Notizen, die sich mit verschlüsselten Drohungen erdreisteten, russische Staatsbürger im Aussendienst zu erpressen. Beleidigt wandte man sich mit einer Protestnote an die Regierung, die sich mit einer Kostengutsprache für Stacheldraht, einer modernisierten Alarmanlage und mit Leibwächtern in grünen Uniformen - die seinerzeit die weiblichen Insassen der Flurer Anstalt Narrenwald zu nähen die Ehre hatten - angemessen entschuldigte.

Der Verursacher dieser Umtriebe aber lag im Hinterhof der russischen Botschaft, zwischen russisch blühenden Sosehrwarmanauf HeimatbedachtSträuchern, nur spärlich gekleidet und ziemlich heruntergekommen. Der Verursacher trauerte um Ruth, und es regnete verstummte Vögel vom Himmel.

In der Hauptstadt machte man sich auf die Suche nach einem - für die düsteren Beamtenseelen der unverrichteter Dinge in ihr Büro für Soziale Fragen zurückgekehrten Sozialbeamten - kapitalen Spinner, der sich erkühnt hatte, vorderhand unauffindbar zu sein, derweil die erschrockenen Empfänger seiner Botschaften hinter Stacheldraht eingezäunt wurden und sich gegenseitig mit hochmodernen Überwachungsanlagen überwachten. Für die russischen Botschaftsangestellten hingegen war er keineswegs ein Spinner, sie vermuteten in ihm so etwas wie einen schwarzen Boten kommenden Unheils, was in den Diplomatengehirnen die gar nicht so unsinnige Befürchtung provozierte, ganz unkriegerisch um Kopf und Kragen gebracht zu werden. Oder, dies eine nicht weniger schwarze Befürchtung des befürchtenden Botschaftsbeamten FürKriegundHunger: Er müsste in allernächster Zukunft sein Botschaftsbeamtensalär endlich erarbeiten, statt es, wie bis anhin, in einem Dauerdämmerzustand bequem zu ersitzen.

Man schaltete den Sicherheitsdienst der städtischen Polizei ein, an der Suche beteiligten sich aber auch die Kollegen von der Sittenpolizei, denn die Hüter der sittlichen Ordnung wähnten den Verfasser jener verworrenen Botschaften in Schänderkreisen, im Miliö, wie sie solche Kreise nannten. Ob Schänder, ob schwarzer Bote, ob Spion - der Zeusschen Masken sind viele -, Zeus liess sich vorläufig nicht finden. Narrenwald musste warten.

X.

Die Räumlichkeiten der Ergotherapie, im D-Trakt/Frauen C untergebracht, befanden sich Wand an Wand mit dem Komazimmer, so nannte Abderhaldens Fundus den weissgekachelten Raum. Im Komazimmer versuchten Abderhalden und Wasserfallen gelegentlich, die Köpfe ihres Krankenguts auf sehr brachiale Weise zu kurieren. Mit ganz gewöhnlichem Strom aus der Dose nämlich, den man durch eine modifizierte Schlachtviehbetäubungsapparatur über Elektroden in die Köpfe der Patientinnen leitete, wo er, sich austobend, ganze Hirnzentren zerstörte, Milliarden von Hirnzellen im alles verzehrenden Feuer läuterte, ins Nichts beförderte. In jener Zeit floss der Strom täglich, man benutzte für diese Barbarei die frühen Morgenstunden, weil die Nüchternheit des Krankenguts vorausgesetzt werden musste, um unliebsame Unfälle zu vermeiden.

Während im Komazimmer der Strom floss, nähte Rosa Zwiebelbuch in der Ergotherapie D-Trakt/ Frauen C gleichsam um ihr Leben. Sie nähte den zukünftigen Wächtern der russischen Botschaft fesche Uniformen, einer Eliteeinheit der Bundespolizei, von ausländischen Eliteoffizieren höchst effizienter Eliteeinheiten in England und Amerika ausgebildet. Da sich der grüne Stoff in ihrer Hand zu Wort meldete, dachte Rosa Zwiebelbuch etwas vage, dass es nur der Materie erlaubt sei, in jeden Schmerz einzutreten mit lautem Schritt, als ein Fingerabdruck der Hölle, diese Steppe aus geflochtenem Nichts, in der sich die Gedanken immer wieder und neu verirren, Gedankenvögelchen, luftige; die sterben am schweren Schritt, am Fingerabdruck der Hölle. Andere verkriechen sich angstvoll in Wortbruchen, die später keiner entziffern will. Verschwinden dann, als wären sie nie gewesen.

Uniformen hatten Rosa Zwiebelbuchs Schicksal besiegelt. Dieses sollte in genau zwei Jahren und zwei Monaten, nämlich am 25. Jänner 1983 seinem Höhepunkt zusteuern. Wir können also mit Sicherheit sagen, dass Rosa Zwiebelbuch am 25. November 1980 exakt 14'308 Tage zwischen sich und den historischen Tag der Zeugung gelegt hatte, den Augenblick, als der Gefreite Jakob, Störmetzger Zwiebelbuch, seinen Zappelphilipp im Schoss der Anna Zwiebelbuch spazierenführte. Rosa Zwiebelbuch nähte an diesem Tag in der Ergotherapie D-Trakt/Frauen C an einer Uniform, die für einen schmucken Elitesoldaten bestimmt war, der künftig die russische Botschaft in der Hauptstadt zu schützen hatte. Wahrhaftig ein historischer Tag, auch dieser, wenn sich plötzlich Ereignisse verhochzeiten, die sonst kaum zueinanderfänden.

Den Kopf über die Nähmaschine geneigt, eine milde Gabe des städtischen Frauenvereins, nähte Rosa Zwiebelbuch an der Hose, während das grüne Tuch das Wort ergriff und gleichsam Fleisch wurde, Mannsfleisch aus früheren Tagen, als die Rosa noch jung war und das Wort Zukunft noch nicht aus ihrem ärmlichen Vokabular gestrichen hatte. Es trennten sie noch 791 Tage von ihrem endlichen Ankommen. Hatte sie bis zu diesem Tag 14'308 x 24 Stunden wenn auch glücklos, so doch hinter sich gebracht, würden es am 25. Januar 1983 15'099 sein. Aber bis dahin hatte Rosa Zwiebelbuch noch eine hübsche Primzahl zu überwinden, 113 Wochen.

Doch so weit sind wir noch nicht. Im Interesse der Geschichte müssen wir 20 Jahre zurückblenden.

Am 3. Mai 1960, pünktlich um halb acht, betrat Rosa Zwiebelbuch schüchtern zwar, aber hoffnungsvoll, beinahe heiter die Firma Adolf Stauch, das bekannte "Atelier für künstliche Augen" in Stuttgart.

Adolf Stauch war ein Künstler, unerbittlich, wenn es um die Schönheit des Auges ging. Seine mundgeblasenen Glasschalen entbehrten jeder störenden Unebenheit, sie waren formvollendet und, was das Zusammenspiel von Form, Farbe und Reinheit anging, unübertrefflich. Das Kunstauge, so pflegte Adolf Stauch zu sinnieren, kennt keine Klassenunterschiede. Ein Kunstauge hat die edle Pflicht, die Schönheit seiner Vorlage womöglich zu übertreffen, um helfend den Schmerz zu lindern, der den Verlust des Auges begleitet. So setzte Adolf Stauch Iris und Pupillen mit besonderer Zärtlichkeit ins keusche Glas, seine Farben wetteiferten mit den Farben der Natur, sie leuchteten beinahe überirdisch, gebettet in das vollendete, fast durchsichtige Weiss, das, entgegen demjenigen des natürlichen Auges, kein geplatztes Äderchen, keine noch so geringfügige Unreinheit trübten. Adolf Stauch verwendete nicht nur die leuchtendsten Farben, er kannte jeden Goldschimmer, jede Nuance Blau, jedes noch so geheimnisvolle Braun, das sich hinter der Bescheidenheit eines banalen Rehbrauns kokett versteckte. Die unzähligen Nuancen des Katzengrün oder jene des Meeresgrün, das an den leicht gefransten Irisrändern so oft in ein Bundesordnergrau überging, waren ihm ebenso zugänglich wie die zarten Abstufungen der Grautöne oder jene der schwarzen, nur scheinbaren Undurchdringlichkeit der Pupillen. Stauch gab ihnen feurige Lichtblitze auf den Grund, kurz, keine noch so feine schöpferische Möglichkeit entzog sich seinem Talent, in seinen Händen wurde jedes Auge zum Kunstwerk.

Bevor Adolf Stauch einen Auftrag ausführte, liess er sich die Lebens- und Leidensgeschichte des nachzubildenden Auges erzählen. Aber es waren nicht die tragischen Unfälle - von denen sprachen die leeren Augenhöhlen -, die ihn interessierten. Gewalttaten - und fast alle seine Kunden fielen solchen zum Opfer - kümmerten ihn nicht oder nur, soweit sie das Wissen des Auges nachhaltig prägten. Adolf Stauch zauberte das Wissen des Auges auf den Grund der Pupillen, jene Lichtblitze eben, die wir so selten in lebenden Augen finden, diese Kobolde in der Spielhölle der Seele, wo die Erfahrung als ein Geschäft zwischen Gut und Böse verpokert wird. Und er verzeichnete den Gewinn, so es einen zu verzeichnen gab, ebenso wie den Verlust, kompromisslos und unparteiisch. Dort die Lüge, hier das Kreuz und das Zepter, die Fleischeslust als Erbsünde dem einen, dem andern das Schlachtfeld als ein Paradies, ein verlorenes. Er schmolz den Schmerz ein als einen gefallenen Engel. Manchmal - Stauch entbehrte nicht eines gewissen skurrilen Humors - zierten Rechnungsmaschinen, Wälder, aber auch

Wolkenkratzer, Bankkonten und Heideland den Grund der Pupillen, ganz nach dem Gebot, dass dem Auge gegeben werde, was des Auges ist.

Einmal jährlich begab sich Adolf Stauch auf die Stör und bot seine Dienste ausserhalb des Ateliers an. Nachdem er gewissenhaft alle deutschen Städte bedient hatte, führte ihn sein Weg regelmässig in die Schweiz, wo ihn Hilfesuchende in Basel, Genf, Bern, Zürich und Flur erwarteten. In Flur, der letzten Station seiner Reise, pflegte Adolf Stauch im Hotel Heilige Drei Könige abzusteigen, wo man ihm meist ungeduldig entgegensah, denn es liess sich in dieser Stadt kein vergleichbarer Künstler finden, keiner, der mit diesem ganz besondern Feingefühl des Augenmachers Adolf Stauch gesegnet war.

Adolf Stauch traf am ersten Montag des Monats November 1959 in Flur ein, zuverlässig wie all die andern Jahre, die ihn am ersten Montag des Monats November jeweils nach Flur geführt hatten. Sorgfältig hängte er den besseren Anzug in den eichenen Schrank des Zimmers Nummer 12a (eine Unart nicht ganz eleganter Häuser, die 13 auf Schleichwegen zu umgehen), prüfte den Zustand der Kammer, die Sauberkeit des Waschbeckens, ehe er sich bedächtig die Hände wusch und sie anschliessend mit einem Leinentuch trocknete. Kopfschüttelnd betrachtete er den mit rotem Garn aufgestickten Steinbock, der, dreibeinig, etwas unbeholfen auf einem wuchtigen grauen Felsen zu balancieren schien. Das vierte Bein hatte sich wohl in Javellauge aufgelöst, oder ein Gast hatte, gedankenlos, wie man solches zu tun pflegt, an dem Garn gezupft, bis das Bein verschwunden war. Am Fuss des Felsens war eine Stadt zu erkennen, eine Miniaturstadt gewissermassen, aus der die Hofkirche und das Hotel Heilige Drei Könige in trauter Verschwisterung beinahe rührend unproportioniert herausragten. Ein Kreuz schmückte die Hofkirche, eine Fahne mit den drei Königen das Hoteldach. Keiner schwarz, was man als Gast nach Belieben interpretieren konnte. Während die einen das Fehlen des Mohrenkönigs auf ein Versehen zurückführten, betrachteten andere den Umstand als ein Geschenk an ihre empfindsamste Stelle, wo Begriffe wie Rasse und Heimat ihr Wesen treiben. Andere wiederum, lautere, unverdorbene Seelen glaubten, der Stickerin sei ganz einfach das schwarze Garn ausgegangen.

Das vermutete auch Adolf Stauch, der das Hotel seit Jahren beehrte. Ihn kümmerten Begriffe wie Rasse und Heimat so wenig wie entsprechende Geschichten der leeren Augenhöhlen seiner Kunden, Verletzungen, die sie sich im Namen der Heimatliebe und Rasse zufügen liessen. Und Adolf Stauch wusste, dass der Pflicht, Heimat und Rasse zu verteidigen, gar manches Knechts Auge als Arbeitsunfall zum Opfer fiel. Rasse und Heimat betrachtete er als kindliche Torheiten, für ihn zählte nur das Wissen des Auges, das er gewissenhaft studierte. Dann übertrug er das Wissen, und es wurde ihm froh ums Herz, das lautere.

Adolf Stauch benutzte seinen Beruf als eine Prothese. Sie füllte ihm die Leerstellen seiner persönlichen Biographie, Gedächtnislücken, die Folge einer Kriegsverletzung. Aber bis zu diesem Zeitpunkt, dem ersten Montag des Monats November im Jahr 1959, war es Adolf Stauch kein einziges Mal vergönnt, durch dieses dumpfe Grau hindurch zu seiner frühen Biographie zu gelangen, dieser graue Schlick, diese nicht erinnerte Kriegsverletzung verwehrte ihm die Rückkehr. Für ihn begann das Leben 1944 in einem Lazarett des Deutschen Roten Kreuzes.

Wäre Adolf Stauch gezwungen gewesen, seine Ankunft in Flur und den jährlich sich wiederholenden Einzug ins Hotel Heilige Drei Könige zu beschreiben, er hätte es nicht vermocht, da solche Ereignisse, kaum geschehen, sein Bewusstsein als zu belanglos verliessen. Jetzt aber ging Adolf Stauch beschwingt aus dem Zimmer Nummer 12a und eilte mit trippelnden Schritten der Gaststube zwei Stockwerke tiefer zu. Er zwängte seine zierliche Gestalt zwischen die massigen Körper des pensionierten Staatsanwaltes Luder zur Linken und den des Wegmeisters Silvio zur Rechten, beide höflich grüssend, ein entschuldigendes Lächeln auf den Lippen.

Vergnügt sass nun Adolf Stauch am Stammtisch, wo als Schmuck ebenfalls ein Steinbock thronte, dieser hier ohne Fels unter den Hufen und ganz aus geschmiedetem Eisen. Der Steinbock ragte auf einem schmalen, ebenfalls schmiedeeisernen Balken aus dem Aschenbecher. Auf dem Becherrand ruhten qualmende Stumpen, der Becher selbst war randvoll mit Zigarettenstummeln; im Qualm, der wie schwerer Bergnebel über dem Stammtisch lag, erschienen die Gesichter der Gäste als Schemen mit verschwommenen Konturen, welche die altershalber und des Weines wegen bereits schlaffen Züge noch schlaffer wirken liessen, aufgedunsene Gesichter noch aufgedunsener, eingefallene noch eingefallener. Stauch rauchte nicht.

Nach einem Hin und Her, einem kurzen Fragen und Antworten, trockenen Komplimenten und spröden Willkommensbezeugungen ging man zur Ordnung über und bestellte den nächsten Halben.

Stauch gegenüber sass der Störmetzger Jakob Zwiebelbuch, die beiden kannten sich noch nicht. Zwiebelbuch war ein seltener Gast im Hause der Heiligen Drei Könige. Er soff seinen Zweier Roten lieber in der Alpenrose, wo man wenigstens mit der Wirtin scherzen konnte, die ein Lächeln hatte, das einen in den Himmel hievte, an dem man sich aber gelegentlich auch schmerzhaft rieb, wenn sich das Gemächt zwischen den Beinen melden wollte. Die Königswirtin hatte es dem Zwiebelbuch weniger angetan, zu spitz war ihre Zunge. Dagegen half auch nicht ihre Herkunft: ihr Vaterland bekannte sich mutig und gar freiwillig zur Herrenrasse, der sich Jakob Zwiebelbuch zeitlebens innigst verbunden fühlte. Etwas von dieser Verbundenheit war auch im Gasthaus zu spüren, wenn Wirtin und Gäste palaverten, am Nebentisch eine Zigeunersippe temperamentvoll gestikulierte oder einer der ansässigen Künstler am eigens für diese Gattung reservierten Tisch den Mund zu voll nahm beim Beschimpfen der hiesigen Kulturpolitik. Dann wünschte man sich andere Zeiten mit andern Gästen. Das freute jeweils den Zwiebelbuch.

Im Geist ging Adolf Stauch bereits die nächsten Schritte durch, die es zu tun galt. Schliesslich kam er nicht grundlos nach Flur. Da bemerkte er das Glasauge im Gesicht des Störmetzgers Zwiebelbuch. Adolf Stauch erbleichte, seine Lider begannen aufgeschreckt zu flattern.

Hier sei ein kurzer Einschub gestattet. Es könnte ja sein, in einer anderen Geschichte, dass sich der Störmetzger Jakob Zwiebelbuch und der Augenmacher Adolf Stauch in ihrem Leben nie begegnen, ganz zu schweigen von einem Jakob Zwiebelbuch mit Glasauge, das dem Adolf Stauch im Gasthaus Heilige Drei Könige ins eigene, lebende Auge sticht und nach Erlösung schreit. Aber weil nun einmal Rosa Zwiebelbuch in absehbarer Zeit ihr ganz persönliches Schicksal antreten muss und deshalb der Beihilfe nicht nur ihres Erzeugers, sondern auch jener des Augenmachers Adolf Stauch bedarf, müssen sich die beiden begegnen, ansonsten das Schicksal der Rosa Zwiebelbuch sich möglicherweise auf andere, weit erfreulichere oder noch tristere Wege - wer kennt schon die letzten Nuancen der Tristesse? - begeben hätte.

Der erbleichte Adolf Stauch sah ungläubig ins künstliche Auge des Störmetzgers Zwiebelbuch. Das Auge entstellte Zwiebelbuchs rechte Gesichtshälfte derart, dass sie selbst einem wie Stauch - der mangels autobiographischer Kenntnisse die Furcht nicht kannte - das Fürchten hätte beibringen können. Die durch Ausschweifungen am Biertisch ebenso wie durch ungesunde Kost und chronische Unzufriedenheit - Zwiebelbuchs Traum vom Söhnchen ging nie in Erfüllung, der verehrte Nachbar verlor seinen Krieg - ohnehin zerstörte Gesichtsanatomie wirkte rechterseits noch zerstörter, glich einer fahlen Teigmasse. Von keiner noch so rudimentären Gefühlsregung geplagt, verströmte sie Tod und Verwesung. Mächtig sass das Glasauge in der Höhle, kaum gelang es dem Zwiebelbuchschen Lid, den Fremdkörper zu schützen. Das Auge sprengte die Möglichkeiten seiner Wohnstatt, so dass der Betrachter befürchten musste, es springe ihn an, als ein gefährlicher Schuss in den Schlund, den unvorbereiteten, so man den Mund aufriss ob des Grausens, das einen befallen musste beim Gaffen.

Lieblos prangte die dunkelbraune Iris auf dem schmutzigen Weiss des Glases, die Pupille war dem Gestalter zu klein geraten und deshalb von stechendem Charakter, den ihr stumpfes, lichtloses Schwarz nicht mildern konnte, im Gegenteil.

Die linke Gesichtshälfte Zwiebelbuchs als die schönere zu bezeichnen, wäre der Komplimente zuviel. Da hing das Lid schlaff über dem gesunden Auge, dem es an innerem Licht ebenso fehlte wie dem künstlichen Gespons zur Rechten. Blaue Fettwülste hielten das Auge fest, auf dass es nicht nach innen falle, in die Höhle zurück und zwischen die Innereien des Zwiebelbuchschen Kopfes, um sich dort hoffnungslos zu verlieren. Der linke Gesichtsteig schien wohl weniger fahl und leblos, dafür war ihm der unselige Lebenswandel des Störmetzgers unübersehbar eingegraben. Die Furchen und Falten, die Wülste und Narben verwiesen zum Mund, der als eine dritte Fleischhöhle in der Visage ein Eigenleben führte. Ein eigentümliches Zucken der Mundwinkel verzerrte die Lippen in Intervallen, so dass es aussah, als verhöhne dieser verdorbene Mund alles und jedes, ja mit dem Zucken schien der ganze Zwiebelbuch zu verhöhnen, was des Störmetzgers Hände nicht erreichten, diese Hände, des Tötens mächtig. Beim Töten zuckten keine Zwiebelbuchschen Mundwinkel, der Tod war ein ernsthaftes Geschäft, im Krieg wie im Frieden. Und eine Zärtlichkeit lag in dem Töten. Sie vertrieb den Hohn aus den Mundwinkeln des Metzgers, machte ihn willig und ergeben dem Tod, den er austeilte, ehe er die Tiere mit langen Messern bedächtig aufschnitt, die Leiber mit einem archaischen Gerät, der Fleischhaue, zerteilte und mit blossen Händen das Gedärm herausriss aus den grossen Bäuchen mit der Dunkelheit zu Lebzeiten, in die sich einer wie Zwiebelbuch auch ab und zu ergoss, um, neu geboren, den Stall zu verlassen, wo er zuvor die Zärtlichkeit an den Nagel gehängt hatte.

Stauch, noch immer fassungslos, schob seine Karte über den Tisch, genau unter das gesunde Auge Zwiebelbuchs, von dem er nicht wissen wollte, wie er das andere verloren hatte, das so despektierlich ersetzt worden war. Stauch schämte sich, seine

Berufsehre stand auf dem Spiel. Die Ehre seines Standes mit Füssen getreten, so empfand Adolf Stauch beim Anblick des Glasauges, das auf ihn einstach und ihn verwundete.

XI.

Er habe sein Auge, erzählte Jakob Zwiebelbuch dem zierlichen Augenmacher Adolf Stauch aus Stuttgart unaufgefordert, nicht freudig, aber tapfer und, was die Gesinnung betraf, aufrechten Ganges hinter dem Leuen verloren, wo sich seinerzeit ein improvisierter Schiessstand befand. Seinesgleichen habe dort im Leuen eben nicht nur romantisch DieFahnehoch gesungen und strammgestanden. Wie viele andere Waffenbrüder seiner Heimat habe man hinter dem Leuen der Rettung des Vaterlandes mit dem Karabiner in der Hand heilige Eide geschworen, von denen halt der eine oder andere als Querschläger im Irgendwo und nicht in das für solche Eide vorgesehene Ziel einschlug. Zu sechst seien sie gewesen, und während der karg bemessenen Urlaubstage hätten sie jeweils auf Sandsäcke geballert hinter dem Leuen, Zwiebelbuch und seine fünf Kameraden, von denen der eine, dem er den Verlust des Auges verdanke, Johann Domenik Plur geheissen habe. Der Plur, das sei ein Sackerlot gewesen. Der habe sein Ziel nie verfehlt und den Sandsack auf dreihundert Meter Distanz getroffen. "Jom tof" habe er nach jedem Schuss gebrüllt und sich aus seiner Schnapswäntele ausgiebig bedient. Im Dienst, im aktiven, da habe man halt nie so richtig schön losballern dürfen und wäre ohne die Überstunden hinter dem Leuen also auch nicht gerüstet gewesen gegen den Feind. Da habe kein Nudelhut nach Disziplin geschrien, nein, da habe man sich patriotisch gefreut an jedem zerfetzten Gesicht, an jedem zerschossenen Herzen, womit man die Sandsäcke verzierte. In der Auswahl der Verzierungen sei man grosszügig, ja schöpferisch vorgegangen. Da fand sich das Schlitzauge ebenso wie der Negerkuss, die semitische Nase neben schwarzen Zigeunerlocken, alles eben, was man drüben auszurotten gedachte bei den Germanen und das ja auch der Schweiz, diesem schönen Schatzkästlein, wie der Herr Pfarrer von der Kanzel zu schwärmen pflegte, zunehmend Sorgen bereitete: das minderwertige Pack.

Natürlich seien solche wilden Schiessplätze verboten gewesen, versicherte, noch immer unaufgefordert, Jakob Zwiebelbuch dem Adolf Stauch, aber damals, in der heroischen Zeit, wo eines jeden Mut gefragt gewesen sei, habe man sich um solche Lappalien nicht gekümmert. Verbot hin oder her, das Beschützen der Heimat habe geübt sein wollen, und zwar so nah am gefährlichen Objekt als nur möglich. Wenn auch die Sandsäcke nicht zurückschossen, etwas vom Charme des Schützengrabens durchflutete dennoch die Schützen beim Schiessen, und wenn dann der Sand aus den zerschossenen Köpfen rieselte, schauten sich die Kameraden gegenseitig lange und innig in die Augen.

Dass ausgerechnet dem Plur ein Querschläger danebengehen musste, setzte Jakob Zwiebelbuch seinen unverlangten Bericht fort, sei ihnen allen unverständlich gewesen. Der habe doch geschossen, was das Zeug hielt und immer ins Ziel. Sicher, der Schiessplatz hinter dem Leuen sei nicht gewesen, was sich ein Schütze wünsche. Aber man sei nun einmal mit dem Leuenwirt, der ein Gleichgesinnter gewesen sei und im hinteren Saal selbst auch mal über Rasse und Heimat referiert habe, als einzigem vom Dorf einig geworden. Andere Grundstückbesitzer hätten sich geweigert, ihren Boden für die heroischen Übungen herzugeben. Vor allem die Grossbauern mit ihren weiten und flach gelegenen Ländereien. Im Oberland sei halt alles etwas hügelig, da sitze so mancher Fels am falschen Platz und provoziere die Querschläger, und eigentlich sei der Fels hinter dem Leuen, Findling, wie ihn die Einheimischen nannten, schuld an seinem fehlenden Auge, nicht der Plur. Der sei ein wahrer Kamerad gewesen. Man habe die Sandsäcke eben nur vor dem Findling drapieren können. Weiter rechts des Felsens hätte man möglicherweise das Pfarrhaus mit einem Querschläger beschädigt, und linkerhand habe des Gemeindeschreibers Töchterchen mit seinen Püppchen und Puppenstuben oft noch zu später Stunde unter dem Vordach gespielt. Das wäre dann ja noch schöner gewesen, wenn ausgerechnet dem Bandli sein Töchterchen...

Der Bandli waltete als Obmann ihrer Gruppe und nannte sich Ortsgauleiter. Auf die Beiz habe man schliesslich auch nicht schiessen können, so sei denn als Standort für die Sandsäcke nur der Bereich vor dem Felsen in Frage gekommen. Ausgerechnet der Plur habe seinen Sack verfehlt, den Zigeunerlockensack habe der Plur verfehlt, und die Kugel sei auf dem Felsen oder Findling aufgeprallt und ihm, Jakob Zwiebelbuch, ins rechte Auge gesprungen, ohne Voranmeldung. Er sei ja, auch das wolle er ehrlicherweise zu Protokoll geben, nicht gerade ideal gestanden, habe sich unvorsichtigerweise zur falschen Zeit aufgemacht, das Werk an seinem Sandsack, dem Negerkuss, zu inspizieren. Dem habe er nämlich mit einem einzigen Schuss das Maul aufgerissen, so dass daraus der Sand wie graues Negergedärm hervorgequollen sei und man den fauligen Gestank solchen Gedärms mit etwas Phantasie fast habe riechen können, sehr zum Gaudi seiner Kameraden, die sich patriotisch an der semitischen Nase und am Schlitzauge abmühten. Nun, zur Inspektion genannten Negers sei es nicht mehr gekommen, vorher habe ihn die Kugel Plurs getroffen, mitten ins rechte Auge, und Nebel sei's gewesen, in den er, Jakob Zwiebelbuch, versank, für Rasse und Heimat, das schöne Schatzkästlein. Der Plur habe ihn im Bezirksspital besucht, mehrmals, aber mit der Freundschaft sei's halt dann doch zuende gewesen, obwohl man zusammen aufgewachsen sei und sich vorgenommen hatte zu vergessen, dass jener seine Jugendzeit im Zigeunerwagen... Eine gerichtliche Untersuchung habe stattgefunden, man sei aber als ein ganzer Mann vor dem Militärgericht gestanden.

Mehr zum gerichtlichen Nachspiel wollte Jakob Zwiebelbuch, trotz seiner erstaunlichen Geschwätzigkeit, dem fremden Zuhörer nicht preisgeben. Dieser, Adolf Stauch, ungefragt in den Genuss der Historie Jakob Zwiebelbuchs gekommen, starrte weidwund in das künstliche Auge des Nachbarn, während sich die Unfallgeschichte Jakob Zwiebelbuchs in seinem Gehirn bereits verlor. Kein Wissen, das auf dem Grund der Pupille zu verewigen sich lohnte, tat sich ihm auf. Er, Adolf Stauch, war gerade gezwungen worden, in die Abgründe eines wahrhaft Verlorenen zu schauen. Trotzdem entschied sich Stauch für eine Reparatur des künstlichen Auges, das jetzt, nach der langen Rede Zwiebelbuchs, um Wiedergutmachung geradezu winselte. Den Nachsatz Zwiebelbuchs, dass diesen nun ein unsäglicher Durst quäle, und bald käme die Rosa, ihn abzuholen, wie sie das täglich tue, hörte der Augenmacher nicht mehr. Im Geist entwarf er bereits Zwiebelbuchs neues Auge.

Der werten Leserin, dem Leser sei an dieser Stelle nicht verschwiegen: Zwiebelbuchs Erzählung fehlten elementare Einzelheiten, die er keineswegs vergessen hatte, sondern schlicht nicht erwähnen wollte. So etwa, dass seine Rosa just an jenem Abend, als Vater Zwiebelbuch so tapfer das rechte Auge opferte, ihren mütterlichen Wohnsitz unsanft und nicht ganz freiwillig verliess und mit dem Entsetzen einer Ausgestossenen das Licht der Welt erblickte. In diesem Vorgang war keine Freude, kein Humor, so wenig wie in der eigentlichen Ursache, deretwegen Rosa Zwiebelbuch am 12. Juni 1942, abends um halb sechs, ihr Exil in der Welt antrat. Rosas anfängliches Entsetzen erwies sich auch nach Jahren der Kindheit und der Adoleszenz als begründet, und so versorgte sie denn, ganz nach Art der im Zwillingszeichen Geborenen, einen guten Teil ihres Selbst beizeiten und endgültig im Untergeschoss der Seele. Dort ruhen Rosas unnütze Anteile, unnütz, weil sie nicht für die Freudlosigkeiten dieser Welt geschaffen sind, gehalten von fremden Kräften und in den Schlaf gewiegt für immer. Des schweren Leibes müde, begab sich die Anna Zwiebelbuch wütend in die Geburtswehen, kurz nachdem ihr träumte, ein Mädchen in diese Welt zu setzen, die doch der Männer bedurfte. So geschah es am 12. Juni 1942 im Kirschbaumbett, wo Vater Zwiebelbuch keine neun Monate früher seinen Zappelphilipp im Bauch der Anna spazierenführte, auf dass es ein Sohn werde, ein wackerer. Da hat auch das grüne Gewand an der kirschenen Bettstatt nichts genützt und nicht der Grabstein am Hals. Wen das Schicksal schlägt, bei Gott, den schlägt's richtig: den Jakob und seine Anna mit der Rosa. Eine vaterländische Ohrfeige nannte Jakob Zwiebelbuch seine Tochter, wandte sich verächtlich ab und dem Leuen zu, wo exakt um acht wie immer die Vaterlandsretter das Vaterland retteten und freudig auf Sandsäcke mit Namen und Herzen zielten, die man mit einem einzigen Schuss zerfetzen konnte, auch die Gesichter, die minderwertigen. Es ist anzunehmen, dass Zwiebelbuchs Unvorsichtigkeit eine Folge dieses unerfreulichen Ereignisses war, dieser vaterländischen Ohrfeige, über die er noch grübelte, als die ersten Gesichter zerschossen wurden, dem Semitensack seins, dem Schlitzauge seins und dem Negerkuss die Schnauze.

Während Vater Zwiebelbuch der Verlust seines Auges noch nicht ins Bewusstsein drang, weil er in einem dichten Nebel versank, begann drüben der Braune mit der Säuberung des Pflanzgartens Osteuropa. Das Paradies gefälligst den deutschen Herren und ab in die Arbeitslager mit den Slawen, die Mütter ins Gas, die Kinder an den Baum. Der wächst schon dem Frühling entgegen, dem nächsten, der dem Herrenmenschen gebührt. Doch es brennen Dresden und Danzig, und davon wusste der Zwiebelbuch nichts und nicht seine erschrokkenen Kameraden, die ihn am 12. Juni 1942, zwei Stunden nach der Geburt seiner vaterländischen Ohrfeige, ohne Habtacht und Fahnehoch ins Bezirksspital beförderten. Kein schöner Anblick war er den Schwestern, die wuschen das verwüstete Gesicht mit Grauen; so geschieht's einem, dachten sie kreuzeschlagend, der des Lebens nicht achtet, denn es schrie der bewusstlose Zwiebelbuch im Delirium. Schreiend gelüstete ihn nach der Tochter Eingeweide, sie eigenhändig zu zermalmen und den Säuen vorzuwerfen.

An diesem ersten Montag des Monats November im Jahr 1959, zu später Nachmittagsstunde, suchte auch Bonifazius Wasserfallen das Restaurant der Heiligen Drei weisshäutigen Könige auf. Ihn führte weder die Ankunft des Augenmachers Stauch noch die inzwischen recht trunkene und deshalb leicht störende Anwesenheit des Störmetzgers Zwiebelbuch - den er später kennenlernen würde - ins Restaurant, sondern ein sich wöchentlich wiederholendes Ritual, der Studententreff.

Der junge Assistenzarzt Bonifazius Wasserfallen war kürzlich vom Unterland, wo er sich über Jahre dem Studium diverser Irregularitäten angeblich defekter Gehirne gewidmet hatte, in die Berge zurückgekehrt, um der Heil- und Pflegeanstalt Narrenwald mit seinem Wissen zu dienen. Ihm oblagen Beobachtung und Behandlung nichtsesshaften Krankenguts, das sich jeder staatlichen Umerziehung zur Volksnorm entzogen hatte und bereits von seinem Vorgänger als rassisch minderwertig klassifiziert worden war. Bonifazius Wasserfallen, dem die Hera seiner Kindheit noch immer im Seelennest rumorte, gab sich gern der Aufgabe hin und widmete sich mit Inbrunst der Sippe Plur, der ja auch die Hera angehörte und der Johann Domenik, der wegen schwerer Körperverletzung mit besonders verwerflicher Absicht im Zuchthaus einsass und damals, zweiundvierzig, statt der Zigeunerlocke des Störmetzgers rechtes Auge getroffen hatte, aus dem beileibe kein Sand rieselte. Zehn Jahre Verwahrung hielten die Büttel des Rechts für angemessen. Aber weil Johann Domenik Plur kein Sitzleder hatte und mehrmals ausbrach, seiner Sippe im Kampf ums tägliche Brot tatkräftig beizustehen und dabei auch mal ein Huhn oder gar eine Sau mitlaufen liess (Plur nahm sich ausgerechnet von den Säuen, die doch am Ende ihres Lebens dem Störmetzger Zwiebelbuch überantwortet wurden), schickte man sich an, ihn weitere zehn Jahre zu verlochen, auf dass er sich und andern keinen Schaden mehr zufüge. Der Johann verendete im Gefängnis, eine Grabstätte war für derlei Gesindel nicht vorgesehen, also keine Blumen, keine Tränen und kein Gedenken. Der Johann war bald aus dem Gedächtnis der Gemeinschaft verschwunden, es gab ihn so wenig wie die Schönheit im künstlichen Auge des Jakob Zwiebelbuch.

Für den Höck der Studentenverbindung Helvetia war ein runder Tisch in der dunkelsten Ecke des Gasthauses reserviert. Auf der eichenen Tischplatte fanden sich die Namen berühmter Säufer, Scharlatane und Bluffer traut vereint mit jenen von Politikern, Professoren, Majoren und anderem militärischen Personal. Es dünkte die Studenten stets eine besondere Ehre, dem Studentenalter Entwachsene in ihrer Runde begrüssen zu können. So war Bonifazius Wasserfallen ein gern gesehener Gast, wenn er auch weniger dem Bier zugeneigt war als vielmehr den Schmeicheleien der Kommilitonen, die sich, scharwenzelnd, ins Gedächtnis Wasserfallens zu schmuggeln hofften, damit er sie später, nach Studienabschluss und Promotion, mit Pfründen und Krankengut versorge. Das galt natürlich nur für angehende Mediziner und Anthropologen, derer man noch immer bedurfte, denn die einheimische Rassenforschung kümmerte sich keinen Deut um das Ende faschistischer Rassentheorien im Nachbarland. In Narrenwald wurde wacker weitergeforscht, über das Minderwertige spekuliert, diagnostiziert, in Narrenwald wurden auch die notwendigen Schlüsse gezogen und Massnahmen getroffen, die dem erforschten Patientengut nur allzu oft Verstand und Fruchtbarkeit raubten.

Für Bonifazius Wasserfallen war dieser Montag kein Montag wie die vorangegangenen Montage. Die Hand napoleonisch unter der Jacke verborgen, befühlte er ein Schriftstück, das er zu feiern gedachte. Seine Doktorarbeit, ein Konglomerat der auffälligsten Absonderlichkeiten des ihm anvertrauten Krankenguts, des nichtsesshaften, minderwertigen. Mit dieser Arbeit gedachte Bonifazius Wasserfallen noch am selben Abend seinen Doktorvater per Post zu beehren.

Nun ist allgemein bekannt, dass sich angehende Mediziner mehr durch ihre Witze auszeichnen, die den kranken Menschen zum Thema haben, denn durch einen mit Wissen erworbenen Doktortitel. Am erforschten Krankengut erst reift ihre Spitzzüngigkeit, die sich dann in fidelen Scherzen am Stammtisch über das abwesende Leid ergiesst. Wasserfallen war kein Spötter. Die Aufgabe, dem gesunden Volkskörper zu dienen, war ihm heilig. Was aber Wasserfallen an der stolzen Männerbrust barg, war wirklich nicht das, was mit gutem Gewissen eine Doktorarbeit genannt werden konnte. Bonifazius Wasserfallen war im Begriff, seinen Doktorvater mit einer Wochenendarbeit zu beglücken. Das Ausgangsmaterial stammte aus den Archiven des Hilfswerks "Für die Jugend", eine staatlich subventionierte Stiftung, die sich seit Jahrzehnten mit besonderer Sorgfalt der Umerziehung rassisch Defekter widmete. Wasserfallen unterliess allerdings eine eingehende Nachprüfung der Fakten aus dem Leben der Sippe Plur, und er unterliess es auch, diese Fakten historisch richtig zu werten, wohl daran denkend, dass sich derlei Firlefanz gegenüber der untersuchten Sippe nicht aufdrängte. Sicher ist, dass Wasserfallen bei gründlicher Prüfung des vorliegenden Materials und einer weniger parteiischen Beobachtung seines Krankenguts weit interessantere, gesellschaftsrelevantere Schlüsse hätte ziehen müssen als die in seiner kärglichen Schrift enthaltenen. Ihm aber genügte vollauf, die einschlägigen Texte seiner deutschen Vorgänger zu zitieren und Theorien zu wiederholen, die ennet dem Rhein, nicht lange war's her, zur gnadenlosen Ausmerzung des Minderwertigen führten. Wen kümmert's?

Als Wasserfallen das Geheimnis seines Stolzes lüftete, schallte ihm ein helvetisches dreifaches Hurra entgegen, und die kümmerliche Schrift wurde reichlich begossen. Zehn Jahre zu früh, denn der Doktorvater schickte das Erzeugnis postwendend zurück, nicht ohne die nützliche Belehrung, Wasserfallen solle sich doch einem andern Thema und mit diesem andern Thema auch andern, weniger veralteten Theorien widmen. Da sich der Doktorvater zum Charakter solch anderer Möglichkeiten nicht äussern wollte, schlug Wasserfallen den väterlichen Rat tapfer in den Wind und wechselte mutig den Professor, was zehn Jahre später mit derselben Arbeit, kaum modifiziert, auch Früchte trug.

Beim dritten helvetischen Hurra betrat endlich Rosa Zwiebelbuch das Gasthaus, um sich ihres trunkenen Vaters zu bemächtigen. Der sass, eine wahrlich bedauernswerte Gestalt, am Nebentisch des Stammtisches, weil ihn die Stammgäste Luder und Silvio, die er unflätig beleidigt hatte, als nicht satisfaktionsfähig erklärten.

Adolf Stauch indes, der sich Streitereien stets vom Leib hielt, sass in seinem Zimmer, dem 12a, und zeichnete dem Zwiebelbuch ein neues Auge aufs Papier. Zeichnete ihm nicht den Schiessstand auf den Grund der Pupille, auch nicht Johann Domeniks Versehen und nicht DieFahnehoch und keine Reichsrede, sondern ein dumpfes Meer und den Hundertarmigen, der Gottes ungehorsame Schöpfung in einem gewaltigen Magen immer und immer wieder verdaut. Nur so schien ihm das neue Zwiebelbuchauge erträglich.

Sie habe nun genug vom täglichen Gang ins Gasthaus, schimpfte unerwartet temperamentvoll die spröde Rosa. Man sei seit Jahren ans Nest gekettet und nur, weil dem Vater die Magd fehle, die hilfreiche. Was denn der Vater den Nachmittag durch zu saufen habe, wenn doch die Arbeit warte. Obwohl er, es sei ihr gänzlich unerklärlich, sagte die Rosa, abgestiegen war zum Schlachthofkommis, von Arbeit seit langem nicht mehr viel halte, aber Blut saufe, Schweineblut, Rindsblut und manchmal auch das vom Ross. Man sei längst im ehefähigen Alter, aber ohne Aussicht auf ein bescheidenes Glück, weil man, statt anständig verheiratet zu sein und in guter Hoffnung, wohl weiterhin den besoffenen Vater nach Hause schaffen müsse, wo die Anna lamentierend am Umtuch zupfe und in Schwermut versinke.

Angeekelt schnappte sich Rosa den schlaffen Arm des Vaters, zerrte den Betrunkenen von Bank und Tisch, als die zierlich beschriftete Karte des Augenmachers Adolf Stauch gleich einem Papierflugzeug zu Boden schwebte.

Rosa hätte später nicht erklären können, weshalb sie den Vater aus der für solche Kraftübungen notwendigen Umklammerung entliess und das Kärtchen des Adolf Stauch aufhob. Dass sie es tat, änderte ihr eintöniges Leben abrupt, aber mit ungewissem Ausgang. Nach Jahren des kargen Daseins als Magd im eigenen Haus bot sich das Schicksal an, als Visitenkarte getarnt, und keine himmlische Warnung hinderte den Verlauf. Am Mittwoch der ersten Woche des letzten vollen Herbstmonats im Jahr 1959 schrieb Rosa Zwiebelbuch ihren ersten Brief, hoffnungsvoll, die Schrift sorgfältig gebändigt auf weissem Bütten. Rosa Zwiebelbuch schickte eine Bewerbung nach Stuttgart. Die Stadt schien ihr fern genug, um dem Elternhaus endlich zu entfliehen, dem Lamentieren und Fluchen, das meist ihr, der vaterländischen Ohrfeige, galt.

Auch Augenmacher Stauch äusserte sich nie zu den Gründen, weshalb er auf das Ansinnen einer ihm Unbekannten einging und diese samt ihrem Vater auf den 3. Mai 1960 in sein

Stuttgarter Atelier für Künstliche Augen bestellte, die Rosa zur Prüfung, den Zwiebelbuch zur feierlichen Anprobe des künstlichen Auges.

XII.

Als Rosa am 3. Mai 1960, den Vater im Schlepptau, das Atelier des Augenmachers Adolf Stauch in Stuttgart betrat, tat sie es mit festem Schritt. Die Füsse in den polierten, beinahe eleganten Halbschuhen - schwarz, denn Rosa trug nur Schwarz - erforschten mit fiebriger Erwartung und Neugierde das ebenfalls sauber polierte Terrain, auf dem sie sich zukünftig bewegen sollten.

Die Reise der beiden verlief normal. Stumm sassen sie einander gegenüber, Vater Zwiebelbuch und seine vaterländische Ohrfeige, der er trotz aller mörderischen Gelüste zu keiner Zeit Gedärme oder andere Innereien aus dem Mädchenbauch gerissen hatte, ansonsten jedoch kaum Liebe entgegenbrachte. Stumm sassen sie sich gegenüber, im Abteil schwebte ein unangenehm bitterer Geruch erkalteten Tabakrauchs. Zwischen den beiden stand unangetastet ein Korb mit Eingemachtem, kaltem Huhn und einem Laib Brot, den Anna Zwiebelbuch, geborene Lamm, kurz vor der Abreise der beiden laut lamentierend gebacken und in altes Fleischpapier gewickelt hatte.

Der Zug ratterte durch fremde Landschaften, schlängelte sich zwischen hohen Bergen hindurch, deren Namen weder Jakob Zwiebelbuch noch Rosa kannten, durchquerte im Eiltempo lange Tunnels. Dann glimmte jeweils ein Lämpchen auf und hüllte das Abteil in ein trübes, schmutziges Licht, das Rosa Zwiebelbuch an Beinhäuser denken liess und an Abdankungskapellen. Oder an Sätze wie: im trüben fischen, im Dunkeln munkeln oder auch, dass die Wahrheit das Licht nicht zu fürchten brauche und den Gesetzlosen das Licht entzogen werde. Solche Gedanken gedeihen in der Stille, aber auch in der Düsternis, die nicht weichen wollte und gleich einer klebrigen Dämmerstunde in die Ritzen des gemeinsamen Schweigens drang. Die Aussicht auf DASAUGE änderte nichts an der Trübsal Vater Zwiebelbuchs, der mit mahlenden Kiefern in die vorbeirasende Landschaft starrte und den Blick seiner Tochter sorgfältig mied. Die trug eine scheue Erwartung auf dem

Gesicht, als sei sie guter Hoffnung, so dass es den Zwiebelbuch grauste und er wütend die Fäuste ballte, sie, ihrer animalischen Kräfte bewusst, öffnete und ballte, um sich nicht an seinem eigenen Fleisch und Blut zu vergreifen.

Rosa erschien Adolf Stauchs Atelier von unirdischer Schönheit und einer Transparenz, wie sie ihr bis dahin nur aus Heiligenbildern, welche die frommen und erbaulichen Bücher der Anna Zwiebelbuch schmückten, bekannt war. Vorsichtig strich sich Rosa eine Strähne aus dem kräftigen, etwas grob geschnittenen Gesicht, in dem zwei dunkle, abgründige, schmale Augen dominierten. Die Haut über den Jochbeinen war leicht gerötet, breit und stumpf ragte die Nase hervor. Das Kinn energisch vorgeschoben, betrachtete Rosa Zwiebelbuch das Heiligtum des Künstlers Adolf Stauch. Die Wände waren durch zierliche Schränke verdeckt, die auf eleganten, in sanfte Formen gedrechselten Beinchen standen. Das rötlich glänzende Holz, dessen Herkunft Rosa, die an verwertbarem Holz nur Kirschbaum, Nussbaum, Buche oder aber das gemeinere Kiefernholz kannte, nicht erraten konnte, schien ihr einen himmlischen Duft zu verströmen, dem sie sich gern und tiefatmend hingab. Den Inhalt der Schränke selbst schützten Glasfensterchen, eingefasst von schmalen, ebenso kostbaren Holzleisten, die sich, so befürchtete Rosa und besah sich misstrauisch ihre breiten, zuverlässigen Hände, bei jeder Berührung in Luft auflösen mussten, so zierlich waren sie gearbeitet. Das Glas zierten wundersame Ranken und Blumen, filigrane Schmetterlinge, Paradiesvögel und Fabeltiere, die Rosa nie zuvor gesehen hatte. Sie waren von zarten Händen in das Glas geritzt. Rosa fühlte eine sanfte Heiterkeit im sonst dumpfen, verschlossenen Gemüt, es musste das Glück sein. Fast glaubte sie, den Boden, das glattpolierte Parkett unter ihren Füssen zu verlieren, dieses Neuland, das zu betreten sie sich erst anschickte. Aus Scheu unterliess sie es, sofort eins der zierlichen Fenster zu öffnen und das Geheimnis dieser Kostbarkeiten zu ergründen.

Auch sonst enthielt der weissgestrichene Raum nichts, was sich von der vornehmen Feinheit der Schränke abgehoben hätte. Ein langer, einfacher, dunkler Holztisch, auf dem sorgfältig geordnet Papier, verschiedene Schreibfedern und Pinsel, Farbtöpfchen, Tiegelchen und kleine Farbpaletten, zu einer heiteren Komposition verschmolzen, standen und lagen. Scheinbar zufällig verteilt ein paar kunstvoll gearbeitete Stühle und Hocker, deren samtene, azurblaue Polsterung mit dem dunklen Holz kontrastierte und die Handschrift eines ausgezeichneten Tapezierers verriet.

Die beiden Fenster gaben den Blick auf die Seifertgasse frei. Geschäftige und, wie es Rosa Zwiebelbuch schien, überaus elegant gekleidete Menschen eilten vorbei, versperrten vorübergehend den Blick auf die gegenüberliegende Hausfront, wo ein grosses Schaufenster zum Kauf von Kanarienvögeln, Wellensittichen, Katzen und Springmäusen einlud. Neben dem Tierverkäufer befand sich ein Milchladen, vor dessen Tür soeben mit schepperndem Gelärme grosse Milchkannen, wie Rosa sie von zuhause kannte, auf einen Lieferwagen geladen wurden. Die Arbeiter lachten und säumten, wenn einer einen guten Witz erzählte. Ihre fröhlichen Gesichter rührten an etwas in Rosa Zwiebelbuch, von dem sie noch nicht wusste, dass sie es überhaupt barg, dass es darauf wartete, gelebt zu werden.

Vor einem der Fenster stand eine beinahe alchemistisch anmutende Vorrichtung, von deren Verwendung Rosa zur Zeit noch nicht die leiseste Vorstellung hatte: ein fahrbarer Glasbläsertisch, auf dem seltsamst geformte Instrumente glänzten, die von einer winzigen, bläulichen Flamme sanft beleuchtet wurden.

Erst jetzt sah Rosa zwischen den zierlichen Schränken eine zweite Tür, aus demselben Holz wie die Schränke gefertigt, glattpoliert wie das Parkett unter ihren Füssen. Sie führt wahrscheinlich zu den privaten Räumen des Augenmachers Adolf Stauch, vermutete sie. Einladend funkelte das gelbe Metall der Klinke. Rosas Gedanken schweiften kurz zurück zur Siebenten Tür, die zu öffnen einer jeden verboten war wie das Kosten vom Apfel des Baumes, den die Mutter beim Erzählen Schlangenbaum nannte.

Befriedigt schaute Rosa sich um, der Raum entsprach der Visitenkarte Adolf Stauchs, elegant und zierlich. Sie hatte sich nicht geirrt, war nicht zu Unrecht aus der Enge des ungehobelten Käfigs ausgebrochen, in dem sie eingesperrt war, abhängig von Vater Zwiebelbuchs Brot und Gnade. Bald wird man sich dieses Vaters entledigt haben, dachte Rosa Zwiebelbuch. Dieser Vater, der sich damals, vor vielen Jahren, als die Rosabrüste kaum zu knospen begannen und zwischen den Rosabeinen das zarte Rosageschlecht noch nackt und unschuldig schlief, so brutal des Körpers, der sie war, bemächtigte, sich zornbebend an ihrer Haut rieb und den Rosaleib fluchend durchbohrte, diese vaterländische Ohrfeige. Zwiebelbuch, der sie hasste und fürchtete, erstach sie beinahe mit dem Schwengel. Rosa war stumm und stumpf geworden, damals, als das Blut floss und der aufgerissene Leib brannte.

Vater Zwiebelbuch indessen sah nichts von alledem, was Rosas Augen aufnahmen, nicht die Schönheit der Schränke, den einfachen Holztisch, die einladenden Stühle, sah nicht den Milchladen und hörte nicht das fröhliche Gelächter der Arbeiter, sah auch den Glasbläserwagen nicht und nicht die sanft glimmende, blaue Flamme. Weil Gedanken nicht zu sehen sind und es einer besonderen Feinfühligkeit bedarf, sie zu erraten, blieben Vater Zwiebelbuch auch die Gedanken seiner Tochter verborgen, diese schwermütigen, nach Befreiung lechzenden Vögel. Vater Zwiebelbuch knetete die schwieligen Metzgerhände und schien auf nichts zu warten.

Rosa erschrak, als Adolf Stauch plötzlich, als hätte sich ein Geist materialisiert, vor ihr stand. Sie hatte das Öffnen der Siebenten Tür nicht bemerkt und, versunken in ihre Gedanken, den trippelnden Schritt des Augenmachers überhört. Wortlos standen sie sich gegenüber, Rosa jetzt hochrot im Gesicht, nach Worten suchend, die sie bis anhin nicht gebraucht hatte. Die junge Frau wirkte inmitten der Zierlichkeiten des Ateliers wie ein erratischer Block, zuverlässig und beständig, ihr gedrungener Körper verriet die Bereitschaft, auf alles gefasst zu sein, wenn sie nur nicht in jenen Käfig zurückgeschickt würde, dem sie soeben entronnen war. Man war nicht für den

Käfig bestimmt, auch nicht, wenn man Rosa hiess und Vater Zwiebelbuch diesen Käfig gezimmert hatte; keinem Gott stand das Recht zu, eine zu strafen, weil sie nun einmal am Leben war und zu bleiben gedachte, auch Rosa nicht, der das Leben selbst immer wieder zur Strafe geriet. Rosa Zwiebelbuch schob das Kinn forscher vor, was den Augenmacher Adolf Stauch amüsierte, verlieh ihr diese Geste doch etwas rührend Trotziges.

Man setze sich, lud der Künstler freundlich ein, während seine Augen immer noch auf Rosa ruhten, auf ihrem breiten, flachen Gesicht mit den dominierenden dunklen Augen. Das Palaver war kurz, man wurde sich einig, Rosa zu einem Stadtbummel zu entlassen, während er, Adolf Stauch, dem Zwiebelbuch DASAUGE einsetzen wolle.

An dieser Stelle hätte Rosa umkehren können, eine andere Richtung ins Auge fassen, sich anderweitig niederlassen, es sich noch einmal überlegen, den Entschluss überdenken, die träge Eintönigkeit im heimatlichen Käfig gegen die freie, dafür ungewisse Zukunft abwägen können mit feiner Waage. Dass sie es nicht tat, ist ihr anzurechnen, es ehrt ihren Mut und zeugt von ihrem unbeugsamen Willen. Rosa stapfte durch die Stadt, verwirrt ob der Fremdheit der Geräusche und Gerüche, sie wähnte sich in einem exotischen Dschungel, den es mutig und willensstark zu durchqueren galt. Sie ruhte in sich, die Rosa, unerschrocken, bereit.

Vater Zwiebelbuch bekam im Atelier des Adolf Stauch DASAUGE, ohne sich dessen Schönheit bewusst zu sein. Es prangte fortan in seinem Gesicht als der einzige, lichte Fleck in einer verwüsteten Landschaft, mit dem dumpfen Meer auf dem Grund der Pupille und dem Hundertarmigen, dem Allesfresser.

Notiz 1: Vater Zwiebelbuch nimmt selbigen Tags den Nachtzug, muss einmal umsteigen nach Flur, den Korb mit dem Eingemachten, dem kalten Huhn und dem Laib Brot, am Arm, ohne sich von Rosa Zwiebelbuch verabschiedet zu haben. Die

Rechnung schicke er ihm nach, sagte Adolf Stauch, der die Übergabe seiner Kunstwerke ungern mit dem Berühren von Banknoten abschloss.

Notiz 2: Rosa Zwiebelbuch wird selbigen Tags in die Geheimnisse der zierlichen Schränke eingeweiht und wäre beinahe in den Boden versunken vor Ehrfurcht ob des Gesehenen, so hehr und schön dünkt es sie.

Notiz 3: Spät nachts tauschen in einem Bahnhof zwei Männer Zug und Plätze. Der eine nimmt den Zug nach Flur und den Platz des Mannes ein, der seinerseits den Zug nach Stuttgart besteigt und sich auf den Platz des Mannes setzt, der jetzt nach Flur fährt.

XIII.

"Sei kein Frosch, Olympia ist überall", las Zeus einigermassen verwirrt. Auf dem Weltformat prangte eine hastig aufgerissene Packung Marlboro, eine marmorne Hand griff nach der gepriesenen Zigarette, die Hand gehörte zu einem marmornen Arm, der wiederum Bestandteil eines marmornen Körpers war, auf dem sein Kopf sass. Sein Kopf, in Marmor gehauen. Zeus erinnerte sich, das Original schon einmal gesehen zu haben, eine hübsche Bildhauerarbeit aus der Renaissance, eine Zeit allerdings, die weder Marlboro noch Weltformatplakate erfunden hatte. Es gehörte offenbar zu den Wirrnissen der Moderne, alles und jedes zu vereinnahmen, was dem Konsum förderlich ist. Für wen oder was warben wohl die Gorgonen, wenn er, Zeus, dem Marlborokonzern als Zugpferd diente? Nachdenklich geworden, zog er eine Zigarettenpackung aus der Manteltasche und schob sich, geistig um Äonen entfernt, eine Marlboro zwischen die Lippen.

Kondome, ja, Kondome. Zeus' Gelächter klang vollkommen.

Der Fehler, sinnierte Zeus, lag in der irrigen Annahme, das Göttliche sei allmächtig. Als ob dies ein wünschenswerter Zustand wäre. Er, Zeus, wüsste damit nicht umzugehen. Müsste er nur wollen, dass ES geschehe, wäre das kein rechter Spass, keine Freude. Menschen dieser Art erhielten bekanntlich das Verdikt, grössenwahnsinnig zu sein, was dann meist zu mehrjährigen Aufenthalten in Häusern führte, die Zeus vorerst nicht zu betreten gedachte. Zeus liebte Wirtshäuser, Bordelle, Tanzanlässe gehobenen Stils, Bäder, Bahnhofhallen und den Imbisswagen um die Ecke, pulloverstrickende Mädchen, Hydranten, Grossstädte, Riedland, Autobahnen, Steinbrüche, Mägde im Herrn, ametrische Verse, Tatarinnen, Kaffee. Wenn in seinem Namen Weltkriege geführt, Völker ausgerottet, Monde erobert, Edelweisse zertreten oder Planeten zerstört wurden, so ehrte ihn das. Doch anzunehmen, er, Zeus, hätte dies alles in seiner Allmacht beschlossen, dünkte ihn blasphemisch und dumm, ja noch dümmer als der Irrglaube jener, die in seinem Namen Klöster gründeten, sich in Sekten zusammenschlossen, Kirchensteuern erhoben oder Toilettenanlagen vor Homosexuellen schützten. Das menschliche Gehirn war offenbar nicht fähig, die wahre Grösse des Göttlichen zu erfassen, hiess es nun Zeus oder Gottvater wie sein Konkurrent, der er ja auch war. Seine Grösse war die Unberechenbarkeit im Handeln, aber diese entzog sich jeder metrischen Lösung und wurde deshalb auch nicht besungen. Der Mensch, wohl der Meinung, dass nur das Besungene wirklich ist, leugnete die einzige Waffe, derer sich Zeus gern und ausgiebig bediente, die Unberechenbarkeit.

Stirnrunzelnd betrachtete er sein Konterfei im Weltformat. Für die menschliche Vorstellung von Allmacht, so schien ihm, genügte eine Streichholzschachtel, wie sie just auf dem Plakat fehlte. Sollte er sich je der Allmacht bedienen, schwor sich Zeus, dann sicher nicht marktgerecht, er würde Marlboros vom Himmel regnen lassen wie weiland DERERAUCHWAR das Manna. Oben herrschte ohnehin absolutes Rauchverbot, so wollten es die höchsten Göttinnen. Zeus hatte sich nie an diese neumodische Regel gehalten. Regeln, brummte er missmutig und liess, die Marlboro im Mundwinkel, seiner Regellosigkeit freien Lauf.

Zeus, der Städtefreund, verliess mit Zeus, dem Liebhaber pulloverstrickender Mädchen, den Stuttgarter Bahnhof, um sich in der Stadt zu verlustieren. Die Freunde gehobener Tanzanlässe und Bordelle eilten voraus. Der Liebhaber ametrischer Gedichte deklamierte laut:

Traun, fürwahr, es gilt aufs Wort
Morgen, Schatz, mein du bist
Eh' des Ahorns wundersamer Biss
Entzweit uns zu morgendlicher Stund' *

Über Zeus, dem Liebhaber pulloverstrickender Mädchen, vollendete ein Schwarm Zugvögel seine Migration und bezog in einer hochgewachsenen Platane Quartier.

Er habe sich, erzählte Jahrzehnte später Zeus dem geduldigen Zuhörer Bonifazius Wasserfallen - es war im vierten Monat seines freiwilligen Exils in der Flurer Heil- und Pflegeanstalt Narrenwald, und Zeus war etwas gesprächiger geworden -, an diesem Morgen des 4. Mai im Jahr 1960 ausserordentlich wohl gefühlt. Wie? Depersonalisationserscheinungen? Nein, er sei sich keiner solchen bewusst gewesen, im Gegenteil. Im Verstand habe Ordnung geherrscht, seine Papiere seien ebenfalls in Ordnung gewesen, und eine Polizeikontrolle, wie im Bahnhofsviertel Stuttgarts damals üblich, sei ihm nicht zum Verhängnis geworden. Der Zug sei pünktlich in Stuttgart angekommen, der Bahnhof, zu jener Stunde fast menschenleer, habe ihm allerdings keinen sehr einladenden Eindruck gemacht. Er habe sich also in die Stadt begeben, eine offene Kneipe gesucht, Kaffee getrunken, sich ein Brötchen genehmigt und ordnungsgemäss bezahlt. Nein, Alkohol sei keiner im Spiel gewesen. Er pflege frühmorgens nicht zu trinken, wenn überhaupt, erlaube er sich den Genuss eines Bieres erst gegen die späten Nachmittagsstunden. Schliesslich habe er sich einen Stadtbummel gegönnt und sei auf das Geschäft mit den Militaria gestossen. Eigentlich könne er den Verkaufsraum kaum Geschäft nennen, es habe sich nämlich um einen Hausflur gehandelt, der vom Eigentümer der Militaria zur Abwicklung seiner Tauschgeschäfte benutzt worden sei. Und das sei nun doch recht ausserordentlich gewesen, was sich da alles eingefunden habe an Tauschwilligen, an Käufern und Verkäufern. Wohl habe er sich erst an die eher bescheidenen Lichtverhältnisse und den etwas modrigen Geruch der Waren gewöhnen müssen, aber die Mühe, sich in dieser künstlichen Dämmerung zurechtzufinden, habe sich gelohnt. So wie er, Wasserfallen, stets seine weisse Uniform trage, was ihn als Liebhaber weisser Uniformen ausweise, habe auch er, Zeus, seit jeher an Uniformen den Narren gefressen. Nun, vielleicht sei das ja nicht der richtige Ausdruck für eine Leidenschaft, die an Erhabenheit alle andern Leidenschaften übertreffe, aber er wolle es dabei belassen, um den Erzählfluss in Gang zu halten. Er habe also Uniform um Uniform anprobiert, was selbstverständlich nicht ohne Gelächter des gaffenden Publikums abgegangen sei. Auch sei es nicht einfach gewesen, sich in dem engen Hausflur der

Erhabenheit der Uniformen gemäss zu bewegen. Der Verkäufer, dessen Jackenrevers mit alten Orden übersät gewesen sei, habe aber Verständnis gezeigt. Ja, diese Orden, rekapitulierte Zeus, da habe keiner gefehlt, da hätten silberne, gar goldene geglänzt und geglitzert, Orden aus Leichtmetall oder Stahl gehangen, Ehrungen aus beiden Kriegen, Ehrungen für besondere Schiesskünste, für tapferes Sterben, Ehrungen vom Verein der Kriegsversehrten, für Beinamputierte der tröstliche Dank von Nichtbeinamputierten, Mutter- und Vaterkreuze, am Revers des Verkäufers fand sich sogar ein Stern, der einmal den Bomber Harris geschmückt haben soll, diesen Grossmeister des Flächenbrandes, dem Hunderttausende als Nahrung dienten. Und dann eben auch die Hitlerkreuze, die Freisler- und Göringkreuze, das Himmlerkreuz, alle am Revers des Verkäufers, dessen Brust zusätzlich von einem JesusamkreuzKreuz geschmückt wurde. Er, Zeus, habe sich nicht sonderlich für militärische Orden interessiert, wohl aber für den Stoff, an dem sie normalerweise befestigt wurden, Uniformen halt, von denen jede Menge den schmalen Hausflur verstopfte, so dass man sich nicht vorstellen konnte, wie denn beispielsweise Frau Stroschein im ersten Stock die täglichen Einkäufe gefahrlos in ihre Wohnung brachte.

Dass er sich für die Hitler-Jugend entschieden habe, komme nicht von ungefähr. Nur befürchte er, dass dem Doktor der Zusammenhang ziemlich schleierhaft bleiben werde, da er, Zeus, entgegen allen Vorstellungsmöglichkeiten auch eines Seelendoktors damals zur selben Zeit in zwei verschiedenen Residenzen residiert habe, einerseits an der Seite RotruhtamAbendRuths, andererseits in der Pension Zum Blauen Engel im Stuttgarter Zentrum. Das Haus Zum Blauen Engel, müsse Doktor Wasserfallen wissen, habe früher ein Eliteinternat für Gestaposöhne beherbergt; so sei es nur rechtens gewesen, diesen Umstand mit dem Kauf einer Uniform, die einmal den hingebungsvollen Körper eines Hitlerjungen bekleidet habe, gebührend zu würdigen. In der Uniform - sie sei ihm etwas eng um die Brust gewesen - habe er den Blauen Engel betreten, unterwegs sei er nicht belästigt worden, im Gegenteil, die kindliche Bewunderung der Passanten habe ihn den ganzen langen Weg zum Blauen Engel begleitet, und er sei, beinahe schwebend vor Genugtuung, die Seifertgasse entlanggeschritten. Zur Schonung habe er dann die Uniform in den Schrank gehängt und sich vorgenommen, sie künftig täglich während nur drei Stunden zu tragen, den späten Nachmittagsstunden, bei besonders belebter Tageszeit also. Der Entschluss sei ihn hart angekommen, aber was tue man nicht alles, wenn einem das Herz übervoll sei. Die Wirtin übrigens, die Gute, sie habe sich scherzhaft "blauer Engel" genannt, die sei ihm bei seinem Eintreten um den Hals gefallen vor Bewunderung, was ihm, Zeus, keineswegs unangenehm gewesen sei. Jüngelchen, habe sie geseufzt und gezwitschert und sich an seinem Oberschenkel gerieben, bis ihm ein wichtiger Teil seiner Schöpfung in den Schwengel schoss, die Gier, und er sich an ihr gütlich getan habe. Genommen habe er die Wirtin, durchgewalkt.

So weit der Bericht Zeus', Jahre später in Narrenwald, im Beisein Doktor Bonifazius Wasserfallens. Der soll die Geschichte lachend weitergeboten haben, abends beim Höck der Studentenverbindung Helvetia. Das Lachen, Grölen und Schenkelklopfen habe kein Ende nehmen wollen, so dass es selbst der Heilige-Drei-Königswirtin zuviel geworden sei und sie im besten Österreicherdialekt ein einziges Wort geraunzt habe: Teifiteifi.

Am 4. Mai 1960 stand Rosa Zwiebelbuch noch etwas scheu im Atelier des Augenmachers Adolf Stauch, das Hirschleder in der Hand, den Wasserkessel zu ihren Füssen. Vom offenen Fenster drang der Lärm der Seifertgasse in den Raum, das Getrippel, Getrappel, Gelächter, Geplauder, Gerufe, das Scherzen und Singen, das Schreien und Husten der Vorübereilenden. Vom Haus gegenüber, dem Tierhaus, ertönten Musikfragmente, Cosi fan tutte, Amoooohohohore verstand sie. Am Fenster erschien die Gestalt eines Mannes, absonderlich gekleidet, er steckte in einer braunen Knabenuniform, obwohl er doch ein bestandenes Mannsbild war, am rechten Arm trug er eine schwarze Binde, darauf das Hitlerkreuz, es dünkte Rosa bedrohlich. Hatte nicht Vater Zwiebelbuch eine ganze Kiste dieser Sorte Kreuze auf dem Dachboden gelagert, um ab und zu in dem Zeugs zu kramen, das er "betrogene Zukunft" nannte und mit Tränen, die er sonst nie weinte, kniend im Staub, begoss. Es muss ein Reisender sein, sinnierte Rosa, einer, dem die Frau fehlt. Verächtlich musterte sie das verwaschene Braun der Kleidung. Der bliebe ihr und dem Meister erspart, so einer wie der läuft mit leeren Taschen durch die Welt, durchquert ohne Handgeld die Seifertgasse.

Nach einem traumlosen Schlaf in der Pension Zum Blauen Engel, die ihr Meister Stauch wärmstens empfohlen hatte, da deren Monatsmiete ihm dem angebotenen Komfort entsprechend erschien, so dass er sie auch zu bezahlen gedachte, hatte sich Rosa Zwiebelbuch früh aufgemacht, ihren neuen Pflichten nachzukommen. Noch konnte sie nicht erfassen, wie sich die Freiheit anfühlt, hatte ja kaum an ihr geleckt; aber ohne Bedauern dachte sie an den Abschied vom Vater, der nicht stattgefunden hatte. Er war in seinen Käfig zurückgekehrt, den sie 18 Jahre mit ihm geteilt hatte. Grimmig wrang Rosa Zwiebelbuch das Hirschleder über dem Kessel aus, sie wollte sie nutzen, die Freiheit, sorgfältig und gründlich.

Die Augen, diese künstlichen Augen. Kostbarkeiten, Schmuckstücke, Wahrheiten, Zeichen Gottes, Schönheit. Rosa tat einen Blick ins Paradies, ass vom Apfel, den Adolf Stauch ihr reichte. Hatte immer gewusst, dass die Schlange von anderem Geschlecht war. Rosa ertrug das Glück.

Sie durfte das Haus des Adolf Stauch nicht aus den Augen verlieren. Sie umkreiste es, immer wieder den schmalen, hohen Giebel des Hauses suchend, die Nase schnupperte die neue Luft. Sie machte ihren Rundgang ohne Vater Zwiebelbuch, dem Adolf Stauch das Auge mit dem dumpfen Meer und dem Hundertarmigen in die Höhle setzte, der dann schweigend den Korb nahm mit dem Eingemachten, dem kalten Huhn und dem Brot, das die Anna Zwiebelbuch jammernd und lamentierend gebacken hatte. Schweigend nahm er diesen Korb und verliess das Königreich des Adolf Stauch, nahm den Nachtzug. Ohne Rosa die Hand gereicht zu haben. Sass mürrisch im düsteren Abteil. Verliess das fremde Land. Begegnete am Zoll dem

Mann im dunklen Regenmantel, nahm den Zug, den vorher der Mann im Regenmantel benutzt hatte, setzte sich mit finsterer Miene ins düstere Abteil und fuhr zurück in den Heimatsumpf.

Adolf Stauch hatte Rosa noch am Abend ihrer Ankunft und gründlich in die Geheimnisse seiner zierlichen Schränke eingeweiht. Da lagen sie, in silbernen Schalen geborgen, die gläsernen Augen, eine Sammlung feinsten Handwerks, von der sich der Schöpfer nicht trennen mochte. Auge um Auge wurde Rosas Händen anvertraut, den breiten Rosahänden, dass sie die Augen fühle, das fehlerlose Glas mit der kunstvoll geformten Iris und den Legenden auf dem Grund der Pupillen.

Solche Augenblicke sind nicht dazu angetan, in Begriffen von Zeit und Raum zu schwadronieren, sie sind zeitlos. In solchen Augenblicken hat auch eine Rosa das ganze Leben vor sich und den ganzen Tod. Später ändert sich das, Geschenke sind nicht für die Ewigkeit bestimmt. Wo käme man sonst hin, bei dem Platzmangel da oben, wo doch, um einzutreten in die ewige Herrlichkeit, ein Visum kaum mehr genügt und Garantiescheine für die notwendigsten Verklärungen ausgesprochen rar sind.

In solchen Augenblicken, Rosa fühlte es nur dumpf, nahm man die Seligkeit vorweg, da konnte der Pfaffe noch so geifern und von steigenden Preisen predigen, als wäre der Himmel eine Lohntüte. In Rosas Händen wurden die Augen sacht lebendig, wollten sie nicht erschrecken, flüsterten, wisperten, damit kein grausamer Laut das Glück der Rosa störe. Die sträflich missbrauchte Vergangenheit fiel von ihr ab und auch der Untermieter Zwiebelbuch, der ihren Leib als eine ziemlich verwüstete Mansarde hinterlassen hatte. Das würde sich geben, wisperte es sanft in Rosas Händen, schon bald werde auch dieses Zimmer aufgeräumt sein und Zwiebelbuchs Schatten verschwunden. Die Augen sagten nicht, dass da ein anderer schon warte, die Mansarde zu beziehen, sie solle beizeiten Bettzeug und Wasserflasche bereithalten. Nein, diese Augen in Rosas Händen wisperten Geschichten, um sie mit Schild und Schwert zu wappnen, ohne aber die Koordinaten für Rosas Zukunft zu verraten. Das Kunstauge kennt weder Mathematik noch Kaffeesatz, um daraus zu prophezeien.

In die Silberschalen jeden Auges waren Namen eingraviert, die Rosa erstaunten und entzückten. Nie hatte sie wohlklingendere Namen gehört. In ihrer Heimat rief man die Frauen Claudia, Lilo, Liliane, Silvia, Margrit, Ursula, Maria, manche hiessen Rosa wie sie oder Gertrud, Verena, Hildegard. Gewiss keine unschönen Namen, Silvia beispielsweise, Waldfee zu heissen, erachtete Rosa als Ehre, die sie für sich gewiss nicht in Anspruch zu nehmen gewagt hätte. Oder Ursula, die Bärin. Welche Kraft musste die Namensträgerin beflügeln.

Diese Namen jedoch, als etwas verschnörkelte Schrift in die Silberschalen eingraviert, dünkten Rosa schöner als alle ihr bekannten Namen. Sie waren selbst Schmuckstücke, ebenbürtig all den Kostbarkeiten, die Adolf Stauch geschaffen hatte. Sie jubelten auf der Zunge beim Vorsichhersagen, kullerten wie Perlen über die Lippen, selbst wenn man Rosa hiess und der Poesie nicht sonderlich zugeneigt war. Sie lockten, gurrten und zwitscherten beim Aussprechen. Das tat Rosa, erst noch etwas holprig, dann, mutiger geworden, bald fliessend, die Namen liebkosten die Frauen, so schien es der Rosa, die sich an den Namen nicht satt reden, satt murmeln, satt flüstern konnte. Lange schwelgte sie in den fremden Klängen, ehe sie sich die Augen näher besah: das Auge der Leda, Gattin des Tyndareus von Sparta. Hingegossen als willige Blume am Ufer des Eurotas, den weissen Schwan in den Armen, das keusche Gesicht im Gefieder des Tiers verborgen, gibt sie sich dem grossen Vogel hin. Mit zarter Hand ist die Lust der Leda auf den Grund der Pupille hingezaubert, und Rosa schaute in diesen süssen Abgrund, ein kaum hörbarer Seufzer durchbrach die Stille im Heiligtum des Augenmachers Adolf Stauch, der geduldig neben Rosa stand und aufmerksam das Mienenspiel verfolgte, das ihr Gesicht verschönte.

Der Namen sind viele: Europa, das schöne Kind, auf dem Rücken des Stiers, jauchzend jagt sie mit ihm übers Meer, an Kretas Gestaden den Samen zu empfangen. Ihr hat der Künstler ein stolzes Gesicht geschenkt, das offen die Lust ausdrückt, frohlockend sich hingibt an diese Lust, die, so kam es der Rosa vor, nie aufhören will. Das schäumende Meer ergiesst sich in gewaltigen Wellen über die Ufer, unersättlich ist die Gier des Stiers und unersättlich die Gier des Kindes. Auf dem Grund der Pupille Europas hält die Erde den Atem an.

Und Alkmene, die Gemahlin des tapfern Amphytrion. Der herrliche Körper ruht auf den königlichen Laken des Bettes, das jener verliess, der nicht ihr Gatte war. Die lasziven Formen des Körpers, vom Künstler meisterhaft festgehalten, verraten den grossen Triumph, soeben errungen, ungleich gewaltiger als jeder Sieg auf dem Schlachtfeld, dünkte es die Rosa. Sie bebte, während die schmalen Rosaaugen auf dem Grund der Pupille ruhten, wo Eintracht herrscht mit den Gelüsten und dem Werden im Bauch der Alkmene.

Aber da ist auch Io, die Unglückliche, die Tochter eines Königs von Argos. Io, der Name schmolz auf der Zunge Rosas, Io, die Bestrafte, die, vom Wahnsinn befallen, als weisse Kuh über die Weide rast, verfolgt von Argus, dem Hundertäugigen. Schwarz der Abgrund in der goldenen Iris, nur undeutlich zu erkennen das fliehende Tier, dem eine allmächtige Rächerin das Frauengedächtnis belassen hat. Io leidet an der unstillbaren Sehnsucht nach dem, der sie ritt.

Weinend gab Rosa das Kleinod aus der Hand und wandte sich dem nächsten zu. Danae nannte Adolf Stauch dies Auge, Danae, Tochter des Herrschers von Argos, eingekerkert im dunklen Verlies; an schwere Eisenketten geschmiedet, empfängt sie den goldenen Regen, den die Gitter nicht aufhalten können, der sich besänftigend in die Schwermut der Frau ergiesst, bis der Kerker zum heiligen Tempel wird.

Rosa schaute Auge um Auge, staunend, wirr und doch froh im Fühlen. Nie hatte sie solches gesehen in ihrem armen Leben als Tochter des Störmetzgers Zwiebelbuch, der die Wunden mit sicherer Hand zu schlagen wusste, und den Anna Zwiebelbuch, geborene Lamm, nach der Geburt der Tochter nie mehr in ihrem Weibergemach empfing. Die Wunden heilten unter dem Blick des Adolf Stauch. Der stand ihr geduldig bei, begleitete ihre ersten, tastenden Schritte ins neue Leben.

Es fiel der unwissenden Rosa nicht auf, dass da zur Lust in den Abgründen der Pupillen einer fehlt, der kein Schwan ist und kein goldener Regen, der kein Stier ist, auch wenn das manch einer noch heute vorgaukeln möchte, mal weiss, mal schwarz, mal braun oder falb. Rosa fiel der Täuschung anheim wie so viele Frauen vor ihr, die das Schicksal, Söhne zu gebären, in den vermeintlich seligsten Stunden ereilt. Täuschung ist, wo sich goldener Regen ergiesst oder das Schwanengefieder gar zärtlich die heisse Wange streift, wo der Stier lüstern und fröhlich den grünen Gestaden Kretas entgegenschwimmt, das Kind auf dem Rücken, das jubelt und jauchzt, wenn 's Tier eindringt in das junge Fleisch. Das hat Adolf Stauch nicht zu zeigen gewagt, dass sich der Stier unter den Platanen am Strand Kretas zu erkennen gibt als der Unberechenbare, als das Gelächter selbst unter dem Himmelsgewölbe. Das hat er nicht zu zeigen gewagt, das dröhnende Gelächter, das die Erde erzittern lässt und jede Liebe zermalmt. Das wäre der Schmerz auf dem Grund eines jeden Auges, und hätte Adolf Stauch diesem Schmerz Ausdruck verliehen, es wäre die Rettung gewesen. So stand am Weg der Rosa Zwiebelbuch nur Atropos, die Unausweichliche; es fehlten Klotho, die Spinnerin, der wir den Ausgleich von Glück und Unglück verdanken, und Lachesis, die an Zufällen des Leids und des Glücks vergibt, was jeder und jedem zusteht.

Der Augenmacher Adolf Stauch öffnete das letzte Fenster des zierlichen Schreins, nachdem Rosa Zwiebelbuch das Auge Danaes vorsichtig in die silberne Schale zurückgelegt hatte. Hinter dem Fenster waren jene Augen aufbewahrt, die, noch unschuldig und weiss, der Künstlerhand Adolf Stauchs harrten.

Die jungfräulichen Wölbungen der Augen ängstigten Rosa, doch Adolf Stauch legte ihr vorsichtig und bestimmt eine dieser Schalen in die breite Hand, sie solle das Geschenk behalten und aufbewahren. Thetis: der Name schien Rosa Zwiebelbuch noch wohlklingender als die Namen der andern Augen. Thetis: geschliffener Diamant unter den Frauennamen. Thetis, die Meeresgöttin, die vor ihr war und geduldig Rosas Werden erwartete, damit ihr Los sich erfülle.

Von diesem Los allerdings wusste Rosa Zwiebelbuch nichts, unschuldig im Gemüt und ungetrübt von Wissen nahm sie das Auge, das Thetis hiess, barg es in ihrer Hand, der breiten Rosahand. Ermüdet vom Schauen und Schweigen, das jetzt schwer auf den Gegenständen des Raumes lastete, nahm sie die hereinbrechende Dämmerung wahr und überlegte, wie sie sich verabschieden könnte, ohne das Schweigen zu stören, das ihr von einer andern Welt schien. Adolf Stauch riet ihr, den Blauen Engel aufzusuchen, wo die Miete nicht unverschämt sei, die Betten sauber, er übernehme die Miete als einen Teil des Monatslohns, auch das Frühstück; für die andern Mahlzeiten habe sie selber aufzukommen. Es sei ihm recht, wenn sie den Arbeitstag um halb acht beginne. Rosa bemerkte, dass Adolf Stauch eine angenehm altmodische Sprache benutzte, auch für Alltäglichkeiten, etwas geschraubt vielleicht, ernsthaft Wort für Wort artikulierend, als sei selbst das Wort ein Kleinod.

XIV.

Er hätte später nicht mit Sicherheit zu sagen gewusst, warum Rosa Zwiebelbuch plötzlich zu schweigen begann. Bonifazius Wasserfallen drehte das Weinglas mit der rechten Hand im Kreis, so dass der Wein überschwappte und einige der mit klobigen Gegenständen ins Eichenholz geritzten Namen in der roten Lache ersoffen, ehe die Serviererin einschritt. Die unfreiwillige Kunstpause verfehlte ihre Wirkung nicht, zwölf Augenpaare, die Augen Abderhaldens mitgerechnet, starrten dem Erzähler ins Gesicht, sogen sich gleichsam an seinem Mund fest. Ungeduldig harrte man der Geschichte Wasserfallens, die dieser sogleich zum besten geben würde. Man goss Wein nach, hob etwas geistesabwesend die Gläser, man fuhr sich stumm durchs Haar, hielt Streichhölzer oder Feuerzeuge an Zigaretten und Zigarren, man rückte Stühle, Krawatten und Mienen zurecht. Abderhalden zwinkerte Wasserfallen über den Glasrand hinweg listig zu, vielleicht auch ein ganz klein wenig verschlagen.

Maria verliess die Männerrunde, unauffällig und leichtfüssig wie immer trotz ihres beachtlichen Gewichts, den tropfenden Wischlappen in der einen, einen vollen Aschenbecher in der andern Hand. Ihr fröhliches, breites Bäuerinnengesicht glänzte, sie war es zufrieden zu dienen, diesen und andern Gästen.

Wasserfallen fuhr sich mit der Zunge über die schadhaften Zähne, zögerte, nichts wollte ihm heute so recht gelingen. Der heutige Tag, ohnehin dazu angetan, in Kneipen abgesessen zu werden, so sehr setzten ihm, Wasserfallen, Föhn und Patienten zu, hatte mit einem Furioso auf der Abteilung Männer E begonnen, wo doch sonst die friedfertigsten seiner Patienten logierten.

Zeus sei, nackt, wie er auch zu schlafen beliebte, in den Wachsaal gestürzt, habe mit riesigen Sprüngen über die zerwühlten Betten hinweggesetzt. Tobend und wüste Beschimpfungen brüllend, habe er sich zu früher Morgenstunde des

Kreuzes an der Wand, des Christuskreuzes bemächtigt, um es unter gröbsten Verwünschungen über dem Knie zu brechen. RufstdumeinVaterland und NähermeinGottzudir durcheinander grölend und schreiend, habe er die zwei Teile Kreuz dem Josef über den Schädel gehauen. Ausgerechnet dem Josef seinen Schädel habe er sich für sein Toben ausgesucht, der Unflat. Schliesslich, gab Wasserfallen Gottlob Abderhalden den Rapport der Karoline Presskopf während der Neunuhrpause weiter, gelang es sechs Wärtern gemeinsam, den Renitenten zu bändigen, allerdings erst, nachdem dieser, einigermassen besänftigt von der Schreckenstat, den laut stöhnenden, blutüberströmten Josef wiegend und weinend im nackten Schoss geborgen habe und, derart beschäftigt, leicht zu überwältigen gewesen sei. Dem Josef seinen Schädel pflege nun das örtliche Krankenhaus, und den Zeus habe man, seiner Konstitution entsprechend mit einer gewaltigen Ladung Beruhigungsmittel versehen, in die Gummizelle verbracht - nun, er meine selbstverständlich die Einzelzelle, berichtigte Wasserfallen sofort, nachdem ihn Abderhalden stirnrunzelnd angesehen hatte. Man setzte auf Menschlichkeit in der Sprache, sie öffnete nicht nur Herzen, sondern auch die Geldbeutel potentieller Geldgeber.

Der heutige Tag, sinnierte Bonifazius Wasserfallen am Stammtisch, während aller Augen auf ihn gerichtet blieben, einige der Studenten bereits ungeduldig mit den Füssen scharrten und das Stühlerücken leichte Verärgerung verriet, wollte einfach nicht gelingen, dieser Tag. Es war der 7. Juli 1981. Der Schreck und das Herzflattern, das ihn beim Anblick der Sanitätskommission befallen hatte, prägten noch immer und nachhaltig seine Erinnerung und lähmten seinen Redefluss erheblich, ohne den wiederum Wasserfallen die Geschichte vom Verstummen der Rosa verständlicherweise nicht zum besten geben konnte. Alles schien sich gegen ihn verschworen zu haben. Wasserfallen war nahe daran, sich heftigst von sich selbst loszusagen, so sehr ärgerte ihn noch immer der unverhoffte Besuch der Sanitätskommission auf der Abteilung Männer E, die, unaufgeräumt, in unbeschreiblich chaotischem Zustand war. Eine Folge des furiosen Auftritts Zeus'; solche

Auftritte, es ereigneten sich derer schon mehrere, nannten die Mitpatienten liebevoll Morgenturnen, nicht ohne gehörigen Respekt vor dem Oberturner Zeus.

Die Männer E war wirklich nicht dafür bereit, Gäste zu empfangen. Lärmend liessen die Zeugen des Vorfalls ihren Gefühlen freien Lauf. Hüpfend und wild gestikulierend trieben sie's mit dem Gekreuzigten, dem Zweigeteilten und untereinander, so dass es dem Ersteintretenden der Sanitätskommission die Schamröte pfirsichfarben auf die Wangen zauberte. Man habe, brummte er trotzdem gutmütig, nur eben mal vorbeischauen wollen. Man bespreche nun seit Tagen den Neubau im Rat; die Eingeweide des alten Baus in Augenschein zu nehmen, könne also nützlich sein. So hätten denn die Regierungsräte Völler und Ruwi die Sanitätskommission, ergänzt durch Stadtrat Moggenratzler und Stadtschreiber Nacht als Vertreter Flurs, beauftragt, sich die Verhältnisse vor Ort anzuschauen. Wasserfallen selbst, ganz unvorbereitet, hatte die Kommission zur Männer E gebracht, wo die Wärter, nachdem sie Zeus erfolgreich in die Einzelzelle befördert und gebührend abgespritzt hatten, unter den strengen, schrill hervorgebrachten Anweisungen Karoline Presskopfs für Ordnung zu sorgen suchten. Wasserfallen hinkte sichtlich erschüttert zum Ausgang, bereit, sich entschuldigend in den Staub zu werfen. Wenn durch diese unangenehme Störung des Anstaltsalltags just vor den Augen der massgeblichen Herren nur sein Neubau nicht gefährdet wurde, sein Denkmal, das er sich zu Ehren errichten lassen wollte.

Aber die Herren hatten, entgegen Wasserfallens Ängsten, nicht im Sinn, ein - zu dieser Zeit noch nicht erstelltes - Denkmal vom Sockel zu stürzen. Denkmäler gab es schliesslich wenige, eins mehr konnte nicht schaden, und es blieb ja sozusagen in der Familie. Was dem einen die Gedärme, seien dem andern die Betonpfeiler, resümierte der Rat Wochen später abstimmend, das Denkmal Wasserfallens wurde per Handaufheben beschlossen. In den Geldbeutel allerdings langte das Volk, seine Irren dingfest zu machen. Es fanden sich auch später ortsansässige Künstler, deren Bilder die Ehre hatten, künftig die Betonwände zu schmücken; sie zeigten beruhigende Farben und Formen, nichts von der Lust der Irren am Irren und nichts von dem Schmerz und der Trauer ob des Zwangs, gegen den ganz privaten, eigenen Strom anzuschwimmen, meist ein Leben lang, damit die Welt nicht einstürzt, nicht einbricht ins Gehirn als das Ungeheuer, das sie war. Aber von diesen Dingen verstanden selbst die Seelenärzte nichts. Weshalb also hätten die Künstler sie verstehen sollen, die auf die Betonwände malten, was die Klinikleitung verlangte, dem einen sein Rot, dem andern sein Blau, dem einen den Kreis, dem andern das Rechteck; subversiv, dachten jene Maler, die überhaupt dachten, subversiv ist nur die Langeweile, dachten und malten die Langeweile auf den Beton, auf das Denkmal Bonifazius Wasserfallens.

Zurück zum Stammtisch der Studentenverbindung Helvetia, zu den Studenten, die noch immer auf die Geschichte vom Verstummen der Rosa Zwiebelbuch warteten, zu Abderhalden, der über den Rand seines Glases hinweg Wasserfallen zuzwinkerte. Zurück zu Wasserfallen, dem, in düstere Gedanken verstrickt und noch bar jeder Gewissheit um sein zukünftiges Denkmal, eine Geschichte auf der Zunge lag, die zu erzählen ihn die Misslichkeit des Tages beinahe hinderte. Da man nun einmal seinem Stand verpflichtet war, resümierte Wasserfallen und begann zu reden, die Misslichkeit des Tages konnte ihm gestohlen bleiben. Wie Deppen seien sie in der Männer E rumgestanden, die ehr- oder auch weniger würdigen Räte, seien, wenn man's bei richtigem Licht betrachte, kaum vom Patientengut zu unterscheiden gewesen, mit ihren leeren Gesichtern, den servilen Augenaufschlägen und den Krawatten, die schief hingen und einem den Eindruck von Unordentlichkeit vermittelten, nicht nur auf der Rätebrust, auch in den Gehirnen. Aber, überlegte Wasserfallen, seine Grübeleien endlich abschliessend, ehe er sich der Rosa Zwiebelbuch erinnernd widmete, Denkmäler bedürften nun einmal des Wohlwollens solcher Visagen, und es sei ihm wohlbekommen, ruhig Blut bewahrt zu haben. Man könne nie wissen, mit denen sei nicht zu spassen, das lehre die Erfahrung. Wasserfallen, nun endlich grimmig entschlossen, die Geschichte vom Verstummen der

Rosa Zwiebelbuch zum besten zu geben, lümmelte sich in seinen Stuhl und hob DASARMEBEIN über das andere, gesunde.

Die Akte Zwiebelbuch sei zeitweilig nur nachlässig auf den Stand gebracht und aktualisiert worden. Er habe ja, erinnerte Bonifazius Wasserfallen die Herren, selbst auf gravierende Fehler in der Akte aufmerksam gemacht, vorletzten Samstag. Er müsse sich also beim Erzählen auf sein Gedächtnis verlassen, das aber gut funktioniere und meist zuverlässiger sei als Krankenakten, die von verschiedenen Personen geführt würden. Oft müsse man dann ja allzu verworrene Einträge nachträglich löschen, andere anonymisieren, da nun neuerdings das Patientenrecht auch die Einsicht in persönliche Krankenakten vorsehe und viele Einträge nicht geeignet seien, die Betroffenen besonders zu erfreuen. Es handle sich bei den Personen zudem nicht selten um solche mit schwersten hereditären Belastungen und unterdurchschnittlicher Intelligenz, was Vereinfachungen in den Krankenakten zumindest menschlich gebiete und rechtfertige. Seine Schützlinge, so Wasserfallen, seien also kaum fähig, ihre Krankenakten richtig zu werten. So habe beispielsweise die verstorbene Kurzwarenhändlerin Kunigunde Waser, über welche die Herren ja ausgiebig informiert worden seien, beim Lesen ihrer Krankenakte einen ihrer berühmten Zusammenbrüche inszeniert, so sehr sei ihr vor allem das von seinem Vorgänger erstellte Gutachten gegen den Strich gegangen. Sie sei weder intelligenzmässig noch von ihrer Gefühlslage her prädestiniert gewesen, das Gelesene unvoreingenommen aufzunehmen. Er, Wasserfallen, habe ohnehin den Standpunkt vertreten, dass einer solch defekten Person das Einsichtsrecht verweigert werden müsste. Aber über ihm, bei den Herren der Gesundheitsdirektion, habe man einen Skandal befürchtet, falls man sie nicht gewähren lasse, denn die Waser habe tatsächlich versucht, auf gerichtlichem Weg eine Entlassung aus seiner Anstalt zu erzwingen. Als Begründung hatte sie die angeblich unrechtmässige Einweisung in eben diese Anstalt angeführt, die ohne Arzt erfolgt sei, sie mitten aus ihren Aufgaben als Mutter und Hausiererin gerissen und den Kindern entfremdet habe. Die allerdings, so wusste Wasserfallen zu berichten, seien natürlich sofort versorgt und in eine gesündere Umgebung verpflanzt worden.

Nun, das Gerichtsverfahren habe sich dann erübrigt, denn als Kunigunde Waser Einsicht in ihre Akte nahm und besagten Anfall inszenierte, habe er, Wasserfallen, dadurch die Möglichkeit gehabt, das Gutachten seines Vorgängers umfänglich zu bestätigen. Das Gutachten seines Vorgängers - er habe es ja kürzlich zur allgemeinen Lektüre mitgebracht - sei, vom medizinischen und ethischen Standpunkt aus gesehen, einwandfrei und äusserst sorgfältig ausgefallen. Der Kunigunde Waser sei aber die wissenschaftlich zutreffende Feststellung, sie sei eine moralisch schwachsinnige Person, gar bitter aufgestossen. Es brauche eben eine gewisse Grösse, solche Dinge unvoreingenommen zu akzeptieren, und gerade diese Grösse habe der Kunigunde Waser gefehlt. Es sei bei ihr auch zu keiner Zeit so etwas wie eine Krankheitseinsicht zu bemerken gewesen. Sie, die Herren, hätten bei der Lektüre der Akte Waser sicherlich selbst feststellen können, dass schon allein die Herkunft der Frau den Inhalt des Gutachtens rechtfertige. Seine langjährige Erfahrung mit solchen Vagantensippen lasse die Vermutung durchaus zu, dass bei fast allen dieses Schlages der moralische Schwachsinn zu den angeborenen, hereditären Belastungen gehöre, ja den eigentlichen Kern dieser Belastungen bilde. Darüber könne dann auch ein gelegentlich gewitztes und selbstsicheres Auftreten nicht hinwegtäuschen, ganz im Gegenteil, ein solches Auftreten müsse als ein Symptom gewertet werden, das klar auf den moralischen Schwachsinn der Probanden verweise.

Hier unterbrach Gottlob Abderhalden die Rede seines Kollegen, um seinerseits eine nicht ganz ernst gemeinte Bemerkung einzuflechten. Der moralische Schwachsinn sei wohl nicht allein das Privileg der von Wasserfallen untersuchten Volksgruppe, obwohl diese durch den unsteten Lebenswandel, durch übermässiges Rauchen und Trinken selbstredend besonders gefährdet sei. Schaue man aber ins Unterland, wo allerorten Studenten auf die Strasse gingen, ganze Jugendbanden lauthals und gewalttätig rebellierten, die Strassen zu eigentlichen Schlachtfeldern verkommen seien, müsse man sich fragen, was denn da an Erbgut vorhanden sei, an minderwertigem, dass eine ganze Generation recht eigentlich vertiere. Das Votum Abderhaldens wurde dezent beklatscht. Die schmucken Herren waren sich einig, ihrem Stand zur Ehre zu gereichen, im Gegensatz zu den Kollegen im Unterland, die es zu jener Zeit gar bunt trieben. Man füllte die Gläser und strich sich, einmal mehr, Haare und Krawatten glatt.

Als dann die Kunigunde gestorben sei, fuhr Wasserfallen fort, habe man der Rosa Zwiebelbuch das Zimmer 21 in der Frauen C überlassen, nicht ohne mit dem Entzug dieses Privilegs zu drohen, sollte sie sich weiterhin renitent verhalten. Die Rosa Zwiebelbuch habe es sich nämlich damals zur Aufgabe gemacht, ihn, Bonifazius Wasserfallen, aufs unflätigste zu beschimpfen und gar des Totschlags an der Kurzwarenhändlerin Kunigunde Waser zu bezichtigen. Selbstverständlich sei man über solchen Anwürfen gestanden, aber, so meinte Wasserfallen, die Herren wüssten ja, in einer Anstalt könne alles und jedes Unruhe verursachen, das Krankengut sei dann jeweils kaum mehr zu bändigen. Völlig abstruse Ängste seien halt viele vorhanden, manch einer sei geplagt vom Verfolgungswahn, den man in normalen Zeiten aber gut unter Kontrolle habe. Nur, damals, kurz vor dem Verstummen der Rosa Zwiebelbuch, hätten keine normalen Zeiten in der Anstalt geherrscht. Tagelang hätten die Kranken für Unruhe gesorgt, die Kunigunde sei, Wasserfallen bat um Verständnis für diesen unfeinen Vergleich, sozusagen zur Märtyrerin, zur Heiligen der Irren erhoben worden, und Rosa Zwiebelbuch habe noch Wochen später im Zimmer 21 Salbei verbrannt, um sie zu ehren. Salbei, so soll die Kunigunde behauptet haben, verbrenne ihr Volk zu Ehren der Toten und zur Besänftigung des Mulos, des Totengeistes ihres Volkes, dieses Haudegens unter den Geistern. Abergläubisch seien sie halt alle, Wasserfallen hob vielsagend die Schultern, das Minderwertige, nur schwer auszurotten, zeige sich in all ihren Gesten, Bräuchen und Gedanken.

Der Rosa Zwiebelbuch habe man das Verbrennen von Kräutern verboten. Leider sei sie nicht zur Vernunft gekommen, falls bei dem Patientengut überhaupt von Vernunft die Rede sein könne, lachte Wasserfallen etwas geniert ob des Lapsus. Sie habe weiterhin und noch heftiger die tote Kunigunde angerufen, so sehr man ihr auch zugeredet habe. Schliesslich sei, zu ihrem eigenen Besten, als Heilungsversuch nur noch die Gehirnoperation in Frage gekommen, und die habe sein Kollege, Doktor Belo Gutschwanger, fachgerecht durchgeführt. Eine Künstlerarbeit. Aber die Zwiebelbuch, kaum aus dem Tiefstschlaf erwacht, habe sich den Verband vom Kopf gerissen, sei aus dem Bett gestürmt, und - es sei gespenstisch gewesen - ein Gelächter habe sie geschüttelt, ein Gelächter, versuchte Wasserfallen den Herren mitzuteilen, das alles Menschliche habe vermissen lassen. Brüllend und prustend sei sie neben dem Bett gestanden, habe gelacht, dass es ihn, Wasserfallen, geängstigt habe. Ein Höllengelächter sei es gewesen, ein satanisches Gelächter, der ganze Rosakörper sei - wenn man so wolle - über sich hinausgewachsen, habe sich diesem Gelächter hingegeben, aus allen Öffnungen gerotzt und gekotzt. Ja, sie habe das Wasser fahren lassen und den Darm ohne jede Scham entleert, geweint habe sie, trotz des Gelächters, ein tierisches Heulen habe ihren Körper geschüttelt, das Gelächter und das Heulen, wie gesagt, hätten nichts Menschliches mehr an sich gehabt, er sei vor einer Bestie gestanden. Das Gelächter habe ihn während vieler Nächte verfolgt, nie mehr wolle er es hören, dieses Höllengelächter, das ihn, trotz anderer Umstände und seiner Andersartigkeit, an das Gelächter oben auf der Rüfe erinnerte. Aber diesen Nachsatz verschwieg Wasserfallen begreiflicherweise.

Damals, und er komme jetzt zum Schluss seiner Erzählung, sei die Rosa Zwiebelbuch verstummt, nie mehr habe er sie auch nur ein Wort, eine Silbe reden hören. Auch das Gelächter sei verstummt, dieses furchtbare, unmenschliche Gelächter. Schweigend sei sie seither ihren kleinen Alltagspflichten nachgekommen, habe sich, wenn auch mürrisch, allen Verordnungen untergeordnet und nur ab und zu ein tiefes Knurren hören lassen. Das beweise, dass da drinnen im Körper nicht alles tot sei, dass es da arbeite und kämpfe im Gehirn, dem lobotomierten, und dass die Rosa noch keine Ruhe gefunden habe.

Trotzdem könne die Operation im grossen und ganzen als ein Erfolg verbucht werden. Wenn auch nicht in Rosas armem Gehirn, so sei doch auf der Frauen C endlich Ruhe eingekehrt, der reibungslose Ablauf des Anstaltslebens sei seither wieder garantiert. Das habe ihm und dem übrigen Anstaltspersonal das Leben wesentlich erleichtert, und von der Kunigunde Waser sei bald einmal nicht mehr die Rede gewesen. Er, Wasserfallen, habe das Verstummen der Rosa Zwiebelbuch eher bedauert. Aus sei's gewesen mit ihren abstrusen Geschichten, die sie früher schnaubend zum besten gegeben habe. Sie sei ja eine richtige Fundgrube für Geschichten gewesen, und was sie nicht erzählte, habe die Polizeiakte zuverlässig ergänzt. So manche wissenschaftliche Erkenntnis habe er Rosas Geschichten zu verdanken, man habe ja auch am Stammtisch von ihnen profitiert und viele vergnügte Stunden damit verbracht, sich ihrer zu erinnern.

Soweit Wasserfallens Bericht. Es war nicht das erste Mal, dass er sich mit dieser oder anderen ähnlichen Geschichten vor der Runde brüstete. Wie viele Psychiater litt auch Wasserfallen trotz einer permanent zur Schau getragenen Selbstsicherheit an einem tiefen, unüberwindbaren Zweifel, was seinen Beruf betraf. Das menschliche Gehirn, Wasserfallen wusste es aus Erfahrung, war das eigentliche Wunder der Natur, dessen sich der Mensch als Eigentümer, als Eigentümerin bedienen durfte, ohne aber über gesicherte Erkenntnisse in bezug auf seine Funktionen zu verfügen. Da nützt kein Brüten und Grübeln, ein Seelenarzt bleibt letztlich sein Leben lang ein Hasardeur, dem Zufall ausgeliefert. Rosa Zwiebelbuchs Gehirn blieb Wasserfallen so fremd wie all die Gehirne, die zu kurieren er vorgab. Wunder sind nur mit dem Herzen erfassbar, hatte er irgendwo gelesen, es war während der Studienzeit, und Wasserfallen widmete sich damals auch erbaulicheren Schriften als jenen der medizinischen Zunft. Aber es war ja gerade dieses Herz, das man draussen vor den Abteilungstüren zu lassen hatte, so man ein guter Arzt war. Wie sonst wäre man mit dem Schreien und Seufzen, mit der Verzweiflung, der Panik, mit diesem abgrundtiefen Entsetzen, das einem täglich entgegenbrandete, fertiggeworden? Dieses Entsetzen, das Grausen ob der Welt, das sein Patientengut im Würgegriff hielt, das Entsetzen ob der Hölle, in der zu leben die meisten von ihnen gezwungen waren. Man wäre um manch heitere Stunde am Stammtisch gekommen, hätte man sich dieses Entsetzens auch wirklich angenommen, dieser Angst in den Seelen der bedauernswerten Schützlinge, der Not und des Grauens vor dem Wissen, das sie einst in die Knie zwang. Das Wissen um die Nutzlosigkeit allen menschlichen Handelns in einer Welt, die niemandes Heimat mehr sein kann, seit sie aus jeder Liebe entlassen wurde. Der Schmerz war unerträglich auch für Wasserfallen. So blieb denn dem Seelendoktor nur der Griff zur Spritze, zur Pille, zum Strom und zum Eispickel, um des Schmerzes Herr zu werden, der auch sein eigener war. Und es verblieben ihm die Stammtischgespräche im Gasthaus Heilige Drei Könige, diese unabdingbaren Selbstbestätigungsrituale bei Wein und Zigarre, das befreiende Amüsement des Zweiflers.

An diesem Abend verliess der Gelegenheitszweifler Wasserfallen die Runde trotz anfänglichen Missmuts fast beschwingt, überzeugt, am einzig richtigen Hebel zu sitzen. Es jährte sich ausserdem just am heutigen Tag zum 13. Mal die weitaus erfreulichste Botschaft seines Lebens, das Gratulationsschreiben des zweiten, willigen Doktorvaters, dem Bonifazius Wasserfallen seine bereits leicht angegraute und etwas unbeholfen modifizierte Doktorarbeit verehrt hatte. Die Promotion zum Doktor sei erfolgt, schrieb dieser damals freudig, und ob Wasserfallen die Güte habe, sich zu melden, falls er beruflich im Unterland festgehalten werde. Ein Gedankenaustausch über das ihnen beiden am Herzen liegende Thema käme ihm sehr gelegen. Mit kollegialen Grüssen. Man war aufgenommen. Gleich anderntags, nahm sich Wasserfallen vor, wollte er das Schild an der Tür ändern lassen, und jetzt stünden ihm alle Türen offen, dachte er glücklich. Die Erinnerung erfüllte ihn mit Stolz.

Zur selben Tageszeit und auch am 7. Juli, aber 13 Jahre früher wanderte einer seines Wegs, um den Freund zu besuchen. Stuttgart hatte er schon vor Jahren hinter sich gelassen, getrieben vom Gespenst der Ruhelosigkeit, das ihn zu zerfressen schien. Zeus wanderte von Strassburg nach Innsbruck, die Füsse nach Indianerart mit Lederlappen umwickelt. Die Kleider schlotterten ihm schmutzig und zerrissen um den grossen Körper, den mächtigen Schädel schützte ein alter Strohhut, ein dünnes, geschnürtes Paket hing ihm, an einem knorrigen Stock befestigt, über die Schulter. Zeus befasste sich, seit er Stuttgart verlassen hatte, ausschliesslich mit ametrischen Gedichten und dem Besteigen hoher Berge. In Innsbruck wollte er sich dem Freund offenbaren, auch seinen Bergen, die ihn schöner und begehrlicher dünkten als je zuvor. Ungestüm schritt Zeus aus, vorerst hatte er sich Innsbruck zum Ziel genommen, dann würde er weitersehn. In Innsbruck gedachte Zeus den seit langem herbeigesehnten Aufstieg zum Hochfeiler zu planen, oder er würde sich gar an die Eiswände wagen, im dünnen Gepäck ein paar ametrische Gedichte, ganz so, als hätte nie einer ihn metrisch besungen.

Was hatte er damals in Stuttgart gesucht, da doch der Berg und er eins waren, unerbittlich wie ewiges Gestein. Aber da waren die Mädchen, in Strassburg das Mädchen mit dem Gesicht aus Butter, in Düsseldorf das Schlagsahnemädchen, in Graz das kleine Mädchen mit dem Kofferradio. Er liebte kleine Mädchen mit Kofferradios. In Stuttgart war es das Mädchen mit dem Kunstauge. Immer wieder waren es die Mädchen. Doch er musste endlich zum Berg und zum Freund, ehe die Zeit um war. Zeus lachte freudlos zum eigenen Witz, er war unsäglich müde. In solchen Momenten hatte ihn das Mädchen mit dem Buttergesicht an der Hand geführt, jetzt war niemand da, ihn zu führen. Trotz seiner hastigen Gangart schien ihm die Zeit stillzustehen, ihm, der sich nie um Zeiten gekümmert hatte, dem jede Zeit zu gehorchen schien. Er musste sich beeilen, ehe ihm die Zeit wirklich stillstand. Das Leiden war vollkommen, doch oben am Fels wollte er noch einmal genesen, und in Innsbruck wollte er sich endlich dem Freund offenbaren.

Notiz 1: Am frühen Morgen des 7. Juli 1968 klopfte ein müder Wanderer an das Hauptportal der ersten Polizeiwache in Innsbruck. Die Füsse, nur notdürftig mit Lappen umwickelt, bluteten, zerrissen hing ihm das Gewand am Körper. Er sei Zeus, behauptete der Fremde und zückte sogleich einen Ausweis, der jedoch nicht auf diesen Namen ausgestellt war. Er sei soeben angekommen, sei von Strassburg nach Innsbruck gewandert mit dem Gepäck, es handle sich um Gedichte. Es gelüste ihn nach Kaffee und Brot, auch nach etwas Käse, wenn das nicht zuviel verlangt sei. Man solle ihm diese Mahlzeit nicht abschlagen, bat der Fremde, es sei buchstäblich seine letzte, zumindest in diesem Zustand; später kämen andere Zeiten. Und wo denn nun der Klaus Söhnlein zu finden sei, wollte der Fremde wissen, das sei sein Freund, dem wolle er sich offenbaren, dem Bergsteigerfreund. Der habe ihm manch herrliche Stunde am Eis zu verdanken und manche Zwiesprache mit dem All, wenn er so sagen dürfe. Nein, persönlich kenne er den Klaus Söhnlein allerdings noch nicht, man habe sich gegenseitig während Jahren Gedichte über das Eis gewidmet. Die wolle er nun zurücktragen, dem Eis zurückgeben, seine eigenen zuerst, dann auch die Gedichte Söhnleins. Die Poesie gehöre in die Berge, damit sie sich weit oberhalb der Waldgrenze in jenes All ergiesse, von dem der Klaus eben ab und an durch seine, Zeus' gütige Intervention unverhofft ein Körnchen Wahrheit gekostet habe. Die Wahrheit, antwortete Zeus auf die scherzende Frage der Gendarmen ernsthaft, sei jene köstliche Schönheit im Schmerz, die einen zu leiden zwinge, selbst angesichts des Todes, des seit langem erwarteten. Dies sei die einzige ihm geläufige Wahrheit, meinte Zeus kaffeetrinkend, eine Unmenge BrotundKäse vertilgend, alles andere sei menschlich verständlicher, aber naiver Firlefanz, religiöser Quatsch. Dem Eis, so Zeus abschliessend, sei jeder Schmerz recht, Hauptsache, er ende tödlich. Der Klaus, das wolle er noch sagen, sei ein Spinner wie er.

Notiz 2: Am 7. Juli 1968 wurde in der psychiatrischen Klinik in Innsbruck ein Notfall "Zeus" gemeldet, der aber nie eintraf. Ein Krankenwagen passierte gegen Mittag das eiserne Tor. Ein Mann, von zwei Polizeibeamten eskortiert, schritt die breite

Platanenallee entlang dem Eingangsportal zu, aber der da schritt, war nicht jener namens Zeus, der von der ersten Polizeiwache frühmorgens telefonisch angemeldet worden war. Der Neuzugang nannte sich Klaus Söhnlein. Wäre er Zeus gewesen, hätte er die Platanenallee gemieden, denn Zeus hasste Platanen.

XV.

Ein Vierkantschlüssel ersetzte den Drehhahn. Während Karoline Presskopf Wasser in die Wanne einliess, betrachtete Zeus die kahlen, weissgekachelten Wände des Baderaums. Im matten Spiegel über einem der Waschtröge sah er sein Gesicht und wunderte sich bei diesem Anblick, dass ihm das Gesicht verblieben war, dass man es ihm nicht einfach abgenommen hatte wie die meisten der persönlichen Effekten, die ein Neuzugang auf sich trug: Geld, Ausweise, Taschenmesser, Nagelfeile, Pinzetten und Scheren, manchmal auch Hosenträger und Schuhnestel, je nach der Qualität oberärztlicher Paranoia, die derjenigen gewisser Neuzugänge in nichts nachstand. Zeus wunderte sich ob des Gesichts, das ihm höhnisch entgegengrinste, gerötet von der angenehmen Wärme des Baderaums und etwas unscharf. Nein, man hatte es nicht an der Garderobe zurückgelassen und keinem Effektenkasten anvertraut, es gehörte offenbar auch zu einem wie ihm, selbst in den unangenehmsten Augenblicken des derzeitig verpfändeten Lebens. Man trug es - Zeus verlachte noch höhnischer seinen absurden Gedankengang - wie einen Schuldschein vor sich her mit dem Leib als wandelnde Pfandleihanstalt, diesem misslichen Ding. Und ohne Scham, dachte Zeus angewidert. Das Zeusauge glimmte düster, ein unbeschreiblicher Ekel verfinsterte die Gesichtszüge. Wie war das denn, die Sache mit dem freien Willen? Hier zwang ihn ein Weib, in die Badewanne zu steigen, während sich ihm der Ekel am Leben so unwiderruflich offenbarte, dass er das Ende herbeisehnte mit heissen Wünschen. Wie auch immer er hergekommen war, das Weggehen würde ihm nicht zur Last werden, diesmal nicht. Herr über dies erbärmliche Leben unter Lumpen und Angebern? Herr über diese erbärmlichen Lumpen und Angeber? Herr über devote Hexameterschleifer, Herr über alles Sabbern und Flennen? Herr über ein Heer von Dummköpfen, unwürdigen Verwaltern des einzig wertvollen Gutes, der Vergänglichkeit, die sie mit krankhafter Gier zu verhindern suchten?

Die Badewanne füllte sich, und Karoline Presskopf prüfte die Wärme des Wassers. Sie tat es mit dem rechten Ellenbogen, was ihren mageren Körper zu grotesken Verrenkungen veranlasste. Anfänglich nur spärlich interessiert, betrachtete Zeus ihren Hintern, der sich ihm geradezu aufreizend entgegenwölbte. Deutlich zeichneten sich die zwei Halbkugeln unter der weissen Schürze ab, über dem Strumpfende leuchtete die weisse Haut der Karoline Presskopf, die Haut wirkte straff und elastisch. Obwohl die Presskopf zu den nicht mehr ganz Taufrischen zählte und Zeus - wir wissen es bereits - junge Mädchen liebte, ja noch jüngere Mädchen den jungen Mädchen vorzog, fühlte er ein leises Ziehen in der Lendengegend. So wenig wie das Gesicht hatte man die Geilheit an der Garderobe abgegeben, war den Gesetzen der Begierde nach wie vor ausgeliefert, als ihr Gefangener fand man sich immer wieder in vertrackten Situationen wie dieser, wo, wenn auch nicht das Weib zum Mann, der Mann doch zum Weib drängt. Da hilft die göttlichste aller Müdigkeiten nicht, nicht der zuverlässigste Überdruss, kein noch so ernsthaft gefasster Entschluss behindert den Kreuzweg in die Begierde. Der Weg ins Allerheiligste des Weibes, gepflastert mit mannhaften und guten Vorsätzen, Verzichterklärungen und reumütigen Beichten - dieser Weg bleibt dem Mann, trotz aller behaupteter Unbill, als der süsseste aller begehbaren Wege ins Gedächtnis geschrieben, hat er ihn einmal abgeschritten oder ist ihn - was manche tun - zurückgerobbt bis ins warme Weibergemach, das ihn zu andern Zeiten barg.

Und weiter zu bergen hat, zu allen Zeiten, auch zur Unzeit, denkt Zeus, der hinter dem einladend gewölbten Hintern der Karoline Presskopf steht und dem das Gemächt zu schwellen beginnt. Zeus schickt Missmut und Ekel in die Quarantäne, schickt sich ergeben in die Geilheit, der er eben noch - und mit ihr dem Leben - abgeschworen hatte.

Die Presskopf merkt von dem Schwellen des Gemächts hinter ihr nichts. Die prüft die Temperatur des Wassers, die wölbt ihren Hintern aus ganz und gar praktischen Gründen, nämlich, weil es dieser etwas grotesken und obszönen Verzerrung des

Körpers bedarf, will sie sich der gewünschten Temperatur des Wassers versichern, das die Badewanne füllt. Der Presskopf läuft das Gehirn über vor lauter Pflichtbewusstsein und schierem Willen, dem Ellenbogen die Eignung des Badewassers zu überantworten, damit es den Zeus säubere, aber nicht verbrühe. Immer wieder tunkt sie den Ellenbogen hinein, wie Frühstücksbrot in den Kaffee, und es hebt und senkt sich der gewölbte Hintern, immer dem Zeus entgegen, dem das Gemächt gar mächtig hüpft. Das will die Tat, macht sich auf, den Presskopfhintern zu erobern, will hin zu den Anfängen, will sich ins Zeug legen, sich abarbeiten im weichen Fleisch, dem Frauenfleisch, dem nahen, will sich, wie zu Säuglings Zeiten, in ihm betten. Der ganze Zeus schmatzt und grunzt, fletscht schon die Zähne vor Gier, öffnet mit lüsternen Augen die Frau. Wäre gelacht, wenn da anklopfen gefragt wäre und Höflichkeiten getauscht werden müssten. Es tanzt jetzt, das göttliche Gemächt, es tanzt, und es freut sich Zeus, die ganze Männlichkeit in den grossen Händen, tanzt er, umkreist den Frauenhintern wie der Wolf das Zicklein; offen ist er ihm, der Hintern der Frau, ein einziges Versprechen, schon sieht er sich kugelnd und prustend, voller Gelächter, ausgebreitet im Weib. DASISTMEINFLEISCHDASISTMEINBLUT, nehmet und esset davon und trinket den köstlichen Saft. So iss denn, Frau, von meinem Fleisch und trink von meinem Blut, dass ich dich labe.

Doch die denkt nicht daran.

Die lässt den Kelch an sich vorübergehen und das Fleisch, die will nicht vom Herrn, die nicht. Die dreht jetzt mit dem Vierkantschlüssel das Wasser ab und heisst ihn einsteigen, ganz ohne Firlefanz.

Zeus will sich ausziehen, aber die Hose trotzt über dem sperrigen Ding, was ihn demütigt. So reisst er sich nur das Hemd vom Leib und übergibt sich samt Hose dem warmen Wasser, das nach Fichte riecht.

Kopfschüttelnd verlässt Karoline Presskopf den Baderaum, verschliesst sorgfältig die Tür. Die Fenster des Raums, milchglasbewehrt, sind ebenfalls gesichert, man weiss nie so genau bei diesen Neuzugängen. Später wird es freier zu- und hergehen, sobald sie sich beruhigen - eingewöhnen, so nennt es Gottlob Abderhalden.

Auf der Frauen C mass Rosa Zwiebelbuch das Zimmer 21 mit langen Schritten. Grimmig arbeitete es im Rosagehirn, dort herrschte höchste Alarmbereitschaft. Gewehr bei Fuss, könnte man sagen, stand Rosas verschüttete Erinnerung vor dem Allerhöchsten, dem Bewusstsein. In dem Gehirn tanzten keine Götter, lud kein göttliches Gemächt zum trauten Mahl am sanften Gestade, das auch ein Rosaleib sein könnte, wäre ihm nicht ein anderes Schicksal beschieden. Im Zimmer 21 schritt die Rosa den Raum ab, sie wollte der Augen habhaft werden, die in ihr tobten und höhnten, dieser Kunstaugen aus Glas in den zierlichen Silberschalen, mit den fremden, exotischen Namen. Auf der Frauen C schritt die Rosa, zertrat Auge um Auge auf knappstem Raum. Doch sie kamen wieder, hundertmal zertreten, erstanden sie neu und tobten und höhnten, weil da eine ihr Schicksal noch einmal abwenden wollte, nach so langer Zeit und dem Leiden. Und an der Brust labte sich der Totgeglaubte, an der Rosabrust labte sich das Söhnchen mit rundem Mund, wollte nicht aufhören mit Labern und Sabbern, tief grunzte es aus dem Bauch des Sohnes, der, in ihre Brustwarze verbissen, nach der Welt gierte, von der die Rosa längst verlassen war.

Rosas Schritte widerhallen an den Wänden des Zimmers 21 auf der Frauen C. Dumpf fühlt sie, dass da kein Ende ist an Leiden, dass da eine Macht über ihr Leben herrscht, die ihren armen Verstand gefangenhält, so dass er sich nicht aus der Schlinge ziehen kann. Rosas Bewusstsein schwimmt durch das Gefängnis, versucht anzukommen bei der Rosa, aber die Rosa, das Gesicht in für einen Menschen zu grosser Anstrengung verzerrt, kann nicht erhaschen, was die Augen umtoben, verhöhnen, kann nur hilflos schreien, wimmern, immer und immer wieder das Söhnchen von der Brust reissen, von der

Mutterbrust, der Rosabrust, die jetzt schwer atmend sich hebt und senkt wie drüben der Hintern der Karoline Presskopf. Die Rosa will sich das Rosagehirn aus dem Kopf schreien, die Augen, das Söhnchen und wieder die Augen und wieder das Söhnchen, aber der Mund bleibt stumm.

Im Korridor der Männer E sitzen Julius Pipperger und sein bester Freund, Don Ricardo, noch immer einträchtig auf der Bank, wo vorher ein stattliches Empfangskomitee den Neuankömmling herzhaft besungen und bejubelt hatte. Still ist es geworden auf der Männer E, nachdem Karoline Presskopf, Zeus im Schlepptau, Abteilung und Abderhalden verlassen hat. Auch Wasserfallen, diesen Geketteten, nicht nur an DASARMEBEIN. Pipperger gesteht, dass es ein anstrengender, bunter Tag gewesen sei, und Don Ricardo psalmodiert begeisterte Zustimmung.

Wasserfallen seinerseits sitzt und brütet über seinen Notizen, die den Neuankömmling betreffen. DASARMEBEIN hat er heute besonders anstrengen müssen, da sich Karoline Presskopf, kaum hatte sie den Baderaum verlassen und den Neuzugang eingeschlossen, zu ihm ins Quirinal gesellte, um sich ausgiebig mit ihrem Bonifazius zu unterhalten, dass es wahrhaftig eine Lust war. Dem Seelendoktor Wasserfallen fallen beinahe die Augen aus den Höhlen, so müde ist's ihm um die Lenden, und die Notizen wollen so gar nicht gelingen. Zuhause steht das Essen bereit, denkt's im hungrigen Magen, und im Heilige Drei Könige wartet der Wein.

Auf der Frauen C klappert Schwester Rosy, der Abteilungsknüppel, in Gesundheitsschuhen durch den Korridor, bereit, auf jedes noch so unbestimmt formulierte Geheiss einzutreten und zu helfen. Sie hört die schweren Schritte Rosa Zwiebelbuchs. Als müsste die Rosa einem Heer voranmarschieren, so tönen sie, sonst ist kein Laut zu hören. Der Abteilungsknüppel klopft an die Tür des Zimmers 21. Wie immer kommt keine Antwort, nicht einmal das Schnauben ist mehr zu hören. Also tritt Rosy ohne viel Federlesens ein und nimmt die Rosa ins Visier. Da sieht sie das trostlose Rosagesicht mit den Augen aus Abgrund und Frage. Sieht die Verzweiflung wie einen Dämon. Sieht das zerknitterte Rosagesicht ganz ohne Zorn und ohne den stumpfen Blick. Kann nicht helfen. Herrscht die Rosa an, dass sie ins Bett solle und vorher gefälligst die Zähne putzen, den Hals und die Hände waschen. Will den Blick nicht sehen, den verwundeten Blick mit dem Abgrund und dem Fragen. Will den armen Verstand nicht flattern sehen in den Augen und dass es dort dunkelt wie bei Tagesgewitter, weil den Rosaaugen die Tränen fehlen. Die Rosy herrscht die Rosa an und zeigt mit spitzen Fingern aufs Bett, das zerwühlte, sie soll es anständig bewohnen.

Verwirrt und müde macht sich Rosa auf, Rosys Befehl nachzukommen, sie würde sich später der Augen nochmals annehmen, wenn der Knüppel verschwunden war. Deutlich spürt sie den Biss des Kindes. Den Biss des lachenden Kindes, überdeutlich hört sie das kullernde Lachen. Damals war sie dem Töten anheimgefallen. Ein Irrtum war's gewesen, das weiss jetzt die Rosa. Bedächtig bettet sie den geschundenen Leib, stellt fest, dass da ein Gesicht aufzutauchen versucht, aus den Tiefen jener Bewusstseinskammer, die Bonifazius Wasserfallen so gründlich ausgekehrt zu haben glaubte. Der Biss des Kindes. Rosa Zwiebelbuch schlägt noch einmal die Zähne ins Fleisch des Fremden, aber der wilde, bittere Geschmack erreicht sie nicht mehr.

Im Korridor der Frauen C verschliesst Rosy den Medikamentenschrank und übergibt die Schlüssel der Nachtschwester. Bleich leuchtet das Nachtlicht durch den langen Gang.

XVI.

Vater Zwiebelbuch sei, nach Rosas Weggang, völlig verkommen. Seine Kollegen sollen ihn immer öfter betrunken im Schlachthof aufgefunden haben. Kein schöner Anblick sei das jeweils gewesen, der betrunkene Jakob Zwiebelbuch, über und über verschmiert vom Blut der Tiere. Oft habe er dem geschlachteten Vieh die Eingeweide mit blossen Fäusten und laut schreiend aus den Leibern gerissen, habe die knochigen Arme wutschnaubend und tief in die Leiber getaucht. Ein mörderischer Zorn habe diesen Zwiebelbuch beseelt, dem die Rosa abhanden gekommen, den keine Tochter aus der Kneipe holte und mit festem Schritt nach Hause schleppte, wo die Anna, mal leise jammernd, mal laut lamentierend, ihrerseits die Hände verwarf mitsamt den Armen, hoch in die Luft und über dem Kopf. Schliesslich habe sich endlich die Behörde des Zwiebelbuchs angenommen. Dessen Liederlichkeit und Trunksucht nicht mehr akzeptierend, habe ihn die Behörde in die hiesige Arbeitsanstalt eingewiesen, damit er sich bessere. Aber da sei halt nichts mehr zu bessern, das Holz gar zu morsch gewesen, der Zwiebelbuch habe sich aufgeführt, dass es selbst die abgebrühtesten seiner Anstaltskumpel nur so gegraust habe.

Bonifazius Wasserfallen hob das Glas zum Mund, aufmunternd prostete man ihm zu, nicht ohne Gelächter, der Trunksucht Zwiebelbuchs gedenkend, die diesen schliesslich ins Grab gebracht hatte. Die Herren waren schon etwas angeheitert, Wasserfallen und sein Sozius Abderhalden ganz besonders. Man feierte das Denkmal, Wasserfallens heiss ersehnten Neubau, vom Rat endlich bewilligt. Bald sollten die Arbeiten beginnen.

Mit Zwiebelbuch war es damals tatsächlich arg bergab gegangen. Als hätte der Störmetzger den letzten Schlagbaum überschritten, als hätte er sich in einem Bereich aufgehalten, der, bar jeder Menschlichkeit, normalerweise der Hölle zugeordnet wird, verbrachte der Unglückliche seine Tage im Suff, dem verzehrenden Zorn ausgeliefert, der ihm den Schlaf raubte, so dass er die Nächte im Freien verbrachte und die Kammer der Anna Zwiebelbuch auch ohne deren ausdrücklichen Befehl, draussen zu bleiben, nie mehr betreten hätte. Das Auge Adolf Stauchs, des Künstlers aus Stuttgart, dieses Auge, letzter an Zwiebelbuch verübter Beweis tätiger Mitmenschlichkeit, lag irgendwo auf dem Feld hinter dem Leuen, das er abzuschreiten pflegte wie später die Tochter das Zimmer 21 auf der Frauen C. Zähneknirschend, das entstellte Gesicht zum Himmel erhoben, sah man ihn vor der Anstaltseinweisung immer öfters das Feld abschreiten, wo er in jungen Jahren sein Land verteidigte und darob das Auge verlor, das rechte, getroffen von einem Querschläger. Die Augenhöhle wurde überdies von einer fortgeschrittenen Madarose verunstaltet, die das wimpernlose Lid und die Öffnung selbst mit einem purpurroten, eiternden Kranz umschloss, DASMAL Zwiebelbuchs.

Immer öfter verliess Jakob Zwiebelbuch die Stadt, den Ort aufzusuchen, wo die Hoffnung begann und sogleich krepierte. Dem Jakob traute keiner mehr über den Weg. Furchterregend war nicht nur sein Aussehen, das entstellte Gesicht mit dem einen versoffenen Auge, furchterregend anzuhören waren auch seine Flüche, wüste Verwünschungen gegen den da oben, dem er sein Gesicht und das versoffene Auge entgegenreckte, als trüge dieser die Schuld, als ob überhaupt von Schuld die Rede wäre droben im Himmel, der Seligen Wohnstatt und Jubel. Ab und zu soll man ihn auch, in das Erdreich hinter dem Leuen vergraben, beobachtet haben, mit blossen Händen schaufelnd und kratzend, als müsste er sich das zukünftige Grab mit den eigenen Fäusten erkämpfen. Schreiend und fluchend habe er in die Erde gegriffen, ihr gleichsam die Gedärme aus dem Innern gerissen, schreiend und fluchend den Kopf in den Erdleib gebohrt, bis nur noch ein Röcheln zu hören gewesen sei.

Bis dann endlich, wie Wasserfallen richtig berichtete, die Behörde einschritt und den Zwiebelbuch versorgte. Der aber sah von einer Besserung gänzlich ab, entwurzelt, wie er war, entwurzelt, wenn man so will, vom eigenen Körper, der einmal so stark und stolz in die Bresche springen wollte, sollte das Vaterland rufen und wenn Söhne zu zeugen waren, die wiederum und nach ihm in die Bresche springen sollten, lieb Vaterland zu retten. Dass es ruhig blieb im Vaterland, war die eigentliche Tragödie Zwiebelbuchs. Und dass statt der Söhne die Rosa geboren wurde, diese vaterländische Ohrfeige. Das Auge war nicht von Belang.

Den Jakob Zwiebelbuch hielt es nicht lange in der Arbeitsanstalt. Er benutzte eine mondlose Nacht, den Bau zu verlassen, ohne Passierschein und auf blossen Füssen. Grimmig entschlossen und in der Gewissheit, das Richtige zu tun, wanderte Zwiebelbuch von dannen, das Feld aufzusuchen, das ihn rief. Im Leuen brach er die Hintertür auf, um sich am Fusel zu laben, nach dem ihn seit Wochen gelüstete. Gurgelnd und stöhnend goss er den Wein hinunter, gurgelnd und stöhnend schüttete Zwiebelbuch das Billigprodukt - die Behauptung "Aktion" zierte aufreizend die Etikette, was aber den Leuenwirt nicht hinderte, den üblichen Preis zu kassieren - hinter die Binde, bis ihm das kontaminierte Blut in den Ohren rauschte und das Herz im wilden Tanz zu rasen begann. Das ohnehin getrübte Bewusstsein des Jakob Zwiebelbuch verabschiedete sich ohne Handschlag. Wie er den Leuen verliess, konnte er dank verschiedener gnädiger Fügungen nicht mehr erzählen, im Dorf blieb man auf Spekulationen sitzen.

Man fand den Jakob Zwiebelbuch auf dem Feld, als ein Gefallener lag er im eigenen Dreck, der sich aus allen seinen Körperöffnungen ergoss und einen unbeschreiblichen Gestank verbreitete, so dass sich dem Säufer keiner nähern wollte, die entsetzten Gesichter sich schaudernd abwandten und es manch einem Gaffer grün ums Maul wurde. Schliesslich spritzte ihn die beherzte Ortsfeuerwehr gehörig ab, und die ortseigene Sanität beförderte den nun etwas appetitlicher aussehenden, aber immer noch röchelnden und stöhnenden Zwiebelbuch in die Kantonshauptstadt. Weil das Kantonsspital sich mit der Begründung, es handle sich bei Zwiebelbuch um einen offensichtlich Geisteskranken, und für Geisteskrankheiten sei bekanntlich Narrenwald zuständig, weigerte, den WieauchimmerKranken aufzunehmen, kam Bonifazius Wasserfallen unvorbereitet und plötzlich in den zumindest wissenschaftlich relevanten Genuss, den Vater seiner späteren Gebenedeiten, der Rosa Zwiebelbuch, kennenzulernen.

Die nächsten Stunden und Tage verbrachte Wasserfallen geduldig am Bett des Kranken. Geduldig hielt er Schritt für Schritt die Zeichen des nahenden Todes auf dem Antlitz Zwiebelbuchs fest, jedes noch so leise Seufzen und Wispern, das Sabbern und Flennen und Blubbern aus dem Zwiebelbuchschen Mund. Jedes noch so bescheidene Wort schrieb Wasserfallen mit, um dem auf die Schliche zu kommen, dem Tod, der sich da ungeniert ausbreitete und am versoffenen Leib des Jakob Zwiebelbuch verlustierte. Der Lüste sind wahrlich viele, notierte Wasserfallen, und dem Zwiebelbuch stirbt die rechte Gesichtshälfte nun vollends und irreversibel, wie gewisse Vorkommnisse im Medizinerjargon benannt werden. Die vernarbte Gesichtshälfte starb und nahm jede Regung zurück, auch den Zorn. Noch fluchte es in den Fäusten, die gross und schwer auf dem Laken lagen, und etwas von der alten, unbändigen Wut war im gesunden Auge noch immer vorhanden. Aber im gesunden Zwiebelbuchauge kämpften Zorn und Erlösung um die Wette, Engel gegen Engel genau vor dem Höhleneingang des Hundertarmigen, der sich das Zwillingsauge zum Asyl erkor, als der Jakob ihn und das rechte Kunstauge im Feld zurückliess. Mit ungleichen Waffen kämpften Luzifer und Gottes Cherub, der eine mit Schürhaken und Huf, der andere mit nichts als dem weichen Gefieder, bar jeden Schwertes. Das leuchtende Schwert, das göttliche, hatte Cherub vor Jahrmillionen verloren, damals, als Gott die Eva aus dem Paradies vertrieb und den Adam. Liebestoll geworden, so schön war sie, nachdem sie vom Apfel gekostet, schwang Cherub, Angehöriger der göttlichen Himmelspolizei, das Schwert über dem goldenen Engelshaar, bis die Waffe zur ewigen Acht erstarrte und unbrauchbar wurde für jeden Kampf. Seither und auch in der Heil- und Pflegeanstalt Narrenwald kämpfte Cherub mit den Schwingen um die Seelen. Klar, dass er da auch mal 'ne Feder liess ob all des Ringens, aber, was diesen Zwiebelbuch betraf, schwor sich der Engel, würde man sich einig, bei Gott. Cherub bedeckte das zerstörte Gesicht des Jakob Zwiebelbuch mit seinen Schwingen, besänftigte Zorn und Begehren, während Luzifer, den Schürhaken geschickt benützend, immer wieder nach Jakobs Füssen angelte, um ihn in die Hölle zu zerren mit nackter Gewalt. Den Huf stemmte er gegen die Bettstatt, um so an Kraft zu gewinnen. Wenn er an der Bettstatt abglitt, berührte Luzifer DASARMEBEIN Wasserfallens und diesen weit unangenehmer, als es der Situation angemessen war. Er tat es mit listigem Vergnügen, so wie ihm das Gemetzel an den Totenbetten der Todgeweihten - Luzifer verschluckte sich beinahe an dem Wort - überhaupt und immer listiges Vergnügen bereitete, man war das seinem Ruf schuldig.

Drei Tage und Nächte kämpften die ungleichen Engel, schwarz und grimmig der eine, hell und mit heiligem Eifer der andere.

Unbeirrt von der Nähe des Todes und seinen Kampfhähnen, notierte sich Bonifazius Wasserfallen die letzten Worte des Jakob Zwiebelbuch, dem, allem Zerfallen, allen Martern zum Trotz, das verwüstete Antlitz beinahe verschönt wurde, so tapfer und mutig kämpfte Cherub, der Helle, gegen Luzifer, den Dunklen. Der leistete sich noch ein paar unfaire Rückzugsgefechte, bis endlich der Tod eingriff und dem Kampf ein Ende machte, damit Zwiebelbuch eingehe in die ewige Herrlichkeit, selig entschlafe, wie es sich auch für Trunkenbolde gehört. Jakob entschlief dieser Welt so gründlich wie möglich, jeder Sorge für immer enthoben.

Jakob Zwiebelbuch, bar jeden Vermögens und aller ehemaligen Saufkumpane entledigt, wurde im Armengrab beigesetzt, direkt unter der Hofkirche, wo auch der Johann Domenik ruhte. Es sind der bedauernswerten Kinder gar viele, behauptete der Pfarrer am Fuss der Heimstatt für Heimatlose, und auch ihrer sei das Himmelreich. Am Grab standen Anna Zwiebelbuch, schwermütig geworden durch das viele erlittene Leid, und Bonifazius Wasserfallen, den die wissenschaftliche Neugierde hierhertrieb und das Image, das er der Stadt schuldete. Anna Zwiebelbuch, geborene Lamm, pflanzte dem Gatten einen Aronstab aufs Grab.

Man lerne, so lehrte Bonifazius Wasserfallen am Stammtisch die Stammrunde, dass alles nach Erlösung lechze, was da kreucht und fleucht. Des Höheren unfähig sei alles Gewürm, dozierte er, das habe er am Grab Zwiebelbuchs endlich begriffen.

Notiz 1: Die Grabhandlung war die letzte Handlung, die Anna Zwiebelbuch vollbrachte. Fortan lebte sie hinter dreimal verschlossenen Türen. Als eine von allen bedauerte, etwas verwirrte Alte. Manchmal brachte eine mitfühlende Nachbarin Gemüse, auch Salat und Würste zur Schlachtzeit. Die Würste beförderte Anna Zwiebelbuch sofort in den Abfallkübel.

Notiz 2: Als man den Jakob Zwiebelbuch verscharrte, betreute Rosa Zwiebelbuch noch immer Adolf Stauchs Kunstaugen. Ihr Staunen nahm - vorläufig - noch kein Ende.

Notiz 3: Der Aronstab blühte, und ennet dem Rhein, oben am Hochfeiler, war bei guter Witterung ein einsamer Eisgeher zu sehen. Der notierte sich ins Bergler-Notizbuch Worte, die nichts oder alles zum Tod des Jakob Zwiebelbuch erklärten, den er jedoch nicht kannte: "Besonderen Gefallen finden viele an den Beleidigungen, denen die Frauen abgestürzter oder erfrorener Eisgeher ausgesetzt sind. Gewiss, es wird nicht offen beleidigt und angegriffen, denn die Erbärmlichkeit führt die Feigheit mit sich. Aber Menschen, die nun einmal keine Helden sind, stimmt jeder, der ein Held ist, misstrauisch, besonders, wenn er am Leben bleibt. Ein abgestürzter oder erfrorener Eisgeher ist ein lebendiger Eisgeher." *

Notiz 4: Das Auge des gefallenen Jakob Zwiebelbuch fand Jahre später einen neuen Besitzer. Er war fest entschlossen, ein Buch über das Auge Zwiebelbuchs zu schreiben. Er war kein Eisgeher und kein Held, hielt sich aber heldenhaft an den kleinen Geschichten fest, an dem Haarschopf also, mit dessen Hilfe sich viele aus dem Sumpf ziehen möchten. Der, der kein Eisgeher war, lächelte.

XVII.

In jener Nacht hatte Rosa Zwiebelbuch auf der Frauen C im Zimmer 21 einen Traum, exakt 12 Stunden nach der Ankunft des Fremden, den man Zeus nannte und der Zweierlei war, wie er bei der Antrittsunterredung mit Doktor Bonifazius Wasserfallen selbst behauptet hatte. Es war ein geschwätziger Traum, wenn Bilder geschwätzig sein können, und dies trotz der Schlafpillen und Säfte, die man Rosa Zwiebelbuch allabendlich aufzwang, damit sie der Schlaf, für andere ein sanfter Gefährte, ein Freund gar, mit eiserner Gewalt ins Bodenlose stiess und Rosa Zwiebelbuch jeweils beim Gewecktwerden wahre Marathonläufe zurücklegen musste, um anzukommen beim Tag, der war. Die Aufregungen des Tages: die Ankunft des Fremden, die Stute Bianca und nicht zuletzt Rosas mutiger Biss in die Wade des Neuzugangs bildeten gewissermassen die Knetmasse des Traums, den sie träumte. Der aber gebärdete sich ganz und gar ungesittet, ein Troll auf der Jagd nach dem Schmerz, den die Rosa Zwiebelbuch vor vielen Jahren so gründlich versorgte. Der schoss ihr das Herz wund die ganze Nacht mit den Bildern, dass es die Rosa nur so schüttelte ob des Kampfes auf der untersten Etage ihres Bewusstseins, wo die Bilder sortiert, mit Jahreszahlen, Jahreszeiten und Ortsnamen versehen werden, der Kampf halt ausgefochten und ohne besondere Siegerehrungen stets neu begonnen wird.

Da rennt ein junges Mädchen die Seifertgasse hinunter, in der einen Hand, zur Faust geballt, das weisse Auge der Thetis, in der andern den feuerspeienden Bunsenbrenner Adolf Stauchs. Das junge Mädchen rennt jetzt, im Traum, um sein Leben, es rennt und schreit und schreit, den feuerspeienden Bunsenbrenner schwingt es im Traum, das schmerzverzerrte Gesicht als eine schreiende Anklage zum Himmel erhoben, der brennt. Der brennt, es brennt das All, es brennen die schmucken Fachwerkhäuser an der Seifertgasse, es schlagen die Flammen aus allen Fenstern und Türöffnungen, es brennt der Stein unter den Füssen der jungen Frau, die nicht brennt. Es brennen die Bäume in den Hinterhöfen, es brennen Geissblatt und Lupinen in den Gärten, es brennen der vergessene Löwenzahn und die Wolfsmilch, es stürzt die Bevölkerung der Seifertgasse ins Freie, stürzt sich brennend und schreiend auf die schreiende Rosa Zwiebelbuch. Brennende Hände greifen nach ihr und werfen ihr die zerbrochenen Augen des Adolf Stauch vor die Füsse. Rosa ist plötzlich zu Eis erstarrt. Sie darf nicht zusammenbrechen, auch nicht die Last erwürgen, die Schuld nicht zermalmen, die unerträgliche Schuld. Gewalttätig nimmt sie Besitz vom Rosaschoss, während es brennt, während die Seifertgasse brennt und die Bäume brennen, die Hinterhöfe, während die Stadt brennt, der Himmel und das All. Da schleudert die Rosa, während die Meute noch immer johlt und jammert und kreischt vor Entsetzen, den Bunsenbrenner weit von sich, schreiend schleudert sie ihn von sich ins Haus des Adolf Stauch, der sie nicht schützen kann trotz des Auges der Thetis, des weissen, unbeschriebenen Auges. Eine Druckwelle katapultiert das Haus des Adolf Stauch in die Luft mit einem gewaltigen Krach, es regnet Steinbrocken und Scherben vom Himmel. Heiss vom Feuer ist die Luft um Rosa, der jetzt das Gelächter, dieses Gelächter, das vom Himmel regnet mit den Steinbrocken und Scherben, in den Ohren dröhnt. Dieser Himmel zeigt sein wahres Gesicht.

Aber hier unterbricht der Troll sein Spiel, man hat Prinzipien, das Auge der Thetis tut's für heute, später wird man weitersehen und weiterträumen lassen. Der Troll entlässt die Rosa aus dem furchtbaren Traum, nicht ohne Mitgift, das Auge der Thetis, das jetzt auf dem Grund der Iris ein Gesicht birgt.

Stöhnend erhob sich Rosa Zwiebelbuch vom Bett, der Körper war ihr nun gänzlich zur Last geworden, dieser gequälte Körper nicht nur im Traum. Ein ertrunken geglaubtes, verschüttet geglaubtes Rosa-Ich versuchte sich freizuschwimmen, durchquerte mit zaghaften, ungeübten Zügen das Bewusstseinsmeer, wollte am Ende ankommen, dort, wo alle Wahrheit ist. Aber der Strudel sind viele im Meer des Bewusstseins. Nix da mit Freischwimmen, wo kämen wir hin, befahlen Melleril und Seresta, wiegten das Rosa-Ich erneut ins Nichts mit den tröstlichen Dunkellöchern, und Rosa kehrte in die Raumstation Frauen C, Zimmer 21, zurück.

Das Auge der Thetis verschwand mit Rosas anderen bescheidenen Reichtümern im Effektenschrank der Frauen C, gleich nach ihrem Eintritt, der wohl eher einem Auftritt glich, will man der Wirklichkeit Gerechtigkeit widerfahren lassen. Rosas Initiation als Flüchtige, Weltflüchtige, als Emigrantin aus dem realsatirischen Sammelsurium des Daseins vollzog sich nachts, genauer um Mitternacht, mit der jeder neue Tag, auch der 23. August 1963, trotz aller ungewöhnlichen Verhältnisse, stoisch beginnt.

Nach dem Sturz der Rosa Zwiebelbuch in die Schattenwelt, ein Sturz gewissermassen kosmischen Ursprungs, der sich in einer andern Zelle, von ehemaligen Gefangenen scherzhaft Zelle 888 genannt, im örtlichen Gefängnis zutrug, das wiederum von denselben Gefangenen ebenso scherzhaft Geissplatz geheissen wurde - nach diesem Sturz also verbrachte man exakt um Mitternacht, Sekunde Null zwischen dem 22. und 23. August 1963, die gestürzte Rosa in die Flurer Heil- und Pflegeanstalt Narrenwald, um sie daselbst zu bändigen. Mit allen erlaubten Mitteln. Unter allen Umständen. Um jeden Preis, er wird vom Sozialamt getragen. Das hat sich solcher Fälle anzunehmen. Schliesslich hatte sich das Sozialamt, DIEFÜRSORGE, schon der Mutter und des Vaters Zwiebelbuch angenommen, ehe der eine im Suff verreckte, die andere ob des vielen Leids als Irrsinnige endete. Die Tochter, ein klarer Fall von... Aber da wusste das Sozialamt nicht weiter, überstellte die Rosa der Anstalt Narrenwald, unerträglich untragbar, wie die Gefangene für den Geissplatz geworden war.

Um Mitternacht also, zu Beginn des 23. August, überführte man Rosa Zwiebelbuch in die Anstalt Narrenwald, den Oberkörper in eine Zwangsjacke gezwängt, so sehr hatte sie getobt und gebrüllt und jedem gedroht, der sich ihr, in welcher Absicht auch immer, näherte. Wenige Jahre später hätte man die Rosa vermutlich schon in der Gefängniszelle niedergespritzt.

Sie hätte dann ihr zukünftiges und letztes Domizil liegend bezogen, getragen von den starken Armen irgendwelcher Sanitätsbrüder, ihr weiteres Schicksal im Schlaf erleidend. So aber wurde Rosa Zwiebelbuch tobend, wie sie den Geissplatz verlassen hatte, auf die Frauen C verbracht, von starken Armen nicht gehalten, sondern ins Bett gezerrt, das ihr bevorstand. Hier endlich erbarmte sich Abteilungsknüppel Rosy der Neuen, spritzte der Tobenden eine geballte Ladung, worauf Rosa gehorsam einschlief, den neuen Status, den der Verrückten, schlafend zu feiern. Die Schlafende befreite man schliesslich von der Zwangsjacke, des besonderen Umtuchs für Renitente, es ist noch heute gebräuchlich. Im Zimmer 21 herrschte Ruhe, gerade so, als hätte Rosas künftige Bettnachbarin, die Kurzwarenhändlerin Kunigunde Waser, von dem Radau und dem Fluchen und Zappeln und Trampeln, dem Zerren, dem Begütigen, Zureden und Drohen nichts, aber auch gar nichts mitbekommen. So tief schläft kein Mensch, es sei denn, er ist tot, und die Kunigunde Waser war zu der Zeit keineswegs tot oder irgendeiner Absenz verfallen, die dem Tod gleicht. Kunigunde Waser tat, als ob sie schliefe, entzückt ob des Wehrens und Tobens der Rosa Zwiebelbuch, die ganz unverbraucht, wie's der Kunigunde vorkam, Willenskraft bewies. Kunigunde Waser stellte sich tot, sie war sich der Sanktionen sehr wohl bewusst, hätte sie sich lebendig gezeigt und zu Unzeiten neugierig das Tun verfolgt, von dem ausserhalb der Anstaltsmauern ja auch niemand Notiz nehmen durfte. Man war unter sich, ob tot oder lebend, ob Herr oder Knecht, Herrin oder Magd.

Im Pikettzimmer der Frauen C wühlte Schwester Rosy in den Einweisungsscheinen, von Wasserfallen zuhauf und im voraus vorbereitet, schliesslich beharrte man auf der Nachtruhe, der oberärztlichen, und hatte nicht im Sinn, von dieser Ruhe aufgeschreckt, um Mitternacht Einweisungen entgegenzunehmen und zu visieren. Die Einweisungsscheine waren mit diversen Begründungen versehen: mit Suizidgefahr die einen, andere mit dem Vermerk absonderlicher Trunkenheitszustände, wieder andere mit der Behauptung besonderer Gefährdung für die Eingewiesenen selbst oder ihre Umgebung. Einweisungsscheine für psychotische Fälle waren ebenso vorhanden wie für

Gewalttäter, Notzüchtler und krankhafte Diebe, ja selbst für Grössenwahnsinnige, die sich Napoleon, Papst Pius oder Christus persönlich zu nennen beliebten. Oder Jungfrau Maria und Katharina die Grosse - auch für diese seltenen Fälle fand sich ein Wisch mit der Unterschrift Bonifazius Wasserfallens, blanko und fürsorglich, wenn man Wasserfallens Schlaf bedachte, dem kein Leid geschehen durfte. So wählte Schwester Rosy eine Einweisungsgenehmigung für Grössenwahnsinnige unbestimmter Klassifikation, die lag auch vor.

Kunigunde Waser, die Kurzwarenhändlerin, besass ein Herz für die Armen im Geiste und die in der Anstalt Narrenwald. Deshalb schlich sie sich, nachdem endlich der Abteilungsknüppel abmarschiert war, zum Bett der Neuzugängerin Rosa Zwiebelbuch, um diese zu kosen und zu wärmen mit ihrem Leib. Friedlich lagen sie nebeneinander, die schlafende Kunigunde Waser neben der schlafenden Rosa Zwiebelbuch, eine den Arm um den Körper der andern geschlungen. So liess sich der Irrsinn für kurze Zeit vertreiben, der beide befallen hatte ob dieses Lebens im wüsten Krater der Hoffnungen. Da konnte eine Umarmung nicht schaden, um zu verweilen in der Zeit zwischen Irrsinn und Klarheit. Das bettelte jetzt an Kunigundes Brust um Beistand, das schlafende Bewusstsein der Rosa Zwiebelbuch, und es bettelte um Beistand das schlafende Bewusstsein der Kunigunde Waser an der Brust der schlafenden Rosa Zwiebelbuch, einander gewiss und vereint für die Stunden vor dem Grauen, das den Tag ankündigte.

Die Zwiebelbuch, rapportierte Schwester Rosy aufs Krankenblatt, habe sich nach anfänglichem Wehren und Toben brav in die Federn bringen lassen, sie, Rosy, habe allerdings mit einer kombinierten Spritze nachhelfen müssen, um die Neue von der Zwangsjacke zu befreien, sie sei schliesslich kein Viech. Und auf dem Krankenblatt der Kunigunde Waser notierte Schwester Rosy, dass es eine Freude gewesen sei, wie diese weitergeschlafen habe, sich nicht habe stören lassen im heilenden Schlaf, der ihr, Schwester Rosy, kommod gewesen, da man ja auch andere Krankenblätter habe nachführen müssen, des strengen Auges Wasserfallens sicher. Ansonsten und überhaupt habe Ruhe geherrscht auf der Frauen C, der Zwischenfall Rosa Zwiebelbuch sei nicht von Belang.

Der Zwischenfall Zwiebelbuch, so sollte sich herausstellen, war sehr wohl von Belang, denn das Dazwischenfallen ist eine Sache, die des Belanges bedarf. Aber die nun schlummernde Rosa in den Armen der Kunigunde wusste noch nichts vom Dazwischenfallen, dem Zwischen-die-Reihen-und-Götter-Fallen, dem Fallen zwischen die Augen und Augenaugen, wusste nichts, schlief, besänftigt vom Schlafmittel, besänftigt vom Atem der Kunigunde Waser, noch einmal davongekommen.

Notiz: Von dem allem hatte Zeus, der Eisgeher, keine Ahnung. Der weilte in den Bergen und schrieb, dass das Sterben des Helden ein Schicksalsschlag sei für den, der Helden fürchtet.

XVIII.

Die Stadt schlief. Rosa Zwiebelbuch stand am offenen Zellenfenster, ihre grossen, zuverlässigen Hände umschlossen die Gitterstäbe. Den nackten Leib presste sie an die kahle Zellenwand, sie fühlte das Gemäuer wie eine rauhe Zunge auf der Haut, und ein leiser Schauer lief ihr den Rücken hinunter. Vom Gefängnisbiotop, vor drei Jahren von einer Gruppe Gefangener unter der Anleitung eines arbeitslosen Gärtners angelegt - letzterer hatte sich zur Überbrückung seiner Notlage als Anstaltswärter verdingt -, drangen Johlen und Lachen. Das Getuschel und die Gesänge des Personals - man feierte wahrscheinlich einen Geburtstag an diesem recht ungewöhnlichen, hinter Mauern verborgenen Ort - waren bis in die Zellen des Frauentrakts zu hören, den die männlichen Gefangenen verächtlich und lüstern zugleich das Kloster nannten.

Aus der Nachbarzelle vernahm Rosa Zwiebelbuch ein leises, verhaltenes Stöhnen. Die Nachbarin, sinnierte Rosa, träumte sich wohl in die Arme irgendeines Liebhabers. Es wurde ihr heiss beim Sinnieren und heisser noch, als sie den nackten Körper kräftiger an das Gemäuer presste. Kühl und etwas feucht fühlte sie sich an, die Mauer an der nackten Haut. Vom Innenhof des Gefängnisses wehte der Wind den Duft reifender Kastanien in den Raum, gerade so, als ob in diesen Zellen nicht gelitten würde, dachte Rosa Zwiebelbuch, erschrocken über die Reinheit der Nacht, die sie streichelte und kitzelte, ihr zwischen die Beine langte und überhaupt dem Frauenleib gar zärtlich zu schmeicheln wusste.

Langsam sucht die Rosahand die Rosahaut, fährt ihr entlang über den Bauch, sucht sich, noch etwas unbeholfen, einen Weg ins Frauendickicht, flaniert, mutiger dann, im Wald aller Lüste, dem köstlichsten aller Besitztümer; es streift die Rosahand das Rosalippenpaar, scheinbar achtlos weiterwandernd, doch wieder zurückkehrend, es scherzt die Rosahand am warmen Fleisch, liebkost das Lippenpaar, das purpurrote, offene Lippenpaar, findet, eine kurze Berührung nur, den goldenen Quell des Vergnügens, weicht, fast entsetzt, zurück ob des heissen Verlangens, will demütig an die Hand nehmen, was da pocht und um Erlösung bettelt, kehrt zurück, die Rosahand, will die Lust begrüssen, ehrfurchtsvoll und bescheiden will die Rosahand begrüssen, was ihr zusteht an einsamem Glück.

Will. Darf nicht. Kann nicht kommen, das Glück, kann das Glück nicht begrüssen, die Hand, die Rosahand verkrampft sich zur Faust, dass es schmerzt. Der Rosaleib, jetzt mit Augenaugen ausgerüstet, sieht das Kind, das KINDANDERBRUST, das schmatzend die Welt einsaugt, die sie war. Das saugt sich fest an der Milchquelle, der Brustwarze, saugt sich fest an der Rosa, lässt nicht los die Rosa, lässt nicht ab von ihr, saugt sie auf, bis es warm wird zwischen den Beinen und ein Kampf ausbricht im Leib, ein gewaltiges Aufbäumen der Rosakräfte, bis der Saft den Beinen entlang hinabläuft zum Boden - ein Meer hat sich selbst geboren. Und wieder packen die Rosahände den Sohn, damit die Qual aufhört, alle Lust zwischen den Beinen und überall. Sie würgt den Sohn, der soll mit gebrochenen Augen die Welt zurückgeben, die sie ist. Aber die Welt, die kehrt nicht zurück, nie mehr, sie kann nicht zurückkehren, denn jetzt ist die Rosa der Rosa abhanden gekommen, würgt die Rosa der Rosa das Kind, schleudert die Rosa der Rosa das Kind ins Meer. Keuchend sucht Rosa die Rosa, die Rosa kann die Rosa nicht wiederfinden, die Rosa und die Rosa bleiben voneinander entfernt. Das Meer, das tobende, mit dem Säugling drin, dem Säuglingskrächzen, dem Stöhnen und dem Sichwehren, ist zur Schranke geworden für immer.

Da hat auch sie zu toben angefangen, die Rosa, im lichtesten Augenblick ihres Lebens hat sie zu toben begonnen vor Angst und vor Grauen, im lichtesten Augenblick ihres Lebens hat sie begriffen, dass kein Steg über das Meer hinführt zur Rosa der Rosa. Sie hat nach der Rosa geschrien, die nicht zurückkommen will von ennet dem Meer, und als verschollen meldet das Schicksal die Rosa auf Anfrage, verschollen, verkauft an die Nacht im Gehirn.

Da treibt sie's den Nachtwächtern zu bunt, die kommen und ergreifen die Rosa mit fester Hand, finden die Zwangsjacke im Medikamentenschrank und zerren am Rosaleib, bis der in die Jacke gezwängt und gebändigt ist, die schrecken nicht zurück ob des Brüllens und Tobens, die binden der Rosa die Hände auf den Rücken in der Jacke, auf das Rosakreuz binden sie ihr die Hände, nein, die kennen kein Grauen. Die führen die Rosa ab und in die Irrenanstalt, wo derlei Gebrüll und das Toben zum Alltag gehören, die greifen sich die Angst der Rosa und spielen ein Ballspiel mit ihr, fangen die Angst auf unter Johlen und Grölen, verstopfen sich Augen und Ohren, um das Wimmern zu überhören, das Angstgewimmer, das Leid nicht zu sehen auf dem Rosagesicht und den Jammer. Die kehren zurück vom Gang zu den Irren, schlagen sich erleichtert auf Schultern und Schenkel, haben die Angst abgegeben am Tor, die Rosaangst mit der Rosa. Die haben gelacht, die Wärter, haben sich an die Stirnen getippt, den Zustand der Rosa so erklärend, die nehmen nicht ein Stück Angst mit nach Hause zu ihren Frauen, die im Bett liegen mit einsamen Händen am einsamen Schoss.

Doktor Bonifazius Wasserfallen besah sich dann anderntags den Neuzugang, der noch im Bett lag und nicht zu bewegen war, aufzustehen, um, aufgestanden, gewaschen und manierlich gekleidet, mit den andern Patientinnen der Frauen C zu frühstücken. Rosa streikte, lag im Bett, das Gesicht zur Wand gekehrt, starrte sie diese an, ohne etwas Bestimmtes zu sehen, weder das lieblos hingepinselte Gelb noch die Fliegen, die sich zu der Zeit gern in den Anstaltsräumen tummelten.

Dass die Rosa nicht im Wachsaal lag, hatte seinen Grund in der lapidaren Tatsache, dass in jener Nacht alle Wachsaalbetten besetzt waren und es unmöglich war, auch nur ein einziges Bett hinzuzufügen; es waren bereits zwei Betten hinzugefügt worden, vor zwei Wochen, für zwei andere Neuzugänge, Mutter und Tochter Ländli, von denen die Ältere im Verdacht stand, die Jüngere auf den Strich geschickt zu haben, weil es in der Haushaltskasse nie stimmte, die der Hausherr nur knausrig füllte; den grössten Teil des Einkommens versoff er. Man hatte die beiden zur Beobachtung eingewiesen, ein psychiatrisches Gutachten sollte dem hohen Gericht das Urteil erleichtern. Für die gesteigerte Nutzung des Wachsaals war es notwendig, das erhöhte Podest der Wache zu verschieben, es kam neben die Eingangstür zu stehen, was der Saalwache das zweifelhafte Vergnügen verschaffte, beim Eintreten einer Patientin oder des diensttuenden Arztes von der Tür fast erschlagen, am Kopf getroffen, vom Holz geohrfeigt zu werden. Das hatte den Vorteil, dass die Aufmerksamkeit der Wache abgelenkt und in Bereiche, weitab vom Tun der Patientinnen, kanalisiert wurde. Das wiederum führte zu den nur flüchtig und unvollständig ausgefüllten Krankenblättern.

Rosa Zwiebelbuch lag und starrte im Zimmer 21, Frauen C, an die Wände, sah nichts und fühlte nur einen grauen Stein im Gehirn, wo doch noch vor kurzem die Rosa der Rosa beheimatet war. Bonifazius Wasserfallen notierte, was das Zeug hielt, besah sich die Zwiebelbuch mit medizinischer Genauigkeit und ohne Mitleid. Eine Kindsmörderin also, die Tochter des Zwiebelbuch, den er, nicht lange war's her, ins Jenseits beziehungsweise zur Tür ins Jenseits begleitet hatte. Die Tochter des Störmetzgers Zwiebelbuch eine Kindsmörderin, das passte. Degenerierte Ware, die Zwiebelbuchs, Vater gewesener Säufer, hielt Wasserfallen fest, Mutter schwermütig. Sie waren halt überall anzutreffen, die Degenerierten, nicht nur bei den Lärchenhüpfern.

Bonifazius Wasserfallen prüfte mit wissenschaftlichem Blick die Rosa, übersah nicht das kräftige, etwas grob geschnittene Gesicht, das feste Kinn, die breite, zu stumpf geratene Nase über dem fest verschlossenen, grossen Mund, betrachtete die kurzen, dichten Wimpern, die hohe, gewölbte Stirn, besah sich den herzförmigen Haaransatz, die verschwommenen Konturen des Körpers unter dem Bettzeug, hörte den hastigen Atem, fast der eines Rehs, eines gehetzten. Doch dafür schien ihm die Patientin zu gross, dass sie das Sinnbild für die Hatz eines zartgliedrigen Rehs hergeben könnte. Nein, das waren die Konturen eines kräftigen Frauenkörpers, gesund und einladend trotz der hastigen Schnaufer, die zu hören waren. Das sandfarbene

Haar lag wirr auf dem Kissen. Wasserfallen, vom Haar der Rosa Zwiebelbuch fasziniert, das einen tierischen Geruch verströmte - als wär's das Fell eines Nachttiers, dachte der Beobachter -, versuchte vergeblich, sich die Farbe der Rosaaugen vorzustellen. Das wird sich geben, war er überzeugt, auch die wird aufstehen, wenn der Hunger ruft.

Rosa Zwiebelbuch dachte nicht daran, aufzustehen und sich dem Anstaltsalltag unterzuordnen. Ihr Bewusstsein kämpfte nicht mehr, hielt sich still unter der Eisdecke im Meer der schweigenden Nacht, damit das Säuglingskrächzen, das Stöhnen und Sichwehren nicht zu ihr drangen, ins Herz, das verwundete. Rosa Zwiebelbuch lag viele Tage und Nächte. Nachts nahm sich Kunigunde Waser ihres Körpers an und wiegte die Rosa in den Schlaf. Die Kunigunde sah das Sterben des Sohnes der Rosa nicht, hörte nicht das Weinen und Seufzen und Plärren des Söhnchens, das aus der Tiefe rief und nicht tot sein wollte inalleEwigkeitamen. Hörte das Meer nicht toben und nicht das Toben im Gehirn der Rosa, nahm sie bei der Hand, um die Nacht mit Würde zu bestehen.

Man ernährte Rosa gewaltsam, an Nadeln und Schläuche kettete man sie. Wasserfallen notierte alles Wesentliche und Krankhafte, doch waren keine Fortschritte zu verzeichnen. Ein Sterben fand statt, von dem Wasserfallen keine Ahnung hatte, das Sterben des Säuglings, wieder und wieder, jetzt ohne Schrei. Wasserfallen, oft von Abderhalden assistiert, betrachtete kopfschüttelnd den Zerfall der Rosa, unfähig zu helfen, weder dem Körper noch dem Gehirn unter dem herzförmigen Haaransatz.

Niemand hätte später mit Gewissheit sagen können, wann endlich Rosa Zwiebelbuch das Bett verliess und sich traumwandlerisch sicher, als hätte sie während der langen Tage und Nächte das Leben in der Anstalt einstudiert, in den Anstaltsreigen einreihte. Sie tat es so selbstverständlich, wie sie litt, sie nahm keine Notiz vom Staunen der andern, stand auf, wusch sich, nähte und strickte, ging ins Bett, schlief ein. Wie alle andern. Wie Kunigunde Waser, die ab und zu mit Ausfällen einfiel ins Alltagsleben.

Auf der Frauen C wurde die Rosa zur Nummer 21a.

XIX.

Zeus am Hochfeiler. Notierte, dass die Welt der Helden bedarf, der sterblichen. Und dass ein Held ein besonders beneideter Held ist, wenn er trotz der - historisch einwandfrei nachgewiesenen - Sterblichkeit des Menschen lebt. Gelassen hing er im Seil, der Aufstieg gelang ihm mühelos. Innsbruck lag hinter ihm, Söhnlein war abgehauen, der Krankenwagen verschwunden, es war nicht seine, Zeus' Zeit.

Wasserfallens Alltag säumten Rituale, er gewann, derart umsäumt, an Bestand, so wie ja das Leben selbst nur dank gewisser Rituale Bestand hat, Rituale benötigt, um bestanden zu werden bis ans Ende, dem letzten aller Rituale, dem Entgehen, dem endlichen, dem endgültigen Vergehen. Das Heilige Drei Königsritual gehörte ebenso dazu wie der tägliche Besuch seiner Irren auf ihren Abteilungen, die Visite, wie der Vorgang ehrfürchtig genannt wurde. Die "Vieh-Sitte" nannte Kunigunde Waser, gackernd vor Vergnügen, das Ereignis, und "Sitten Sie Platz" befahl sie ungeniert, wenn Wasserfallen erschien, mit einem listigen Augenzwinkern.

Bonifazius Wasserfallen bereitete sich jeweils gründlich vor, ja er meditierte den Vorgang geradezu herbei. Mit einem blütenweissen, seidenen Taschentuch - es war mit seinen Initialen BW bestickt und das Geschenk einer dankbaren Patientin - betupfte sich Wasserfallen die Schläfen mit Eau de Cologne. Sorgfältig wusch er sich die Hände und Arme bis zu den Ellenbogen, verrieb dann auch auf den Handrücken etwas von dem Wässerchen, ehe er sich an den Rest der Vorbereitungen machte: blütenweisses Hemd, blütenweisse Schürze, blaue Krawatte. Blau, weil einmal ein Kollege behauptet hatte, blaue Krawatten hätten eine beruhigende Wirkung auf das Krankengut. Überhaupt, Blau wirke immer beruhigend, vor allem das körnige, dunkle. Ein Blick auf die schwarzen Schuhspitzen, ein Blick in den Spiegel über dem emaillierten Waschtrog im Quirinal. Die rasierten Wasserfallenwangen zierte ein melancholischer Schatten. Vor der Tür wartete bereits die Begleitung:

Abderhalden, die Presskopf, Assistenzärzte und Pflegepersonal. Manchmal gesellte sich auch Oberschwester Rosy zur Gruppe, nur ungern, die Auftritte waren ihr zuwider. Sie nannte die tägliche Visite Hahnenmarsch, wobei nicht ersichtlich war, wen sie für den Hahn der Gruppe hielt, denn Wasserfallen einen Hahn zu nennen, dazu gehörte eine gehörige Portion Phantasie. Abderhalden wiederum, dieser Fettsack - Rosy rülpste bei derlei Gedanken zutiefst angewidert -, taugte zum Hahn nicht, weil er in der Anstaltshierarchie nur die zweite Geige spielte, die Presskopf..., aber da erübrigte sich das Sinnieren ohnehin.

Das Stolzieren des Bonifazius Wasserfallen geriet dann jeweils wirklich nicht, so sehr er sich auch bemühte, gerade und aufrecht zu gehen. DASARMEBEIN durch die Korridore schleppend, strahlte er seine Kundschaft um so leutseliger an, je mehr ihn das Bein schmerzte, das schon seiner Mutter, inzwischen selig, zu tiefen Seufzern und anhaltendem Kummer Anlass gegeben hatte. Und wie der aufrechte Gang nicht recht gelingen wollte, gelang auch nie das väterliche Lächeln, rutschte den farblosen Lippen entlang, zog sich zurück und verschwand, um beim nächsten Versuch erneut hervorgeholt zu werden. Aber dann war's ein Grinsen, das Wasserfallens Gesicht nun wirklich nicht verschönerte, und sein Gang wurde darob noch krummer. Mitleiderregend schlurfte er, umringt von seinen Getreuen, durch die Korridore, diese steinernen Labyrinthe, wo sich seine Irren tummelten, der Fundus, wie Abderhalden sie nannte. Die lachten, diese Irren, ungeniert und offen ob der Prozession, die sich durch ihre Korridore wälzte und nichts sah, was von Belang gewesen wäre, nichts hörte von den Stimmen und Stimmchen, die natürlich, auch die Anstaltsgänge bewohnten und ebenso ungeniert kicherten wie ihre Schöpfer ob des Schauspiels, das sich ihnen bot. Don Ricardo hatte einmal versucht, Wasserfallen die Geschichtchen und Geschichten der Stimmen mitzuteilen, die fröhlich durch die Korridore der Heil- und Pflegeanstalt geisterten und die Wirklichkeit fledderten, wie es sich für echte Stimmchen und Stimmen geziemt. Mit dem Psalm auf den Lippen platzte er in Wasserfallens Quirinal, wo sich jedoch gerade die Presskopf am

ARMENBEIN ergötzte, nicht genug bekommen konnte vom ARMENBEIN. Sie streichelte das Bein und das Zubehör, das Wasserfallen hiess und im roten Lederstuhl versank, das ernste Gesicht ganz der heiligen Handlung hingegeben, die stattfand an ihm.

Don Ricardo erstarb der Psalm auf den Lippen, als er die beiden so sah: Wasserfallen, hingegossen auf rotem Leder, die Presskopf auf den Knien vor Wasserfallen, beinahe überirdisch in ihrer Demut, in ihren seidenen Überfall auf das Bein vertieft, DASARMEBEIN. Bedächtig griff Don Ricardo nach dem Arsch der Presskopf, ihn anzubeten, zu verherrlichen mit seinem Psalm. An den Rest konnte sich Don Ricardo nicht mehr erinnern und nicht an den Psalm, den zu rezitieren er in Wasserfallens Quirinal im Begriff stand. Ein paar Mal führte man ihn ins Komazimmer auf der Frauen D, geduldig liess er sich das Hirn ausbrennen. Nur beim ersten Mal, da soll er sich im Bett aufgesetzt und dem Wasserfallen fast unanständig tief in die Augen blickend zugeflüstert haben: Tu das nicht noch einmal, es ist tödlich. Aber an Wasserfallens Heilungswillen gesundete alles Verlangen, es zerfiel, und Ricardo, geläutert, wandte sich nun wieder seinem Psalmodieren zu. Manchmal nässte er die Hose ein, so warm war ihm ums fromme Herz. Er gab den Plan auf, die Herren Wasserfallen und Abderhalden in das Kichern, das wüste Beschimpfen und in das Trillern der Unsichtbaren einzuweihen.

Weil sich Wasserfallen nie der Hellseherei oder gar andern noch dubioseren, die Zukunft weissagenden Machenschaften verschrieben hatte, war es ihm täglich vergönnt, seinen Gang in die Labyrinthe, wenn nicht ganz aufrecht, so doch frohgemut aufzunehmen. Sein Gang, mit den Augen der Internierten als ein mitleiderregender gesehen, und sein verrutschtes Lächeln, das sich bei den wiederholten Versuchen zum Grinsen verzerrte, verstörten die Psyche Wasserfallens nicht. Stoisch ertrug er Gang und Grinsen. Macht bricht bekanntlich nicht an derlei unwesentlichen Eigenheiten, im Gegenteil, oft verhelfen solche Mängel dem vermeintlichen Opfer zu ungeahnt schöpferischen Phantasien, wenn es um die Kompensation derartiger

Unzulänglichkeiten geht. So betrachtete auch Wasserfallen seine Unvollkommenheiten eher als Musen denn als Hemmschuhe der Heilkunst, die er an seinem Krankengut erprobte. Es zieht so manches Heilverfahren den hinkenden Gang und das Grinsen auf dem Gesicht des Heilsuchenden nach sich. Man denke nur an die Auswirkungen gewisser Medikamente, die auf Stimmen und Stimmchen angesetzt werden und hurtig, ja zuverlässig zu hinkenden Gangarten, greinenden Gesichtern, verzerrten Mündern und dem Grinsen führen, das auch Wasserfallens Gesicht prägte. Wasserfallens Schaffenskraft schien durch solche Merkmale eher gestärkt als behindert, und so schloss er daraus folgerichtig, dass ähnliche Erscheinungen auch bei seinen Schützlingen einen positiven Einfluss erzielen können. Ganz der Wiederherstellung der Produktionsfähigkeit seines Patientenguts verpflichtet, kümmerten Wasserfallen weder Klagen noch Jammern, wenn es um die resolute Heilung eines unproduktiven Zustands ging. So sah man denn, sehr zur Freude der verantwortlichen Behörde, in den Werkstätten, den Ställen und Gängen Hinkende, Sabbernde, Greinende und Grinsende ihren Dienst versehen, genauso wie ja auch er, Wasserfallen, seinen Dienst hinkend und grinsend versah. Die treue und zuverlässige Wasserfallenseele gereichte der Heil- und Pflegeanstalt zur Ehre, dem Krankengut war sie Mahnung und Vorbild zugleich.

Am Morgen des 3. Oktober 1982 aber hätte Wasserfallen ein hellseherisches Auge sehr wohl genützt. Vielleicht hätte er, nach einem kurzen Blick in die nahe Zukunft, den täglichen Gang durch die Labyrinthe unterlassen oder Vorsichtsmassnahmen getroffen, die der kommenden Situation angemessen gewesen wären. Er hätte vielleicht den sowohl männlichen als auch weiblichen Kranken offenstehenden Aufenthaltsraum im Parterre des Männertrakts nicht betreten, wo Rosa Zwiebelbuch und Zeus anzutreffen waren. Begegnungen mit Zeus fanden bei Wasserfallen und seinem Kollegen besondere Beachtung, hatte doch schon sein Einstand in der Anstalt Rätsel aufgegeben und sein Tun in ihr bereits an zahlreichen Tagen zu unerfreulichen Tumulten geführt. Wasserfallen erinnerte sich allzugut des zerbrochenen Kruzifixes und des armen Josef, der seit vielen Wochen im Krankenhaus lag und nur langsam genas. Der Josef hatte von seinem Zusammenstoss mit Zeus einen weitern irreversiblen Schaden davongetragen, als trüge er nicht schon schwer genug an den seelischen Defekten, die ihn vor Jahren in die Klinik gebracht hatten, damit er, Wasserfallen, sie beseitige. Josef ging der einst mühsam wiederhergestellten Produktionsfähigkeit ein für allemal verlustig, die ihm doch früher über so manches dunkle Gefühl hinweggeholfen hatte. Aus war's mit dem Striegeln und Scheuern im Stall, dem Mähen und Säen. Keins der Anstaltstiere erfuhr je wieder Josefs rauhe Hand an den Flanken und am Hals, wo derlei Zärtlichkeiten hingehören. Lustlos und ohne jede Sehnsucht wankte der Josef mehr, als er ging, mit düsterem Blick durch die Korridore, den Namen der Hanna murmelnd, die er - oh, lang ist's her - zur Unzeit besuchte. Verschwunden war das unschuldige Lachen des Josef, das Lächeln des Narren und auch der verschmitzte Trotz im verdunkelten Auge. Er berührte die halbleeren Weinflaschen Wasserfallens nicht mehr, und seine Wäntele blieb leer, er hatte das Saufen verlernt am zerbrochenen Kreuz Christi, ganz ohne Zwang und ohne Ermahnungen. Wasserfallen nahm sich zwar vor, dem Josef eine Frist zu geben und noch eine Frist und noch eine. Als aber all diese Fristen ergebnislos abliefen, der Josef nur noch "Hanna" murmelnd und wankend anzutreffen war in den Gängen und Räumen, als das Auge trotz guten Zuredens dunkel blieb und auf keine noch so gutgemeinte Therapie erhellt reagieren wollte, als der Blick des Josef im Gegenteil immer düsterer wurde und oft beinahe erlosch, da versetzte Wasserfallen mit Zustimmung seines Amtskollegen den Unglücklichen, von Christus Geschlagenen auf die Sieben, die hoffnungsloseste aller Anstaltsabteilungen, wo die gänzlich Unproduktiven den ganzen langen Tag nichts taten als die Nacht abzuwarten, die sie vom unbarmherzigen Taglicht erlöste. Wasserfallen gab den Josef auf, da dieser Trotz und Trunksucht verloren, dem Striegeln und Scheuern, dem Mähen und Säen den Rücken gekehrt hatte.

Es kam oft vor, dass es den einen oder andern auf die Sieben verschlug, aber meist nur der Raison wegen, die ihm beigebracht werden sollte. Die Sieben C war den Frauen vorbehalten, die Sieben E den Männern. Unglücklicherweise hatte niemand von den Zurückgekehrten je ein Wort über die Sieben verloren, so dass den Josef das Schicksal unvorbereitet ereilte. Vielleicht hätte sonst sein Gehirn unter dem malträtierten Schädel noch einmal einen Anlauf genommen, um das Schlimmste zu vermeiden. Denn es waren Schatten von Menschen, welche die Sieben, beide, bevölkerten. Einmal dorthin verbracht, befanden sich die Bedauernswerten im Hades der weissen Götter, der gnadenlosen. In der Sieben verloren die Opfer jeden Kontakt zum übrigen Anstaltsleben; sie assen zwar und tranken, sie schissen und furzten wie alle andern, befanden sich in sauberem oder in weniger adrettem Zustand, schliefen und dösten, nur: das alles ertrugen sie ohne jede Möglichkeit, darauf Einfluss zu nehmen, daran irgend etwas zu ändern. Es wurde den Körpern zuteil, ihnen angetan, die keinen Willen mehr hatten. Naiven mag es tröstlich erscheinen, durch keinen persönlichen Willen gedrängt und gezwungen zu werden, rein zu existieren, durch kein Bewusstsein getrübt. Es ist eine trügerische Hoffnung, denn gelitten wird auch ohne freien Willen, ganz unbekümmert und furchtbar. Und die Menschen auf der Sieben leiden, ihrer Würde beraubt, leiden sie, an Stühle gefesselt oder in eisernen Betten festgehalten. Sie leiden, den Kot unter sich und zwischen den Beinen, ohne Zähne im sabbernden Mund, sie grölen und blöken das Leid hinaus in die wenige Quadratmeter enge Welt ohne Schönheit und Schmuck. Einige leiden lautlos, aber sie sind nicht weniger schrecklich anzuschaun mit ihren leeren Gesichtern und den erloschenen Augen. Die Medikamente werden ihnen eingeflösst, eingegeben, eingespritzt, so dass sie sich kein Leid antun können, ein weiteres zu all dem Leid, das sie ohnehin erfahren. Die Wände sind stumme Zeugen dieses Leids auf der Sieben, fäkalienverschmiert starren sie den Besucher an, den Neuankömmling jetzt, der Josef heisst und keiner Weinwäntele mehr bedarf.

Wasserfallen betrat am 3. Oktober 1982 den Aufenthaltsraum und wollte schon zum frohen GutenTagdieHerrschaften ansetzen, als er Zeus' und der Rosa gewahr wurde. Beide sassen sie einsam an ihren Tischen, rauchten ihre Zigaretten und tranken Kaffee aus hellen Kunststoffbechern, die ein Kaffeeautomat neben dem Türeingang ausspuckte. Der Kaffee, Wasserfallen wusste es aus Erfahrung, schmeckte scheusslich, aber das schien die beiden nicht zu bekümmern. Es war kurz nach dem Frühstück, und Wasserfallen wunderte sich ein wenig, die beiden hier kaffeetrinkend vorzufinden, da die Patientinnen und Patienten zu der Zeit normalerweise einfache Arbeiten auf den Abteilungen erledigten. Da kam der Zeus ebenso zu Besen und Wedel wie die Rosa, da wurden keine Unterschiede zwischen Weiblein und Männlein deutlich, da herrschte Gleichstellung von Frau und Mann ganz ungezwungen.

Rosa verliess die Abteilung öfters zu Unzeiten und während der Hausarbeitsstunden; harmlos, wie sie geworden war, liess man sie gewähren. Oft sass sie dann untätig im grossen Treppenhaus, das nach Schmierseife roch und glänzte, so dass Rosa ihr Gesicht in den Fliesen spiegeln konnte, wenn sie wollte. Gelegentlich steuerte sie zielbewusst und energisch den Kiosk an, der sich in der Eingangshalle befand und den eine pensionierte Schwester, die das Schaffen nicht lassen konnte, führte. Rosa Zwiebelbuch griff sich dann jeweils ein Heft oder eine Zeitung und schaute sich die Fotografien an, die von Krieg und Hunger berichteten aus der Welt, die sie längst verlassen hatte. Ausdruckslos besah sich Rosa das Elend, von dem diese Hefte und Zeitungen kündeten, manchmal auch vom Paaren der Könige oder vom Geschrei eines solchen, wenn ihm Land und Leute entrissen wurden.

An diesem Tag widmete sich Rosa einem ungewöhnlichen Unternehmen, und dieses Unternehmens wegen hatte sie die Abteilung trotz der obligatorischen Hausarbeiten verlassen. Sie peilte den Kiosk an, nicht, um sich an Paarungen irgendwelcher Könige oder an Krieg und Hunger zu ergötzen, nein, Rosa war auf Diebestour. Das war ausserordentlich, da sie noch nie durch derlei Aktivitäten aufgefallen war. Rosa klaute, unter den etwas getrübten Augen der alten Kioskfrau, die rege bleiben wollte trotz beginnender Blindheit und des Wassers in den alten Beinen, ungeniert eine der Streichholzschachteln, die zuhauf neben den Heften lagen, von den Irren aber nicht erstanden werden durften. Wenn es die Kranken nach einer Zigarette verlangte, hatten sie sich an das diensttuende Personal zu wenden. Nichts unterstrich die Unmündigkeit der Menschen so sehr wie diese Geste, das gnädig dargebotene Feuer des Personals. Doch die Gedemütigten schwiegen dazu und rauchten stumm, an die nächste Zigarette denkend und an die übernächste, denn der Zigarettenentzug bei überflüssigem Lamentieren und Sichbeschweren war weit härter zu ertragen als der geschuldete Dank. Rosa Zwiebelbuch, ohnehin längst verstummt - grad so wie der Josef JETZTAUFDERSIEBEN -, tat es bisher den andern gleich, ruhig stand sie vor dem diensthabenden Personal, um das Feuer entgegenzunehmen.

Da nun einmal den Menschen das Feuer geschenkt wurde mit dem Auftrag, es zu halten und zu hegen und nie mehr ausgehen zu lassen, wollen sie, wer könnte es ihnen verargen, über dieses Feuer auch verfügen. So strich denn Rosa Zwiebelbuch um den Kiosk im Bestreben, sich anzueignen, was ihr gestohlen worden war, und es wiederholte sich, nicht ganz mythosgetreu allerdings, was sich damals ereignete, als Prometheus dem Menschengeschlecht das olympische Feuer brachte und dafür 100 mal 100 Jahre lang, an einen Felsen gekettet, den grausamen Schnabel des Vogels ertrug. Leise stahl sich die Zwiebelbuch davon, nicht ohne ein verächtliches Schnaufen ob des leicht gelungenen Streichs. Im Aufenthaltsraum hantierte sie am Kaffeeautomaten, trug den Kaffee zu einem der vielen kleinen Tische, setzte sich und klaubte dann umständlich eine Zigarette aus der Schürzentasche. Lange hielt sie das brennende Streichholz vors Gesicht, beschaute sich gründlich die kleine Flamme, bis ihr fast die Finger brannten, und hielt das Streichholz endlich ans Zigarettenende, zog an der Zigarette und schnappte schliesslich zufrieden nach Luft. Stumm rauchte Rosa Zwiebelbuch die Zigarette, still sass sie da, von keinem Gedanken geplagt, bis Zeus den Raum hastig betrat, sich breit in einen

Stuhl warf, nochmals aufstand, nun seinerseits den Kaffeeautomaten bemühte, den Kaffee zum Tisch trug und sich von einem Wärter die Zigarette anzünden liess. Verstreut im Raum und an den Tischen sassen andere, stumm wie die Rosa und der Zeus. Einige rauchten, andere nicht. Der diensttuende Wärter war mit dem Schnürsenkel eines Patienten beschäftigt. So sah er das ungehörige Anzünden der Zigarette nicht, die jetzt lässig zwischen Rosas Lippen hing und qualmte.

Wasserfallen hätte nicht sagen können, was ihn an der Situation im Aufenthaltsraum so irritierte. Es war, als spannten sich unsichtbare Fäden zwischen Zeus und Rosa, die einander nicht anschauten und schwiegen, wie ja das Anstaltsgut zu schweigen pflegte, wenn es sich der Zigaretten bediente. Der doch noch erfolgte Gruss Wasserfallens wurde von einigen beantwortet, von anderen nicht, daran war nichts Ungewöhnliches. Die Fäden knisterten im Raum, luden ihn geradezu elektrisch auf, so dass es den Anwesenden heiss und kalt wurde und es ihnen graute, als ob sie eine ferne Gewalttätigkeit nahen spürten, ein Ereignis, das ihren Alltagstrott zu bedrohen im Begriff stand.

Jetzt ging Wasserfallen auf Rosa zu. Er näherte sich ihr, ohne dass diese auch nur eine Miene verzogen oder geschnauft hätte, wie sie es sonst tat. Wasserfallen war versucht, ihr zuzurufen, dass sie Laut geben solle, so sehr irritierten ihn der stumme Vorgang und die Fäden, die sich zwischen Zeus und Rosa spannten, den Raum aufluden.

Die nun folgende Minute liess sowohl Wasserfallen als auch Abderhalden und die Bewacher vor Schreck erbleichen, so dass sie unfähig waren, zur richtigen Zeit das Richtige zu tun. Niemand hielt Rosa Zwiebelbuch auf, die nun gemächlich aufstand und sich vor Bonifazius Wasserfallen aufpflanzte. Ruhig stand sie vor ihm, die Augen fest auf sein Gesicht gerichtet, in seine Augen verkrallt. Wasserfallen konnte sich nicht erinnern, dass sie ihn je einmal überhaupt angeschaut hätte, weder flüchtig noch so, wie sie jetzt schaute. Rosa Zwiebelbuch hob langsam die rechte Hand mit der fast bis zum Filter gerauchten

Zigarette, hielt den noch brennenden Stummel einen Augenblick lang, der Wasserfallen eine Ewigkeit dünkte, wie ein Damoklesschwert zwischen sich und Wasserfallen genau auf der Höhe ihrer beiden Augenpaare. Dann, Wasserfallen nahm die Bewegung nicht wirklich wahr, so schnell wurde sie von der Hand der Rosa ausgeführt, steuerte der Zigarettenstummel das linke Auge der Frau an, bohrte sich ohne Umstände in dieses Auge, ohne dass Rosa aufgehört hätte, Wasserfallen mit dem andern, dem rechten Auge anzustarren, sich an seinem Gesicht festzukrallen, so dass er gezwungen war, sie ebenfalls anzustarren, so erschreckend ungewöhnlich war, was Rosa sich und ihm antat. Das Rosaauge erblindete, das ihn nie vorher angesehen hatte, das Rosaauge starb jämmerlich, ohne dass sie auch nur einen Laut von sich gegeben hätte. Das rechte Auge starrte auf Wasserfallen, der nicht aus dem Traum erwachen wollte, in dem er sich gefangen fühlte. Nach einer langen Zeit, so jedenfalls kam es Wasserfallen vor, war ein Brüllen zu hören, das nur Zeus' Brüllen sein konnte. Der stand jetzt auf, stand gross und schwer im Aufenthaltsraum und brüllte, schlug sich die Fäuste auf Brust und Schenkel, während er brüllte und brüllte, dass der Raum ob des Brüllens erzitterte und jedes noch so einfältige Grinsen auf den Gesichtern der Anwesenden erstarb. Wasserfallen hätte das nicht erleben wollen, das nicht, dieses Brüllen und das Brennen des Auges der Rosa, die jetzt vom Schmerz überwältigt hinsank, begraben unter dem Gebrüll desjenigen, der sich für Gott hielt, denn er schätzte die Situation falsch ein, wusste nicht, dass dies die Rache der Rosa an der Rosa war, von keiner Göttlichkeit hervorgerufen, nur durch den Rosazorn, den furchtbaren.

Lange nachdem man den brüllenden Zeus gehörig abgespritzt und die Rosa dem Krankenhaus überantwortet hatte, das schon den Josef in die Sieben pflegte, stellte sich heraus, dass das Auge der Rosa nicht ganz verloren war. Trotz des schrecklichen Racheakts. Es verblieb ihr, blind und entstellt, als ein Mahnmal, das sie nun vorzeigte bei jeder Gelegenheit, mit dem rechten Auge fest in die Gesichter blickend, die sie umgaben. Der Blick verschonte niemanden.

Weder Wasserfallen noch Abderhalden konnten die Tat der Zwiebelbuch richtig deuten, vom Geheimnis befreien und wissenschaftlich auswerten. Nur die Presskopf, die lachte oft und gern vor sich hin, wenn sie sich des Vorgangs erinnerte. Es war ein listiges Lachen, soviel verstand die Presskopf vom Anlass, der alle ausser ihr damals im Aufenthaltsraum hatte erstarren lassen.

Da Wasserfallen das Rätsel um Rosas Auge nicht lösen konnte, verzichtete er selbstredend auch auf entsprechende Konsequenzen, auf eine Korrektur des Gemeinschaftslebens in der Anstalt. Vielleicht hätte er gut daran getan, Weiblein und Männlein fortan noch rigoroser zu trennen, zumindest so lange, wie Zeus und Rosa zu Gast waren. Aber Wasserfallen dachte nicht daran. Er verbuchte das Rosaauge voreilig als gut getarnten Erfolg - wie damals den Biss in die Wade des Neuzugangs, als kein Pegasus gefunden wurde, wohl aber das Gerippe der Stute Bianca.

XX.

Es war nicht Herzlosigkeit, wie Wasserfallen später notierte, die Zeus zum Brüllen bewog, als Rosa Zwiebelbuch den Zigarettenstummel ins linke Auge drückte und gleichzeitig ihren Arzt fixierte, damit dieser das Endgültige der Tat auch wirklich begriff. Das Brüllen war schlicht ein Markenzeichen. Zeus brüllte, wann immer sich Frauen in seiner Nähe befanden, Frauen, Mädchen aus dem wirklichen Leben ebenso wie alle seine imaginierten Freundinnen aus der andern Welt, der RuthamAbendWelt, wie Wasserfallen sie erstaunlich gut getroffen nannte. Die RuthamAbendWelt war Zeus besonders wichtig, da sie genügend Mädchen vorwies, an die seine Phantasie sich halten konnte, wann immer ihm danach war. Zweierlei zu sein, als Lebensaufgabe, war Zeus' Schicksal, im Buch der Götter aufgeschrieben. Die lakonische Eintragung konnte ebensowenig geändert werden wie Zeus' Beschluss, sich der leidigen Unsterblichkeit zu entledigen. Es mag Menschen und Göttern gegeben sein, einmal gefasste Entschlüsse zu überdenken, meist ohne grossen Erfolg. Aber diese, Zeus' Entscheidung war im Buch der Götter aufgezeichnet, lange bevor sie gefällt worden war, auch der Götter freier Wille ist weiter nichts als eine Fiktion. Wie sonst wäre zu verstehen, dass Zeus wohl sein Ende herbeilebte, sich über dieses Ende jedoch ausschwieg, so dass anzunehmen ist, dass er nichts darüber wusste oder nichts wissen wollte. Die immer stärker auftretenden Allmachtsphantasien Zeus' waren im Grunde genommen nichts anderes als Symptome einer zunehmenden Vermenschlichung des Göttlichen. Diese Vermenschlichung war notwendig, wollte er dem Buch der Götter genügen, das sein Schicksal barg. Hatte nicht Zeus selbst recht verächtlich von der göttlichen Allmacht gesprochen, dieser von Menschen herbeigebeteten göttlichen Macht? Nun, da er vermenschlichte, um sein Schicksal zu erfüllen, unterlag auch er dem menschlichsten aller Irrtümer, der Liebe zur Macht, die er doch noch vor einigen Jahren geringschätzig als langweilig und unergiebig abgetan hatte, zum Beispiel mit seinen Überlegungen in Stuttgart, damals vor der Marlboro-Reklame SEIKEINFROSCH. Zeus brüllte in der

Meinung, Rosa Zwiebelbuchs Tat selbst aus der Taufe gehoben zu haben, allmächtig, wie er kurz vor seinem Ende plötzlich zu sein wünschte.

Wasserfallen seinerseits, von seiner Wissenschaft überzeugt, verbannte gerade die Vermenschlichung des Patienten Zeus in den Bereich des Kranken, ja des unanständig Kranken. Nicht genug, dass in der Heil- und Pflegeanstalt Narrenwald Kranke zu Krüppeln geheilt wurden. Man entdeckte gewissermassen das Menschsein als die wahre Krankheit. Entmenschlicht erst entliess man das Krankengut, den Fundus Doktor Abderhaldens, denn nur der entmenschlichte Mensch ist ein gefügiges Rad in der Welt des Gewinns. Zeus' Brüllen also, von Wasserfallen als zunehmende Menschwerdung gesehen, galt es zu bekämpfen, mit allen Mitteln, und derer sind viele. Da Zeus - weshalb, ist unbekannt - nur in der Retrospektive zu reden fähig war, benutzte er das Brüllen als eine Möglichkeit, sich in der Gegenwart und zu den Dingen der Gegenwart mitzuteilen.

Möglich wäre auch zu behaupten, Zeus' Brüllen weise einen skurrilen Tagebuchcharakter auf, eine Art Eintragung in sein ganz persönliches Buch, das gewichtigste aller Bücher im Buch des Buches der Bücher des umfangreichsten Buchs, des Schicksalsbuchs. Bücher unterstehen dem Schachtelprinzip ebenso wie die Welten, von denen sie reden, und wenn Zeus brüllte, veränderte sich die Welt, in der er sich gerade aufhielt, sie änderte ihr Gesicht, das immer ein weibliches Gesicht war.

Als Rosa Zwiebelbuch in die Anstalt zurückkehrte, verlangte sie unmissverständlich, wenn auch stumm, nach dem Auge, dem Kunstauge, das, während Jahren stiefmütterlich behandelt, im Effektenkasten ruhte und geduldig wartete. Das eigene, zerstörte Auge bedeutete ihr nicht mehr als ein kurzer Ausflug in eine andere Wirklichkeit, damit Gott auf sie aufmerksam werde und die Rosa der Rosa zurückgebe. Sie sah jetzt aus, als wäre sie von einer langen, beschwerlichen Reise zurückgekommen.

Die Rache der Rosa an der Rosa faszinierte Wasserfallen, der solche Vorkommnisse schätzte, weil man sie am Stammtisch erzählen konnte. Wasserfallen war von bescheidenem Gemüt, und er hatte nur bescheidene Wünsche. Das Zeichen aber, das Zeichen des Auges der Rosa war für Zeus bestimmt, der seinen Anteil so falsch interpretierte wie Wasserfallen den seinen, kann sein, dank eines göttlichen Humors, den er, Zeus, sich bewahrt hatte.

Wasserfallen, nachdem er sich vom ersten Schrecken erholt hatte, freute sich also, das Erlebte am Stammtisch zu erörtern. Aber das Auge war unbestechlich, liess sich nicht umschmeicheln, nicht mit der Eitelkeit eines Irrenarztes betören, das Auge konnte Albernheiten nicht ausstehen, und die Albernheit Wasserfallens war eine von vielen, das registrierte das Auge ruhig. Die Geschichte liess sich, so sehr sich der Seelendoktor auch bemühte, nicht befriedigend weitererzählen.

Nimm den Mantel, hatte Karoline Presskopf damals gesagt, als Zeus dem Bad entstieg und immer noch die Hose trug, die 20 Minuten vorher - soviel Zeit gestand man den Neueintritten für das erste Bad in der Irrenanstalt zu - an seinem Ding haften blieb, so dass er sich schämte. Zieh dir die Hose vom Arsch, sagte sie grob, denn sie hasste Umschreibungen, und schnapp dir den Mantel da, aber vorsichtig, er ist Eigentum der Anstalt. Vor dir waren da schon der Toni drin und der Sepp und der Josef, auch der Pedro und die Knalle - wir nannten ihn so, weil er wirklich einen ganz besonderen Knall hatte. Knalle hatte sich selber kastriert, wegen eines Mädchens hat sich der Depp kastriert.

Umständlich liess Zeus die Hose auf seine grossen Füsse fallen, hob erst den einen Fuss und setzte ihn neben den klatschnassen Fetzen Stoff, dann den andern. Nackt und einsam stand er vor der Frau, von der er noch nicht einmal wusste, dass sie Karoline Presskopf hiess, und deren Arsch er begehrte, den sie ihm so einladend entgegengestreckt hatte. An diesem Begehren, das wusste er, war nichts vom Lieben kleiner Mädchen, die Pullover strickten oder billige Kofferradios mit sich trugen.

Das Lieben kleiner Mädchen vollzog sich wie das Eintauchen in eine Honigfalle, die einen aufnahm und nie mehr zurückgab an den Mann, der man einst war. Dieses Lieben war ein Eisgehen, und Zeus liebte das Eisgehen, weil man es ungesichert tun musste. Das Begehren aber hatte andere Eigenschaften, es tobte sich wild und ungezügelt aus. Im Kopf war man dabei etwas abwesend, mit Dingen beschäftigt, die den Körper nichts angehen. Während sich der Kopf zum Eisgehen rüstet, während der Kopf in der Honigfalle sitzt und weiss, dass er nicht zurückkehren wird, streckt sich das Gerüst am Leib und will sich austoben an dem, was leibhaftig ist und Gewähr verspricht. Weil dem so ist, bedauerte Zeus nicht, dass dieses Gerüst nun schlaff in der Halterung hing, denn das Begehren hatte sich längst aus dem Staub gemacht, dem irdischen.

Einsam und keusch stand Zeus vor der Frau, die ihn kritisch musterte und ihm den Mantel hinhielt, den bereits zahlreiche Männer getragen hatten, ehe sie verschieden, der eine kastriert, als hätte er sich besonders gut für die unirdische Herrlichkeit da oben vorbereiten wollen. Die Frau starrte ihn an und sah den kräftigen Körper, der gross und weiss vor ihr stand und dampfte. Alles ist gross an dem Kerl, dachte Karoline Presskopf. Sie stellte befriedigt fest, dass das Bad seine Wirkung nicht verfehlt, dass es auch aus diesem da den Säugling herausgekitzelt hatte. Hilflos hing ihm das göttliche Versprechen gar winzig zwischen den starken Beinen, als ob es Schutz suchte zwischen dem dampfenden Fleisch. Karoline Presskopf war es recht so, sie entdeckte bei solchen Gelegenheiten die Mütterlichkeit wieder, diese Wärme, das Schutzlose zu schützen und zu hegen, es mit den Händen zu bergen, bis man sich selbst an das Schutzlose verlor mit allen Öffnungen des mütterlichen Körpers. Flüchtig dachte die Presskopf an Wasserfallen, an DASARMEBEIN, ehe sie ihrem Gesicht wieder den strengen Ausdruck der Nächstenliebe zurückgab und Zeus aus dem Bad bugsierte: Er solle im Wachsaal die Anstaltskleider fassen und sich ankleiden.

Seit diesem Ereignis hatte sich das göttliche Versprechen nicht mehr zu Wort gemeldet, das Brüllen galt nie mehr dem Begehren. Zeus brüllte nur noch zugunsten seiner imaginierten Mädchenwelt, dieses himmlischen Mädchenreigens, der RuthamAbendWelt, wo gestrickt und aus Kofferradios Jazz oder FühlstDumeinSehnen gehört wird. Das Kofferradio halten die kleinen Mädchen fest ans Ohr, und sie kichern unschuldig zu den Worten, die von Liebe berichten.

Bis Rosa das Auge aufleuchten liess und dank dieser Tat Prometheus vom Felsen befreite und von den grausamen Schnabelhieben des Vogels. Weil doch Prometheus noch eine Aufgabe zu erfüllen hatte. Eine wichtige Aufgabe. Nicht umsonst hatte man die Gabe der Prophezeiung. Und wem diese Gabe gegeben, der hatte zu prophezeien, was das Zeug hielt, so wollte es der Olymp, dieser unwissende Saftladen. Rosa also befreite Prometheus vom Felsen, damit er an der göttlichen Tafel Platz nehme und weissage, wann Zeus' Zeit gekommen sei. Als Zeichen des Sieges über die Rache des Zeus rächte Rosa die Rosa an ihrem Auge, damit er es sieht, das Zeichen. Und Zeus brüllte. Den pulloverstrickenden Mädchen und den kofferradiohörenden brüllte er seinen Untergang zu. Er brüllte seinen Untergang in die RuthamAbendWelt, so dass die pulloverstrickenden Mädchen einen Augenblick lang im Pulloverstricken innehielten und die kofferradiohörenden die Kofferradios vom Ohr nahmen, das von Zeus' Gebrüll dröhnte. Die Mädchen glaubten, das Brüllen des grossen Stiers zu hören, dessen Hörner, zart geschwungen wie die Mondsichel der heiligen Jungfrauen, die Farbe des Abendgolds haben.

Zeus brüllte und schrie und klopfte auf Schultern und Schenkel, vielleicht war es das vereinte Brüllen des siegenden Stiers und des gefällten Stiers, das die Mädchen hörten und das Wasserfallen als Ausdruck der Herzlosigkeit auf dem Krankenblatt vermerkte. Die Presskopf hatte verstanden. Trotzdem folgte sie wortlos Wasserfallens Befehl, folgte dem Zeus in das Besinnungszimmer, wie Gummizellen ja auch genannt werden, um ihm - der Ironie einer Anstalt sind keine Grenzen und Gräben gesetzt - das Besinnen aufs gründlichste auszutreiben mit dem Material, das eine Irrenanstalt für derlei Unterfangen zu bieten hat.

XXI.

In den Tagen nach Rosas Zeichen, dem Zeichen, das Zeus galt, in den Tagen, als die Rosa der Rosa das Auge ausbrannte, als ob sie es nicht mehr benötigte, sassen sich Wasserfallen und Abderhalden Auge in Auge gegenüber. Unter vier Augen machten sie sich an die "Gemeinsame". Die "Gemeinsame", so würde Wasserfallen einem Laien erklären, ist dem Irrenarzt, was dem Mathematiker eine mathematische Grösse, sie zu finden, ein sakraler Akt. Einmal geboren, ist sie nicht mehr aus der Welt zu schaffen, kalt, in einsamer Gleichgültigkeit füllt sie das Papier. Magd alles Erdachten und Erfundenen, nimmt sie auf, schützt vor dem Vergehen, und wenn dann das Papier weitergereicht, herumgeboten, in der Universitätsbibliothek aufbewahrt, vom Computer abgerufen, in Schulbüchern nachgelesen, von Lehrkräften wiedergekäut oder den angehenden Doktoranden nach Strich und Faden eingebläut werden kann, ist der Schöpfer dieser Papiere ein Held, selbst eine Grösse, was Irrenärzte betrifft. Allerdings meist zum Nachteil des Gegenstands solchen Heldentums, des Menschen.

Es war ein paar gleichgültige Stunden lang Nacht, als Abderhalden die "Gemeinsame" zu Papier brachte. Man hatte sich auf eine Mischdiagnose geeinigt, auf eine paranoide Schizophrenie, flankiert von einem ausgeprägten Grössenwahn, der sich in der Tatsache äusserte, dass Zeus sich für Zeus hielt. Gottlob Abderhalden hatte den Gedanken nie aufgegeben, Zeus, oder wie auch immer er hiess, in den Senkel zu stellen. Seine schwere Gestalt schüttelte sich noch immer vor Ekel, wenn ihn die Erinnerung an das demütigende Gerangel mit Zeus übermannte. Den Pipperger hatte man nach dem Debakel etwas kürzergehalten, dafür genügte eine Erhöhung der Medikamentendosis. Für Zeus jedoch hatte man seine ganze Macht verbraucht, ihn zurechtzustutzen, ohne sichtbaren Erfolg. Und nun hatte man sich also zur "Gemeinsamen" durchgerungen, Gottlob Abderhalden und sein Kollege Bonifazius Wasserfallen, was freilich ihre Ranggleichheit beinahe verhinderte. Sie stand dem gemeinsamen Arbeiten immer dann im Weg, wenn es um Glanz und Gloria in der Öffentlichkeit ging. Abderhalden und Wasserfallen kehrten bekanntlich vor vielen Jahren in ihre Heimat zurück, ihr zu dienen mit dem Wissen, das sie sich im Unterland angeeignet hatten, wo sie schliesslich Doktorwürde und Ehre erlangten. Beide hatten das ehrgeizige Ziel, Herr über die Heil- und Pflegeanstalt Narrenwald zu werden, einer von ihnen, träumten beide, würde es eines Tages sein.

Nachdem ihr Vorgänger, lange nach seiner Pensionierung, die Irrenanstalt endlich verlassen hatte, fieberten beide der Beförderung entgegen. Inzwischen hatten sie es dank der Fürsprache des alten Herrn zu Oberärzten gebracht, der eine auf der Männer E, der andere auf der Frauen C. Die weniger schwierigen Abteilungen waren subalternen Ärzten unterstellt, die träumten und spekulierten nicht, die waren mit ihrem Status zufrieden. Aber der alte Herr hatte den beiden Thronanwärtern einen Strich durch die Rechnung gemacht, ein einziger Brief an die Behörde genügte. Er schrieb, dass nur die paritätische Gleichstellung der beiden als Oberärzte eine zufriedenstellende Fortsetzung seines Werkes garantiere, man solle also davon absehen, den einen dem andern zu unterstellen. Gleichgestellt würden sie um die bessere Leistung wetteifern, so bleibe der zuständigen Behörde die ganze Schaffenskraft zweier Personen erhalten. Bevorzuge man einen der beiden, sähe sich der andere übergangen, seine Leistungen lägen dann naturgemäss beim Durchschnitt, und Durchschnitt habe man schon genug in der Anstalt. Der Ratschlag des Alten wurde nach langem Debattieren befolgt, nicht ohne Hintergedanken, war man doch auch bei der Behörde an einem erfreulichen Wirken des Anstaltspersonals höchst interessiert. Das war der eine Hintergedanke. Der zweite war, dass man damit Kosten sparen konnte und die Anstalt trotzdem in guten, weil ehrgeizigen Händen wusste.

So blieb es denn beim Provisorischen, die Herren wurden ab und zu auf die Zukunft vertröstet, die man jedoch nicht zu ändern gedachte. Nach etlichen Jahren zeigte sich, dass der Strich am richtigen Ort gesetzt worden war, und bald vergassen die Behördenmitglieder, dass es sich um einen Strich handelte, der von einer andern Hand, nämlich jener des alten Herrn geführt worden war. Nach dem Ausgang dieses Duells befragt, wies das Departement in einem Schreiben darauf hin, dass man an einer einmal gehabten Idee aus Charaktergründen festhalten müsse und es sich mittlerweile gezeigt habe, dass deren Ausführung der Anstalt nur Segen gebracht hatte. Resigniert gaben Wasserfallen und Abderhalden auf, nicht ohne gehässige Hänseleien und gegenseitige Beschuldigungen. Aber ihrem Ehrgeiz waren weiterhin keine Grenzen gesetzt. Irgendwann einmal überschriftete die Behörde sämtliche Briefe, seien sie nun an den einen oder andern gerichtet, mit Sehr geehrte Herren Direktoren, unterliess es aber, ihnen ein entsprechendes Gehalt auszuzahlen. Im Zeichen einer vernünftigen Sparpolitik bezogen beide ein Gehalt, das etwas weniger als ein Direktorengehalt betrug. Da sowohl Wasserfallen wie Abderhalden es peinlich vermieden, den andern in die eigenen Karten schauen zu lassen, ausser es waren gezinkte, blieb ein kleiner Argwohn bestehen, der andere könnte mehr verdienen. Höflicherweise schwieg man sich darüber aus und kompensierte die vermeintliche Differenz mit allerlei Dienstleistungen an Drittpersonen, die nichts mit der Anstalt zu tun hatten.

Trotz dieser gelegentlichen Abstecher in andere einträgliche Regionen diente man beiderseits treu und mit Eifer der eigentlichen Aufgabe, dem reibungslosen Funktionieren der Anstalt Narrenwald in Flur. So durfte sich Abderhalden des gelungenen Aufbaus eines rassenhygienischen Archivs rühmen, das seinen Namen trug, während Wasserfallen, mehr an baulichen Erneuerungen interessiert, sich für eine grosszügige Erweiterung der Anstaltsgebäude ins Zeug legte. Beiden war Erfolg beschieden, das Archiv blieb einzig in seiner Art, zumindest innerhalb der Landesgrenzen. Seinen guten Ruf verdankte es nicht nur Abderhaldens Weitsicht, was die Zukunft der Eugenik und der Rassenhygiene betraf, deren theoretische Weiterentwicklung wegen verleumderischer Umtriebe allerdings während kurzer Zeit stagnierte. Seinen guten Ruf verdankte es vor allem dem günstigen Umstand, dass sich das Forschungsmaterial sozusagen vor der Haustür befand. Die Krankenakten wurden denn auch, mehr noch als die theoretischen Ausführungen, nicht nur vom anstaltseigenen Personal rege konsultiert und in öffentlich zugänglichen Abhandlungen eifrig besprochen, ohne dass das Forschungsmaterial, Abderhaldens Fundus, dazu hätte befragt werden müssen, handelte es sich doch zumeist um Minderwertige, die keiner Persönlichkeitsrechte bedurften. Fand sich, was ab und zu vorkam, einer dieser Abgehandelten in so einer Abhandlung wieder, und wagte er wider alle Vernunft zu protestieren, so waren ihm die Lacher gewiss. Die Protestaktion, wie auch immer sie aussah, lastete man den unbotmässig Klagenden als Beweis eben jener von Abderhalden behaupteten Minderwertigkeit an. Da nützte kein Reklamieren oder, was nur selten passierte, kein Drohen, dafür sorgten, in einiger Brüderlichkeit, Abderhalden und Wasserfallen, der sich an solchen Forschungen ja auch beteiligte, aber seit seiner Dissertation keine weiteren Schriften publiziert hatte.

Wasserfallen bekam das ersehnte Denkmal, wenn er sich der Ehre auch erst als Pensionierter erfreuen sollte. Das Denkmal war der Dank einer Behörde, die an einer Reduzierung des Krankenguts in keiner Weise interessiert war. Darum kümmerte sich Wasserfallen, dem nicht das leiseste Krankheitssymptom verborgen blieb. Mit scharfem Blick belauerte er jede harmlose Geste, filtrierte aus jedem noch so harmlosen Wort Art und Schwere der Krankheit heraus, analysierte jedes Husten und Hüsteln, kurz, es gab keine Lebensäusserung, die ihm nicht krankheitsverdächtig erschien. In grotesker Verkennung des Harmlosen gerieten ihm alle zu Psychopathinnen und Psychopathen. Wer anderes diagnostizierte, gehörte zu den Ignoranten.

In seinem Pikettzimmer also machte sich Gottlob Abderhalden an die "Gemeinsame", um den Zeus festzuhalten, an dem er alle Macht verbraucht hatte im Bestreben, ihn zu bändigen. Er sass in dem kahlen Raum, hinter ihm war ein Bett aufgeschlagen, das nach getaner Arbeit Ruhe anbot. Aber Abderhalden hatte nicht im Sinn, das Bett zu benutzen. Abderhalden widmete vielmehr die Nächte seiner wissenschaftlichen Arbeit, um der Wurzel aller Minderwertigkeit auf die Schliche zu kommen. Diese Wurzel hiess erbliche Belastung. Folglich musste man bei den Vorfahren fündig werden, wollte man der Minderwertigkeit des Probanden einen Namen geben. Abderhalden hätte seine Abschrift auch zuhause tätigen können, es stand nirgends geschrieben, dass hierfür ein Pikettzimmer der einzig richtige Raum sei. Aber Abderhalden liebte die Nächte auf den Abteilungen, liebte diese dünnwandigen Pikettzimmer mehr als alles andere, die unfreundliche Atmosphäre machte ihm nichts aus. Zuhause erwartete Abderhalden eine Stille, der es an allen Geheimnissen mangelte, eine dumpfe Stille, ohne jede Überraschung, weil da niemand war, der sie mit ihm geteilt hätte. Manchmal traf ihn die Furcht vor dieser Stille wie ein Schlag ins feiste Genick, das trotz der Fettwülste sehr wohl sensibel war für derlei Schläge. Der Schlag führte dann jeweils zu Herzrhythmusstörungen und Atembeschwerden. Seine Hände pflegten solche Anfälle mit einem unangenehmen Zittern einzuleiten, bis dann der ganze Abderhalden zitterte und schwankte, ein riesiges Blatt im Wind, allein mit der Angst und dem verfetteten Herzen, dem hämmernden, rasenden, in Mutproben ungeübten. Mut gehört nun einmal zur Kür des Menschen. Abderhalden wich ihr aus, indem er eine Mehrzahl seiner Nächte im Pikettzimmer verbrachte und so der gefürchteten Stille zuhause ein Schnippchen schlug.

Die Stille im Pikettzimmer war von anderer Qualität, sie lag leicht und körnig über dem Raum, den Abderhalden beinahe füllte. Da war ein ständiges Summen in der Luft, ein erzählendes Wispern von den Ereignissen des Tages und manchmal von jenen der Nacht. Zwischen Krankenblättern, Blutdruckmessgeräten, leeren Kaffeetassen, vergessenen Pillenschachteln und Ampullen tummelten sich die Seelchen der Geister, über die sich Abderhalden in den Schriften normalerweise ausschwieg, obwohl sie seine Nächte freundlich begleiteten, manchmal sogar verschönten. Aufmerksam lauschend sass Abderhalden in solchen Augenblicken am Schreibtisch, das Gesicht glücklich verklärt, entspannt, die Koboldaugen geschlossen. Da war vom skurrilen Leid der Seelchen die Rede, von ihrem Bangen und Harren, vom gebeugten Rücken der Demut, von den Clownerien des Wahns und des Wahnsinns, so dass es eine Freude war, still und bescheiden die Nacht zu verbringen, den Wachzustand zu verlängern. Manchmal genügte ein Mittelchen, ein Wässerchen, sich über den Schlaf zu erheben; immer öfter aber bedurfte unser Nachtengel des aktiven Gesprächs mit den Seelchen der Geister, die sich so fröhlich um ihn scharten und wisperten und tuschelten. Meist eröffnete Abderhalden selbst das Gespräch, indem er die Seelchen herrisch anfuhr, sie sollten gefälligst nicht durcheinanderreden, ihr Gesumme lulle ihn ein, raube ihm die schlaflose Nacht, und es sei ein Gesetz der Höflichkeit auch für die Seelchen der Geister, sich zivilisiert auszudrücken und verständlich. An Wähnchen, ein besonders gewitztes Seelchen, war es dann, auf diese unschöne Zurechtweisung zu antworten. Wähnchen tat es mit feinem Charme, indem es den Abderhalden so zwickte und zwackte, dass dieser leise aufschrie vor Glück.

Wähnchen hatte besonders hübsche Geschichten auf Lager. Genüsslich erzählte es von einem, der auszog, das Fürchten zu lernen. Erzählte, wie dieser, auf einem harten und schmutzstarrenden Lager ausgestreckt, mit Peitsche und Katzenschwanz nicht zu bewegen war, sich zu fürchten, wie vielmehr der ganze Leib erschauerte ob der Peitschenhiebe, die rote Striemen auf ihm zurückliessen, der sich nach der Furcht sehnte.

Wähnchen, am Ende der Geschichte angelangt, behauptete stolz, als wäre dies sein Werk, dass sich der eine auf dem Lager, trotz unzähliger Wunden, an Händen und Füssen mit Eisenketten gefesselt, nicht der Furcht ergab, so sehr er auch wollte, so sehr er sich auch danach verzehrte. So viel Leid erschütterte den Nachtgänger regelmässig, so dass Abderhalden zu weinen begann vor Schmerz und Mitleid mit dem Unglücklichen, dem Verdammten. Abderhalden fühlte ein unbeschreibliches Weh, das ihn umhüllte und süsse Geborgenheit versprach.

An dieser Stelle trat regelmässig Paranoia auf den Plan, um ihrerseits die Geschichte weiterzuspinnen. Ihr Wisperstimmchen liess ihn noch tiefer erschauern, wenn sie bei den Zungen und Zünglein angekommen war, die den verwundeten Leib beleckten, wenn sie ihm, dem Zuhörer, den etwas rauhen Geruch eines nassen Felles hinzauberte, so dass es im Gaumen leicht kratzte und Abderhalden sich verhalten räuspern musste, um dem Hustenanfall zu entgehen, der sich anmeldete. Dem durfte er nicht nachgeben, wollte er die Abteilung nicht wekken. Abderhalden konnte die Zungen und Zünglein auf seiner Haut fühlen, wie er vorher die Wunden des einen auf dem harten Lager fühlte. Die Zünglein lockten, fuhren bald zart wie Blütenblätter über die weisse Abderhaldenhaut, bald rauh wie die Zunge eines Tieres; dann wieder plätscherten sie wie ein warmer Wasserfall seinen Gliedern entlang. Paranoia war besonders geschickt, ihr verdankte Abderhalden unzählige glückliche Stunden. Er betete sie an, wenn die Zünglein seinen freudlosen Körper berührten, ihn liebkosten, ihm schmeichelten, ihn wieder und wieder zum Helden machten, der er im wirklichen Leben nie war.

Der Seelchen waren viele, die Geschichten konnten mithin beliebig weitergesponnen werden. Da war Schizzerade, die kapriziöse. Sie führte Abderhalden ans Lager des Gefesselten, um ihn die Furcht zu lehren, das Sehnen des einen zu stillen. Oder Mania, die unerbittliche, mit ihrem reizenden Rezept, es immer und immer wieder zu tun, am Leib des Gefesselten, denn die Wiederholung, nur sie sei die Wegweiserin in die Furcht, die der Gefesselte so sehr begehrte. Abderhalden tat, wie Mania ihn geheissen. Gut fühlte es sich an, in das Schicksal des Gefesselten einzugreifen, ohne ihm je Erfüllung zu gewähren. Aber das Sehnen durfte kein Ende nehmen, es wäre das Ende der Geschichten gewesen, die Seelchen wären möglicherweise verstummt. Sie waren Abderhaldens Jungbrunnen, mit ihrer Hilfe erneuerte er die tagsüber verbrauchte Kraft. Machtvoll erhob er sich jedes Mal von seinen nächtlichen Ausflügen, bereit, es wie ein Held mit dem Minderwertigen aufzunehmen, das ihn umgab.

Auch in dieser Nacht unterhielt sich Abderhalden bis in die frühen Morgenstunden mit seinen Seelchen, ehe er sich an die "Gemeinsame" machte. Es waren besonders viele Seelchen zu

Gast in dieser Nacht, Abderhalden fühlte sich trotz der fortgeschrittenen Stunde erfrischt und hellwach.

Dass es erst jetzt zu dieser "Gemeinsamen" kam - immerhin befand sich Zeus bereits seit mehreren Monaten in der Anstalt -, hatte Gründe. Man wolle nicht dreinschlagen, gründlich untersuchen, meinte Wasserfallen immer wieder, wenn er sich an die Niederschrift eines Befundes machte. Das Gebaren Zeus' gab denn auch stets von neuem zum Staunen Anlass, so dass man alle bisherigen, provisorisch abgefassten Befunde über den Haufen warf und gezwungen war, mit dem Beobachten, dem Befinden und Begutachten von vorn zu beginnen. Zeus' Äusseres hatte sich seit seinem Eintritt kaum verändert. Er blieb das grossgewachsene, breitschultrige Mannsbild mit den kräftigen Gliedmassen, den muskulösen Beinen, die das Gehen gewohnt waren. Auch das breite, wie aus Stein gehauene Gesicht mit den anthrazitgrauen Augen, dem energisch vorgeschobenen Kinn, die straffe Haut über den hohen, wie Marmor durchschimmernden Jochbeinen - nichts von all dem hatte sich an Zeus verändert. Es blieb ihm auch der leicht ironische, müde Zug um die sinnlichen Lippen und der melancholische Schatten eines tiefsitzenden Verdrusses um die Augen, der wiederum den bitterbösen Missmut dieser Augen entschärfte. An seiner äusseren Erscheinung war nichts Drittklassiges, es sei denn, man bewertete seine absolute Nachlässigkeit in Sachen Kleidung, Nahrung und Schlaf als Ausdruck der Minderwertigkeit. Auch der brüllende Zeus veränderte sein Äusseres nicht merklich, er glich dann einem gespannten Bogen, bereit, das Geschoss haargenau ins Ziel zu bringen. Das Brüllen schien Zeus weder zu ermüden noch besonders zu bedrücken, wenn es vorbei war. Es verlieh ihm in den Zwischenphasen eine Friedlichkeit, die sanft wirkte, fast überirdisch. Abderhalden hätte sie gern als solche, nämlich überirdische vermerkt, wäre da nicht Zeus' Anspruch gewesen, Zeus zu sein. Diese Friedlichkeit war es, die Abderhalden und Wasserfallen zunehmend irritierte und verunsicherte, falls Irrenärzte vom Format der beiden einer solchen Verunsicherung überhaupt fähig sind. Darüber jedoch geben aus naheliegenden Gründen keine empirisch exakten Daten Auskunft.

Einer wie Abderhalden war um Antworten nie verlegen. Er schlug Wasserfallen vor, gerade diese Friedlichkeit als das Krankheitssymptom Nummer 1 zu werten. Dann waren da ja noch das Brüllen und Prügeln mit Kreuzen und andern Devotionalien, das Zerbrechen der Madonnen und Heiligen, die man zur Erbauung an die Wände geheftet und genagelt hatte. Und schliesslich blieb der absurde Name Zeus. Sich so zu nennen, wertete Abderhalden als eigentliches Sakrileg, als Auswuchs einer Krankheit, die das Minderwertige selbst war.

Von Zeus' Vergangenheit wusste man nach wie vor so gut wie nichts. Frühere Akten vermerkten viele Absonderlichkeiten, aber wenig über seine Herkunft, Schulbildung und über den Beginn der Krankheit. Die Bemerkung Zeus', dass ihm das Leben selbst zur Krankheit geworden sei, tat Wasserfallen seinerzeit als krankhaftes Hirngespinst ab und zog keine weiteren Schlüsse daraus hinsichtlich des Allgemeinzustands seines Probanden.

Abderhalden lagen demzufolge nur dürftige Angaben zur frühen Kindheit Zeus' vor: Dem Vater attestierte man eine seltsame Vorliebe für das braune Gedankengut (wieder ein Zwiebelbuch, dachte Abderhalden missmutig, und wie denn eine solche Attestation zur Behauptung Zeus' passt, Zeus zu sein), die Mutter soll sanft und arbeitsam gewesen sein. Zeus soll seine Schulzeit in einem braunen Internat verbracht, von dort geflohen sein und sich in der Pariser Sorbonne immatrikuliert haben. Über den Studienverlauf gaben die Akten nur spärlich Auskunft. Kein Abschluss, stand da lakonisch. Also ein Versager, das passte. Dann waren da noch die Leidenschaft für Berge und ein eigenartiger Hang zur Schwärmerei für pulloverstrickende und kofferradiohörende Mädchen erwähnt. Auch der Vorfall in der russischen Botschaft war verzeichnet. Von seinem Aufenthalt in Stuttgart hingegen hatte Zeus selbst einmal erzählt, als er in friedlicher Stimmung war. Es schien Abderhalden eine besonders verwerfliche Geschichte. Immerhin, eine Uniform zu klauen, war kein Bubenstreich. Schliesslich fand sich an Verwertbarem noch die Geschichte von Innsbruck in den Akten, eine merkwürdige Geschichte, die jeder Logik entbehrte.

Abderhalden sortierte das Material auf seinem Schreibtisch, man musste damit auskommen, schliesslich konnte man sich zusätzlich auf die eigenen Beobachtungen stützen. Über diese hatten Wasserfallen und er während der Tage nach der scheusslichen Sache im Aufenthaltsraum gestritten, um sich endlich auf eine "Gemeinsame" zu verständigen.

XXII.

Die gewesene Kurzwarenhändlerin Kunigunde Waser gehörte zu den bevorzugten Forschungsobjekten nicht nur Gottlob Abderhaldens, auch Bonifazius Wasserfallen konnte sich nicht satt forschen an ihr. Ihre Herkunft gab Stoff für viele Spekulationen über das Minderwertige, und ihr wiegender Gang bestätigte Abderhalden die eigene These, dass solchem Gesindel die Minderwertigkeit in den Schritt geschrieben sei. Ihre gelegentlichen Anfälle von Atemlosigkeit, die ihr schliesslich zum Verhängnis wurden, waren Gegenstand zahlreicher akademischer Gespräche. Sie dienten nicht nur dem ausgeprägten Wissensdrang zukünftiger Anthropologen und Irrenärzte, sondern waren nicht zuletzt ein nie versiegender Quell heiterster Erbauung für einschlägige Stammtischrunden und wissenschaftliche Kongresse. Abderhalden pflegte mit solchen Anekdoten seine Zöglinge aufzumuntern - den Lehrstoff versüssen, nannte er es und zitierte Kunigunde Waser manchmal vor seine Klasse, um sie mit folgenden Worten vorzustellen: Hier sehen Sie das Mitglied der dritten Generation einer degenerierten Sippe, die ich das Glück hatte, während Jahren beobachten zu dürfen. Schauen Sie sich die Dame genau an. Schenken Sie ihrem Gang besondere Aufmerksamkeit, beachten Sie das sanfte Wiegen in den Hüften (brüllendes Gelächter der munteren Schar), die dunklen Augen, beachten Sie vor allem den kaum angedeuteten Silberblick. Die Jugend, der Sie angehören, nennt ihn meines Wissens auch Schlafzimmerblick (anzügliches Kichern der männlichen Schüler, weibliches Erröten). Betrachten Sie die ungeschlachte Gestalt und den trotzigen Mund, nehmen Sie vor allem den gewitzten Blick zur Kenntnis, das eigentliche Markenzeichen moralischen Schwachsinns. Ich sage Ihnen, meine Damen und Herren, und ich bitte Sie, meiner langjährigen Erfahrung zu vertrauen (Abderhaldens gewichtiger Leib vibriert vor Erregung): Das Wesen des moralischen Schwachsinns besteht in dem bestechenden Eindruck, den er zu erwecken versteht, kein solcher zu sein. Der moralisch Schwachsinnige stellt eine scheinbare Intelligenz und einen Witz zur Schau, die ihn auf den ersten Blick als einen völlig normalen Menschen erscheinen lassen. Aber gerade diese scheinbare Intelligenz, dieser Witz weisen ihn als das aus, was er ist: ein moralisch Schwachsinniger.

Ehrfürchtige Gläubigkeit in den Augen des angehenden Anstaltspersonals, in den Augen der Schülerinnen glomm da und dort etwas wie Mitleid - oder ein leises Grauen? - auf. Hier angelangt, konnte sich der Pädagoge Abderhalden seines Erfolgs gewiss sein, begann doch an dieser Stelle, wie aus einem Drehbuch geschnitten, die Kurzwarenhändlerin Kunigunde Waser regelmässig mit ihrem Part, stand, schwer atmend, vor der gelehrigen Klasse, die Fäuste geballt, das Gesicht angstverzerrt, den Körper schüttelten Krämpfe. Als halte sie der Leibhaftige selbst in den Klauen, wand sich die Kunigunde, verzweifelt nach Luft schnappend, ein Röhren und Keuchen malträtierten die empfindlichen Ohren der Schülerinnen und Schüler, bis endlich ein markerschütternder Schrei das Schauspiel beendete und Kunigunde Waser, gleichsam ausgewrungen, aufs äusserste erschöpft, in sich zusammenfiel und ohnmächtig wurde. Gelassen beobachtete Abderhalden die ehemalige Kurzwarenhändlerin, triumphierend stach er dann mit dem rechten Zeigefinger in die Luft, als müsste er seinen ärgsten Feind, den moralischen Schwachsinn, mit dem eigenen Finger erdolchen. Ängstlich wich jetzt die Klasse zurück. Abderhalden erhob seine Fistelstimme zum Finale, einem furiosen Allegro maestoso: Der Beweis, meine Damen und Herren, der Beweis meiner Ausführungen liegt Ihnen zu Füssen. Betrachten Sie ihn als Geschenk an die Jugend, der Sie angehören. Die Welt braucht gesunde Menschen wie Sie; das Minderwertige, Kranke, Abnorme auszumerzen: Seien Sie sich der grossen Aufgabe bewusst, die Sie als zukünftiges Anstaltspersonal erwartet. Ihnen wird dereinst das Volkswohl anvertraut.

Vier kräftige Schüler schleppten die ohnmächtige Kunigunde Waser aus der Aula, etwas gehemmt ob des warmen, wehrlosen Körpers in ihren jungen Händen, auf den unschuldigen Gesichtern ein stolzes Blitzen, war man doch soeben zum Ritter aller Hoffnung geschlagen worden.

Kunigunde Waser kannte bessere Tage in der Heil- und Pflegeanstalt Narrenwald. Die besseren Tage ihres Zwangsaufenthalts fielen in die erste Zeit, als sie, noch unverbraucht, zuversichtlich an ein Ende dieser Tage glaubte. Wie eine Nestflüchtige hatte sie sich verhalten, bereit, den Weg gehen zu lernen, der aus der Anstalt führte, aus diesem Nest, das sie nicht selbst gewählt hatte und das, unwirtlich, wie es war, so gar nicht zum Verweilen lud. An Herz und Seele frierend, fern ihrer Kinder, die ja auch eines warmen Nestes bedurften, jenes, das sie einst war, lernte sie zu gehen, fasste sie jedes Loch ins Auge, das Freiheit versprach. Die Nestflüchtige Kunigunde Waser lernte das Flüchten, um ihrer Aufgabe, Nest zu sein, gerecht zu werden. Aber das verstand die Anstaltsleitung nicht und schon gar nicht das subalterne Personal, das ausreichend beschäftigt war mit dem Verteilen von Pillen und Wässerchen, dem Baden der Patientinnen und Patienten, dem Ärzterapport und dem schnellen Zwitschern in den Stallgebäuden, bis das Verteilen von Pillen und Wässerchen zur Schmach wurde, zum eigentlichen Hürdenlauf über Vergesslichkeiten und Missverständnisse, die wiederum den Schutzbefohlenen zugute kamen. Der Handel mit diesen Missverständnissen und Vergesslichkeiten blühte.

Kunigunde lernte den leisen Gang, das leise Sprechen, sie lernte, Wünsche und Hoffnungen von den Augen des Personals abzulesen. Sie ertrug die enge Kammer ebenso stoisch wie die tägliche Arztvisite, das dümmliche Wangentätscheln Wasserfallens, die gefistelten Ungereimtheiten Abderhaldens. Gehorsam schluckte sie Pille um Pille, erlitt sie Spritze um Spritze, selbst das Komazimmer betrat sie freiwillig, ein Ruf genügte. Hatte sie nicht aus dem Mund des Anstaltspfaffen vernommen, dass auch Jesus am Erlittenen Gehorsam lernte und so zum Urheber allen Heils wurde? Wie hätte sie wissen können, sie, die von den Gepflogenheiten des Wirtslandes ohnehin wenig oder nichts begriff, dass nicht das ungebührliche Berühren den Körper schwächt, wie die Kirche behauptet - der sie, wie alle andern, einmal wöchentlich die Referenz zu erweisen hatte -, sondern dass es der Gehorsam ist, der schliesslich die Kräfte bodigt, die sie auf ihrer Flucht so notwendig gebraucht hätte.

Wie konnte Kunigunde Waser wissen, dass nichts, kein noch so untertäniger Gehorsam jene Tür zu öffnen vermögen würde, die sich hinter ihr geschlossen hatte. Der moralische Schwachsinn, auf jede harmlose Geste, auf jeden Ausdruck des Trotzes, des Witzes, auf jedes Wort anwendbar, ob geflüstert, geschrien, gestottert oder gestammelt - dieses Attest wurde der Kurzwarenhändlerin Kunigunde Waser zum Totenhemd, zum Schlüssel, der nur in das Schlüsselloch einer einzigen Tür passte, der Tür ins Jenseits.

Zuhören. Auch das Zuhören hatte die Kunigunde in den bessern Tagen fleissig gelernt, ja sie hatte das Zuhören zur Kunst erhoben. Stundenlang sass sie auf der Bettkante, das Gesicht in sich gekehrt, stumm, während ihre Bettnachbarin Rosa Zwiebelbuch, etwas zutraulicher geworden, ihr, der Kunigunde, von der Tragödie ihres Lebens erzählte, für die sie keinen Namen hatte. Auch die Rosa Zwiebelbuch hatte ja bessere Tage, ehe sie verstummte, weil man ihr das Gehirn zerstörte, ihr das Wissen aus dem Gehirn brannte und schliesslich dieses Wissen, da das Ausbrennen keinen offensichtlichen Erfolg zeitigte, wie einen unerwünschten Fötus abzutreiben versuchte, mit dem Eispickel herausoperierte und in die Mülltonne warf. Dass da Rückstände blieben, stellte sich erst Jahre später heraus. Es ist halt mit einem Eispickel nicht abzuschätzen, was seine tödliche Spitze an Feinheiten des Wissens erreicht. Aber das, und dies ist nun eine empirisch gesicherte Tatsache, kümmert keinen Lobotomisten. Hauptsache, es herrscht Ruhe im Stall.

Rosa Zwiebelbuch sah, erzählend, ihrer Bettnachbarin Kunigunde Waser nicht ins Gesicht, ins abgekehrte. Die Nachrichten aus der Vergangenheit waren nicht an sie gerichtet. Rosa Zwiebelbuch erwartete weder Trost noch Vergebung. Sie erinnerte sich auch nicht mehr an die ersten Tage und Nächte, als ihr die Kunigunde beistand mit ihrem zuverlässigen Körper, sie in den Schlaf sang, das Gesicht mit den fremden Augen in ihrem, Rosas Haar vergraben. Eines Tages hatte sie zu sprechen begonnen, nicht Kunigundes wegen, die geduldig auf der Bettkante sass; redend wollte sie den Wörtern Gewähr verleihen, dass sie blieben und sie überlebten. Das war in den bessern Tagen so, dass noch geredet wurde, nicht nur in der Anstalt der Rosa, weil alles Wissen hinausdrängt, die Welt zu befruchten. Das Wissen des Teufels drängt ebenso hinaus wie das Wissen der Engel, das Wissen ist der einzig nachweisbare Gral des Menschen, ein heiliges Gut, das der Pflege bedarf.

So redete Rosa, als ihr das Wissen noch nicht genommen war. Sie redete und redete, bis die Wörter zu gewaltigen Bildern wurden, sich aufbäumten gegen eine furchtbare Leere, welche die Rosa zu verschlingen drohte. Die Wörter tosten und brausten durch das enge Zimmer, in immer wechselnden Gestalten und Rhythmen lösten sie den Raum auf, der weder Rosas noch Kunigundes Zuhause war. Mal schäkerten sie in den Ritzen und Fugen der Wände, trieben ihr Spiel, bis diese brüchig und durchlässig waren, mal stemmten sie die Gipsdecke in die Höhe, so dass Rosa den Sternenhimmel sah. Ab und zu verlor sie den Boden unter den Füssen, blickte hinein ins Grab des Bübchens, das einst an ihrer Brust verging; ins Grab des Kindes schaute die Rosa, es herzend und wiegend und innig bittend, dass es ihr verzeihe.

Wenn Rosa Zwiebelbuch redete, blieb der Himmel stumm, das Licht der Sterne war von einsamer Gleichgültigkeit wie die langen Nachtstunden Abderhaldens, der ein Rezept gefunden hatte, sie zu ertragen.

Kunigunde Wasers abgekehrtes Gesicht verriet nicht, ob sie das Gehörte überhaupt vernahm. Still sass sie auf der Bettkante, keine Bewegung störte den Redefluss Rosa Zwiebelbuchs. Damals, in den bessern Tagen, war etwas von dem Trotz noch immer sichtbar in Kunigundes Augen, das trotzige Aufbegehren einer Eingesperrten, die nach Freiheit dürstete. Geschäftig ordnete Kunigundes Gehirn das Gehörte, ohne die Bilder zu verstehen, nicht den Sternenhimmel und nicht das Grab des Bübchens, von dem die Rosa erzählte. Da Rosa nicht für Kunigunde redete, konnte es egal sein, was diese empfand bei all dem Gehörten. Das Erzählen war ein Akt der Selbstbehauptung, der Rettungsring des Wissens, die Begnadigung kurz vor der Urteilsvollstreckung. Wenn Rosa erzählte, als sie noch erzählte, band sie sich vom Strick, an dem sie hing und der sie zu ersticken drohte. Beim Grab angekommen und beim toten Söhnchen, wurde es allerdings auch der Kunigunde Waser weh ums Herz. Die Kinder wiegend, sassen sie sich gegenüber, jede die Trauer der andern schauend. Das Wiegen des Liebsten tröstete ihre gemarterten Leiber, die noch frei waren vom Wissen um die letzte Marter. Wer im Vorhof zur Hölle sitzt, ergibt sich nicht selten dem Irrtum, sie sässe in der Hölle selbst und sei am Ende angekommen - eine fatale Missdeutung. Sie verringert die notwendige Weitsicht, den fremdbestimmten Fall in die Hölle aufzuhalten.

Die Rosa, das Söhnchen, Wasserfallens Rosa, gelegentlich Gebenedeite, des toten Sohnes Schmerzensmutter - fröhliche Irrtümer, mit dem Befehl ausgestattet, die Rosa der Rosa zu erhalten. Das war einmal. Mit dem verschwundenen Irrtum verlor sich die Rosa, damals im Aufenthaltsraum, als die Rosa der Rosa das Auge ausbrannte, IHM zum Zeichen sich zeichnend, der Aufgabe harrend, die ihrer wartete. Das Wissen kehrte zurück in die Hirnwindungen der Rosa. Sie wehrte sich nicht, nahm es ergeben, mit dem Wissen der Rosa, die sie einst war. Unter den Augen Wasserfallens und Abderhaldens formten die Rückstände ein Ganzes, besiegten den Eispickel, der einmal so brutal in das Wissen der Rosa einschlug und doch die Höhle verfehlte, wo sich das Wissen tatsächlich aufhielt und lange Zeit stumm blieb, so sehr bangte es um sein Leben. Das Wissen feierte Auferstehung, wenn Rosa auch nicht glücklich werden konnte dabei. Es war ein Sieg ohne Jubel. Die Beseitigung aller Irrtümer legte den Schmerz frei, den Rosaschmerz. Für Rosa war es unerträglich, mit der Rosa den Körper zu teilen, der ihr verblieb.

Aber Rosas Kräfte, und dies war unübersehbar, wuchsen und wuchsen mit dem zunehmend starren Blick, den sie in jedes Auge tauchte, in die Augen des Personals ebenso wie in die Augen ihrer Leidensgenossinnen. Nichts vermochte sie zurückzuschleudern in die Zeit der Stille im Gehirn.

XXIII.

Don Ricardos früheres Leben als das bessere zu bezeichnen, wäre verwegen. Wenn einer von Kindsbeinen an geradezu ausersehen war, den harten Weg der Busse zu gehen, dann war es Don Ricardo, der Tag für Tag psalmodierend den Korridor der Männer E auf und ab schritt. Das Auf und Ab in den Gängen hatte Don Ricardo, mit richtigem Namen Mauro Malapensa, ebenso frühzeitig gelernt wie das Psalmodieren und das Kreuzeschlagen. Mama Malapensa galt in ihrem Dorf als Meisterin des Gebets und der Strafen, wobei sie letztere in unerbittlicher Gerechtigkeit nicht nur Mauro, dem Jüngsten, sondern all ihren sechs Kindern angedeihen liess. Dabei spielte keine Rolle, wer denn nun gegen das mütterliche Gesetz verstossen hatte, oft genügte Mamas unstillbare Sehnsucht, die Ihren im Staub zu sehen, sie zu demütigen. Getreu Hiobs Jubel, dass glücklich der Mensch sei, den Gott strafe, strafte Mama Malapensa, was die Faust hergab und die Phantasie. Sie war das Schwert Gottes, das die Kinderseelen mit Furcht und Schrecken schlug, und sie war das Auge Gottes, mit einem weltumfassenden Blick ausgestattet, der in alle Winkel und Ecken des Reichs drang, dem sie ihren Willen aufzwang.

Don Ricardo schritt zum dreiundzwanzigsten Mal den Korridor ab, als die Stimmen kamen und wisperten. Lange hatte er sie nicht mehr gehört, hatte sogar geglaubt, sie hätten sich von ihm abgewandt, ihn verlassen. In den letzten Tagen, seiner Schuld gewiss, traf Don Ricardo verschiedene Vorkehrungen, sie zu tilgen, den sündigen Körper peinigend zu läutern, damit sie versöhnt wiederkämen, die Stimmchen und Stimmen, ihm Gesellschaft zu leisten im Gefängnis, das sein armes Gehirn war. Während des gestrigen Rundgangs hatte ihm eine Glasscherbe einladend ins Auge geleuchtet, und er hatte sie diskret in der Hosentasche versenkt. Das Unternehmen war nicht einfach. Umständlich kniete sich Don Ricardo nieder, ein kalter Wind blies ihm feinen Schnee ins Gesicht - der erste Schnee fiel dieses Jahr schon im November, wenn er richtig gezählt hatte, musste es der elfte sein. Mit dem wirbelnden Pulverschnee im Gesicht verlor er beinahe die Scherbe aus den Augen, schob diese dann, wiedergefunden, unter den rechten Schuh, pedantisch den Schnürsenkel bindend, bis er die Gelegenheit wahrnahm (der Begleitposten schäkerte gerade mit Zeus, der jedoch mürrisch schwieg), sie unauffällig in die Hand nahm und in die Hosentasche steckte. Ächzend erhob sich Don Ricardo, nicht ohne ein listiges Lächeln. Er hatte die Ungläubigen übertölpelt, dieses Gesocks, das dereinst in die ewigen Höllenqualen eingehen würde. Weil Don Ricardo sein Domizil im Wachsaal hatte, war es schwierig, die Scherbe in Sicherheit zu bringen. Der Wachsaal wurde, wie sein Name verrät, Tag und Nacht bewacht, so dass man äusserst schlau und geschickt vorgehen musste. Ein harmloses Unwohlsein vortäuschend, liess sich Don Ricardo gegen Abend seine tägliche Pillenration, die vor allem der Triebreduktion diente, frühzeitig verabreichen, passierte schlurfend den Wachtposten und legte sich behutsam auf das weissgestrichene Eisenbett, dessen Seitengitter hinuntergeklappt waren. Don Ricardos Träume waren oft von erlesener Grausamkeit, so dass man ab und zu die Gitter hochklappen musste, wenn sein Schreien und Sichwinden gar zu arg wurden, um ihn vor Knochenbrüchen, Prellungen oder Schlimmerem zu bewahren.

Die Wache beschäftigte sich mit einer Illustrierten. Don Ricardo wunderte sich immer wieder von neuem über den eitlen Ausdruck, den diese Beschäftigung auf den Gesichtern des Personals erzeugte, den gleichen Ausdruck, den es beim täglichen Wiegehtesunsdennheute annahm. Er schob die Scherbe vorsichtig unter das Bettlaken, wo sich, er fand die Stelle auf Anhieb, zu seiner Linken ein Loch im Matratzenstoff befand, gross genug, um das scharfkantige Glas hineinzustopfen. Seine Bemühungen erforderten einiges Geschick, es war riskant, es unter den Augen - die zwar in eine Illustrierte vergraben waren, aber jeden Augenblick auf ihn gerichtet sein konnten - des Wachtpostens zu wagen. Don Ricardo fiel erschöpft in die Kissen und entspannte sich.

Solche Risse fanden sich in fast allen Matratzen, grössere und kleinere, je nach dem Gegenstand, den der Bettinhaber darin zu verbergen trachtete. Pornohefte fanden ihr Versteck in den Matratzen ebenso wie gestohlene Zigarren, die aus weiss Gott was für Gründen verboten waren, Streichhölzer, Feuerzeuge, gehortete Medikamente, heimlich befleckte Taschentücher, Zeitungsausschnitte, Fotos von fernen Freundinnen, Brotkanten, Nägel und Feilen aus der Ergotherapie, Schnüre, Briefmarken und Briefe von Angehörigen, Haarlocken, Hasenpfoten, Rosenkränze, Kugelschreiber und andere Unentbehrlichkeiten, die der Schwarzmarkt in Narrenwald zu bieten hatte oder aber zum intimsten Gut des Bettinhabers gehörten. Die Nachttische wurden vom Anstaltspersonal weit öfters durchforstet als die Matratzen. Diese fielen nur alle paar Wochen einer, dann aber gründlichen Razzia zum Opfer, was dann meist zu Tumulten der Eigentümer führte, die sich verständlicherweise nicht leichtfertig plündern lassen wollten. Nach solchen Razzien wurden die Matratzen restauriert, einige wiesen Dutzende von Flickstellen auf. Sparsam, wie in der Heil- und Pflegeanstalt gehaushaltet wurde, bedurfte es schriftlich begründeter Gesuche in fünffacher Ausführung, irreparabel beschädigte Matratzen zu ersetzen.

Don Ricardo lag auf dem Anstaltsbett und rief nach der Mutter, Mama Malapensa. Mit der zeitlichen Entfernung von seiner Gebärerin hatte sich die Dauer dieses Vorgangs auf ein Minimum reduziert: Don Ricardo rief, Mama Malapensa kam. Sein Bewusstsein hielt Zwiesprache mit den Tiefen des Unterbewusstseins und beförderte alsbald eine Erinnerung herauf, derer sich Don Ricardo bediente, um Mama Malapensa auf den Plan zu rufen. Die täglichen Medikamente hatten ihre Funktion als Blockierer längst verloren; statt dessen enthemmten sie den Harntrieb Don Ricardos und lockerten den Schritt, so dass Don Ricardo beim Auf und Ab in den Gängen mehr einer von unsichtbaren Fäden dirigierten, grotesken Puppe glich denn einem menschlichen Wesen, das sich harmonisch zu bewegen weiss. Während Don Ricardos Auf und Ab in den Gängen tat man gut daran, sich nicht in seiner Nähe aufzuhalten, wollte man die eigene Haut und die Knochen unbeschädigt durch den Tag retten. Dabei war Don Ricardo keineswegs gewalttätig, im Gegenteil, er war von sanftestem Gemüt und keiner Gewalttat fähig. Er wäre sonst nicht Pippergers bester Freund geworden, der Berührungen hasste, vor allem gewalttätige Berührungen, und sich deshalb jeweils während Ricardos Marathon durch den Korridor der Männer E betrübt in eine Ecke drückte. Das wiederum bedrückte Don Ricardo, der seinem Freund von Herzen zugetan war und ihm so viele Psalmen gewidmet hatte, dass er sie nicht mehr zählen konnte.

Die heutige Erinnerung grüsste etwas burschikos. Don Ricardo erschrak, weil sie ihn ungeniert Mauro nannte, zwei guttural hervorgestossene, melodiöse Silben, wie sie nur die Menschen seiner Heimat so lieblich aussprachen. Die Erinnerung war besonders dazu angetan, dem Liegenden Mama Malapensa zu vergegenwärtigen. Da er sie heute verzweifelt dringend brauchte, um Rat für sein Vorhaben zu erbitten, sich auf einzigartige Weise für seine Untreue gegenüber den Stimmchen und Stimmen zu bestrafen, beschleunigte Don Ricardo den Vorgang noch um einige Sekunden und legte sich bereitwillig auf den heissen Kachelofen, wie ihm Mama Malapensa mit sanfter Stimme befahl.

Der geblümte Kachelofen war, nebst der in seiner Heimat üblichen offenen Feuerstelle, die einzige Wärmequelle im Haus. Aus dem Rohr stieg dem kleinen Mauro der verlockende Duft eines Apfelkuchens in die empfindliche Bubennase, so dass er beinahe den Ernst des Augenblicks vergass und gewillt war, den Duft als ein gutes Omen zu betrachten. Aber die heissen Kacheln brannten schmerzhaft auf der Haut, und Mauro biss tapfer die Zähne zusammen. Es widersprach seiner Fairness, bereits beim Vorspiel schlappzumachen, es verdarb der Mutter die Strafzeremonie, die sie offensichtlich nicht entbehren konnte. In der mütterlichen Hand glänzte ein scharfkantiges Stück Glas von der Weinflasche, die Mauro frühmorgens, als er schlaftrunken in die rauchgeschwärzte Küche getaumelt war, mit den ungeschickten Füssen umstiess und zerbrach. Der Wein floss über den buckligen Granitboden, Mama Malapensa schrie, das habe er keiner Toten zuleide getan, das werde er ihr büssen müssen, auf den Knien. So holte er sich denn nach Schulschluss unaufgefordert ein Scheit aus dem penibel geometrisch aufgeschichteten Scheiterhaufen, kniete nieder in den Schnee, bis ihm das Holz tiefe Kerben in die zarten Bubenknie schnitt und er beinahe in den Schneematsch fiel, in den von Hunden und Katzen verkoteten Schneematsch vor dem Haus der Malapensas. Mauro wusste, er durfte nicht aufgeben, 100 mal hatte er die 10 Gebote aufzusagen, ehe es ihm gestattet war, halb ohnmächtig zwar, aber tränenlos, stark in Gemüt und Willen, die Stätte der Busse zu verlassen. Danach dröhnten ihm die vielen Dusollstnicht noch lange unter der Schädeldecke, der Reigen der hämmernden Schläge wollte kein Ende nehmen.

An diesem Tag gelang es Mauro nicht, die Schuld abzutragen, und das hatte seinen besonderen Grund. "Non desiderare la moglie del tuo prossimo", stotterte Mauro gehorsam, um dann tapfer das knapper formulierte "non commettere adulterio" hervorzustammeln. Das kleine Gehirn vermochte nicht zu fassen, was denn um Christi Willen einen Ehebruch mit einer zerbrochenen Flasche verband, und über das Begehren wusste der Bub nicht Bescheid. Im zarten Alter von sieben Jahren war es ihm nicht vergönnt, das Beben und Zittern unter den Schlägen der Mutter zu verstehen; es trieb ihm ohnehin die Schamröte ins Gesicht und zeugte von Schwäche, wie Mama Malapensa vorwurfsvoll kreischte, die Schwäche bemerkend und stärker zuschlagend, bis Mauro die Hose einnässte vor glückseligem Weh, wenn die strafende Mutterhand endlich ruhte.

Weil Mauro das Beten nicht recht gelingen wollte ob all des inneren Fragens, wies ihn die Mutter an, den heissen Kachelofen zu besteigen. Die Hitze versengte ihm die Haut, und aus dem Rohr stieg dem Buben der Duft des Kuchens in die Nase; nachlässig über den Stuhl geworfen lagen Hemd, Hose und Jacke. Einsam und zitternd lag Mauro auf dem Ofen, der stärker zu glühen schien, die Last zu verbrennen, die ihm aufgebürdet wurde. Hinter der Mutter knieten Mauros Geschwister; die Hände gefaltet, beteten sie an seiner Statt zu Gott, dem Herrn und dem, der sagte: "Onora tuo padre e tua madre, perché si prolunghino i tuoi giorni nel paese che ti dà il Signore, tuo Dio." Die kleinen Gesichter blickten zu Boden, sanft leuchteten die jungen Stirnen in der feuchten Wärme der Stube, und Mama Malapensa schrie mit, skandierend, Onora tuo padre e tua madre, Onora, Onora, Onora. Der ganze Bubenkörper schien zu schreien, schrie Onora, Onora und wieder und wieder, bis das Brennen der heissen Kacheln unerträglich wurde und Mauro das Mal nicht mehr spürte, das Kreuz auf dem weissen Bubenrücken, von der Mutterhand für immer eingeritzt mit der Glasscherbe. Langsam verdickte das Bubenblut auf den geblumten Kacheln, bis es braun wurde, das sündige Blut vom sündigen Leib, den Mutter Malapensa unter Fluchen geboren hatte, weil da noch einer mehr dazukam, der das Brot wegfressen und die Hose vollscheissen würde, und weil sie schon genug Bambini im ärmlichen Haus beherbergte.

Weil Mauro die Angewohnheit hatte, bei solchen und ähnlichen Bestrafungen das Gesicht dem kleinen Fenster zuzukehren, an der Hüftflanke der Mutter vorbei und über die Köpfe der betenden Geschwister hinweg, sah er den Vater vorbeigehen. Einen Augenblick schien es, als steckte dem Vater das Kreuz im schwarzen Haarschopf: Er tauchte exakt in der Mitte des Fensters auf, wo über dem Fensterrahmen das Kreuz hing mit dem leidenden Herrn Jesus, der für alle gestorben war und dem er, Mauro, Gehorsam schuldete in alle Ewigkeit, amen. Der Vater würde ihn nicht erlösen, der schwieg, der ergab sich den mütterlichen Buss- und Bettagen wie seine Kinder. Nur ab und zu verschwand er im Dorf und beim Roten. Dann weinte der Vater, verschüttete Wein und Selbstmitleid und betete, dass ihm seine Schwäche vergeben werde beim Wein, den er schlürfte und anschliessend kotzte. Wie sein Sohn, der nach bestandener Prüfung ergeben kotzte, wenn ihn die grosse Schwester behutsam vom Ofen nahm und die geröteten Stellen salbte, die schmale Kinderbrust, den Bauch und das zarte Bubengeschlecht, ehe sie weinend die kreuzförmige Wunde küsste und lange das Opferlamm in ihren Armen barg.

Die Erinnerung hatte, trotz ihres forschen Auftretens, Mitleid mit dem zitternden Don Ricardo, dem das Bettlaken jetzt nass am Rücken klebte. Sie zog sich zurück und erliess ihm den Blick in die elterliche Wohnstube, wo, Tage später, derselbe Mauro breitbeinig auf der Ofenbank stand und rächend den halbverrosteten Militärsäbel des Vaters über dem Scheitel der grossen Schwester schwang, einem Erzengel gleich. Finster blickte der Bruder der Schwester in die verweinten Augen, bis ins schwesterliche Herz drang sein unbändiger Zorn. Ich werde dich totschlagen, sagte er, dann sind alle Sünden gerächt und Mutter endlich zufrieden, Stellvertreterin eines Gottes, den er, Mauro, nicht begriff.

Das gemarterte Bewusstsein verliess Don Ricardo, lange hatte er sich im Inferno aufgehalten. Aber mit einem Jubel auf den Lippen schlief er ein, wieder einmal, sagte er sich, hatte er überlebt und die erhofften Anweisungen erhalten, seine Untreue zu sühnen. Nur, diesmal kamen seine Freundinnen, die Stimmen und Stimmchen, bevor er sich hätte tatkräftig entschuldigen können. Anderntags waren sie da, und Ricardo dünkte es ein extra festlicher Tag, war er doch von jedem Fehl befreit und ohne Busse der Freundschaft für gut befunden, die ihn mit den Stimmen und Stimmchen verband. Selig torkelte Don Ricardo den Korridor auf und ab, schlenkerte wild mit seinen Armen und Beinen, psalmodierte besonders hell und innig, bis ihm Zeus, der am Rauchertischchen beim Fenster sass und regungslos hinausgestarrt hatte, ein Bein stellte, so dass er mit einem jämmerlichen Quietschen zu Boden fiel.

XXIV.

Er sei, erzählte Don Ricardo seinem Freund Pipperger unter vier Augen, der grossen Schwester nicht an die Gurgel gesprungen und habe deren Haut nicht beschädigt, auch nicht mit dem Säbel des Vaters. Man habe sein stilles Amüsement gehabt beim Säbelrasseln ob der Angst der Schwester, beim Anblick des schlotternden Mädchens. Die habe gar innig gefleht und gezittert, grad wie die Blätter der Kastanie vor dem Haus im Wind, dem rauhen. Der habe halt öfter geblasen, auch drinnen im Haus der Malapensas. Die Spitze der Kastanie übrigens, die Baumkrone, sei seine Heimat gewesen als Bub, mit Bäumen lasse sich leben. Er sei dann später, nach seinem sechzehnten Geburtstag, dem letzten im elterlichen Haus, in die Stadt gezogen, um Baumeister zu werden. Aber, und hier stockte Don Ricardo auch nach Jahren des Erzählens, es habe nicht klappen wollen, das Lernen, und vom Privaten rede man am besten gar nicht, da sei alles schiefgelaufen bei ihm, trotz des Fleisses, den er für beides aufgebracht habe, für die Schule und abends fürs Private, das eigene Gemüt und das der andern. Dem Säbel des Vaters habe er nicht widerstehen können, den habe er zwischen Hose und Hemd im Koffer versteckt und mit in die Stadt genommen, in den Dschungel, murmelte Don Ricardo dem Pipperger beschwörend ins Ohr.

Und da sei das Kreuz mit den Kreuzen gewesen.

Erst seien ihm die vielen Kreuze nicht aufgefallen. Man habe andere Sorgen gehabt, neu in der Stadt, noch nicht einmal richtig angekommen. Aber dann hätten die Erscheinungen überhandgenommen, nachdem er sich, in einem Anfall von Heimweh, das seiner Kastanie galt und nicht der Mama Malapensa, am Kreuz der Zwiefaltenkirche, der benediktinischen - er, Pipperger, wisse schon, das sei die Kirche an der Siebergasse -, über dem Jesus festgebunden habe, diesem Gesellschaft zu leisten in seiner Not. Und in Not sei er, Ricardo, ja auch gewesen mit seinem Heimweh. Kühl habe er sich angefühlt, der Gottessohn, habe sich an seinen brennenden Rücken geschmiegt, mit dem er den Jesus zu wärmen gedachte. Kühl und etwas verloren, wie ja Christus überhaupt etwas verloren wirke dort in der Zwiefaltenkirche. Der Seitenaltar, so sei ihm gewesen, symbolisiere das Exil, das sie, JesusamKreuz und er, DonRicardoamKreuz, zusammen und als Geächtete einmütig bewohnt hätten. Für kurze Zeit der eine, denn man habe ihn unsanft vom Kreuz genommen und gleich in die Psychiatrische Klinik Burgknebel eingeliefert. Dort sei er, und er wisse nicht wie, in einen Tiefschlaf gefallen, aus dem er erst zwei Wochen später erwacht sei. Wieder entlassen, berichtete Don Ricardo, während sie beide im Toiletten- und Baderaum der Männer E auf den Ochsnerkübeln sassen und fröstelnd an ihren Zigaretten saugten, die sie sich täglich von der Tagesration für die schlaflosen Nächte aufsparten, habe dann das Kreuz mit den Kreuzen erst richtig begonnen. Überall habe er nur noch Kreuze gesehen, sie gewittert wie ein Spürhund das Wild in den Wäldern. Der Leib Christi, an diese Kreuze geschmiedet, habe ihn dermassen gedauert, dass er nicht umhin gekonnt habe, ihn vorsichtig von den Kreuzen zu lösen, ihn in Tücher zu hüllen und zu beten. Ein Unwissender könne sich keine Vorstellung von der Vielfältigkeit solcher Kreuze machen. Kreuze aus edelsten Hölzern gebe es ebenso wie Kreuze aus einfachster Tanne, schmiedeeiserne Kreuze, Kreuze aus Silber und Gold, aus Elfenbein, Hirschhorn und Knochen, Kreuze aus Kunststoff, Papiermaché, aus Salzteig und gebranntem Ton, Kreuze aus Granit, Sandstein und Schiefer. Kreuze aus allen Epochen der Erde, am besten hätten ihm die barocken gefallen. Fein zisilierte Arbeiten ebenso wie grob gehauene, Kreuze, reich verziert mit Granaten und Türkis, Lapislazulikreuze. Und erst Jesus. The hanged man, mal einfältig leidend, die Augen zum Himmel verdreht, wo kein Vater ist, wie es in Ricardos Leben ja auch keinen gegeben habe, zumindest keinen anwesenden Vater, mal selig lächelnd, der Jesus. Das Lendentuch einmal geknüpft, dann wieder locker um die magere Hüfte geschlungen. Jesus aus Gold, Jesus aus Silber, Jesus aus Eisen und Holz oder aus braunem Plastik wie einige der Kreuze, Jesus in gotischen Formen und Jesus als Jugendstilleiche, Jesus in strengem Romanisch und Jesus als heiter beschwingter Rokokojüngling, Jesus in allen Farben, mal arabisch dunkel, dann wieder germanisch blond, Jesus so mannigfaltig wie das Leben selbst, wie die Menschen, die ihn zu ihrer Erbauung erfanden. Anfänglich habe er den Jesus an Ort und Stelle vom Kreuz genommen, er sei aber zweimal dabei erwischt worden, was beide Male zu unschönen Scherereien und Bussen geführt habe. Schliesslich, vorsichtiger geworden, habe er die Kreuze kurzerhand in seine Mansarde verbracht, wo er ja auch das Werkzeug aufbewahrt habe, um seinen Dienst an Jesus zu leisten. Nein, er habe nicht alle Kreuze stehlen müssen, einige, die auf Flohmärkten als wohlfeile Devotionalien angeboten worden seien, habe er aufgekauft und somit redlich erstanden. Aber man müsse wissen, dass so ein Stift, wie er damals einer gewesen sei, nur ein Taschengeld verdiente, ausgenutzt, wie er wurde, und dieses Taschengeld habe in Gottes Namen nur für wenige Kreuze gereicht. So sei er, den Dienst an Jesus im Auge, zu stehlen gezwungen gewesen.

Was es an Werkzeugen brauche, um der Vielfältigkeit der Kreuze gerecht zu werden, auch davon könne sich ein Laie kein wirklichkeitsgetreues Bild machen. Da brauche es Stemmeisen jeder Grösse, Zangen und Zänglein, ein komplettes Schraubenzieherset ebenso wie grosse Hämmer, kleinere und kleinste. Das Werkzeug habe er, wie einige der Kreuze, auf Flohmärkten zusammengekauft und teilweise reparieren oder vervollständigen müssen, da es, durch Alter und unsorgfältige Behandlung arg abgenutzt, seinen Ansprüchen nicht immer genügt habe. Schliesslich sei man dem Jesus einwandfreie und saubere Arbeit schuldig gewesen. Man habe auch, nachdem das Werk jeweils vollbracht gewesen sei, den Leib Christi gewissermassen noch einmal gewaschen und gesalbt, vor allem die metallenen Leiber mit Schmierseifenwasser und Maschinenöl behandelt. An den Körpern aus Ton, Salzteig und Papiermaché allerdings habe er sich aus naheliegenden Gründen nicht vergriffen, man sei schliesslich kein Barbar. Am Ende hätten die Leiber, in seiner Mansarde zu wahrhaft gigantischen Bergen aufeinandergeschichtet, Anlass zu täglichen Andachten gegeben, die er, Don Ricardo, psalmodierend und kniend ins Antlitz Christi versunken, gewissenhaft absolviert habe. Keine Stunde sei ihm zu schade gewesen. Nachts sei er um des

Gebets willen aufgewacht, so wie er auch den Arbeitsplatz immer öfter habe verlassen müssen, um seiner Frömmigkeit mit Gebeten ein Ventil zu verschaffen. Da der heilige Zweck auch die Mittel heilige, sei ihm sogar die Mannschaftstoilette auf der Baustelle recht gewesen, den Namen des Herrn zu preisen.

Und das sei ihm zum Verhängnis geworden. Frömmigkeit dürfe es in solchen Zeiten nicht geben, das vertrage das Nihilistische dieser Zeiten eben nicht und nicht sein Lohnherr, der habe nach der Polizei gerufen. Widerstandslos sei man dem Ruf des Herrn gefolgt und habe sich abführen lassen, nicht ohne Singen und Beten und all die Lobpreisungen, die ein Christ dem Erlöser schulde. Hier winkte Ricardos Freund regelmässig ab, den Rest der Geschichte hatte er selbst miterlebt. Don Ricardo, erinnerte sich Pipperger, war auf den Knien in die Männer E gerutscht, Abderhalden im Schlepptau, dem vor Vergnügen die kleinen Äuglein überliefen. Unter Absingen ekstatischer Hymnen und Anrufungen rutschte Don Ricardo über die Türschwelle der Männer E, selig, endlich heimgefunden zu haben, des sicheren Hafens, der eine psychiatrische Anstalt gelegentlich sein kann, gewiss. Und weil der kleine Mauro nicht mehr Mauro gerufen werden wollte, wurde aus Mauro Ricardo, Don Ricardo, der betend und Hymnen singend die Abteilung bald einmal nervte, so dass man auf Abhilfe sann und sie in der Anwendung mehrerer Stromstösse ins Gehirn des jungen Malapensas auch fand. Leiser wurden Don Ricardos Gebete und Hymnen, bis er nur noch murmelnd, ja flüsternd des Herrn gedachte, dem er, konsequent und unwiderruflich, sein Leben geweiht hatte.

Wenn Zeus an jenem Tag dem Psalmenmurmler Don Ricardo ein Bein stellte, hiess das nicht, Zeus hätte eine besondere Aversion gegen den Frommen entwickelt. Zeus kümmerte sich nicht um seine Leidensgenossen, ihre Befindlichkeiten interessierten ihn nicht. Jeder Neugierde abhold, vermied er es auch, persönliche oder gar freundschaftliche Bande zu knüpfen. Seiner Art entsprach die Angewohnheit, ab und zu etwas zu tun, dem man nicht auf den Grund kam, einfach so, wie andere ja auch Granaten auf eine unbekannte Grösse verschiessen oder am genetischen Code eines Menschen herumlaborieren, damit daraus Unvorhersehbares entsteht, ganz nach den Launen des Zufalls. Dem Zufall ist auch die Wirkung eines Schocks überlassen, sei er nun durch eine Überdosis Insulin hervorgerufen oder durch Stromstösse ins Gehirn; von der Wirkung des chemischen Knebels ganz zu schweigen. Zeus' Attacken waren so zufällig wie sein Wort, das er ab und zu an den einen oder andern richtete, um dann, mitten im Wort oder das Wort noch auf der Zunge, in ein Gelächter auszubrechen, das jeden derart Angesprochenen erschütterte.

Solche Zufälligkeiten bedürfen keiner empirischen Daten, um die Richtung zu weisen, sie gedeihen wie die Lilien auf dem Felde unbeschwert und ohne Zweifel. Wäre Don Ricardo nicht vor Zeus in die Knie gefallen, er, Zeus, hätte gleichmütig gelacht und den Vorgang nicht wiederholt. Hätte Don Ricardo den Fuss des Zeus geschickt umgangen, Zeus hätte es ihm weder gedankt noch wäre es ihm eingefallen, den Unbotmässigen zu verfluchen. Was er tat, tat er um seiner selbst willen, unprätentiös und ohne Arg. Dass aber Don Ricardo zu Boden gerissen wurde von seinem, Zeus' Fuss, dass er in die Knie ging, wie es sich vor einem wie ihm gehörte, das erfreute Zeus einen kurzen Augenblick lang, trotz des unangenehm hohen Quietschens des unfreiwillig Gefallenen. Wieder einmal hatte der Zufall ein Ereignis gebracht, das die Eintönigkeit des Alltags durchbrach, man war, das sei zugegeben, mit den Jahren bescheiden geworden.

Dass Pipperger den sanften Ricardo ins Herz geschlossen hatte, wurde auf der Abteilung mit einigem Misstrauen beobachtet. Das Personal fühlte sich durch solche Freundschaften bedroht, sah sich von Verschwörungen umzingelt, die nur dem einen Ziel zu dienen schienen, seine Autorität zu unterhöhlen, damit es in seiner Wachsamkeit nachlasse, dem Krankengut Gelegenheit bietend, die Sau rauszulassen, wie man es nannte, bis die ganze Abteilung eine Judenschule..., auch dieser Begriff war gebräuchlich. Die Einsamkeit der Kranken, die langen Nächte im Anstaltsbett, die unzähligen Stunden im Korridor, das monotone Auf und Ab in den Gängen, das alles kümmerte weder Personal noch Direktion. Abderhalden pflegte über den sentimentalen Firlefanz seines Fundus zu sinnieren und schrieb diesen Befund auch gleich in die Krankenblätter: krankhafte Selbstüberschätzung beim einen, unangenehme Weinerlichkeit beim andern, und oft lieferten ihm die schüchtern geäusserten Einsamkeitsgefühle den wissenschaftlichen Beweis der Krankheit selbst, an der der Fundus litt.

Dem Pipperger war seine Anhänglichkeit nicht auszutreiben, die beiden waren zusammen, so es die Tageszeit zuliess, und wenn auch dem Pipperger jede Berührung unangenehm einfuhr, war doch zu spüren, dass sich die zwei über alle Massen mochten. Damit ärgerten sie das Personal, das immer wieder auf Abhilfe sann. Ohne Erfolg, denn auch eine längere Trennung der beiden konnte die fürsorgliche Freundschaft, die sie füreinander aufbrachten, nicht zerstören. Sie war der Quell ihres gemeinsamen Lächelns ebenso wie ein ständiger Ansporn, in der Anstalt auszuharren. So lehnte es Pipperger ab, in eine Aussenstation überführt zu werden, wo er mehr Freiheit genossen hätte und ab und zu ein Glas Wein gestattet gewesen wäre oder auch eine Zigarre, was zum Leidwesen der Eingesperrten nur dem Anstaltspersonal vorbehalten blieb. Und Don Ricardo, dem man einen Platz im Altersheim seiner Heimatgemeinde anbot, den man dazu ermunterte, das Geschenk mit dankbarem Herzen anzunehmen, weinte und lamentierte bitterlich, bis man vom Vorhaben abliess und Ricardo dem Pipperger als Freund erhalten blieb. Don Ricardo blieb dem Pipperger auch dann noch freundschaftlich verbunden, als er zunehmend und schliesslich ganz aufging in seiner heroischen Aufgabe, ihm und nur ihm zu dienen, Christus im Herrn. Das Gedächtnis verwischte die Spuren seines Werdegangs ebenso mitleidig, wie ihm das Bewusstsein den Blick in die Gegenwart gnädig verwehrte. Er hätte mit beidem nicht weiterzuleben gewagt.

XXV.

Rosa Zwiebelbuch hatte, wie alle Frauen in der Anstalt, auf den Männerabteilungen nichts oder nur selten etwas zu suchen, ja diese zu betreten, war den Frauen unter Strafandrohung verboten. Das Verbot jedoch galt nicht für den Aufenthaltsraum, der Männern und Frauen zur Verfügung stand und den diese trotz seiner Schmucklosigkeit rege benutzten. Der Salon, wie die Kranken ihn nannten, diente auch den Besuchenden als Empfangsstätte, falls sie sich mit ihren Angehörigen nicht in den Korridoren der verschiedenen Abteilungen, in den wenigen privaten Zimmern oder im Wachsaal unterhalten wollten. Unterredungen hinter verschlossenen Türen sah man ohnehin nicht gern, sie gaben zu absurdesten Befürchtungen ebenso Anlass wie die seltenen Freundschaften unter den Patientinnen und Patienten.

Verwandte, die auf dem Recht einer Privatsphäre für die Gespräche mit ihren Angehörigen - andere Besuche wurden von der Direktion nicht gestattet - beharrten, waren sowieso rar. Bekanntlich umgibt die Irren eine Aura des Unbegreiflichen, des Unberechenbaren, sogar Besessenen, und Furcht ist's, die ihre Nächsten erschauern lässt, wenn sie die exotische Einsamkeit der Irren mitten ins Herz trifft. Da wird der Bruder dem Bruder zum Schwert, die Schwester der Schwester, die Mutter dem Vater und umgekehrt. Zum Schwert, das in die verborgenen Möglichkeiten der Zukunft verweist. Da möchten sie alle vergehen, so gross ist die Furcht vor dem eigenen Irresein, möchten den Welten entgehen, die ihnen in den Augen der Irren entgegenstarren, sie einladen, diese Welten zu bewohnen, zu entdecken, noch ehe der Morgen graut. Die Besuchenden graust's vor dem Wissen in den Worten der Irren, vor dem Wissen und dem Leid, das den Bruder, die Schwester, den Vater, die Mutter bei lebendigem Leib auffrisst, verschlingt. Und sie sehen, dass dort, wo sie meinten, es sei nichts, sehr viel ist, aber alles unanständiges Zeug, das sie unter Verschluss halten, weil's halt grauslich ist, dass der Vater die Mutter, die Schwester den Bruder, der Bruder den Bruder und überhaupt, wild durcheinander. Die sagen's, die Irren, 's ist ihnen in die Seele geschrieben, das Wissen. Sie breiten's geschwätzig aus vor den Augen der Verängstigten, die mit dem Leid und dem Wissen der Irren Verstecken spielen: Huhu, da bist du, und dann hauen's ab und erzählen den andern Verwandten, dass sie einen Abstecher in die Hölle gemacht hätten, die so ein Irrenauge ist mit dem sabbernden, plappernden, zischenden, keuchenden, labernden, geifernden Greisenmund darunter, auch bei den Jüngsten. Verwandte sagen Verwandten und allen Bekannten, dass die Ärmste, der Ärmste mehr und mehr zerfalle, eingehe, dass die Ärmste, der Ärmste kaum mehr bei sich sei. Sie reden wie von einer Safari in der Wüste Gobi, und der Bruder, die Mutter, der Vater, die Schwester, sie sind das Tier, die Beute. Reden vom Aussersichsein der Irren, als ob das wahr wäre, dass den Menschen das Leid von der Seele trennt. Denn die, die Irren sind wahrhaftig und ganz bei sich, so ganz, dass sie's nicht aushalten bei sich und dem Leid, dem krakenarmigen. Die rennen gehetzt mit sich rum und kommen nicht weiter, bis endlich, nach Jahrtausenden vielleicht und trotz des Leids und des Rennens, Frieden herrscht im vernebelten Gehirn, der Spielwiese Wasserfallens und Abderhaldens. Wenn's denen beliebt, gönnen's dem subalternen Personal auch noch ein Grashälmchen unter dem Holzschuh, dem klobigen.

Der Bruder, die Mutter, der Vater, die Schwester draussen, die verstehen die Welt nicht mehr, wenn jemand der Ihren sich abmeldet, der Welt den Rücken kehrt für immer. Die fegen das Gesocks nicht von den Stühlen, das Direktorenpack von der Spielwiese. Sie möchten schon, können nicht, denken sich's aus in schlaflosen Nächten, krempeln die Wahrheit um, bis sie keine mehr ist: das macht die Furcht vor den Wirren im Irrgarten Gehirn des Bruders, der Mutter, der Schwester, des Vaters. Sie sind alle gelähmt, die Gäste, schicken Schokolade und Bonbons den Nächsten, bis sie sie endlich vergessen und die Welt wiederkehrt, die unverstandene, als eine bemerkenswert unkomplizierte, wo am eigenen Verstand nicht zu zweifeln ist. Weil das so ist, befolgen Verwandte und Angehörige den Rat, sich ihren Verirrten nicht hinter verschlossenen Türen zu nähern, sie nehmen dankbar den Aufenthaltsraum in Besitz.

Da sitzen sie breit und behäbig, manchmal selbst etwas verwirrt und verirrt oder ängstlich, trinken mit spitzen Mündern den schalen Kaffee aus dem Kaffeeautomaten, schielen zum Nebentisch und konstatieren, dass die dort Sitzenden um einiges unrichtiger im Kopf sind und preisen sich froh deswegen, machen sich aus dem Staub, kommen nie mehr zurück.

Rosa Zwiebelbuch wurde am 21. Dezember 1982 zweimal aus ihrem Dämmern herausgerissen. Das erste Mal geschah es zu früher Morgenstunde. Die Ergotherapeutin war eine Aushilfe, die man kurzfristig eingestellt hatte, nachdem die eigentliche Ergotherapeutin sang- und klanglos abgehauen war und die Patientinnen der Frauen C im Stich gelassen hatte. Die Last, so hiess die Neue, wusste von den Gepflogenheiten der Insassinnen wenig und von Rosa Zwiebelbuch gar nichts. Sonst hätte sie sich nicht auf die Frauen C bemüht und den Versuch unternommen, der Rosa die Ergotherapie mit ihren Basteleien wärmstens zu empfehlen. Etwas hilflos stand sie vor der ruhenden Rosa, die partout nicht aufstehen wollte und von Basteleien nichts hielt. Früher ja, in den ersten Jahren ihres langen Anstaltsaufenthaltes hatte man da und dort noch zugegriffen und sich nützlich gemacht, hatte Bettlaken und Uniformen zusammengenäht, manchmal auch die Abteilungsböden geschrubbt und gebohnert, auch mal im Garten mitgeholfen. Aber, das war man sich schuldig, man hatte sich nicht mit Unnützem abgegeben, wollte für den Fleiss einen Preis sehen, den man herzeigen konnte. Rosa Zwiebelbuch hatte sich in all den Jahren tapfer geweigert, Peddigrohr, Wollreste, Ton oder Teppichflicken in Dinge zu verwandeln, die man gegen Ende des Jahres beim Weihnachtsbasar verkaufte.

Ungehalten starrte Rosa Zwiebelbuch mit ihrem einen Auge Frau Last an. Ihr riss schier der Geduldsfaden, weil das Bitten und Anbieten Frau Lasts so sanft auf sie herunterrieselte, obwohl sie doch, wie ihr selber schien, gar grimmig und abweisend dreinschaute. Schliesslich gab es die Ergotherapeutin mit einem resignierten Schulterzucken auf, noch länger in Rosa zu dringen, sie würde sich später bei Wasserfallen oder Abderhalden über die Verstocktheit der Zwiebelbuch beschweren. Im

Zimmer 21 sei sie das letzte Mal gewesen, sagte sich die Erboste, nachdem sie energisch die Tür hinter sich zugeworfen hatte. Erleichtert drehte sich Rosa Zwiebelbuch zur Wand, weiterdösend zog sie die Beine an, so dass sie wie ein zu grosser, schwerer Fötus aussah.

Als Rosa Zwiebelbuch an diesem Tag, dem 21. Dezember, zum zweiten Mal aufgeschreckt wurde, kehrte sie sich nicht zur Tür. Also sprach Wasserfallen zum Rücken der Rosa. Sie habe Besuch, sie werde erwartet, sie solle sich geschwind auf die Socken machen, er warte im Aufenthaltsraum.

An dieser Stelle ist anzumerken, dass Rosa während ihrer langen Jahre in der Anstalt kein einziges Mal Besuch empfangen hatte, abgesehen von dem Advokaten, der sie seinerzeit verteidigte, als ihr das Söhnchen an der Brust im Weh verging. Weil der die Rosa pflichtgemäss und demnach als ein vom Staat in die Pflicht Genommener verteidigen musste, gab er sich nicht viel Mühe, die Rosa vor dem Schlimmsten zu bewahren. So kam es, dass sie, statt ein paar lumpiger Jährchen Geissplatz, lebenslänglich erhielt, was man bei Gericht allerdings anders nannte, nämlich einen zeitlich unbeschränkten Zwangsaufenthalt in einer geeigneten Nervenklinik, wofür meist nur die Kantonale in Erwägung gezogen wurde, da sie die kostengünstigste Regelung garantierte.

Bonifazius Wasserfallen schob das Kinn, eine Spur Unmut verratend, energisch vor und hiess die Rosa aufstehn, den könne man nicht einfach warten lassen, den Adolf Stauch. Der habe sich von Stuttgart hierherbemüht, die Rosa zu besuchen, ein feiner Herr mit Manieren sei der.

Rosa Zwiebelbuch pflanzte den geschundenen Körper vor Bonifazius Wasserfallen auf, schweigend starrte sie ihm ins Gesicht wie damals im Aufenthaltsraum, wo jetzt Adolf Stauch wartete und etwas verloren den schmucklosen Raum betrachtete.

Adolf Stauch. Rosa Zwiebelbuchs Gehirn reisst sich gewissermassen am Riemen, um das Gehörte zu verstehen, alte Verhängnisse vorsichtig abtastend bis hin zu Stauch, eine verwischte Erinnerung im armen Kopf mit all dem Unrat, den andere zurückliessen. Sie will vorstossen, nicht klein beigeben beim Absuchen des Namens, Adolf Stauch. Schnaubend vor Anstrengung jetzt setzt Rosa zum Verstehen an, bricht immer wieder ein. Hat kein Auge, das sähe, dieses verdorrte Gehirn unter der Schädeldecke. Es scheint Rosa, als berste sie, die Decke, sie kann nichts halten, nicht das Gehirn, es ist wehrlos, madenzerfressen. Trotzig versucht sie's wieder, die Rosa Zwiebelbuch, will vordringen zur Meldung. Es gelingt nicht.

Beinahe sanft nimmt Bonifazius Wasserfallen die Rosa am Arm, er hat das Ringen gesehen im gesunden Rosaauge, und die Rosa ächzt auf und geht mit, geht an der Seite Wasserfallens zur Tür, an den Frauen vorbei und am Personal der Abteilung C. Sie möchte fliehen, kann nicht, kann dem müden Körper nicht befehlen, eine andere Richtung zu nehmen, rennend davonzusterben vielleicht. Sie gehorcht.

Adolf Stauch hatte, entgegen der etwas kühnen Behauptung Wasserfallens, nicht nur wegen Rosa Stuttgart verlassen. Ein Sonderauftrag führte ihn hierher, und während der Bahnfahrt, kurz nach Schaffhausen, fasste er den Entschluss, bei dieser Gelegenheit Rosa Zwiebelbuch zu besuchen, nachdem er im Gasthaus Heilige Drei Könige abgestiegen sein und dem Kunden zu seiner vollsten Zufriedenheit gedient haben würde. Er folgte einem inneren Auftrag, den zu erfüllen Adolf Stauch allen Mut kostete.

Der Augenkünstler hatte Rosa Zwiebelbuch nicht mehr gesehen, seit er als Zeuge vor Gericht stand und diesem mitteilte, dass ihm die Rosa lieb und teuer war. Sie habe fleissig gedient, sagte er dem hohen Gericht, grad so, wie er seinen unglücklichen Kunden diene. Sie habe ihm das Atelier sauber gehalten, gemäss seinen Vorschriften die Augen regelmässig und mit sanfter Hand gereinigt. Geschwätzig sei sie nie gewesen, die Rosa. Ihr Privatleben sei ihm fremd geblieben bis zu jenem unseligen Tag, als sie die Rosa aus der Pension Zum Blauen Engel geholt und in die Heimat abgeführt hatten, um sie zu bestrafen. Es sei natürlich viel geklatscht worden damals, an der Seifertgasse. Er, Adolf Stauch, habe das Gehörte kaum glauben können, so ungeheuerlich war es und gar nicht nach dem Charakter der Rosa, den er schätzte. Die sei von erhaltendem Gemüt gewesen, habe zum Morden sicherlich nicht getaugt, und, wer weiss, es handle sich vielleicht um einen Unfall, von der Art, wie sie ja öfters mal vorkommen, ohne dass gleich an einen Mord gedacht werde. Man solle sich die Rosa einmal anschauen, erbärmlich schaue sie aus mit der gehäuften Last auf den jungen Schultern, nein, ob denn das hohe Gericht nicht sehen könne, dass da keine Mörderin vor den gnädigen Herren stehe, ein armer Mensch vielmehr, den das Schicksal gar arg gebeutelt habe. Aber die hohen Herren unterbrachen Adolf Stauchs Redefluss und hiessen ihn schweigen, es sei nicht an ihm, zu entscheiden, was eine Mörderin auszeichne, um sie als solche zu erkennen. Der Rosa nützte das Plädoyer Adolf Stauchs ebensowenig wie die halbherzigen Verteidigungsversuche des Advokaten, das Gericht befand sie für schuldig.

Seither hatte Adolf Stauch Rosa nicht mehr gesehen, sie nicht im Exil besucht aus Angst, sie würde ihn verfluchen, ihn, der sie nicht hatte retten können trotz seiner flammenden Worte. Gedacht hatte er an sie, oft bedauernd, weil ihm kalt war ums Herz und im Atelier, die sie beide so fürsorglich gepflegt hatte. Erst jetzt, nach den vielen Jahren, wollte er nachholen, was er getreulich vor sich hergeschoben und ängstlich vermieden hatte, den längst fälligen Besuch in der Heil- und Pflegeanstalt Narrenwald, wo die Rosa mehr gelebt wurde als lebte, denn ein solch jämmerliches Leben ist kaum Leben zu nennen. Er, Adolf Stauch, war nun bereit, seinen Auftrag endlich zu erfüllen, auch sein Leben war kein richtiges Leben mehr seit dem Tag, den der Augenkünstler Stauch immer nur DENTAG nannte.

XXVI.

Adolf Stauch war noch immer mit jener merkwürdigen, unnachahmlichen Güte ausgestattet, einer allumfassenden Güte, die auch Bonifazius Wasserfallen in seinem Quirinal nicht ausschloss, wohin sich die beiden Männer zurückgezogen hatten, um die Gründe für den Besuch des Fremden zu besprechen. In den vergangenen Jahren hatte sich die Güte auf dem Gesicht des Augenkünstlers Adolf Stauch ein Nest geschaffen, Spuren hinterlassen, tiefe Kerben und Furchen. Ein Netz von Falten und Fältchen überzog das stille Gesicht, machte auch vor den Rändern nicht halt.

Das sehe ihm ähnlich, sagte Adolf Stauch, dass er vergessen habe, an ein Präsent für den Doktor zu denken. Doch Bonifazius Wasserfallen wehrte bescheiden ab, man dürfe keine Geschenke annehmen, man sei ein Beamter, an die Gesetze des Staates gebunden, dem man diene.

Was denn Herrn Stauch in die Anstalt führe.

Die Rosa sei es, Rosa Zwiebelbuch, er sei ihr noch immer von Herzen gut und wolle sie gern sehen. Für sie allerdings, für die Rosa habe er ein ganz besonderes Präsent bereit, nicht umsonst habe er sich die Mühe gemacht, den Kasten da mitzuschleppen, der zu seinen Füssen lag.

Bonifazius Wasserfallen klärte Adolf Stauch über die in der Anstalt üblichen Besuchsregelungen auf und dass es eigentlich nicht gestattet sei, ihn, Stauch, zu bevorzugen. Da nun aber die Rosa Zwiebelbuch, von ihrer Verwandtschaft gänzlich verlassen, seit ihrem Antritt nur einen einzigen Besuch empfangen habe, einen Advokaten, auf den das Wort Besuch nur mit grössten Vorbehalten anzuwenden sei, der habe seine Mandantin als Pflichtverteidiger in der Strafsache Söhnlein ja selbstredend besuchen müssen, könne man vielleicht eine Ausnahme machen, wenn er, Adolf Stauch, sich etwas eingehender erkläre.

Über die Strafsache Söhnlein, beeilte sich Stauch zu antworten, wisse er alles, er habe persönlich als Zeuge vortreten müssen und alles getan, die Rosa Zwiebelbuch zu entlasten, von der er nicht habe glauben wollen, dass sie eines Verbrechens überhaupt fähig sei. Sie sei doch ein einfältiges Gemüt gewesen, die Rosa, grad so, wie es dem Herrn Jesu lieb gewesen wäre, hätte er sie gekannt; ja, der Herr Jesu hätte die Rosa Zwiebelbuch mit Sicherheit zu sich erhoben, an seiner heiligen Brust getröstet, aber der könne nicht überall sein, und so habe er unglücklicherweise die Rosa übersehen, worauf sie hinuntergestiegen sei in die Verzweiflung.

Warum er denn Rosa Zwiebelbuch seine Gebenedeite nenne, wollte Adolf Stauch wissen, als Bonifazius Wasserfallen diese Ungewöhnlichkeit scherzhaft und ganz nebenbei erwähnte. Also erzählte ihm Wasserfallen vom Wahn der Rosa, den Gottessohn geboren zu haben. Wasserfallen erzählte vom Tod Jakob Zwiebelbuchs ebenso wie vom Auge der Rosa, dem ausgebrannten, vergass nicht das Kunstauge zu erwähnen, das Rosa Zwiebelbuch bei ihrem Antritt auf sich trug und nach der unschönen Geschichte im Aufenthaltsraum so energisch zurückverlangt habe, dass man es ihr aushändigte, um die Kranke zu beruhigen. Und Wasserfallen erzählte auch, dass Rosa jetzt unbeirrt in die Augen des Personals und des Krankenguts starre; mit ihrem verbliebenen Auge starre sie dermassen, dass es einem kalt den Rücken hinunterlaufe, auch wenn man Bonifazius Wasserfallen heisse. Dass sie die Unterwürfigkeit abgestreift habe, als harre ihrer eine Aufgabe, eine letzte, grosse am Ende ihres Lebens, das so unglücklich verlaufen sei.

Was es mit dem Kunstauge auf sich habe, könne er, Wasserfallen, nicht sagen, aber vielleicht möchte er, Adolf Stauch, Näheres darüber berichten.

Ob er sich während seines Studiums mit den alten Griechen beschäftigt habe, fragte der Augenkünstler Adolf Stauch sein Gegenüber, was diesem eine unwillige Röte ins Gesicht trieb. Stauch, für jede noch so geringfügige Veränderung auf den Gesichtern seiner Gesprächspartner empfänglich, entschuldigte sich sofort und faltete bescheiden die Künstlerhände, als wollte er nicht nur seine impertinente Frage, sondern sich selbst zurücknehmen, um den Doktor nicht zu erzürnen. Man habe so viel in den Kopf stopfen müssen, meinte er lächelnd, da könne das eine oder andere schon untergehen, wenn es nicht mehr gebraucht werde. Er, Stauch, habe sich mit Leidenschaft und über lange Jahre mit der griechischen Mythologie beschäftigt, sie sei sein Lebensborn, sein eigentlicher Lebensgrund, ohne den er sich erbärmlich unzweckmässig fühlen würde. Bereits in der Unterschule seien ihm die griechischen Götter ans Herz gewachsen, so menschlich dünkten sie ihn, mit ihren fröhlichen Intrigen und Kraftmeiereien, dem dröhnenden Lachen, das jeder Schändlichkeit - Adolf Stauch gebrauchte das Wort absichtlich, um seinen Erklärungen den notwendigen Saft zu geben - folgte. Die Sittengeschichte der Götter sei dazu angetan, den Menschen besser zu verstehen, denn der Mensch habe sich sein Ebenbild in den Göttern geschaffen und sie mit allen Attributen der Schwäche, des Ehrgeizes, der Wankelmütigkeit, der Gewinnsucht, des Grössenwahns ausgestattet, so dass einem das Herz hüpfe beim Studieren. Ihn, Stauch, habe das Studium der griechischen Göttergeschichten geduldiger gemacht, mitmenschlicher. Heute, nach den vielen Jahren intensiven Studiums, sei ihm keine menschliche Schwäche mehr fremd, und er habe zu verzeihen gelernt. In seinem Beruf sei das wichtig, erläuterte der Künstler, man habe es mit aller Gattung Leut' zu tun, und jeder habe ein Anrecht auf sein Kunstauge, ob Mörder oder Dieb, Zuhälter oder Hure, Lümmel oder Lackel. Das Studium der griechischen Göttergeschichten habe ihn in die Kunst der Umgänglichkeit eingeführt, der Lebenswandel des Göttervaters insbesondere sei dazu angetan, sich in dieser Kunst zu üben. In seiner göttlichen Bösartigkeit habe der ein Chaos geschaffen, das seinesgleichen suche. Man erinnere sich nur seiner Ehebrüche und Betrügereien, die bald einmal jeden Gott gegen jeden andern Gott aufbrachten, jede Göttin gegen die andere, und er, Vater Zeus, habe darob nur gebrüllt vor Lachen, so sehr sei es ihm recht gewesen, dem göttlichen Maniaken.

Seine wichtigsten Erkenntnisse über den Menschen, so Adolf Stauch, habe er schliesslich in die Kunstaugen geschmolzen und Zeus, dem menschlichsten aller Götter, in seiner Freizeit eine ganze Serie gewidmet, um diesen zu verehren. Dem habe er keine noch so harmlose Betrügerei nachgesehen, alle seien sie in den Kunstaugen verewigt, festgehalten von seiner Künstlerhand. Liebevoll habe er Geliebte um Geliebte in die Augen geschmolzen, jede in ihrer Eigenart, alle aber hingebungsvoll und beglückt ob der Manneskraft, die sie einst befruchtet habe.

Adolf Stauch hielt inne. Nie in seinem Leben hatte er eine Rede gehalten, er gehörte eher zu den aufmerksamen Zuhörern. Schwätzereien waren ihm fremd. Das Erzählen hatte ihn ermüdet, und er erbat sich von Wasserfallen ein Glas Wasser, um den trockenen Mund zu spülen.

Diese Kunstaugen habe er, das verstehe sich ja wohl von selbst, nicht verkauft. In Silberschalen geborgen, die mit dem Namen der jeweiligen Geliebten des Göttervaters verziert waren, seien sie in seinen Glasschränken gelegen, um Kunden und Gäste zu erfreuen. Und hier nun müsse er Bonifazius Wasserfallen noch einmal in die griechische Göttergeschichte zurückführen, damit dieser verstehe, was ihn zuerst und vor allem bewogen habe, die Anstalt aufzusuchen, wo die Rosa Zwiebelbuch lebe, das unglückliche Ding.

Ob er, Wasserfallen, sich an die Prophezeiung des Prometheus erinnere, dass nämlich Zeus von einer Frau entmachtet werde, sofern er sich ihr hingebe und diese schwängere? Das kurze, die Frage offenbar bejahende Aufleuchten in Wasserfallens Augen nicht beachtend, wiederholte sich Adolf Stauch eindringlich, gerade so, als ob davon sein Glück abhinge, das bekanntlich ausnehmend wankelmütige. Besagte Prophezeiung sei nicht zuletzt der Grund dafür gewesen, dass Prometheus länger als notwendig an den Felsen geschmiedet und den grausamen Schnabelhieben des Adlers ausgesetzt gewesen sei. Während Jahrhunderten habe Zeus alles versucht, den sanftmütigen, aber willensstarken Titan zu erpressen: den Namen der Frau oder Du-hängst-ewig-am-Felsen. Prometheus hatte die Strafe für seinen Frevel - Sie wissen, Doktor, den Diebstahl des Feuers, das er den Menschen brachte - längst verbüsst und musste doch weiter hängen, den Vogel nähren. Nun, schliesslich sei es dem Göttervater zu langweilig geworden ob all des Strafens, das ihn derart absorbierte, dass keine Zeit mehr blieb für andere göttliche Unternehmungen. Also erhob er den Prometheus erneut in den Olymp und reichte ihm verzeihend die göttliche Hand. Bei einem Bankett der Erlauchten habe dann Prometheus endlich den Namen der Frau verraten, die Zeus zu seinem Sturz in den Abgrund bestimmt war: Thetis, die schönste aller fünfzig Nereiden, Tochter des weisen Nereus. Sie werde einen Sohn gebären, orakelte Prometheus, der stärker und mächtiger sein werde als er, sein Vater. Zeus habe dann das einzig Richtige getan, klug der jungen Göttin entsagt und sie einem Sterblichen zur Frau gegeben, Peleus, der sie alsbald geschwängert und zur Mutter des grossen Achilles gemacht habe.

Obwohl der Liebe des Göttervaters keine Erfüllung beschieden gewesen sei, weil er in seiner Machtgier den Thron auch nicht um den Preis eines göttlichen Weiberkörpers habe verlieren wollen, habe er, Adolf Stauch, daran gedacht, das Auge der Thetis zu gestalten. Es sei beim Blasen der Form geblieben, die habe er, wie Wasserfallen inzwischen erkannt zu haben beliebe, der Rosa geschenkt. Ohne Absichten, wehrte Adolf Stauch den fragenden Blick Wasserfallens ab, nur aus einer Laune heraus, um ihr eine bescheidene Freude zu bereiten. Die Freude der schüchternen Rosa Zwiebelbuch sei denn auch rührend anzuschauen gewesen, ehrfürchtig habe sie das unschuldige Auge in die Hand genommen und in ihrer Schürzentasche geborgen, als wäre es ein rohes Ei oder ein kostbarer Edelstein.

Was ihn, Adolf Stauch, betreffe, habe das Problem mit dem Auge der Thetis mit besagter Laune erst begonnen. Die folgenden Tage habe er ganz seinen eher philosophischen Überlegungen gewidmet, was es denn nun wirklich mit dieser Geschichte auf sich habe. Wasserfallen müsse wissen, dass er ein entschiedener Anhänger der Schicksalstheorie sei, nach der nichts, was das Buch des Schicksals weissage, umgangen, übersprungen werden könne. Das Buch des Schicksals stehe über dem Wort des Gottes, dem die Gabe des Orakelns nicht gegeben sei, und so einer sei Zeus gewesen. Die Geschichte der Thetis sei demnach ein schreiender Widerspruch in der Geschichte der griechischen Götter, unlogisch und falsch. Das könne nicht an Dichtern wie Homer oder Aischylos - um nur zwei dieser Sänger zu nennen - beziehungsweise an ihren Interpretationen liegen. Wenn sie auch Verschiedenes verschieden interpretierten, am Schicksal gebe es nichts zu interpretieren, zu deuteln, das müsse sich erfüllen, das sei gewissermassen ein Naturgesetz, dem sich auch Götter zu unterziehen hätten. Wenn man aber so weit vordenke - Adolf Stauchs Stimme war kaum mehr zu vernehmen, so dass Bonifazius Wasserfallen den Atem anhielt, um ja kein Wort zu verpassen -, wenn man sich so weit vorgewagt habe, bleibe nur die Schlussfolgerung, dass sich Zeus' Schicksal noch gar nicht erfüllt habe, denn es stehe im Buch des Schicksals nicht geschrieben, wann Zeus den Thron an einen Stärkeren verliere, Schicksal kenne eben weder Zeit noch Raum.

Ermattet lehnte sich Adolf Stauch in den bequemen Besuchersessel zurück, ohne Wasserfallen aus den Augen zu lassen. Der, nicht weniger ermattet, versuchte sich zu fassen. Unglaublich und abenteuerlich dünkte ihn das Gehörte, ohne dass ihm dämmerte, was denn eigentlich so unglaublich an Stauchs Geschichte war.

Adolf Stauch sank etwas tiefer in die schwarzen Lederkissen zurück, lange dauerte das Schweigen zwischen den zwei Männern, bis es den Wasserfallen beinahe erdrückte. Aber da begann der Augenkünstler Stauch noch einmal zu sprechen, er wolle ihm den Rest der Geschichte nicht vorenthalten. Als Seelendoktor könne er dann vielleicht auch die Wichtigkeit seines Versuchs ermessen, sich gewissermassen an den eigenen Haaren aus dem deprimierenden Sumpf zu ziehen, in dem er seit Rosas Verschwinden stecke. Das Verstehen sei, soviel er wisse, des Doktors erste und höchste Pflicht, ohne dieses Verstehen sei doch auch in einem Krankenasyl aller Liebe Müh vergeblich. Der Seelendoktor lächelte dankbar, man war derlei Komplimente nicht mehr gewöhnt. Sein Weg, darüber machte er sich keine Illusionen, war mit Dornen übersät, mit Undank gepflastert, von allerlei hässlichen Behauptungen, Anschuldigungen und Verleumdungen verdunkelt.

Die Rosa habe monatelang zu seiner vollsten Zufriedenheit gearbeitet, seine Schränke in Ordnung gehalten, saubergemacht und mit ihrer stillen, beherrschten Art seinem, Adolf Stauchs Alltag endlich einen guttuenden, freundlichen Rahmen gegeben. Oft sei sie mit einer Blume oder einem Blumenstrauss dahergekommen, um sein Atelier zu verschönern, und abends habe sie sich manchmal zu ihm gesetzt und still seinen Überlegungen und Gedanken gelauscht, die er in solchen Stunden zu äussern pflegte. Erbauliche Gedanken, gewiss, die aber den schicklichen Rahmen nie verliessen. Sie sei ihm lieb und teuer geworden in ihrer Anhänglichkeit und Treue, die Rosa, das könne ihm keiner verargen. Eine Heirat wäre natürlich nie in Frage gekommen, dafür sei ihm der Altersunterschied zu gross erschienen. Des weiteren habe ihn die Annahme, dass neben seiner heiligen Pflicht eine Ehe wohl nur unter Schwierigkeiten zu führen wäre, davon abgehalten, Rosa um ihre grosse, zuverlässige Hand zu bitten. Man habe sich ohne viel Worte verstanden, und wenn sie ihn ab und zu in seiner Junggesellenwohnung besucht habe, nicht ohne mit flinken Augen eine Möglichkeit zu erhaschen, ihm dienlich zu sein, dann sei es in seiner Klause, anders könne man die absichtlich asketisch gehaltene Wohnung nicht nennen, immer gesittet zugegangen, das sei man der Verantwortung für das Mädchen schuldig gewesen.

DENTAG werde er nie vergessen. Der sei ihm ins Gedächtnis gemeisselt für immer. Adolf Stauchs Augen verdunkelten sich, die Stimme wurde noch leiser, stockte immer wieder beim Weitererzählen. Doch er wolle Wasserfallen die Geschichte nicht vorenthalten, auch nicht ein Detail derselbigen.

Er habe, wie jeden Tag, kurz nach halb acht die Tür zu seinem Atelier aufgeschlossen, nicht die Tür zur Strasse, nein, nein, die Siebente Tür, so mindestens sei sie von Rosa Zwiebelbuch genannt worden, jene Tür eben, die seine Klause mit dem Atelier verband. Nachts zuvor sei er an einer Versammlung gewesen, man wolle sich ja auch auf den praktischen Gebieten der Augenkunst weiterbilden. So habe man sich mit Kollegen aus aller Welt getroffen, einem höchst interessanten und - auch das beschere einem ab und zu dieser ansonsten ernsthafte Beruf - vergnüglichen Vortrag gelauscht und anschliessend dem Wein zugesprochen, nicht übermässig, bestimmt nicht, er, Adolf Stauch, sei beileibe kein Trinker. Aber offenbar habe er gerade so viel getrunken, dass er den täglichen Rundgang durchs Atelier vergessen habe. Da nütze kein Haareausreissen und Jammern, zum ersten Mal habe er seine Pflicht vernachlässigt, sei schnurstracks ins Bett gesunken und eingeschlafen. Betrübt starrte Adolf Stauch auf seine polierten Fingernägel, es war ein unverzeihlicher Fehler gewesen.

Als er anderntags das Atelier betrat, habe ihn fast der Schlag getroffen. Normalerweise sei Rosa Zwiebelbuch bei seinem Eintreten schon dagewesen, habe bereits die ersten Arbeiten erledigt, gelüftet, Staub gesaugt und dergleichen mehr. Von der Rosa Zwiebelbuch aber vorerst keine Spur, die Fenster waren geschlossen, der abgestandene Geruch kalter Zigarettenasche, von Kaffee und Gas sei im Atelier zu riechen gewesen. Was sich jedoch seinen Augen dargeboten habe, könne er nur unter Überwindung grössten Widerwillens beschreiben. Seine Schränke und Schränkchen, alle gläsernen Behälter aufgebrochen, einige sogar umgestürzt, der Parkettboden mit Glasscherben übersät, alle Ranken und Blumen zerstört auf dem Boden, dass es einem jeden weh ums Herz geworden wäre, nicht nur ihm. Kein Schrank sei mehr ganz gewesen, er habe ein Schlachtfeld vorgefunden, wie er es sich nicht in den schlimmsten Träumen hätte erträumen können. Sein fahrbarer Arbeitstisch habe die Beine zum Himmel gestreckt - als ob er um Hilfe bitte, habe es ausgesehen. Die Besucherstühle, ein Geschenk seiner verstorbenen Mutter, habe ein Teufel derart zugerichtet, dass sie nicht mehr zu erkennen gewesen seien.

Aber, das Schlimmste zu hören, stehe Doktor Wasserfallen noch bevor. Die Augen. Seine Augen. Alle diese Schmuckstücke. Gleich verlorenen Waisenkindern hätten sie ihm, ihrem Schöpfer, zwischen zerbrochenen Stuhlbeinen, Wergresten aus den zerrissenen Sitzflächen, Glasstäbchen und anderem Gerümpel entgegengeweint, hätten gleichsam - Wasserfallen möge ihm diese blumige Metapher verzeihen - um Erlösung gebettelt, ja geschrien. Kein Auge sei ganz geblieben, ein Lebenswerk sei vernichtet worden, in einer einzigen Nacht, die er sich selbst zuzuschreiben habe, nachlässig, wie er gewesen sei. Verzweifelt habe er nach einem Auge gesucht, das die Zerstörungswut des Verrückten - er war sich sicher, dass es sich nur um einen Verrückten handeln konnte; Rosa, so schien ihm, taugte nicht für derlei Geistesgestörtheiten - überstanden hatte. Erfolglos. Seine göttlichen Geliebten waren für immer zerschmettert. Wie zum Hohn blinkte da und dort aus dem heillosen Durcheinander eine heil gebliebene Iris auf, aber dann war die Form des Augenrandes ruiniert oder das Weiss des Auges durch Schrunden verunstaltet und dadurch das Schmuckstück, trotz heiler Iris, in seiner Schönheit verletzt.

Schliesslich, so Adolf Stauch, habe er Rosa Zwiebelbuch inmitten der Trümmer seines Lebenswerkes entdeckt, das Gesicht eine starre, leere Maske, mit Ausnahme des linken Auges, das trotz der mit augenscheinlicher Brutalität zugefügten Verwundung noch zu leben schien. Den Unterleib unter zwei übereinanderliegenden Schränken begraben, das Kleid zerrissen, die sichtbaren Hautstellen blaugeschlagen, habe sie ein Bild des Jammers geboten. Vorsichtig habe er Rosa aus ihrem Gefängnis befreit, sie auf die Füsse gestellt und zu trösten versucht, aber die Rosa sei nicht zu trösten und trotz geduldigen Fragens und Zuredens auch nicht zu bewegen gewesen, das Geheimnis dieser Nacht zu lüften. Erschreckend gleichmütig habe sie nach Besen und Schaufel gegriffen, um Ordnung zu schaffen. Aber da habe er, Adolf Stauch, ihr Einhalt geboten, Rosa durch die Siebente Tür geschoben, den langen, etwas dunklen Gang mit den Ahnentafeln an den seidenen Tapeten entlang zu seiner Wohnung geführt und seiner Atelierhilfe ein Bad bereitet. Er sei also, trotz seiner anerzogenen Diskretion, unfreiwillig Zeuge ihres Zustands geworden. Das Atelier habe er von einer Firma räumen und reinigen lassen, vorher jedoch der Rosa telefonisch einen Rock besorgt, damit sie sich nach dem Bad nicht vor ihm zu schämen brauchte.

Wie die Rosa in dieses Unglück geraten war, sei ihm, Adolf Stauch, nie bekannt geworden. Er habe auf eine Anzeige verzichtet, nicht zuletzt, um die Rosa zu schonen, und eine Untersuchung bringe ihm sein Lebenswerk nicht wieder her, nicht die kostbaren Erbstücke, nicht den Arbeitstisch. Versichert sei er schlecht gewesen. So habe er halt von vorne angefangen, auf einfachstem Niveau, und nach einem kurzen Unterbruch seine langjährigen Kunden erneut betreut. Rosa Zwiebelbuch, der Augenkünstler seufzte vernehmlich, habe ihre Arbeiten weiterhin zuverlässig verrichtet, aber das Verhältnis zwischen ihnen sei zerstört gewesen wie seine Schmuckstücke, weil Rosa Zwiebelbuch auch nach Wochen nicht zu bewegen gewesen sei, endlich über die Nacht ihres gemeinsamen Unglücks zu reden. Nie mehr sei sie mit Blumen dahergekommen, die Rosa, und mit dem angenehmen Alltagsrahmen sei Schluss gewesen.

Adolf Stauch bat erneut um Wasser, sein Gesicht war jetzt aschfahl, und die schmalen Hände zitterten oder flatterten vielmehr so grotesk, dass es dem Seelendoktor Wasserfallen nicht verborgen bleiben konnte. Eine starke Erregung schien den Erzähler erfasst zu haben. Er konnte nur unter grösster Anstrengung weiterberichten, wie die Geschichte ausgegangen war mit der Rosa und dem Atelier, dem zugrunde gerichteten.

Mit der Rosa sei eine Veränderung vorgegangen, deren Grund selbst er als Junggeselle bald erraten habe. Sie sei schwanger gewesen, guter Hoffnung, wie der Zustand in besseren Kreisen - oder waren es altmodische - genannt werde. Immer öfter habe sie beim Arbeiten innehalten müssen, verschnaufen, sich einen Augenblick lang setzen, um dann wieder schweigend und irgendwie trotzig ihrer Arbeit nachzugehen. Von wem denn das Kind sei, habe er sie mehrmals eindringlich gefragt, und ob ihr Zustand mit jener schrecklichen Nacht im Zusammenhang stehe. Er, Doktor Wasserfallen, könne sich vielleicht nicht vorstellen, wie so ein Frauenzimmer zu schweigen verstehe, es habe ihn krank gemacht, dieses Schweigen der Rosa. Schliesslich, er habe das Fragen schon lange vorher aufgeben müssen, sei Rosa Zwiebelbuch einfach verschwunden, nicht mehr zur Arbeit gekommen, von einem Tag auf den andern, ohne Abschied. Den Lohn habe sie zurückgelassen und die Papiere, nur das Auge der Thetis mitgenommen, und dieses Auge sei der Grund gewesen, weshalb er mehrere Monate später eine Gerichtsvorladung erhalten habe und nach Flur gereist sei, um zu Gunsten der Rosa auszusagen. Er dürfe in aller Bescheidenheit darauf hinweisen, dass schon die ausgeklügelte, perfekte Form des Auges, ohne Iris und Pupille, den Meister verrate. Einem der Beamten sei die vollkommene Form dieses Versuchsauges aufgefallen, und dieser Beamte habe dann ihn, Adolf Stauch, als Schöpfer des Auges ausfindig gemacht und dem hohen Gericht den Rat erteilt, sich seine Version der Geschichte anzuhören. Es tue ihm unsäglich leid, beteuerte der Augenkünstler händeringend, Rosa nicht erfolgreicher geholfen zu haben, es sei wohl nicht in seiner Macht gestanden.

Und nun komme er zu einem besonders heiklen Punkt der Geschehnisse, das müsse er betonen, und Wasserfallen müsse ihm versprechen, darüber mit niemandem zu reden, auch nicht mit seinen Kollegen, er appelliere jetzt an sein ärztliches Gewissen. Er habe seither vergeblich versucht, neue Augen zu schaffen oder gar Kopien der göttlichen, leider zerstörten Augen herzustellen. Nacht für Nacht habe er, über den Arbeitstisch gebeugt, an den neuen Augen gearbeitet, ohne dass ihm auch nur ein einziges gelungen sei. Mit zunehmender Verzweiflung seien die Augen immer ungeschlachter geworden, er habe die Fähigkeit verloren, das Götterauge zu malen. Damit nicht genug, sei es mit dem Verlust dieser Fähigkeit auch zunehmend schwieriger geworden, brauchbare Augen für seine Kunden herzustellen, vom Einschmelzen des Wissens dieser Kunden in ihr künftiges Kunstauge gar nicht zu reden. Die Aufträge seien weniger geworden, währenddem er darüber gebrütet habe, wie er aus dieser Krise herausfinden könne. Aber in seinem Gehirn habe lange Zeit eine Art Funkstille geherrscht, bis eines Nachts die Erleuchtung gekommen sei, auf die er so lange gewartet habe: Er solle sich aufmachen, dem Auge der Thetis zu dienen, alles andere würde sich ohne grosses Dazutun ergeben. Deshalb sei er nun hier, um nicht nur die Rosa zu besuchen, nein, er sei hier, gewissermassen zum Sendboten der Götter befördert, als ein Vermittler. Es habe halt jeder seinen Auftrag zu erfüllen, jeder nach dem eigenen Vermögen. Adolf Stauch sagte es bescheiden, ohne falschen Stolz.

Das war nun weiss Gott die längste Zeit gewesen, die Adolf Stauch redend verbrachte, er wunderte sich selber über die Ausdauer, die ihn offenbar beflügelt hatte. Aber etwas wolle er seinen Ausführungen noch hinzufügen, das der Doktor unbedingt wissen müsse. Wenn sich Rosa Gottesgebärerin nennen wolle, falls sie das überhaupt noch wolle, so sei dies nur der Ausdruck eines verschütteten Wissens, und er, Wasserfallen, habe mit seinem scherzhaft hingeworfenen Gebenedeite nicht ganz unrecht. Er rate ihm deshalb dringend, den Lauf der Dinge nicht weiter zu stören und Rosa zu gewähren, was jedem Menschen gewährt werden sollte: eine Verbesserung in ihrem bis anhin so armselig verlaufenen Leben.

Dann schwieg der Augenkünstler Adolf Stauch und wartete auf die Erlaubnis, Rosa zu besuchen. Er hatte den schwarzen Kasten fest zwischen die Beine geklemmt, in sich eine beglükkende Sicherheit.

Weil Bonifazius Wasserfallen ein ziemlich einfaches Studium hinter sich hatte, einfachen Meinungen anhing und einfach urteilte, blieb ihm die wirkliche Botschaft seines Gesprächspartners verborgen. Die Geschichte hatte ihn über weite Strecken amüsiert und zu aussergewöhnlichen Spekulationen gereizt. Aber Wasserfallen suchte nun einmal das Heil in der Vereinfachung, und so sah er schliesslich nur einen netten, freundlichen Spinner vor sich, einen Fabulierer, Geschichtenerzähler, der, harmlos, trotz schwerer Neurose nicht in die Anstalt gehörte. Bedauerlicherweise, denn er hätte sich gern weiter mit dem Augenmacher unterhalten. Es würde ein herrlicher Spass werden, mit Stauchs Geschichte den Stammtisch zu ergötzen, im Beisein Abderhaldens natürlich, den er mit dieser Fabel ein für allemal auszustechen gedachte, was Brillanz und Witz betraf. Als Dank für die besondere Erlesenheit des Gehörten wollte er gern bereit sein, Rosa Zwiebelbuch mit ihrem früheren Brotherrn zusammenzubringen, ja es war ihm ein Anliegen, dem Rencontre zu assistieren.

XXVII.

Wenn einer wie Rosa Zwiebelbuch ein Glück widerfährt, ist meist auch der Teufel zur Stelle, das Glück in ein Unglück zu verwandeln. Weil Unselige wie Rosa Zwiebelbuch ein ganz besonderes Gespür für derlei Konstellationen haben, bleiben sie lakonisch, wenn's Glück ruft, fallen nicht drauf herein, schon gar nicht, wenn dieser Ruf ein diffuser ist, ein ungenauer. Es ist also anzunehmen, dass Rosa Zwiebelbuch, selbst wenn ihr Wasserfallen den Weg in die Erinnerungsspeicher - wo sie ja auch Adolf Stauch aufbewahrte - nicht ganz so brutal verschüttet hätte, ebenso stoisch durch den Korridor der Frauen C gegangen wäre. Sie hatte eingesehn, dass kein Entrinnen möglich war. Die Frauen starrten ihr nach, neidisch auf die Abwechslung, von der sie nicht wussten, welcher Art sie war. Wasserfallen warf Blicke in alle Richtungen, vielsagende, fast kokette Blicke, er war bester Laune. Der späte Nachmittag versprach, ein ganz vergnüglicher zu werden. DASARMEBEIN allerdings hatte heute keinen guten Tag, und das lag nicht nur an der Abwesenheit Karoline Presskopfs, das lag am ersten Schnee, der fiel. Die Presskopf hatte sich wie jedes Jahr ausbedungen, die Festtage im Kreis ihrer Lieben zu verbringen. Das waren Schwestern und Brüder, altgewordene Tanten, Onkel und einige alleinstehende Freundinnen, die sie der Reihe nach zu besuchen pflegte. Die Wahl der Reihenfolge überliess Karoline Presskopf selbstredend keinem Zufall, ihr Gerechtigkeitsgefühl hiess sie dort und bei der Person beginnen, die ihr am wenigsten am Herzen lag. Den Silvester verbrachte sie dann jeweils am Grab ihres Gatten, um Zwiesprache zu halten mit dem, der bescheiden aus dem Leben gegangen war, als es das Gewissen befahl. Das so beendete Jahr versorgte Karoline Presskopf wie ihre Taschentücher: sorgfältig gefaltet, schichtete sie Jahr für Jahr aufeinander. Ihr Gehirn glich einem tadellos geführten Haushalt, dem Karoline Presskopf ebenso tadellos und unbestechlich vorstand.

Wasserfallen bedauerte Karoline Presskopfs Abwesenheit vergeblich. Ab und zu reute es ihn, ihr keinen Wunsch abschlagen zu können, auch diesen nicht. Aber heute gesellte sich zum Bedauern eine kleine Häme. Er würde seinen Spass haben, während die Presskopf den ihren verpasste. Wasserfallen kannte seine Karoline gut genug, um zu wissen, dass ihr die bevorstehende Begegnung des Adolf Stauch mit der Rosa Zwiebelbuch ebensoviel Vergnügen bereitet hätte wie ihm. So hinkte er denn zufrieden neben Rosa Zwiebelbuch einher, DASARMEBEIN vergessend und die Presskopf, der er aus bekannten Gründen keinen Wunsch verweigern konnte. Dennoch, keine Vorfreude ist vollkommen. Bonifazius Wasserfallen hätte in diesem Augenblick, der ihn so vergnüglich mit der Rosa verband, ein Vermögen dafür hergegeben, einen kurzen Blick in das weniger geordnete Rosagehirn werfen zu können. Zu seinem Leidwesen waren ihm derlei Möglichkeiten nicht vergönnt, wie alle seine Kollegen musste er sich mit mehr oder weniger vagen Spekulationen über die jeweiligen Vorgänge in den ihm, Wasserfallen, anvertrauten Gehirnen zufriedengeben. Das hatte durchaus seine Vorteile, war man dadurch ja auch nicht genötigt, an den Höllenfahrten teilzunehmen, die seine Irren in jene Abgründe schleuderten, denen man nachsagt, dass sie nur selten und dann an Leib und Seele verkrüppelt verlassen werden können. Diesen Unglücklichen ist das Sprichwort "Was nicht tötet, stärkt" kein Trost. Höhnend sagen sie es vor sich hin, bis Öde in den Köpfen ist. Dann grinsen sie ungläubig mit ihren verkrüppelten Mündern, sind sie doch - den Tod als letzte Irrfahrt gesehen - noch einmal davongekommen.

Rosa Zwiebelbuchs mahlende Kiefer, als sie den Aufenthaltsraum betritt. Rosa Zwiebelbuchs starrer EINAUGENBLICK. Rosa Zwiebelbuchs bitterer Mund. Rosa Zwiebelbuchs wirres Haar. Rosa Zwiebelbuchs schwerer Körper. Rosa Zwiebelbuchs kraftlose Hände. Rosa Zwiebelbuchs geschwollene Füsse in den klobigen Hausschuhen. Rosa Zwiebelbuchs flatternder Vogelatem. Rosa Zwiebelbuchs stummer Schrei. Rosa

Zwiebelbuchs dumpfe Verzweiflung. Rosa Zwiebelbuchs Krüppelgehirn. Rosa Zwiebelbuchs hämmerndes Herz. Rosa Zwiebelbuchs Einsamkeit. Rosa Zwiebelbuchs heiliger Zorn. Rosa Zwiebelbuchs tödliche Stille.

Stumm stehen sie sich gegenüber, Adolf Stauch und Rosa Zwiebelbuch, lesen einander die Not von den Lippen, halten sich nicht an den Händen, sagen sich nicht Guten Tag, saugen sich nicht fest aneinander im Kuss.

Den Augenkünstler Adolf Stauch rührt die Rosa, wie sie ihn immer gerührt hatte, wenn er sie sah, ihn rühren die vielen Rosas, die er sieht. Er verwirft Worte und Phrasen, weiss, dass keine Sprache die Rosa erreicht, weiss und hat es aus Wasserfallens Mund erfahren, dass auch die Rosa längst Worte und Phrasen verworfen hat, stumm geworden ist in all den langen Jahren des Ausharrens im Körper, den niemand mehr wärmt, seit die Kurzwarenhändlerin Kunigunde Waser an Atemlosigkeit starb. Stumm starren sie einander in die Gesichter, Rosa mit dem EINAUGENBLICK, Adolf Stauch mit seinen Blicken. Die Stille will kein Ende nehmen zwischen ihnen. Wasserfallen wird ungeduldig, er hat mehr erwartet. Schon beim Eintreten der Rosa hat er erwartet, dass die Welt einbräche, durch den Laufsteg, der sein Krankengut trägt und den Fremden, in den Abgrund stürze, Wasserfallen braucht derlei Katastrophen, Tragödien, sie fördern den Adrenalinschub, den er sonst der Presskopf, der jetzt abwesenden, grosszügig widmete.

Rosa Zwiebelbuchs EINAUGENBLICK nimmt Adolf Stauch in Besitz, erkennt. Sie ist während der ganzen Zeit der Stille durch den Fluss geschwommen, zum andern Ufer, wo der Königsbruder wartet. Sie hat geduldig den langen Weg zurückgelegt, um ihn wiederzufinden. Sie ist angekommen im Gehirn und am Flussufer.

Adolf Stauch öffnet wortlos den mitgebrachten Koffer. Aus dem Koffer wird ein zierlicher Tisch, auf dem Tisch ordnet Stauch Glasstäbe, Tiegel, Gasbehälter und Bunsenbrenner zu einer Serenade, entwirft im Kopf das Auge, sieht das Orakel, weiss die Lösung, weiss das Wissen, sieht in die Zukunft, will ausbrechen, noch einmal ausbrechen, sich nicht schonen, will nicht das Geniale verlieren, will wieder der Schöpfer der Göttergeliebten auf dem Grund der Pupillen sein, will dienen, dem Schicksal dienen.

Bonifazius Wasserfallen beobachtet neugierig die Szene. Es fällt ihm nichts dazu ein, weil sich seine Phantasie nur aus armseligen Teilen zusammensetzt. Dem lichtlosen Gemüt bleibt verborgen, was vor seinen getrübten Augen geschieht. Zu seiner Entlastung ist zu sagen, dass das Göttliche, wo immer es auftaucht, verwirrt und verdunkelt, Scherz treibt und feixt. Gewohnt, mit Minderwertigem umzugehen, leidet Wasserfallens Gemüt an einer Erkrankung, die man, auf den Körper übertragen, eine syphilitische nennen würde. So steht er denn im Türrahmen des Aufenthaltsraums, hinter Rosa, die ihm den breiten Rücken zuwendet, vor sich Adolf Stauch, der, in sich gekehrt, endlich NACHHAUSEGEKOMMEN, seinen Priesterpflichten, seinen Sendbotenpflichten nachgeht.

Rosa Zwiebelbuchs Ankommen zaubert einen schwachen Glanz auf die Greisinnenhaut, auf ihr Gesicht, das über alle Massen gealtert ist seit der Zeit, die Adolf Stauch DENTAG nennt. Ihr EINAUGENBLICK wird sanfter, kann hinabtauchen, sieht Fragmente einer Vergangenheit, die zweifellos ihre eigene ist, will verweilen. Sie schiebt Satan beiseite, den, der mitmischt, wenn ein Glück zur Stelle ist, weiss nicht, wie sie es tut, tut es vermutlich das erste Mal, schüchtern, unbeholfen. Sieht durch die Kräfte der Zerstörung hindurch endlich den, den zu lieben und zu suchen ihr aufgetragen ist, enthüllt dankbar die unerträgliche Wahrheit. Fegt den Jammer weg, um besser zu sehen, will sich darbringen und stirbt nicht mehr am Tag, den ihr früherer Brotherr DENTAG nennt.

Der schmilzt ins Auge der Thetis, was er sieht. Adolf Stauch schmilzt ihr ins Auge die zweite Erschaffung der Welt, sieht Tag und Nacht im Schlund der Frau verschwinden, sieht den Gang der Dinge bis in die behaarte Spalte der Frau, die sich endlich mit dem Naheliegendsten beschäftigt, mit einem rasenden erotischen Akt. Adolf Stauch schmilzt ins Auge der Thetis das Trocknen der Tränen mit dem Feuer aus der behaarten Spalte der Rosa, die ausfliesst. Schmelzfeuer ist's, weiss Adolf Stauch, schaut mit Schauern die Frau, die Wiedergeburt, verweilt besonders inbrünstig beim Einschmelzen der Spalte ins Auge der Thetis, will den Augenblick festhalten, da Rosa Zwiebelbuch sich erkennt.

Bonifazius Wasserfallen wird Tage später am Stammtisch erzählen, dass sich die Rosa gar eigenartig verhalten habe. Den Stauch nicht erkennend, sei ihr trotzdem nach handfester Zuneigung zumute gewesen, sie habe sich entblösst und den Altweiberleib hergezeigt, dass es eine Schande gewesen sei. Stauch seinerseits, so schien ihm, habe das obszöne Tun ignoriert und an seinem Auge gebastelt, dem Auge der Thetis, von dem er behauptet, dass es die Rosa gesund mache. Ihm, Wasserfallen, sei der Anblick Rosa Zwiebelbuchs ein Greuel gewesen. Auf ihr unverhofft obszönes Gebaren habe er nur mit Abscheu reagieren können, so sehr habe ihn die Gewissheit überwältigt, dass sich das Minderwertige des Geistes schliesslich im Körper manifestiere, ihn zerstöre, bis er, mit abgründiger Hässlichkeit reichlich ausgestattet, kaum mehr anzuschauen sei. Ekel sei in ihm hochgestiegen, ein regelrechter Ekel ob des Zerfalls der Rosa Zwiebelbuch. Aber man müsse bedenken, nicht jeder sei Gottes Ebenbild, einige trügen zweifellos die Zeichen Satans sichtbar auf sich.

Bonifazius Wasserfallen wird dann auf die Geschichte Adolf Stauchs zu sprechen kommen. Seine ärztliche Schweigepflicht verletzend, wird er von der skurrilen, fixen Idee Stauchs berichten, die Rosa heilen zu müssen, damit er selbst Heilung erlange von seinem Leiden, dem Verlust seiner Fähigkeit, Kunstaugen herzustellen. Wasserfallen wird fröhlich feixend zum besten geben, wie die Rosa den Adolf anlachte, ihm zulächelte, als hätte sie den Verstand wiedergefunden, den verlorenen. Wasserfallen wird behaupten und auf das ärztliche Recht pochen, es genau zu wissen, dass der Adolf und die

Rosa weder den Verstand noch sonst etwas Geistiges wiedergefunden hätten, als sie einander wiedersahen, die eine lachend, der andere mit todernstem Gesicht.

Wasserfallen wird Abderhalden mit seinen Witzen ausgestochen haben, wie er es bezeichnet, für immer, und Abderhalden wird sich keine Mühe geben, den Triumph seines Kollegen zu schmälern, denn die Wissenschaft vom merkwürdigen Gang der Vagantensippen ist ein zu ernstes akademisches Thema, als dass man es mit Witzen verunglimpfen möchte. Das ist man der Wissenschaft schuldig und dem Ruf, einer von Gewicht zu sein auf seinem Gebiet. In Minne wird sich auflösen, was Wasserfallen als Rache ersann. Was dem einen die Witze sind, ist dem andern sein Gang in den akademischen Olymp, so sind es beide zufrieden. Einander die Schulter beklopfend, wird man aufbrechen, das Gasthaus verlassen, den Stammtisch, die weinseligen Studenten, die Kellnerin, die Wirtin. Der eine hinkend, der andere schwer atmend vom vielen Gewicht, beide trunken vom stärkenden Bad im studentischen Beifall. Man wird sich beim Hof oben trennen, nach Hause finden, der eine an die Brust der Alten, da die Presskopf nicht greifbar, der andere in die beängstigende Stille des Arbeitszimmers, wo eine Couch steht, die man aber nicht benützt.

XXVIII.

Die Geburt des Menschen ist seine Krankheit. Lüstern geworden, überwindet er sie.
Aber wenn er glaubt, grosse erotische Energien zu entwickeln, liegt er, eine lächerliche Figur, bereits wieder auf dem Sterbebett.
Der Mensch ist ein Betrüger.
Die Vorstellung eines gewissermassen bevölkerten Siechenlagers nennt er Lust. Am Ende aller Vorstellungen angekommen, bleibt ihm nichts als eine kapriziöse Sehnsucht, ohne jede Macht, sie zu befriedigen.
Was tut sie denn dort, die Frau, das Mädchen am Südhang.
Die Eisgeherin.
Der Eisgeher.
Dachte Zeus.
Die Anwesenheit dieser Gedanken nahm ihm jeden Frieden.
Zeus wusste vom Ende.
Zeus lernte ein Gefühl kennen, er nannte es Angst.
Und ein Bangen überkam Zeus, den fröhlichen.

Er hatte sich in den letzten Monaten verändert, schien bedrückt, seine Spässe wurden seltener, hörten schliesslich ganz auf. Ab und zu raffte er sich auf, um mit Abderhalden eine Partie Schach zu spielen. Er verlor jede. Pipperger und Ricardo fühlten sich betrogen. Wenn Zeus sich dann und wann an ihnen austobte, dass es schmerzte, hatten sie doch ihre helle Freude an seinen Einfällen, die zumeist von brachialer Originalität waren. Sie wollten sie nicht missen, mussten aber. Zeus verbrachte seine Zeit am kleinen Rauchertischchen ganz hinten im Korridor, wo ein Fenster den Blick auf den Hof freigab und auf eine Grabanlage. Dort ruhten die Toten in symmetrisch geordneten Reihen. Wieder war einer begraben worden, die Kränze leuchteten in allen Kunstblumenfarben, der sorgfältig aufgeschichtete Grabhügel wirkte noch fremd und unangepasst. Statt des obligaten Steins, der eine vorgeschriebene Höhe von einem Meter fünfundzwanzig nicht überschreiten durfte, sah Zeus ein rohes Holzkreuz, an dem ein eiserner

Christus hing, den die Wintersonne wärmte. Manchmal blitzte der Leib Christi hell auf, als wollte er auf sein Leiden aufmerksam machen, das ihm selbst keins mehr war, die Menschen jedoch in einen Dauerzustand voller Gewissensnöte versetzte. Zeus fragte sich gelangweilt, was die Menschen eigentlich dazu veranlasste, in der Art ihrer Begräbnisse eine kompromisslose Gleichschaltung vorzunehmen, wenn doch im Leben jeder etwas höher als sein Nachbar postiert sein wollte, was die Kirche mit ihren strengen, hierarchischen Strukturen geradezu vorlebte, und trotzdem behauptete sie, dass vor dem Herrn alle gleich seien. Der Herr selbst musste ein Lügner oder dann aber ein besonders gewitzter Schalk sein, der mit den Unzulänglichkeiten seiner Geschöpfe, zumindest verstanden sich die Menschen als solche, Scherz trieb. Auf den Gräbern lag eine dünne Schicht Schnee, ein Hauch nur, der Friedhof sah aus, als wäre er das Werk eines Zuckerbäckers, der, in Eile, den Zuckerguss etwas gar zu dünn und unsorgfältig angerichtet hatte. Das Gebäck war noch zu sehen. Vereinzelte Sträusse, Winterblumen; Astern und Chrysanthemen wirkten wie verlorene Zufälligkeiten auf den Grabhügeln im dünnen, etwas grau schimmernden Weiss.

Zeus hatte, nach etlichen Monaten erfolgreichen Widerstands, wie alle seine Leidensgenossen das Auf und Ab in den Gängen übernommen und tat es den andern gleich. Wenn er nicht am Fenster sass, schritt er den Korridor der Männer E ab, sein schwerer Schritt unterschied sich auffällig von den unsicheren, oft tänzelnden und trippelnden Schritten seiner Mitpatienten. Trotzdem, er war unbestreitbar einer der Ihren geworden, die monotone Gleichförmigkeit des Anstaltslebens hatte ihn endlich im Griff. Pipperger und sein Freund, Don Ricardo, konnten ein Bedauern nicht unterdrücken, ihr Zeus war ein Sterblicher unter Sterblichen geworden, Teil von Abderhaldens Fundus, Teil vom Krankengut der Anstalt, in seinen Reaktionen und Äusserungen kaum mehr vom Rest unterscheidbar. Zeus hatte alle Besonderheit verloren.

Nachts träumte Zeus vom Hochfeiler, seinem Berg, vom Eisgehen, Eiswandern am Berg, der dem Mühseligen und Beladenen Trost versprach. Doch regelmässig fuhr er erschrocken aus seinem Traum auf, dann nämlich, wenn ihm die Frau, das Mädchen erschien. Die Eisgeherin. Nackt hing sie jeweils im Seil, ungerührt von der Kälte, mit geschlossenen Augen arbeitete sie sich hoch, langsam, beharrlich schob sie den nackten Körper höher, vorsichtig suchten ihre Füsse Halt im bläulich schimmernden Eis. Mit kräftigen Händen schlug sie Haken um Haken in den Berg, in seinen Berg, den Hochfeiler, bis sie, knapp unterhalb des Gipfels, sich umdrehte, ihm ihr Gesicht mit den geschlossenen Augen zuwandte, lächelte. Darob erwachte Zeus, in Panik und Schweiss gebadet, jedesmal, wenn er vom Hochfeiler träumte, dessen Höhe (3514 m) die Quersumme 13 ergab, eine Zahl, die er immer für eine Glückszahl gehalten hatte. Zeus wuchtete sich aus dem Anstaltsbett, stapfte barfuss durch den Wachsaal, vorbei an den schnarchenden, stöhnenden, hustenden, röchelnden und wahrscheinlich grausig träumenden Kranken, vorbei an den weissen Eisenbetten, hinaus in den Korridor, zum Pikettzimmer, wo die Nachtwache döste und bei seinem Erscheinen aufschrak aus dem Dösen, ungehalten und ein ganz klein wenig ängstlich. Derlei Besuche waren nachts nicht gern gesehen. Zeus, in Unterhose und Hemd, das wirre Haar fiel ihm tief in die Stirn - das sah man nicht gern, auch nicht den Blick, der einen traf, diesen panischen Blick, diesen verzweifelten Blick mit der Bitte, man möge doch helfen, er, Zeus, sei in grosser Not.

Seinem Bettnachbarn sagte Zeus, man solle ihn doch endlich erschlagen, ihm den Kopf einschlagen, diesen Kopf, der ihm Nacht für Nacht das Bild der Frau, des Mädchens am Hochfeiler vorgaukelte. Ja, den Kopf einschlagen, das solle man ihm, damit endlich die Kriegerin verschwinde aus seinem Reich.

Die 13 ist hartnäckig, zeigt sich mitleidlos, unerbittlich, grausam, will nicht verschwinden, sich in Minne auflösen, wie die Bücher von weit weniger tragischen Unannehmlichkeiten behaupten. Zeus träumt von seiner Kriegerin am Hochfeiler, er träumt sich ein Bild weiter vor: Das Mädchen auf dem Gipfel, gleissendes Licht, es fliesst, umfliesst den nackten Mädchenkörper, den Schamhügel schmückt ein Diamant, ein Auge, das Auge. Im Auge bricht sich das gleissende Licht, in allen Regenbogenfarben strömt es hinunter zu ihm, der am Fuss des Berges steht, die Arme zum Himmel erhoben, der unerreichbar ist wie die Sterne, diese gleichgültigen Scheinlinge.

Zeus zerfiel zusehends, was Abderhalden und Wasserfallen nicht entging und nicht dem Personal, das die Pflegeberichte schrieb und vermerkte, Zeus scheine von einer gewaltigen Angst heimgesucht zu werden, sie raube ihm Schlaf und Körperkräfte, so dass er zunehmend schwächer wirke. Wenn Zeus die Nachtwache heimsuchte, was er schliesslich regelmässig tat, gab man ihm Schlafmittel, die dem Verängstigten ein paar Stunden Ruhe schenkten.

Eines Tages bat Zeus um Papier und Bleistift, er wolle sein Testament aufschreiben, seine Zeit sei gekommen. Es war das erste Mal, dass Zeus um etwas bat, normalerweise forderte er in herrischem Ton, wonach ihn gelüstete. Man wunderte sich über sein Vorhaben, ein Testament zu schreiben, lachte ein wenig verlegen, wie man über einen lacht, der an Vorahnungen leidet, die sich, trotz aller Skepsis, bewahrheiten könnten. In den Effektenschränken häuften sich derartige Testamente. Man amüsierte sich darüber, lachte über die oft manierierte Schreibweise, manchmal auch über Obszönitäten, die so ein Testament enthielt. Pipperger behauptete, das Testamenteschreiben verschaffe eine Art Erleichterung, die der eines gelungenen Sexualaktes nicht nachstehe, und Don Ricardo benutzte diese Tätigkeit, um seine Verfluchungen loszuwerden, die den Ungläubigen galten. Mit Kreuzen beladen sollen sie ihrem Ende entgegengehen, schrieb er und vermachte seinen Feinden die Kreuze, an denen er zeitlebens hing. Auch er schätzte die Erleichterung, in besonders schmerzhaften Augenblicken ein Testament geschrieben zu haben, in seinem Effektenkasten warteten bereits einige Dutzend auf ihre Erfüllung.

Weil das Bitten gelernt sein muss und viele, indem sie nicht bitten, der Verweigerung des Erbetenen auszuweichen versuchen, wurden die Testamente nicht nur gewöhnlichem Schreibpapier anvertraut. Die Kranken bewiesen eine bemerkenswert vielfältige Phantasie, was Form und Beschaffenheit des Materials betraf, dem sie ihre letzten Wünsche anvertrauten. In den Effektenschränken sammelten sich Glasscherben an mit eingeritzten, testamentarischen Formeln, die manchmal nur aus einer Zahl, einem Wort bestanden, auf Stoff geschriebene Testamente, Testamente als Scherenschnitte, für die Toilettenpapier herhalten musste, Testamente, aus Plastilin geformt oder Peddigrohr, auf Steine gemalte Wünsche ebenso wie mit Blut geschriebene. Ein besonders schlauer Witzbold verewigte sein Testament auf einem getrockneten Kuhfladen, den er mit einem bunten Steinmosaik aus Worten verzierte.

Zeus sass am Rauchertischchen und schrieb sein Testament. Die Stirn gefurcht, seine nicht mehr ganz so stattlichen Arme aufgestützt, schaute er nachdenklich aus dem Fenster, hinunter zum Hof und zur Grabanlage, wo eben ein neues Grab ausgehoben wurde. Das Loch starrte Zeus frech und listig an, stach ihm mit einem unsichtbaren Zeigefinger ins Gesicht, als wollte es den nachdenklichen Mann da oben am Fenster aufspiessen und hinunterziehen, es war keine Barmherzigkeit in der Geste. Zeus war versucht, die Zunge herauszustrecken, wie es Kinder tun, wenn ihnen Erwachsene drohen und sie die aufkeimende Angst vor den Drohungen, die nicht immer harmloser Art sind, besiegen wollen. Der Grabschaufler stand neben seinem Werk und rieb sich zufrieden die klammen Finger warm. Das Ausatmen erzeugte eine kleine Wolke vor seinem Mund, darauf sass ein geflügelter Kobold und kicherte, hüpfte kichernd von Wolke zu Wolke, die dem Grabschauflermund entwich und über den Gräbern verschwand. Eine gebeugte Gestalt, ganz in Schwarz, wie es hiesige Landfrauen im Alter tragen, schlich zwischen den Grabreihen dem Friedhofsausgang zu, ein breitrandiger Hut beschattete ihr Gesicht. Auf dem dritten Grab rechts in der zweithintersten Reihe urinierte eine magere Katze zwischen die welken Winterblumen, ihre grünen Augen schillerten bösartig, während sie geduldig Wasser liess. Zeus wand sich angeekelt für den Toten, der sich des scharfen Wassers nicht erwehren konnte. Gleichzeitig lächelte er schadenfreudig, an die Maden am Leib des Toten denkend, sofern dieser noch einen Leib hatte und nicht bereits der Zeitgrenze entgegenging, wo die Gräber ausgehoben wurden und das übriggebliebene Gebein weiss Gott wohin verschwand.

Zeus wandte sich seufzend seinem Papier zu, auf dem bereits vier Wörter wie dunkle Rätsel prangten, die zu lösen er der Nachwelt auftrug:

REST EINES GESCHEITERTEN VERSUCHS.

Und er schrieb weiter:

DIE LEIDEN DES UNSINNIG SCHAFFENDEN
ERFREUEN MANCHMAL DAS GEMÜT
JEDE ERRUNGENSCHAFT IST NICHT VOLLENDET
EHE DER KRUG AM BRUNNEN BRICHT. *

Erschöpft hielt Zeus inne und schloss die Augen. Ehe der Krug am Brunnen bricht. Sollen sie sich die Köpfe zerbrechen am zerbrochenen Krug, der er war, mokierte sich Zeus, den die Angst tagsüber weniger schüttelte, weil Licht war, ein andres als jenes gleissende, das er nachts sah im Traum. Es kam sogar vor, dass der alte Trotz ausbrach, der seinen Augen das Herrische verlieh, so dass sie Blitze in alle Richtungen verschossen und diejenigen zu versengen schienen, die sich ihnen entgegenstellen wollten. Doch die Gelegenheiten wurden immer seltener, die Anstalt nahm jedem den Trotz vom Gesicht und von der Seele, auch wenn er Zeus hiess.

BLEIB STEHEN, SONNE, VOR DER HERRLICHKEIT
DER TÄNZERIN, DIE WIE EIN GESTIRN SICH DREHT
UND ZWIESPRACHE HÄLT MIT DEN AHNEN *

schrieb Zeus und fügte fast bedauernd bei, jedes Wort sorgfältig unter das andere setzend:

DIE
HINTER
GITTERN
ZWANGSARBEIT
VERRICHTEN *

Weil Zeus das Testament unfertig vorkam, griff er zur letzten Botschaft, die er vorrätig hatte. Nachdem er lange am Ende des Stiftes gekaut hatte, brachte er die verbleibenden Worte flüssig aufs Papier, und alsbald stand darauf geschrieben:

HÄTT' ICH NICHT DAS SÜSSE GIFT GENOSSEN
NIE WÄR DIE WAHRHEIT MIR AUFGEGANGEN
UND EWIG IRRT' ICH UNTER MENSCHEN
DEM UNERREICHBAREN HIMMEL NACH *

Zeus war zufrieden. Er hatte getan, was ihn das Schicksal zu tun hiess, es blieb nun abzuwarten, was geschehen würde.

Das drittletzte Grab rechts in der zweithintersten Reihe war jetzt verlassen, Zeus suchte vergeblich die Grabreihen ab, die Katze woanders zu entdecken. Er bedauerte ihr Verschwinden, sie hatte ihm, wenn auch auf widerliche Weise und auf Distanz, Gesellschaft geleistet, der bösartige Glanz ihrer Augen schmälerte nicht ihr Verdienst. Auch der Gärtner mit seinem Wolkenkobold war verschwunden, und das ausgehobene Grab schien Zeus unsäglich leer, es war bereit, die Leiche aufzunehmen, die ihm bestimmt war.

XXIX.

So, wie Zeus' Kräfte schwanden, wuchs die Unruhe auf der Männer E, an einen störungsfreien Ablauf des Alltags war nicht mehr zu denken, da nützte alles Schimpfen, Zureden und Drohen nichts. Selbst die Heilige Zeit übte keinen nennenswerten Einfluss auf die Patienten aus, die, ihren diversen Neigungen entsprechend, dem Plappern und Sabbern und Labern und Geifern und Klagen und Stöhnen und Wüten an Leben und Leib verstärkt und verbissener denn je nachkamen. Alle Regeln der Anstaltsordnung missachtend, warfen die Kranken die Zeichen der Unterwerfung von sich wie 's schmutzige Hemd am Ende der Woche, die auch in der Anstalt Narrenwald mit sieben Tagen endete, anstatt sich, wie vom Anstaltspersonal immer öfters gewünscht, mit fünf, vier oder, für diejenigen unter den Angestellten, die es am heftigsten traf, gar mit drei zu begnügen. Während Abderhalden und Wasserfallen ihre medizinischen Dosen erhöhten, bemühten sich Schwestern und Pfleger vermehrt und verzweifelt um Abstand zwischen sich und den Leidenden, die ihre Unruhe nur allzu oft auf Tuchfühlung auszutoben suchten. Zeus' Zerfall schien alle Schleusen geöffnet zu haben, die normalerweise durch die Verabreichung von Pillen und Wässerchen, Stromstössen und andern martialischen Strafen verschlossen gehalten wurden. Als Zeus' fröhliches Brüllen schwächer wurde und schliesslich verstummte, wurde die Stille zum Startschuss für das Brüllen und Toben seiner Leidensgenossen, deren Stimmen nun ungedämpft durch die Korridore hallten und dröhnten. Das war nicht nur auf der Männer E so. Die Unruhe hatte die ganze Anstalt erfasst, die Frauenabteilungen wie die Männertrakte, selbst auf der Sieben brach das Chaos aus. Auf der Sieben, wo ohnehin die Hölle los war, das ganze Jahr, wo sich die Bemitleidenswertesten die Köpfe an den Wänden wundschlugen, die Körper in rasendem Tempo wiegten, so dass sie aus den ungesicherten Betten fielen, die dann gesichert wurden, wo das Brüllen und Toben nur dem einen Zweck diente, sich selbst zu hören und zu erfahren, dass man noch lebte. Selbst in den beiden Abteilungen Sieben, deren Insassinnen und Insassen von der Presskopf unsinnigerweise Strafbataillone genannt wurden, als ob das Martyrium der Strafe bedürfe, verschaffte sich das Leiden noch eindringlicher Gehör, drang zu den andern Abteilungen durch und vermischte sich mit dem Nachbarleiden.

Bonifazius Wasserfallen vermisste seine Presskopf. Aber die war nun wahrscheinlich bei der zwanzigsten oder vierundzwanzigsten Freundin angelangt und fühlte sich deshalb immer wohler, mutmasste Wasserfallen, und den Gatten hatte sie noch nicht mit ihrer Zwiesprache bedacht. Auch Abderhalden, dem der Schnauf ausging, vermisste die Presskopf, sehnte sie geradezu herbei. Das war immer so, wenn sie weg war und die Anstalt im Chaos zu ertrinken drohte, wenn Pillen und Wässerchen und selbst Stromstösse vom stärksten Kaliber ihre Wirkung versagten. Presskopf hatte ein Talent, die Wellen zu glätten, weil sie sich nicht anstecken liess, nicht im Tumult unterging, der um sie tobte und dem alle anderen nach einer gewissen Zeit zum Opfer fielen. Eine gewisse Gefühlskälte, sinnierte Wasserfallen, war Karoline Presskopf nicht abzusprechen, sie gehörte zu ihrem Habitus wie die hässlichen Stützstrümpfe, das streng gescheitelte Haar und die unförmige Christophorusbrosche, von der sie sich nie zu trennen schien; jedenfalls hatte Wasserfallen Karoline nie ohne diesen Christophorus auf einer der meist dunkelblauen Blusen, die stets aus Seide waren, gesehen.

Zeus' Nächte wurden immer turbulenter, es verging keine, ohne dass er die Frau, das Mädchen herbeiträumte, das ihn marterte. Er schrieb einen kurzen Text und nannte ihn DIEFOLTER.

Er schrieb:

DA TÜRMTE SICH EIS AUF EIS UND DIE GEWALT
WAR AUF DER HÖHE DURCH DEN DRUCK.
ES DRÜCKTE AUF DIE VÖLKER DER ODEM ZEUS' *

und:

ZEUS IST NICHT ALLEIN ZEUS. DIE GANZE GESELLSCHAFT IST ZEUS. ES BESTEHT EINE "ADEQUATIO", EINE ANGLEICHUNG ZEUS' AN DIE GESELLSCHAFT. ZEUS, ALS NACHZEHRER, SAUGT SICH IN DIE GESELLSCHAFT HINEIN, BIS SCHLIESSLICH DIE GANZE GESELLSCHAFT NUR EINE FORM ZEUS' IST, IN DER SICH ZEUS NACH BELIEBEN BEWEGT. AUCH VERFÜGT IN DIESER GESELLSCHAFT NIEMAND MEHR ÜBER SEIN EIGENES GEHIRN.*

Wenn Zeus schrieb, verschwand das Geschriebene als ein Beweis seiner Krankheit in den Akten, die Wasserfallen zum Stammtisch trug, um daraus zu zitieren. Das waren dann die ganz besonders geglückten Abende, nach denen Abderhalden nicht des Pikettzimmers bedurfte und Wasserfallen nicht seiner Presskopf, man war bei sich gut aufgehoben, hatte erneut ein Stück Welt hinter sich gebracht, ohne daran zu verbrennen. Schrieb nicht Zeus, der Narr, an andrer Stelle:

DIE ANMASSUNG DES MENSCHEN, SICH DAS GEHIRN UNTERTAN MACHEN ZU WOLLEN, HAT DAZU GEFÜHRT, DASS DAS HIRN DES FOLTERKNECHTES DEM WAHNWITZ VERFIEL, NICHT ABER JENES ZEUS'. NICHTS WIRD GRAUSAMER SEIN, NICHTS GERECHTER ALS DIE RACHE ZEUS'. DENN SIEHE, NICHT ICH BIN GERECHT, UND NICHT ICH RÄCHE MICH, SONDERN DIE MAGD, DIE AUS DER SIEDLUNG KAM. *

Wasserfallen hatte sich oft gefragt, wie denn sein Wahnsinn aussähe, falls er einem verfallen sollte. Es waren spielerische Gedanken, er mass ihnen nicht viel mehr Gewicht bei als der Tatsache, dass auch er ab und zu etwas von der immensen Trauer spürte, die seine Kranken umgab wie ein undurchdringbarer Nebel, vom tiefen Schmerz in den Stimmen und im Schritt seines Krankenguts. Keiner kratzt freiwillig am beschlagenen Fenster, auch nicht der Mutigste, um einen Blick in die Abgründe zu tun, die man verursacht hat und für die man - wenn der Kirchendoktrin zu trauen ist - vor seinen Gott zu stehen kommt, mit nichts als den Abgründen, in die man andere stürzen liess. Solche Abgründe auszuloten, hätte es eines andern Kalibers bedurft, als es ein Wasserfallen war. Und Abderhalden war mit seinen Seelchen vollauf beschäftigt, die er, unfreiwillig, mit Don Ricardo teilte, was deren Stimmen und Stimmchen betraf.

Als dann Zeus, obwohl mit einer Unmenge Medikamente versehen, eines Nachts das Pikettzimmer stürmte, in Unterhose und Hemd wie immer, den Irrsinn in den Augen, die Angst, das Grauen, und nach dem tödlichen Schlag verlangte, der sein Leben beenden sollte, war die Nachtwache, ein kräftiger Mittvierziger, versucht, es zu tun. Weil keine Nacht verging ohne die grausamen Gesichter Zeus' und dieser immer mehr zum Wrack verkam. Bei der Supervision, im Beisein Abderhaldens und Wasserfallens, fühlte sich der Mittvierziger zu beichten genötigt, Zeus habe ihn derart gedauert, dass er beinahe zum Beil gegriffen habe, symbolisch gesprochen, denn selbstverständlich war ein Pikettzimmer nicht der richtige Ort, ein Beil aufzubewahren, und deshalb wurde es auch nicht im Pikettzimmer aufbewahrt, sondern in der Werkstatt, drei Stockwerke tiefer. Zeus habe immer nur von Augen gefaselt, die statt Schnee auf dem Hochfeiler lagen, Augen über Augen, die ihn, Zeus, angestarrt hätten, den wilden Blick halte er nicht mehr aus. Eine zusätzliche Ration Schlafmittel habe er ausgeschlagen, mit grober Hand vom Tisch gefegt habe er sie und geflüstert, dass auch eine Überdosis die Frau nicht vertreibe, das Mädchen am Berg, die Eisgeherin. Es sei einer Nachtwache nachzusehen, wenn sie die Geduld verliere. Er habe den Zeus mit Gewalt ins Bett gebracht und festgebunden, damit er den nächtlichen Frieden nicht weiter störe. Zeus habe gewimmert und geseufzt und ihn lange angesehen, wie ein gemarterter Christus habe er ihn angesehen, es sei ihm weh geworden unter dem Blick, und er habe schleunigst den Wachsaal verlassen.

Auf dem Korridor habe er das Stöhnen und Wimmern und Abbitteleisten und Weinen der andern gehört; da sei ihm Dantes Hölle in den Sinn gekommen, so müsse die sein.

Silvesternacht. Die Kranken verbrachten einen Teil davon Punsch trinkend und Karten spielend im Aufenthaltsraum, dem Salon, um einander beim Dröhnen der Hofglocken zu gratulieren, einander gute zukünftige Jahre zu wünschen, das heisse Glas in der Hand mit dem Punsch, dem kein Alkohol beigegeben wurde, weil sich das mit den Medikamenten nicht verträgt.

In dieser Nacht und während die Hofkirche das neue Jahr einläutete, ja drohend eindonnerte mit ihren riesigen Bronzeglocken, verlangte Zeus nach der Bücherliste, die, einigermassen sorgfältig geführt, den Bestand der anstaltseigenen Bibliothek wiedergab. Zeus hatte sich geweigert, am Silvesterfest teilzunehmen, wo Frauen und Männer gemeinsam an den kleinen Tischen auf unbequemen Stühlen sassen. Die eigens für Zeus beorderte Nachtwache dankte es ihm nicht. Mürrisch machte sich der Pfleger auf, das gewünschte Buch in der Bibliothek zu suchen, Aischylos' Tragödien. Was hatte der Narr mit dem Griechen am Hut, nun ja, man war ein Mensch. Wollte dem Zeus auch eine Freude gönnen in der Freudennacht, die war und gefeiert wurde auch von denen, die nichts zu feiern hatten.

Zeus, der metrische Gedichte hasste, las Aischylos, ein wahrhaft alarmierendes Zeichen. Wasserfallen konnte es nicht fassen, das müsse er seinem Stammtisch erzählen, seinen Freunden, kündigte er Abderhalden an. Das werde ein Riesenspass, freute sich Wasserfallen etwas leiser, weil nicht ganz klar war, was denn an dem Aischylos lesenden Zeus so spassig sein sollte.

Und Zeus las, vernahm von Prometheus, welches Schicksal ihn ereilen wird: dass eines schwachen Knäbleins Hand ihn stürzen wird, dem er Vater ist. Zeus las sein Geschick aus dem Buch Aischylos, dem Gestrengen in Dichtung und Wahrheit. Zeus übersah das Versmass, die Prophezeiungen fesselten ihn so sehr, dass ihm kalt wurde im leeren Korridor und er sich wünschte, bei den andern zu sein. Er selbst, durch seines Willens Unbedacht, las Zeus, wird sich der Herrschaft Zepter einst entreissen, ein Ehebündnis schliessend, das ihn wird gereun. Und, im Buch zurückblätternd, hörte er Ios Klage, dass

"im Kreis rollet wild das verwilderte Aug',
Von der Bahn mich hinweg reisst Wahnsinns Sturm
Aufwirbelnd den Geist, wild wirrend das Wort,
und der Zunge Gelall, anringt es umsonst,
In der steigenden Flut"

Zeus wusste vom andern Auge, dem ein andrer Wille aufgezwungen wird, nicht weniger grausam, ihm zur Schmach und zum Verderben. Zeus las und las und wusste, dass kein Entrinnen mehr möglich war, dass seine Zeit um war, die ihm zu lang bemessen schien, als sie noch Zukunft hatte. Aber das Ende der Prophezeiung blieb ihm verborgen.

Spät nachts kamen die Leidensgenossen zurück. Kein Glück war ihnen anzusehen vom neuen Jahr. Sie sahen Zeus schlafend am Rauchertischchen, den grossen Kopf auf dem Buch der Weissagungen, die ihn und nur ihn betrafen. Weil die Nachtwache döste wie alle Nachtwachen, nahmen Pipperger und Ricardo den Zeus in ihre Mitte, schleppten ihn in den Wachsaal und legten den Schlaftrunkenen behutsam aufs Bett. Pipperger streifte ihm die Socken von den Füssen, Don Ricardo schob ihm mit einer mütterlichen Geste das Kissen unter den schweren Kopf, deckte Zeus zu.

XXX.

Auch Flur entging der Unruhe nicht. Sie war in den Gassen spürbar, in den Restaurants, in den Privatwohnungen und Häusern, sie nahm vom Geissplatz Besitz und vom Regierungsgebäude, kannte keine Unterschiede in der Besitznahme, selbst bei Hof, dem friedlichsten aller Orte, brach der Unfriede aus, den die Unruhe säte. Dort hatte ohnehin, zu allem und aller Überfluss, einer das Zepter errungen, dem ein Wiederholungskurs in Lauterkeit und Edelmut angemessener gewesen wäre. Der jagte plötzlich, scheinbar planlos, das von Gott eingesetzte Personal zum Teufel, als ob sich Gott in der Qualität seiner Diener getäuscht hätte. Der mit dem Zepter war doch eigentlich in Rang und Ehre erhoben worden, um wider den Teufel zu kämpfen. Mit der zunehmenden Unruhe in Flur steigerten sich seine Unberechenbarkeiten zu wahren Orgien. Als hätte ein winziger Dompfaffe die Narretei des göttlichen Prinzips zu beweisen, fielen die Schläge, die jene Freidenkenden trafen, die ihm mit dem Mut wahren Christentums in den Schritt traten, wenn es die Gelegenheit ergab. Einer tobenden Barockputte gleich, schwang er den Weihrauchkessel über der Gemeinde, um seinem Gott zu dienen und den Weinberg vom unbotmässigen Geziefer zu säubern. Und die Unruhe, auch im Hof, schwoll an, wurde selbst während des Gottesdienstes spürbar, während des Dienstes an seinem Gott, den der Dompfaffe für katholisch hielt und unsterblich wie er selbst. Gott wirkt in den Schwachen am stärksten.

In den Restaurants wurde mehr als üblich gesoffen, was die Wirtsleute bereicherte, ihnen aber nicht bekam, weil man in dem Unfrieden, der die Stadt erfasste, kaum mehr Gelegenheit fand, dem Genuss zu frönen. Die Unruhe, die in der Anstalt Narrenwald ihren Geburtsort hatte, schien sich wie eine Droge der Stadt zu bemächtigen, so dass sie aus allen Fugen zu geraten drohte. Fremde rieten Fremden, die Stadt zu meiden, sie sei kein Ort zum Verweilen. Man sei dort des eigenen Atmens nicht sicher, sagte ein österreichischer Dichter, der allerdings nur ein paar Jahre später an Atemlosigkeit verstarb, die er sich im eigenen Land geholt hatte. Seiner Heimatstadt hatte er, als Ausgleich, ein eher kurzes Leben lang mit bissigbösen, niederträchtigen, genialen Texten gedient, die jeweils gleich nach ihrem Erscheinen in der Öffentlichkeit zu Tumulten geführt hatten, die dem hexenkesselartigen Zustand, dem Flur schliesslich zum Opfer fiel, nicht unähnlich waren. Hüben wie drüben zwangen sie der Stadtbevölkerung unsinnigste Verhaltensweisen auf, Verhaltensweisen, die man fälschlicherweise nur jenen zuordnet, die Anstalten wie Narrenwald bevölkern. Dort jedoch herrschte zwar Unruhe, ein eigentliches Aufbäumen gegen die aufgenötigte Trostlosigkeit, nicht aber ausgesprochene Narrenzeit, wie wahre Närrinnen und Narren das Leiden zu benennen pflegen, das zu tilgen sie sich vorgenommen haben.

In typischer Verkennung der tatsächlichen Verhältnisse behauptete Bonifazius Wasserfallen, dass es nun fast keine Rolle mehr spiele, wo man seinen Wein trinke, ob oben in Narrenwald, im privaten, intimen Rahmen seines Quirinals oder unten in Flur im Gasthaus Heilige Drei Könige. Flur sei aus den Fugen geraten, das sehe man auf den ersten Blick. Aus welchen Fugen allerdings und wie das enden werde, darüber wollte sich auch Wasserfallen nicht schlüssig äussern. Am Stammtisch wurden nach wie vor Krankengeschichten zum besten gegeben, ausgesuchte Witze und Anekdoten, aber es dünkte die Studenten, den Erzählungen fehle der Saft, die beiden Alten seien müde geworden. Abderhalden hatte ohnehin nie viel zur angenehmen Unterhaltung beigesteuert, er sprach wenig und konnte keinen Witz zuende erzählen, ohne dass einer der Runde, die Pointe ahnend, etwas herablassend abwinkte. Abderhaldens Fistelstimme also war kaum mehr zu vernehmen. Mürrisch starrte er vor sich hin, fixierte die Mitte des Stammtisches und war nicht mehr zu bewegen, Trinksprüche anzubringen, wie sich das für wackere Weintrinker gehört. Sein feistes Gesicht mochte sich auch nicht mehr aufhellen, wenn einem der jungen Studenten ein Witz besonders gut gelang. Die schwarzen Koboldaugen verschwanden fast ganz in den Fettwülsten zu beiden Seiten der Nase, die sich eigenmächtig ihren Weg aus dem Wulst zu bahnen schien, so dass man ihr Ächzen ob der Anstrengung beinahe zu hören glaubte.

Natürlich ächzte nicht Abderhaldens Nase, sondern er selbst, weil es dem Fleischkoloss immer schwerer fiel, sich von Stühlen, Bänken, Sofas, Ledersesseln und Pikettbetten zu erheben. Nach Luft ringend und japsend beschäftigte sich Abderhalden mit der Aufgabe, seinen ungeheuren Körper im Gleichgewicht zu halten, was wiederum seine Stammtischbrüder, allen voran die Studenten, mit klinischem Interesse verfolgten. Sie machten sich im Kopf Notizen, die nicht eben freundlich gemeint waren. Zuhause waren das Japsen und Ringen weniger demütigend, sah ihn doch keiner, und die Stimmen der Seelchen waren edelmütig genug, derlei Schwächen zu übergehen.

Mit Wasserfallen ging eine entgegengesetzte Veränderung vor sich. Seine Geschwätzigkeit steigerte sich in olympische Höhen, er hatte, seit er Abderhalden ausgestochen, auch dessen Vorrat an Witzen, Anekdötchen und Anekdoten übernommen, ja sogar dessen Krankengeschichten. Wasserfallen, so schien es, befand sich, was seine Psyche betraf, vollkommen im Lot. In Wirklichkeit wurde auch er von jener merkwürdigen Unruhe erfasst, die erst seine Anstalt ergriffen, sich dann wie eine unberechenbare Lava in die Stadt ergossen und schliesslich zu allerlei Komplikationen im zwischenmenschlichen Bereich wie im öffentlichen Leben geführt hatte. Wasserfallen war lediglich ein Meister in der Kunst des positiven Denkens, im Geist sah er sich bereits als Retter von Flur, heldenhaft gedachte er zu kämpfen. Geradeso heldenhaft wie sein grosser Vorfahr, dessen Standbild Nachtbuben erst kürzlich einen Kranz Gemsschädel um den aufgerissenen Körper banden, mit Benzin übergossen und anzündeten, so dass es bald einmal wie in einem Krematorium roch, so, als brieten die Eingeweide des Helden. Wasserfallen war sich der Ehre gewiss, nach dem hoffentlich noch in weiter Ferne liegenden Ableben als ein in Stein gemeisseltes Standbild zu überdauern, in alle Ewigkeit mit herrisch ausgestrecktem Arm auf den Neubau verweisend, Flur im Gedächtnis zu bleiben. So nahm er die Erregung gelassen, beobachtete sie jedoch aufmerksam, bereit, helfend einzugreifen, wenn es die Not und die Situation erfordern würden. In den Pikettzimmern seiner Anstalt häuften sich die Blankounterschriften unter den Einweisungsformularen, um so dem Ansturm auch weiterhin im Schlaf gerecht zu werden, den Wasserfallen trotz aller Aussicht aufs Heldentum nicht missen wollte.

Es gab bald keinen Bereich mehr, den die Unruhe nicht erfasst hatte und der nicht in Unfrieden versank. Mit geballter Wucht griff die Feindseligkeit um sich, unter den nun enthemmten Flurern herrschte das Gesetz des Stärkeren. In den ewig verstopften Strassen schlug man sich gegenseitig die Köpfe wund, um einen Vorteil zu erzwingen, entnervte Autofahrer fuhren entnervten Autofahrern die Karre zu Schrott, gelegentlich wurde auch geschossen. Tankstellenbesitzer erpressten die Kunden, Kunden Geschäftsinhaber, überhaupt, wer eines andern Dunkelstelle kannte, benutzte das Wissen ungeniert, um diesen zu demütigen, zu erniedrigen, auszubluten, zu zerstören, bis ein anderer kam, der von der Dunkelstelle des vermeintlich Starken Kenntnis hatte und das Wissen nun seinerseits ungehemmt einsetzte, um den vorher Stärkeren zu erniedrigen, zu demütigen, auszubluten und zu zerstören. Das einst so angenehm verschlafene, biedere Flur versank im Chaos, in der Anarchie. Dirnen, Zigeuner und Zigeunerinnen, Drogensüchtige, Obdach- und Arbeitslose gehörten zu den ersten Opfern, die zu bemitleiden gewesen wären, hätte sich wenigstens ein Teil der Flurer dieses Gefühls noch erinnert.

In Schlam, einer Nachbargemeinde Flurs, wurde der Polizeidirektor mit der Aufgabe betraut, sich einen brauchbaren Plan auszudenken, wie man der lästigen Zigeunerplage endlich Herr werden könnte, was der Beauftragte gewissenhaft tat, des Lobes sicher, das ihn erwartete. In einem mehrhundertseitigen Bericht beklagte er vorerst eingehend und alle Teufel beschwörend die unhaltbaren Zustände - für die zwar die Gemeinde verantwortlich zeichnete, die man aber ebensogut den fremden Gästen unterjubeln konnte, da diese sich nicht zu wehren wussten -, um dann der Beschreibung Schlussfolgerungen beizufügen, die von der versammelten Gemeinde mit Genugtuung aufgenommen wurden. Sie versprachen die Wiederkehr jener Ruhe, derer auch Schlam zunehmend verlustig ging. Die Idee eines militärisch gesicherten Lagers, stacheldrahtbewehrt und mit Wachtürmen versehen, wo man die Fremden für kurze Zeit zu beherbergen beziehungsweise auszuhungern gedachte, schien allen Beteiligten preisverdächtig, ausser den Fremden, die das Gelände fluchtartig verliessen. Vereinzelten Protesten begegnete man mit einer für diese Gegend typischen Selbstsicherheit, die andernorts Arroganz genannt würde. Das Kantonsblatt machte sich nicht etwa daran, solche Ideen zu geisseln, es geisselte vielmehr die Protestierenden, die davon faseln würden, dass man, wenn auch im Nachbarland, mit Fremden schon einmal ähnlich umgegangen sei, was bekanntlich zu Millionen Toten...

Am Nordende Flurs verjagten die Flurer jene Gäste, die sich seit Jahren in Wohnwagen oder einfach zusammengebauten Unterständen aufhielten und deren Kinder seit langem im Quartier zur Schule gingen. Die einheimischen Kinder hänselten sie immer wieder, sie holten sich das notwendige Vokabular am elterlichen Mittagstisch und erprobten dann an ihren Kamerädlein die Wirkung. Da half kein Bitten und Betteln, als die Schläger kamen, die Siedlung zerstörten und die Mütter und Väter mit ihren Kindern vertrieben. Das Recht auf Wohnung war ausser Kraft gesetzt, hatte keine Geltung mehr, war wertlos geworden ob all der Zwietracht, die in Flur um sich griff.

Im Rohr, dem Vergnügungszentrum Flurs, wurde bei hellichtem Tag eine Dirne von drei Jugendlichen vergewaltigt und erstochen. Niemand eilte zu Hilfe. Während die Frau schrie und schliesslich verstummte, raubten andere Täter seelenruhig eine Bank aus und erschossen zwei Geiseln.

Für die Frauen wurde es ohnedies immer gefährlicher, die Stadt nachts und allein zu betreten. Sie blieben zunehmend zuhause und strickten, bis bald einmal das öffentliche Leben ohne Frauen stattfand, die Strassen von Frauen gesäubert waren. In den Boutiquen und Warenhäusern wurden plötzlich wieder Keuschheitsgürtel angeboten, Keuschheitsgürtel in allen Preislagen und Materialien, so dass auch der Arme vom Genuss profitieren konnte, seine Gattin treu und ergeben zu wissen, während er selbst sich im Rohr vergnügte, wo noch vereinzelt Frauen zur Verfügung standen, die ohne Keuschheitsgürtel die Wünsche der Männer befriedigten. Doch die Männer, des einheimischen Fleisches bald überdrüssig, suchten nach andern Möglichkeiten, sich sexuell und möglichst angenehm zu betätigen. Mit grossem Elan machten sie sich auf, die billigsten und willigsten aller Mädchen aufzusuchen, welche die Welt zu bieten hat. Sie flogen in Gruppen über die Meere, um dort Krankheit und Tod zu verbreiten. Befriedigt kehrten sie von ihren Raubzügen zurück, ein Zoll Mann mehr ein jeder, nachdem er sich Kinder oder junge Frauen gefügig gemacht hatte. Kehrten zurück, die Männer, sich der Unversehrtheit ihrer keuschheitsgürteltragenden Frauen zu vergewissern, sich an der liebevoll gedeckten Tafel oder vor den Fernseher zu lümmeln, um die Phantasie für den nächsten Raubzug anzustacheln.

Als dann ein Flüchtlingsheim angezündet wurde und vier dunkelhäutige Flüchtlinge nach ihrer Gedenkfeier für den toten Grossvater jämmerlich verbrannten, hätte man annehmen können, dass der nachfolgende Schock dem Unfrieden die Spitze bräche. Weil aber der Schock nicht den verbrannten Fremden galt, sondern der Furcht, dass die Tat den Zustand Flurs auch denen entlarven könnte, die bis jetzt die Region mit ihrem Feriengeldsäckel reichlich beehrt und gefüttert hatten, geschah nichts weiter, als dass man den Fall nicht wirklich aufklärte, ihn in den Amtsschränken verschimmeln liess, bis er, ausser von den Angehörigen der Opfer - aber die waren unwichtig -, gnädig vergessen wurde.

Infolge des erhöhten Alkoholkonsums im Gasthof Heilige Drei Könige war man auch dort auf Schutzmassnahmen angewiesen. Schlägertrupps verteilten sich, erst ziemlich diskret, schliesslich ohne die geringste Scheu und sehr selbstsicher, an die verschiedenen Tische, um das Geschehen zu kontrollieren und einzugreifen, wenn es die Situation erforderte. Sie trugen Lederjacken, dunkle Hosen, blaue Hemden und Krawatten, man hätte die Schläger beinahe adrett nennen können, wären da nicht die entschlossenen Gesichter gewesen, der Anarchie zu trotzen, die sich auch im Gasthaus Heilige Drei Könige auszubreiten versuchte. Wurde einer der Gäste laut, bedurfte es meist nur eines Blicks, ihn sofort zu beruhigen; wenn nicht, dann half als kleine Drohung der Griff zur Pistolentasche oder zum Knüppel. Gäste, die sich besonders ungewöhnlich benahmen, spedierte man kurzerhand in die Heil- und Pflegeanstalt Narrenwald, was sehr bald zu einer grotesken Überbelegung der Abteilungen führte und gleichzeitig Wasserfallens Neubau ein für allemal öffentlich legitimierte. Man bat jetzt geradezu um den Neubau, die Bevölkerung schrieb Petition um Petition an die Regierung, sie solle sich mit dem Projekt beeilen, den Neubau von fachkundiger Hand hochziehen lassen und für neue Betten sorgen, um die auffällig gewordenen Bürger endlich und ebenso fachkundig einsperren zu können. Der Etat der Anstalt wurde erheblich erhöht, das Geld konnte man vom Kulturfond abzweigen, da es an Kulturschaffenden mangelte, die nach Meinung der Förderer der Förderung würdig gewesen wären. Den Rest des Geldes besorgte man sich aus der Fürsorgekasse. Dieses Büro konnte man schliessen, da auch Arbeitslose, Drogensüchtige und "leichte" Mädchen, kurz: sozial Benachteiligte, der Anstalt überantwortet wurden. Einige Flurer Bürger gingen sogar so weit, sich einen Platz in der Anstalt reservieren zu lassen, falls auch sie einmal der Hilfe bedürften. Als andere Einheimische besorgt davor warnten, dass mit den Geschichten der Kranken Unfug getrieben werde, diese ohne Wissen und Einverständnis der Betroffenen für fragwürdige Untersuchungen missbraucht würden, reagierte niemand. Selbst die Aussicht, möglicherweise als minderwertig, erblich belastet oder gar als ein moralisch schwachsinniges Objekt in die Untersuchungen einzugehen, hielt die Vorsorgenden nicht davon ab, sich als zukünftige Insassen der Anstalt einschreiben zu lassen. Die Bürger von Flur, derart versichert, sahen dem Alter ruhig entgegen, soffen weiter, hurten weiter, mal in der Heimat, mal ennet dem Meer, dem grossen. Wasserfallen hatte alle Augen voll zu tun, zu beobachten, was ihm da alles als künftiges Krankengut angeboten wurde. Er sass geschwätzig und selbstsicher im Gasthaus Heilige Drei Könige, trank Wein und unterschätzte die eigene Unruhe oder deutete sie unrichtig, was auf dasselbe herauskam, denn beides machte ihn unvorsichtig.

Im Zimmer 12a lag Adolf Stauch nachdenklich auf dem bequemen Bett, die Arme unter dem Kopf verschränkt. Noch immer hielt sich Stauch in der Stadt auf, obwohl er sich vorgenommen hatte, sie nach getanem Werk sofort zu verlassen. Es war dem Augenkünstler nicht eindeutig klar, was ihn denn eigentlich in Flur zurückhielt, nachdem er Rosa Zwiebelbuch zu Hilfe geeilt war. Vor dem Verlassen der Anstalt konnte Wasserfallen es nicht unterlassen, seinen Gast durch die Anstalt zu führen, obwohl Stauch mit Miene und Gesten zu verstehen gab, dass er auf derlei Bevorzugungen keinen Wert lege, er im Gegenteil beim Anblick der Kranken Beklemmung verspüre und ein Mitleid, das Wasserfallen einigermassen verwundert zur Kenntnis nahm. Seine wissenschaftliche Unbeirrbarkeit kannte kein Mitleid, sein Krankengut harrte, so meinte Wasserfallen, anderer Mittel als des Mitleids, wollte versorgt werden, behandelt, nicht bemitleidet. Aber Adolf Stauch konnte sich nun einmal eines mitleidigen Schauderns nicht erwehren, als er die Abteilungen durchschritt, und in der Männer E, beim Anblick Pippergers und Ricardos, hatte er das Gefühl, zuviel des Elends zu sehen, obwohl Pipperger und Ricardo im Begriff standen, sich endlich zu emanzipieren, aus dem Käfig auszubrechen, in dem man sie während Jahrzehnten eingesperrt gehalten hatte. Adolf Stauch blieb das Geschehen verborgen, er sah nur den wild gestikulierenden, Psalmen sabbernden Ricardo und dessen Freund, etwas blöd grinsend, meinte, das Grinsen gelte ihm, dem ungebetenen Besuch. Aber Pipperger hatte den Gast nicht einmal wahrgenommen, so sehr war er in sein Inneres vertieft, um nach den Schlüsseln zu den Türen zu suchen, die in die Kammern seines Bewusstseins führen mussten. Etwas in ihm wusste oder glaubte sie noch immer nicht verloren.

Als Wasserfallen seinem Gast schliesslich Zeus vorführte, ihm diesen als Zeus vorstellte, zumindest nenne er sich so und werde von den andern auch so gerufen, liess Adolf Stauch einen spitzen, aber leisen Schrei fahren und konnte nicht begreifen, dass ihm der Seelendoktor nicht schon vorher, in seinem Quirinal, von Zeus erzählt hatte. Dass Wasserfallen ihm diesen, ob absichtlich oder nicht, verschwieg, ungeachtet seiner sorgfältigen Ausführungen über die griechische Göttergeschichte und das Auge der Thetis, das er, Adolf Stauch, für Rosa Zwiebelbuch geschaffen hatte. Wasserfallen, von bekannt einfachem Zuschnitt, wunderte sich wieder und schalt sich einen Narren, den Fremden durch die Abteilungen geführt zu haben, trotz seines offensichtlich labilen Gemütszustands. Andererseits interessierte ihn Stauchs Reaktion als ein Ausdruck der Neurose, von der letzterer wirklich besessen schien.

Adolf Stauch staunte den breitschultrigen, immer noch kräftigen Mann an, der verloren am Rauchertischchen der Männer E sass und seinerseits nicht die geringste Notiz von Adolf Stauch nahm. Statt dessen starrte er auf den Hof hinunter und auf den Friedhof, wo jetzt fast täglich Gräber ausgehoben wurden. Adolf Stauch konnte sich an dem Anblick nicht satt sehen, schaute Zeus fast unverschämt ins Gesicht. Atemlos nahm er auf, was er sah und wusste plötzlich, was damals in seinem Stuttgarter Atelier geschehen sein musste, bevor er die Rosa aus den Trümmern befreite und diese bald darauf verschwand, ohne Abschied und Papiere, aber mit der unschuldigen Glasschale, die Stauch ihr zum Antritt als rätselhaftes Geschenk überreicht hatte.

Lange hielt der Augenkünstler Zwiesprache mit dem von ihm abgewandten Gesicht. Stauch war ein echter Menschenfreund, einer der letzten, da Menschenfreunde, wie annodazumal Dinosaurier, vom Aussterben bedroht sind und die wenigen noch vorhandenen Exemplare sich mit gutem Grund verstecken. Weil Stauch also ein wahrer Menschenfreund und Kenner des Schicksals war, verurteilte er den nicht, der ihm die Rosa entrissen hatte, damals, als das Inferno von seinem Atelier Besitz ergriff und kein Auge auf dem andern blieb. Demütig stand er vor dem sitzenden Mann, der ihn aber nicht sehen wollte und nicht verriet, ob er von der stummen Zwiesprache beeindruckt war oder nicht, ob er sie überhaupt wahrnahm.

In der Nacht zuvor hatte Zeus einen seiner wildesten Träume, was die Frau, das Mädchen am Hochfeiler betraf, und noch eindringlicher warnte er die Nachtwache vor dem Bevorstehenden, das ihn ereilen würde, ohne dass jemand einzugreifen vermöchte. Die Nachtwache, ein junges Mädchen, eine Hilfsschwester, ängstigte sich derart, dass sie nach Hilfe schrie und Wasserfallen anrief, der aber nicht zu wecken war, wahrscheinlich den Telefonstecker rausgezogen hatte, um das lästige Läuten nicht zu hören. Mit ihren verängstigten Hilferufen weckte die Nachtwache lediglich die Kranken, die nun ihrerseits verängstigt um Hilfe riefen, schrien, stöhnten und zitterten ob der Traumfetzen, die ihnen trotz der abrupten Weckart im Gedächtnis haften blieben. Die Nachtwache wurde ein paar Tage darauf von der Klinikleitung entlassen, weil sie unverzeihlicherweise von ihren vergeblichen Hilferufen erzählt hatte, auch von den Blankounterschriften auf den Einweisungsformularen, die doch als streng geheime Sache galten, top secret, pflegte augenzwinkernd Wasserfallen zu sagen, wenn er auf diese Vereinfachung der Anstaltsgewohnheiten und -vorschriften zu sprechen kam und darauf, dass sich das Personal seines Vertrauens würdig erweisen solle.

Stauch verliess die Anstalt ziemlich verwirrt, nicht ohne Wasserfallen für die Führung höflichst gedankt und sich ebenso höflichst empfohlen zu haben. Er schritt die Ratenzerstrasse hinunter und steuerte zielsicher das Restaurant Zur Lilie an, um sich dort zu stärken und nachzudenken. Da aber ganz Flur von der seltsamen, eigenartigen, ja fremdartigen, nie dagewesenen Unruhe ergriffen war und überall Unfriede herrschte, wo man auch hinkam und -schaute, hatte Stauch keine Lust, sich lang in dem Lokal aufzuhalten. Den Kaffee hatte er noch nicht einmal berührt, aber bezahlt, und so konnte es dem Kneipenpersonal egal sein, ob er ihn trank. Stauch fühlte sich nach der Bezahlung entlassen und nahm den Weg mutig wieder unter den festen Schritt, dem Gasthaus Heilige Drei Könige zu. In der Gaststube spielten sie lautstark Karten, würfelten und knobelten; am Stammtisch der Helvetia warteten immer noch die Studenten auf ihre Väter, obwohl sie sie gern und oft, hinter vorgehaltener Hand, müde Alte nannten. Hinter der Theke hantierte die Wirtin etwas hektischer als sonst, sie war auch als Wirtin vor den Argusaugen der Schlägertrupps, die sie zwar bezahlte, aber nicht wirklich befehligen konnte, nicht sicher.

Heute hatte sie ihren schlechten Tag, wie man das nannte. Die exakte Höhe des Schaumkragens im Bierglas geriet ihr ebenso daneben wie der Kaffeefertig für den Herrn Luder, auf den dieser eigentlich verzichten müsste, wenn ihm die Gesundheit lieb wäre. Maria, die Kellnerin, hatte ihr Lächeln verloren, das ihr sonst so gutmütig im Gesicht gestanden hatte.

Stauch durchquerte den verrauchten Raum, mit Interesse alles wahrnehmend, was sich seinen aufmerksamen Augen darbot. Nur die Schläger ignorierte der Künstler; ihm, dem Gewalt fremd war, vermittelten sie ein diffuses Gefühl der Furcht und des Grauens. So tief also war man in Flur gesunken, dass man sich einer Schlägertruppe bediente, vor der selbst die Auftraggeber Angst haben müssten, sähen sie richtig hin, sähen sie in die Augen der Schläger, Augen, die roh in den Höhlen zu flakkern schienen, bar jeder menschlichen Regung und jeden Mitgefühls für die geplagte Bevölkerung, die das Unglück getroffen hatte. Breitbeinig besetzten die Rabauken Stühle und Tische, trommelten Marschlieder auf die eichenen Tischplatten; manchmal malträtierte einer die schmiedeisernen Aschenbecher, bog die Steinböcke zuschanden, die sie zierten, oder andere Embleme, welche die Kundschaft bezeichneten, die das Recht hatte, den Tisch zu benutzen. Die Aufpasser liessen auch den Stammtisch der Studentenverbindung Helvetia nicht aus den Augen, entsandten einen der Ihren, den Fähigsten, dort Platz zu nehmen. Der fegte zwei Studenten wie lästige Insekten von ihren Stühlen, setzte sich und diente seiner Aufgabe als Hüter der Ordnung.

Adolf Stauch grüsste nach allen Seiten, kurz und verhalten, nahm den Schlüssel aus den Händen der Wirtin in Empfang und sich vor, nun endlich auszuruhen, der Musse zu frönen. Unter den wachsamen Blicken der Schläger verliess er die Wirtsstube, stieg die zwei Treppen hinauf und betrat 12a, sein Zimmer mit Blick auf die Sternengasse.

Nun lag Adolf Stauch auf dem bequemen Bett mit dem fröhlich geblümten Übertuch, die Hände hinter dem Kopf verschränkt, die Stirn gefurcht vor Anstrengung, die richtigen Worte für seinen Brief zu finden, den er Bonifazius Wasserfallen zu schreiben gedachte. Einen Nachtrag zu seiner Erzählung, so meinte Stauch, war er Wasserfallen schuldig, es war notwendig, das Schlimmste abzuwenden, damit keiner ins Schicksal der Rosa Zwiebelbuch und des Zeus hineinpfuschte, es zerstörte, in andere Bahnen lenkte, wie es ja auch dieser Zeus vor Jahrtausenden erzwingen wollte. Stauch furchte die Stirn noch tiefer und begann dann im Geist zu schreiben, dass Wasserfallen einem kapitalen Fehler erliege, wenn er über die Existenz des Göttervaters schweige. Das Wesentliche könne nicht verschwiegen werden, und Zeus sei nun einmal das Wesentliche, wenn man Rosa Zwiebelbuchs Schicksal berücksichtige. Stauch war vom Gedanken besessen, einen langen Brief abzufassen und erst, wenn es keinen andern Schreibgrund mehr gab, zu den letzten Dingen zu kommen, die so ein Brief auch enthalten musste: Empfehlungen, Prognosen und Ratschläge, die irgendwie abgesichert daherkommen mussten, Wasserfallen sollte sie sich wirklich zu Herzen nehmen. Im übrigen war es schon schwierig genug, Wasserfallen zu erklären, weshalb ihn denn plötzlich die Erleuchtung heimgesucht hatte, ganz unerwartet, und er jetzt zu wissen glaubte, was damals, in der Nacht vor DEMTAG, wirklich geschah.

Der aggressive Lärm in der Gasse störte ihn beim Denken, auch das Hupen und Anfahren und die quietschenden Bremsen der Autos. Also schloss er Fenster und Läden, um sich zu konzentrieren, obwohl das Zimmer überheizt war und er in der trockenen Hitze kaum atmen konnte.

Stauch bettete sich noch etwas bequemer auf das bequeme Bett und versuchte, Bonifazius Wasserfallen die Logik der laufenden Geschichte möglichst einfach zu erläutern, was einiger Anstrengung bedurfte. Da sei einer gewesen, der habe im Blauen Engel gewohnt, über dem Zimmer der Rosa. Der habe einer seltsamen Leidenschaft Zeit und Geld geopfert, nämlich Uniformen zu erstehen und, in diese gewandet, fremde Menschen zu erstaunen oder zu erschrecken. Die Seifertgasse habe aber bald über den Spinner gelacht und ihn ziehen lassen, selbst wenn er sich in der Uniform der Hitler-Jugend produzierte, in kurzen Hosen und braunem Hemd, das über dem mächtigen Brustkorb des Giganten spannte. Dem Spinner habe aber keiner Böses und alle nichts Gutes antun wollen, man habe ihn in Ruhe gelassen wie andere Spinner auch, zum Beispiel seinen, Adolf Stauchs Nachbarn. Der habe jeweils zu früher Morgenstunde das Haus mit der Aktentasche verlassen, in der sich kein einziges Arbeitspapier, wohl aber eine Flasche Wermut befunden habe. Abends, leicht torkelnd, sei er zurückgekommen, mit leerer Aktentasche, da er tagsüber den Inhalt am Fluss gesoffen habe. Besagter Spinner sei, schrieb Stauch im Geist an den Sehr geehrten Doktor Wasserfallen, mit der hübschen Lüge auf den Lippen gestorben, täglich gewissenhaft zur Arbeit gegangen zu sein, obwohl er seit Jahren arbeitslos gewesen sei und eine bescheidene Rente von der Fürsorge bezogen habe. Man habe ihm die Lüge nachgesehen wie dem Fremden die Hitler-Jugend-Uniform, schliesslich sei in diesen Zeiten jeder mit einer Macke behaftet, man habe mit solchen zu leben.

Ihm, Adolf Stauch, war Toleranz frühzeitig eingebläut worden, zusammen mit der griechischen Mythologie und allen Hexa- und andern Metern, zuhause am Esstisch, wenn der Vater der Mutter das Wissen beizubringen versuchte, das sie vermissen liess. Stauch hatte sich am Esstisch das Rüstzeug geholt, ein tüchtiger, feinsinniger Augenexperte zu werden, ein Künstler, den die Unwissenheit der Mutter bedrückte, einem granitenen Stein gleich, den er nie abzuschütteln vermocht hatte. An diesem Stein erblühte und alterte Stauch, ein einziges Blühen und Welken war es, das ihm dieser Mutterstein bescherte, das Gestein, das sein Leben geformt und ihn dazu gebracht hatte, dem Auge zu dienen und nichts als dem Auge, obwohl diese Erinnerung mit der Kriegsverletzung 1944 unwiederbringlich verschüttet worden war.

Den Zeus, wie er sich jetzt nannte, habe man, setzte Stauch seinen Kopfbrief an Wasserfallen fort, bald vergessen, integriert, so nannte man es an der Seifertgasse. Ihm, Stauch, liege ganz besonders am Herzen, Wasserfallen zu beteuern, dass man in einer toleranten Stadt lebe, wo derlei Auffälligkeiten wie das Tragen von Hitler-Jugend-Uniformen nach einem ersten Staunen mit Gelassenheit zur Kenntnis genommen werde und schliesslich als ein Umstand im Alltagsleben aufgehe, den zu erwähnen sich nicht weiter lohne. Man habe den Uniformierten akzeptiert wie weiland seinen Nachbarn, den Säufer, er, Wasserfallen, wisse schon, den Arbeitslosen mit der Aktentasche. Er selbst, Stauch, das habe Wasserfallen gewiss bemerkt, sei auch nicht ein Ausbund an Normalität, mit seinen Augen und der Vorliebe für griechische Götter, die sich so säuisch benahmen. Er wolle sich beileibe nicht als verrückt deklarieren, nein, aber man wisse ja schliesslich, dass Künstler und Wissenschafter...

Zeus habe also über dem Zimmer der Rosa gewohnt und sich tagsüber der Stadt gewidmet, die ihn litt wie viele andere, die aus der Norm fielen. Er sei nicht sonderlich aufgefallen, von der Jungenuniform mal abgesehen, habe am Stadtteich Enten und Gänse gefüttert mit dem Frühstücksbrot aus der Pension Zum Blauen Engel, habe Schaufenster abgeschritten, stundenlang, habe sich die Auslagen aufmerksam angeschaut, ohne aber eine besondere Gier oder sonst ein Gefühl an den Tag zu legen, das ihn in den Augen der Bewohnerinnen und Bewohner und insbesondere in den Augen der Ordnungshüter hätte verdächtig werden lassen. Mit Zeus sei, abgesehen von der unsäglichen Uniform, alles in Ordnung gewesen, ein Mann wie jeder andere, wenn auch eine Spur zu unbesorgt mit der Zeit umgehend. Schliesslich sei er von allen freundlich gegrüsst worden, ausser von der Rosa natürlich, die grundsätzlich niemanden gegrüsst habe ausser ihn, ihren Brotherrn. Die habe auch nach dem eindringlichsten Grüssen ihrer Nachbarn nie die Augen zum grüssenden Mund dieser Nachbarn erhoben, habe sich, im Gegenteil, noch schneller um ein sicheres Heimkommen bemüht, entweder zu ihm, Adolf Stauch, oder in den Blauen Engel, wo sie schlief. Ab und zu habe man Zeus im zoologischen Garten angetroffen, die Affen fütternd, er habe dort ganze Nachmittage verbracht. Manchmal habe man so etwas wie Melancholie an dem Fremden entdeckt, wenn die Luft klar und durchsichtig gewesen sei.

Dann - und hier beginne seine, Stauchs persönliche Spekulation - müsse Zeus der Rosa endlich begegnet sein, was ja mit ziemlicher Sicherheit voraussehbar gewesen sei; sozusagen Tür an Tür, wie die beiden im Blauen Engel wohnten, dünke es ihn, Stauch, ohnehin lachhaft, dass sich die beiden nicht schon vorher, am ersten Tag ihres Aufenthalts im Blauen Engel, begegnet seien, der eine in der Hitler-Jugend-Uniform, Rosa im sittsamen Kleid. Die Begegnung könne überall stattgefunden haben, im Treppenhaus zum Blauen Engel ebenso wie in dessen Frühstückshalle, in den Strassen Stuttgarts, in einem gemütlichen Café, einer Bierstube, im Kino. Wichtig finde er, zu überlegen, was einer tue, wenn er eines Mädchens ansichtig werde und es begehre. Doktor Wasserfallen möge sich seiner eigenen Brunst erinnern, die ihn beim Anblick eines wohlgewachsenen Mädchens befallen habe, früher, in den Jugendjahren und ehe er den verantwortungsvollen Posten als halber Leiter einer Irrenanstalt angenommen habe, um im Dienste der Kranken aufzugehen. Da habe man auch manches Ungemach auf sich genommen, der heimlich Geliebten habhaft zu werden, sei ihr nachgeschlichen, mit Rosen in der Hand und schönen Worten auf den Lippen. Ähnlich müsse auch Zeus gehandelt und die Rosa verfolgt haben, über Stock und Stein, wenn er sich diesen kleinen Scherz erlauben dürfe.

Adolf Stauch seufzte auf seinem Bett und schob sich umständlich ein Kissen unter den Kopf, die Hände entlastend, die ihm eingeschlafen waren. Der Lärm aus der Sternengasse schien ihm jetzt unerträglich, die hupenden Autos, kreischende Frauen, brüllende Männer, Hundegebell und dazwischen die herrischen Befehle der Schlägertruppe, der nicht nur die Sicherheit des Gasthauses Heilige Drei Könige, sondern auch die Sicherheit der Gasse davor anvertraut war. Vom Hof her ertönte zu Stauchs Unmut obendrein die Vesperglocke, ein unschönes Gebimmel mitten im Lärm, der ihm ohnehin Kopfweh verursachte. Wo war er stehengeblieben?

Wann wohl hatte Rosa Zwiebelbuch ihren geheimen Verfolger erstmals bemerkt? Hatte sie ihn zurechtgewiesen? Ihm gedroht, gar mit der Polizei? War sie geschmeichelt, stolz auf das

Werben des Fremden? Er, Stauch, wusste es nicht. Die Rosa hatte nie auch nur einen Ton verlauten lassen, der sie verraten hätte. Aber, so dachte Adolf Stauch, auch eine Rosa wird das Mannsbild nicht übersehen haben, das vor Gesundheit strotzte und eine Frau so gierig anzuglotzen wusste. Die Rosa musste ihn bemerkt haben, soviel war sicher.

Und dann, sinnierte Stauch, musste in jener Nacht das Unfassbare geschehen sein. Zeus, seiner Sinne nicht mehr mächtig, hatte die Rosa bis ins Atelier verfolgt, hatte gewartet, bis drinnen in den Läden die Lichter gelöscht wurden und draussen die Leuchtreklamen zu leuchten begannen. Zeus musste gewusst haben, dass die Rosa das Atelier nach Schluss der Sprechstunde reinigte, dass sie putzte und bohnerte, was tagsüber die Kunden verunreinigten: Böden und Teppiche, Sessel, gelegentlich auch die Toilettenschüssel oder das Waschbecken. Zeus hatte, und das war eine gesicherte Tatsache, gewartet, bis er, Stauch, das Atelier pünktlich wie jeden Abend um halb acht verliess, nicht ohne Rosa ans Herz gelegt zu haben, das zweimalige Schliessen der Eingangstür nicht zu vergessen. Und dann, Stauch bebte vor Erregung, musste Zeus kurz vor dem bevorstehenden Schliessen der Tür ins Atelier geschlichen sein und die Rosa überwältigt haben, einfach so, ohne Gewissensbisse und ohne Mitleid. Stauch sah die Szene vor sich, die zitternde Rosa, die wimmernde, wehklagende Rosa, auf den Knien und von der menschlichen Last gebeugt, die sie auf den Boden zwang, der ihr zu putzen und zu bohnern aufgetragen war. Stauch konnte sich seiner Erregung nicht erwehren, malte das Bild weiter aus, sah die zitternde Rosa am Boden, Zeus über ihr, der sich unsterblich glaubte, verewigt in ihrem Fleisch.

So oder ähnlich muss es geschehen sein, schrieb Stauch in Gedanken an den Sehr verehrten Herrn Doktor.

Wie mochte Rosa gewütet haben, als sie erfasste, was ihr geschehen war. Stauch sah fast plastisch Rosas Toben, wie sie aufgesprungen sein musste, sich wild wehrend und um sich schlagend, die zuverlässigen Hände zu Fäusten geballt und schliesslich zertrümmernd, was ihr sonst lieb gewesen war und was sie in normalen Zeiten gepflegt hatte, sein, Stauchs Lebenswerk. Aber dem konnte sie nichts antun, dem Zeus, der sie mit einem brüllenden Gelächter bestiegen hatte und schwängerte, so sehr sie sich auch an ihm rächen oder zumindest das Schicksal abwenden wollte. Dem Söhnchen, dem ungebetenen, konnte sie zu der Zeit kein Leid antun. Noch nicht. So wird die Rosa wohl am Mobiliar getobt und seine Augen zerstört haben ob all des Schmerzes, den sie nicht verhindern und nicht dem zufügen konnte, der sie gedemütigt hatte. Darum wird sie sich an den Augen vergriffen haben, Auge um Auge zerstörend als Trost oder als Rache für die Tatsache, dass sie dem nicht wirklich ins Auge sah, der sie gewaltsam nahm.

Stauch war beinahe glücklich, dass er die Geschichte endlich zusammengebracht, ihr eine Logik verliehen hatte, die ihm plausibel vorkam. Er hatte nur geringe psychologische Kenntnisse und kannte sich nicht aus in den Wiederholungsmechanismen, die den Verlauf eines Lebens so ärgerlich bestimmen können. Er wusste nichts vom Käfig, den Rosa Zwiebelbuch eine Jugend lang bewohnte, aus dem sie mit seiner Hilfe, dank seiner Visitenkarte eben, ausgebrochen war, um sich endlich zu befreien. Das Geschehen in seinem Atelier hätte ihn doppelt traurig gestimmt, denn am Göttlichen hängt auch das Banale, und mit dem Banalen wollte sich einer wie Stauch nicht befassen, zu hehr erschien ihm die Welt der Götter, deren Liebesabenteuer er zu malen versuchte.

In der Wirtsstube hatten sich die Studenten weniger gut unterhalten, weil da einer am Tisch sass, der nicht ihrer Zunft und schon gar nicht der Couleur angehörte, die sie an den lächerlichen Bérets trugen. Immerhin, man hatte dem Wein wie üblich zugesprochen, auch unter Aufsicht, und Wasserfallens Witze schienen ihm selbst heute besonders gelungen, obwohl er einen leisen Zweifel in den Studentenaugen zu entdecken glaubte, der ihm, unter andern Gegebenheiten, wahrscheinlich Kummer bereitet hätte. Aber jetzt war keine Zeit für solche Sentimentalitäten.

XXXI.

Er sei nur ein winziges Rädchen im Getriebe Gottes, diktierte Wasserfallen der Chefsekretärin Anneliese Münzengeier bescheiden aufs geduldige Papier. Die Herren Minister Völler und Ruwi - der eine war verantwortlich für das Polizeiwesen, der andere für Touristik und Kultur - hatten gemeinsam an den Konferenztisch geladen, der im 1. Stock des Regierungsgebäudes im Zimmer 37 stand und von einem abscheulichen Gummibaum überschattet wurde. Völler präsidierte die Versammlung, was er dadurch unterstrich, dass er sich an den Kopf des Tisches setzte und, derart plaziert, das Geschehen mühelos überblicken konnte. Hinter Völlers Rücken ragte ein altmodisches Waschbecken aus der Wand, über dem sich der Vorsitzende von Zeit zu Zeit gründlich die Hände wusch. Ihm zur Linken sass Ruwi. Die beiden waren für ihre verbalen Schlagabtausche berüchtigt, Duelle, die sie in aller Öffentlichkeit austrugen und, je nach ihrer individuellen Verfassung, für den einen oder andern entschieden. Öfter jedoch endeten diese Duelle mit einem Patt, was der Öffentlichkeit jeweils die zweifelhafte Freude oder eine weniger zweifelhafte Schadenfreude bescherte, die Streithähne, jeder mit hängender Zunge, gemeinsam zu bewundern und ihre Sympathien salomonisch an beide zu verteilen. Gewann der eine, führte dies meist zu Schlägereien, war doch eine Hälfte der Öffentlichkeit immer für den andern, der verlor. Gewann der, der beim vorangegangenen Duell verloren hatte, fühlte sich die andere Hälfte beleidigt und schlug auf die los, die dem Gewinner zujubelten. Aber wenn man es genau nimmt, war das alles nicht so ernst gemeint, man prügelte halt einfach so, hatte Lust am Prügeln, da war so ein Anlass eben recht. Die öffentlichen Auseinandersetzungen, die zur Freude aller Hobbylinguisten nie ohne gegenseitige, originelle Verbalinjurien endeten, waren dazu besonders geeignet.

Um so mehr überraschte deshalb diese Einladung ins Regierungsgebäude, von beiden, Völler und Ruwi, unterschrieben, der eine mit zierlicher Handschrift, der andere mit grossen, etwas zu selbstsicheren Schriftzügen: Völler und Ruwi.

Der Grund für die fast täglich erfolgenden öffentlichen Auseinandersetzungen der beiden Minister lag in ihrer verschiedenen Herkunft. Der eine bezeichnete sich als Oberländer und als solcher konservativen Werten mehr verpflichtet als dem neumodischen Zeug, dem wiederum der andere anhing. Der, sich Unterländer nennend, schwärmte gern von der Vision einer multikulturellen Gesellschaft, die aber nach seinen Vorstellungen Dunkelhäutige, Arme oder Flüchtlinge von ennet allen Meeren nicht einschloss. Seine diesbezüglichen Ideen beschränkten sich auf einen wirtschaftlichen und kulturellen Zusammenschluss des Sprachgebiets, dem er sich als echter Sohn seiner Heimat verbunden fühlte. Das jedoch erzürnte den andern, dem nur ein konservativer, rigoroser Separatismus jene Werte zu schützen schien, mit denen er in der Enge der Berge aufgewachsen war. Während der eine dem gesamten Sprachgebiet eine Art verbale Zwangsjacke überstülpen wollte und diese gern gesetzlich verankert gesehen hätte, bemühte sich der andere um die besonders konservative Pflege seines heimatlichen Idioms. So konnte er von seinem Kontrahenten nicht mehr verstanden werden, der dieselbe Mundart, aber stark östlich geprägt, modernisiert und heutigen Ansprüchen angepasst hatte. Diese gedachte er nun allen aufzuzwingen, auch den Berglern aus dem Oberland, Völlers Heimat. Die Auseinandersetzungen der beiden drehten sich denn auch nur um ihre verschiedenen Idiome, und dies zeugte von ihrer Heimatverbundenheit, so dass sich die Öffentlichkeit vor den modernistischen Schwärmereien des einen und den konservativen Wertvorstellungen des andern nicht sonderlich zu fürchten brauchte. Das wiederum war den Prügeleien förderlich, die dadurch an Fröhlichkeit gewannen.

Nun hatte man also gemeinsam zu Tisch geladen, Völler und Ruwi, deren Physiognomien trotz ihrer intellektuellen Verschiedenheit gewisse Ähnlichkeiten aufwiesen, was auf den ausschweifenden Lebenswandel beider zurückzuführen war. Diesem allerdings huldigte man nicht in aller Öffentlichkeit, der fand hinter verschlossenen Türen statt oder in Gemächern, die zu betreten eine gewisse Kaufkraft des Besuchers voraussetzte.

Geladen waren Wasserfallen und sein Kollege Abderhalden, die Presskopf als geschätzte Stütze der beiden, ferner eine Vertretung des Hofes, bestehend aus zwei Prälaten, die der Säuberung des Dompfaffen bisher entgangen waren, da sie sich als besonders anpassungsfähig erwiesen. Man hatte auch den Stadtschreiber Nacht nicht vergessen, weil man seine Migräneanfälle fürchtete, die er jedesmal zelebrierte, wenn er sich übersehen und übergangen glaubte. Ansonsten war er nicht von grosser Wichtigkeit, seine Ansichten waren bekannt und bedurften kaum mehr einer Wiederholung. Das galt auch für den Stadtrat Moggenratzler, der zwar nicht mit Migräneanfällen aufzutrumpfen pflegte, dafür aber als Maulheld verschrien war und als Intrigant gehörigen Schaden anzustiften wusste. Man tat also gut daran, den Moggenratzler auf die eigene Seite zu ziehen, wollte man bei den nächsten Wahlen gewinnen. Der ausschweifende Lebenswandel allerdings war dabei nicht von Belang, er weckte höchstens die Nachahmungssucht des Wählervolkes, und das war gut so. Moggenratzler übrigens war es, der kürzlich eigenmächtig den Platz hatte räumen lassen, der den Fahrenden während Jahren unentgeltlich zur Verfügung stand und den sie liebevoll hergerichtet hatten, so dass er eine Bürgerlichkeit vorweisen konnte, die manche Bauernstube missen liess. Das eigenmächtige Vorgehen Moggenratzlers hatte eine Protestnote zur Folge, bei der es blieb und beim geräumten Platz auch. Nach aussen musste man Einigkeit vortäuschen, selbst wenn man Moggenratzler als einen gefährlichen Querulanten erkannt hatte. Der Zeitpunkt seines Eingreifens war nun wirklich alles andere als geschickt gewählt gewesen, da man auch so schon im wütenden Kreuzfeuer der Öffentlichkeit stand ob all der Unruhe, die in Flur herrschte. Den ungeschickt gewählten Zeitpunkt schrieb man Moggenratzlers Gehirn zu, das nicht gerade durch Brillanz auffiel. Trotzdem hatte man ihn eingeladen, um eventuellen Überraschungen vorzubeugen, denn für solche war Moggenratzler in allen Bereichen gut.

Wenn auch Moggenratzler nicht durch besondere Intelligenz glänzte, glänzte doch sein Gesicht vor kindlichem Stolz, trotz seines niedrigeren Ranges eingeladen worden zu sein, das

Geschick seiner Heimat mitzubestimmen. Völler, Ruwi, Abderhalden, Wasserfallen, die Presskopf, zwei Prälaten ohne Namen - sie wurden schlicht Hochwürden genannt -, Moggenratzler und Flurs Stadtschreiber Nacht also. Völler und Ruwi erhoben sich gleichzeitig, als hätten sie ein geheimes Zeichen erhalten, und begannen ebenso zeitgleich zu sprechen. Durch giftige Blicke und Püffe unterhalb der Konferenztischkante und kläglich geratene Höflichkeitsbezeugungen wurde dieser harmlose Kampf entschieden, so dass Völler, der den Kampf gewann, endlich zur Begrüssung ansetzen konnte. Anneliese Münzengeier sass bescheiden und unscheinbar neben Ruwi, der seinerseits den Platz zur Linken Völlers besetzte, während Anneliese Münzengeiers Linke von Bonifazius Wasserfallens rechter Körperhälfte flankiert wurde, was letzterem die Gelegenheit gab, der Münzengeier aufs Geschriebene zu schauen und es auf seine Richtigkeit hin zu überprüfen, wenn er nicht grad aufgefordert wurde, seine Meinungen über das Tagesthema zu äussern. Frau Münzengeier schob den Schreibblock zurecht und zückte eifrig den Bleistift: Meine Dame (Presskopf), meine Herren.

Der Zustand Flurs ist bedenklich.

Der Zustand Flurs ist bedenklich, echote Minister Ruwi vehement zustimmend und ungefragt, was ein paar bitterböse Blicke Völlers provozierte.

Moggenratzler glänzte noch freudiger, er war sich der Wichtigkeit dieser Aussage ebenso bewusst wie der Tatsache, dass er selbst immerhin gehandelt hatte, Flur wenigstens ansatzweise vom Bedenklichen zu befreien, wenn das auch nicht gern gesehen worden war, selbstsicher, wie er vorging, Flurs Wohl im Auge und nichts anderes. Man würde sich an seinen, Moggenratzlers Stil gewöhnen müssen. Moggenratzler rechnete bereits für die nächsten Jahre mit einem Regierungsratssitz, gern würde er dann das Polizeiwesen übernehmen. Natürlich, die Fortgejagten hatten jämmerlich gebettelt und gebeten, aber bei der Ausübung seiner Pflicht konnte man auf solche Gefühlsäusserungen einfach nicht eingehen, man wäre sonst weich geworden und diente damit keinem, vor allem nicht den Einheimischen, denen man derlei Aufträge schliesslich zu verdanken hatte, weil sie selbst zum Jagen nicht taugten und lieber aus der Zeitung erfuhren, wie's mit ihren geheimsten Wünschen bestellt war. Er, Moggenratzler, kannte seine Pappenheimer gut genug, um zu wissen, dass man ihm seinen Alleingang verzeihen würde, sobald etwas Gras über die Sache gewachsen war. Und schliesslich hatte er nicht nur Feinde in der Regierung, einige lobten ihn geradezu enthusiastisch für seinen tapferen Einsatz und bezeugten ihre Dankbarkeit mit kleinen Gefälligkeiten und Pöstchen, die sein Ansehen und Einkommen steigerten. Den Neidern war eben nicht zu helfen, den ewigen Nörglern, die jede Gelegenheit nutzten, ihre Menschlichkeit hervorzustreichen, an der sie ja schliesslich auch genug verdienten, geradesoviel wie er, Moggenratzler, mit seinen bei einem bescheidenen Teil der Bevölkerung und ihrer Regierung etwas unpopulären Verpflichtungen. Moggenratzler rieb sich zufrieden die Fingerspitzen, als er Völlers tadelnden Blick auffing. Etwas beschämt merkte er, dass ihm offensichtlich ein Teil des gewichtigen Referats Völlers entgangen war, so sehr war der tüchtige Stadtrat in seine Gedanken vertieft.

Völler geisselte soeben die zunehmend verkommenden Sitten seiner Stadt - wann immer er konnte, benutzte er diese joviale Redensart; von "seiner" Stadt zu reden, war ihm ein Anliegen -, sprach von den Schlägertrupps, die da und dort bereits eingesetzt wurden, von den Frauen, die sich nachts nicht mehr auf die Strasse wagten, was zu den bedenklichsten Bedenklichkeiten gehöre, selbst wenn er, Völler, natürlich davon überzeugt sei, dass Frauen nachts grundsätzlich nichts in den Strassen zu suchen hätten. Es sei denn, sie seien gewissen Männern gefällig, die sich zuhause oder ennet dem Meer nicht ausreichend austoben konnten, und solche leichte Mädchen, wie er sich ausdrückte, müssten sich dann halt nicht wundern, wenn dem einen oder andern einmal das Temperament durchgehe. Völler vergass im Eifer zu begründen, weshalb denn das Fehlen der tugendhaften Frauen in den Strassen trotz seiner Ausführungen zu den bedenklichsten der Bedenklichkeiten, die Flur im Würgegriff hielten, gehörte.

Völler kam auch auf das Drogenproblem zu sprechen, das er für eine Plage Gottes hielt, aber nicht für jene, die ihr zum Opfer fielen, die Plage treffe den ehrbaren Bürger, behauptete er. Leute wie sie alle seien den bejammernswerten Süchtigen ausgesetzt, ihren verkommenen Körpern, dem Tod in ihren Augen ebenso wie ihrer desolaten Erscheinung, er könne darum mit Fug und Recht nicht wirklich sagen, wer denn eigentlich bejammernswerter sei, die verkommenen Gestalten oder der ehrbare Bürger. Dasselbe gelte auch für Alkoholiker und Irre, aber die seien, Gott sei Dank, bei Wasserfallen gut aufgehoben, was man mit dem versprochenen Neubau und der Aussicht auf eine Hundertschaft zusätzlicher Anstaltsbetten hoffentlich ausreichend würdige. Wasserfallen nickte bescheiden, um dann ebenso bescheiden zu erwähnen, dass er nur ein Rädchen im Getriebe des Herrn...was Anneliese Münzengeier mit besonders kunstvoll geschwungenen Schriftzügen festhielt, Wasserfallen sah es mit Genugtuung.

Bei der Plage Gottes schreckten die beiden Prälaten gleichzeitig aus ihrem Dämmerzustand auf, die Plagen Gottes waren ihr Feld. Sie nahmen es Völler ein wenig übel, dass er sich ohne Voranmeldung in ihre Domäne gewagt hatte, sahen aber ein, dass sie selbst schuld daran hatten, schläfrig, wie sie die erste halbe Stunde der Zusammenkunft hinter sich gebracht hatten. Sie protestierten also nicht und hoben statt dessen die Augen zum Himmel, nach Erleuchtung heischend bei dem, der sie, laut Völler, mit der Drogenplage schlug. Völler griff noch einmal in die Saiten und verkündete, dass man Spezialtruppen und Polizei vermehrt auf die Plage ansetzen werde, den Bürger zu schützen, man habe den Stadtpark bereits geräumt und alle Notschlafstellen aufgehoben, auch die von privater Seite organisierten Gassenzimmer und Beratungsstellen. Der einst leichtsinnig zugesprochene Kredit käme der Anstalt Narrenwald zugute, die sich, jeder könne es sehen, zu einem wahren Schatzkästlein entwickle und deshalb den Zuschlag auch redlich verdient habe. Das Geld diene einer neu aufzubauenden, geschlossenen Abteilung, die, abgeschotteter noch als die beiden Sieben, solche Typen aufzunehmen habe, damit sie das

Auge des Bürgers nicht mehr beschämen würden. Das sei nämlich das wahre Subversive und deshalb Gefährliche an den Leuten, den verwahrlosten.

Schliesslich kam Völler auf die Arbeits- und Obdachlosen zu sprechen, die ja auch sehr zwiespältige Gefühle in die Herzen der Bürger säten. Es sei schon vorgekommen, dass der eine oder andere Mitleid mit diesen Kreaturen empfunden und ihnen persönlich Obdach und Brot gegeben habe, was schleunigst zu stoppen sei, diese Bürger wolle man nicht. Arbeits- und Obdachlose seien ab sofort ins Arbeitshaus zu verbringen oder, die Renitenten unter ihnen, in die noch aufzubauende, geschlossene Abteilung ABGESCHOTTETERALSDIEBEIDENSIEBEN. Mitleidige Bürger wiederum seien geeigneten Kursen und Kursleitern zuzuführen, um daselbst das einzig Wichtige und Unabdingbare zu lernen: Bürger, nichts als Bürger zu sein.

Barmherzigkeit, versicherte einer der Prälaten mit treuherzigem Augenaufschlag, stehe allein ihrem Gott zu, nur der könne ermessen, wem Barmherzigkeit gebühre. Völler dankte es ihm mit feuchten Augen und einem nicht weniger treuherzigen Augenaufschlag, man war sich in dieser Angelegenheit einig.

Unruhig rutschte Wasserfallen auf seinem Stuhl, DASARMEBEIN machte sich über Gebühr bemerkbar, es mochte an der Präsenz der Presskopf ebenso liegen wie am abscheulichen Wetter, das draussen herrschte. An seiner Seite schlief Abderhalden beinahe, ihn allein schien die Unruhe, in der Flur zu versinken drohte, nicht erfasst zu haben. Das Gespräch dünkte ihn überflüssig, da die Anstalt bis vor einiger Zeit ja bestens funktioniert hatte und auch wieder funktionieren würde, wenn das Unaussprechliche, das in Narrenwald vorging, endlich seinen Abschluss fände. Hierfür bedurfte es keiner Empfehlungen der Regierung und schon gar nicht jener Völlers, dem er nicht über den Weg traute, seit der sich geweigert hatte, sich endlich zwischen ihm und seinem Kollegen zu entscheiden und der Anstalt einen Direktor zu geben, der diesen Namen verdient. Abderhalden definierte die beängstigende Unruhe als einsehbare Logik eines Naturgesetzes, das Ruhephasen Phasen der Unruhe folgen liess. Zeus und Rosa, wer waren sie, dass sie ein Geschehen zu erzeugen vermochten, dem offensichtlich die Vernünftigsten unter ihnen verfielen. Angewidert erinnerte sich Abderhalden Wasserfallens diesbezüglicher, fast beschwörender Andeutungen, er war versucht, Wasserfallens Befürchtungen als eine Altersneurose zu werten.

Zeus und Rosa. Wasserfallen hatte sich, entgegen Abderhaldens persönlicher Wahrnehmung, nur vage zu den beiden geäussert. Er konnte nicht abstreiten, dass ihm die Erzählungen des Augenkünstlers Adolf Stauch trotz anfänglicher Skepsis und dem Versuch, am Stammtisch den Erzähler als den harmlosesten aller Idioten zu ironisieren, einen Eindruck gemacht hatten, der den Erzählungen eines harmlosen Idioten nicht angemessen war. Die Frage lag also auf der Hand, ob denn Adolf Stauch nun wirklich ein harmloser Idiot oder ein veritabler Verkünder zukunftsweisender Botschaften war. Wasserfallen wand sich unter derlei Überlegungen, kam aber nicht umhin, sie weiterzuführen, einem innern Zwang oder Bedürfnis gehorchend, nicht dem eigenen Willen. Schliesslich war man Forscher, hatte sich offen zu halten für allerlei Naturerscheinungen, auch für Adolf Stauch und sein Auge der Thetis.

Ihm, Wasserfallen, wäre es auch recht gewesen, wenn man die Unterredung wissenschaftlicher geführt hätte. Völlers Ausführungen schienen ihm, allen Lobpreisungen seiner Person zum Trotz, nicht dazu angetan, die Situation in Flur und schon gar nicht die in "seiner" Anstalt - auch Wasserfallen beharrte auf solchen Formulierungen, was Abderhalden ärgerte - zu beruhigen. Völlers Feuerwehrübungen - ja, der wäre gewiss ein tüchtiger Feuerwehrmann geworden - waren nicht nach seinem Geschmack. Sie entbehrten jeder Wissenschaftlichkeit und zeigten eine Tendenz zur Willkür, die man sich als Wissenschafter nicht leisten durfte, davon war Wasserfallen überzeugt. Erst müsse man, wagte er das Gespräch zu bereichern, auf den Ursprung aller Unruhe zu sprechen kommen, ihn ausloten, um danach Entscheidungen treffen zu können, die sich dank guter und wissenschaftlich einwandfreier Vorarbeit als richtig erweisen müssten. Ein gewisses Risiko, ein Restrisiko bleibe natürlich auch bei seiner Methode, aber sie biete doch mehr Gewähr als die gutgemeinten Feuerwehrübungen Völlers. Er sei nicht eigentlich gegen diese Massnahmen, nur wolle er sie wissenschaftlich unangreifbar begründet haben, nicht in der Luft hängend, meinte Wasserfallen düster. Ihn interessiere beispielsweise das scheinbar zufällige Zusammentreffen verschiedenster Absonderlichkeiten, Adolf Stauchs unverhoffter Besuch in der Anstalt mit dem sichtlich voranschreitenden Zerfall seines Patienten Zeus und dieser wiederum mit der gravierend zunehmenden Renitenz seiner andern Patienten, allen voran Pipperger und Ricardo, an die sich die Herren freundlichst erinnern mögen. Solche Langzeitpatienten, Chronischkranke, wie man sie auch nenne, zeigten normalerweise im Alter keine sich deutlich verändernden Krankheitssymptome mehr und - das schon gar nicht - auch keinen Widerstand gegen die Anstaltsverordnungen, den sie in jüngeren Jahren, wenngleich erfolglos, öfter mal durchexerziert hätten. Chronischkranke gehörten zum angenehmsten Krankengut, das sich willig, wenn nicht willenlos in die Anstaltsordnung füge, es falle durch keine Unberechenbarkeiten auf. Um so rätselhafter sei ihm, Wasserfallen, das Verhalten Ricardos und Pippergers, deren Renitenz grenze unterdessen ans Unglaubliche, sei, wenn auch ungern zugegeben, fast als medizinisches Wunder zu betrachten.

Bei dieser Gelegenheit wolle er, Wasserfallen, auch auf die Rosa hinweisen, seine Patientin. Seit einiger Zeit sei an ihr eine Veränderung zu bemerken, für die es keine Erklärung gebe. Es scheine ihm, als nähme die Rosa wieder teil am Leben, wenn auch schweigend, mit strengem Blick. Es entgehe ihr nichts, und das unschöne Ereignis, das ausgebrannte Auge, werte er als eine Botschaft, die einem Bewusstsein entstamme, das keineswegs verschüttet sei, wie er inzwischen festgestellt habe. Aus diesen und andern Gründen, wiederholte Wasserfallen, sei ihm sehr an einer wissenschaftlichen Untersuchung der jüngsten Ereignisse gelegen, man solle ihm einen Nachtragskredit nicht verweigern. Er wolle den Kuriositäten auf die Spur kommen, die schliesslich als eigentliche Ursache der spürbaren

Unruhe Flurs sehr wohl seine und - das Zögern in Wasserfallens Stimme war unverkennbar - Abderhaldens wissenschaftliche Erfahrung verdienten. Abderhalden brummte zustimmend, dankbar für den kümmerlichen Fetzen Beachtung, der ihm durch den Kollegen zuteil geworden war.

Einer der Prälaten hob die Hand, um seinerseits ein Scherflein zur Klärung der Situation beizutragen. Gottes Wege seien wunderbar, behauptete er, man solle doch nur ein wenig mehr Vertrauen in den Unerfindlichen haben, das erleichtere jede Entscheidung. Als Werkzeug Gottes könne einem nichts missraten, meinte Hochwürden, wichtig sei die feste Überzeugung, ein solches zu sein. So könne man denn füglich beide Wege für richtig erachten, Völlers direkte Art der Elimination alles Ungebührlichen ebenso wie Wasserfallens Umsicht, die das zu Eliminierende erst als solches wissenschaftlich untersucht und eingereiht wissen wolle. Vom Vertrauen beseelt, Gott als Werkzeug zu dienen, sei jeder Weg der richtige, man solle sich darüber keine Gedanken machen, sich des Kindes erinnern, das man einst gewesen sei, den Verordnungen der Eltern vertrauensvoll gehorchend. Es gebe keinen Grund, sich des Gewinns solcher Erfahrungen zu entziehen, Gott sei jeder recht, so er vertraue und handle, wie es das Gewissen empfehle. Es verfüge jeder in der Runde über ein Gewissen, das ihm Gut und Böse unmissverständlich enthülle, man solle also getrost weiterfahren, das Übel der Unruhe zu bekämpfen, den Segen habe man, den Hofsegen.

Stadtschreiber Nacht gab zu bedenken, dass die Massnahmen doch zu einigen zusätzlichen Unruhen führen könnten. Insbesondere die Trupps, wie er die Schlägertruppen verschleiernd nannte, seien im Volk nicht gern gesehen. Niemand wisse, woher sie kämen, und das stifte weitere Unruhe, man könne sich also fragen, ob die Herkunft der Trupps nicht zu enthüllen sei. Die S 18, müsse man schliesslich das Volk überzeugen können, verfüge über eine anständige Visitenkarte, habe sie doch unter ihrem früheren Namen ebenso effizient gearbeitet, sehr zur

Freude der geheimen Sicherheitsexperten, zu denen er, Nacht - er erbitte sich hierzu ausdrücklich äusserste Diskretion -, seit vielen Jahren zählen dürfe.

Wasserfallen, dem der Verlauf der Unterredung davonzuschwimmen drohte, räusperte sich, um einzuwerfen, dass er noch keine verbindliche Zusage für seinen beantragten Kredit erhalten habe und dass an vorderster, allervorderster Stelle nur die Untersuchung des Ursprungs der Unruhe und der Menschen, die diese Unruhe verursacht hatten, stehen könne. Er, Seelendoktor aus Leidenschaft, wisse, dass die exakte Unterscheidung alles Lebenden in minderwertiges und hochwertiges Material eine ebenso exakte Analyse begünstige, ja erst ermögliche, um die sattsam bekannten Folgeerscheinungen dieser Unruhe zu klären. Man solle ihm freie Hand lassen, die Regierung, aber auch der Klerus hätten sich schon öfters erfolgreich seiner Arbeitskraft bedient, er sei bereit, seinen Einsatz als Dank für den ihm bereits zugesprochenen Neubau zu leisten. Während die Dankesbezeugungen hin- und hergingen und immer freundschaftlicher und ergebener ausfielen, notierte Anneliese Münzengeier fleissig, ihre Lippen zitterten vor Eifer.

Schliesslich einigte man sich darauf, Wasserfallen erst seine Untersuchung durchführen zu lassen, Völler jedoch nicht gänzlich die Hände zu binden, was seine Feuerwehrübungen betreffe. Die Prälaten ihrerseits versprachen, die Seelen der Kämpfer Gott zu empfehlen und dem Dompfaffen getreulich Bericht zu erstatten, damit dieser allenfalls noch Exkommunikationen ins Auge fassen könne, falls solche für besonders Renitente und Wildgewordene notwendig würden. Eigentlich blieb alles beim alten, auch die Unruhe in Flur und in der Heil- und Pflegeanstalt Narrenwald, nur hatte man jetzt ein zuverlässiges Protokoll, auf das man sich stützen und das alles Weitere rechtfertigen konnte. Den Herren wurde ein Spesenhonorar von 235.- Franken die Stunde bewilligt, selbstverständlich würden sie an der Sternengasse auf Kosten des Staates verköstigt. Die Prälaten ihrerseits, ganz ihren Schäfchen verpflichtet, baten um einen bescheidenen Obolus von vielleicht zwei Tausendern, das würde den Dompfaffen gnädig stimmen, falls man ihn benötige. Sie wissen ja, sagten die Prälaten, die Zeit des Dieners des Herrn ist karg bemessen, da könnte der eine oder andere Auftrag schon mal vergessen werden, wenn nicht tätig um dessen Erledigung gebeten werde.

Wasserfallen machte sich nachdenklich auf den Heimweg, er war nicht ganz überzeugt von der richtigen Richtung dieser Unterredung. Krank schien ihm alles Gesindel, auch das regierende. Aber dies dachte Wasserfallen verständlicherweise nur leise und unsicher, ob in solchen Zeiten nicht auch Gedanken dem Strafgesetz unterstehen, selbst wenn sie von einem wie ihm gedacht wurden.

In den Gassen lärmte und polterte es noch immer, der Lärm hatte nie aufgehört oder nachgelassen, im Gegenteil, alles lärmte nun gegen alles, und die Schlägertrupps taten ihre Pflicht am geeigneten Objekt.

XXXII.

DENN DIE GESELLSCHAFT IST IN WIRKLICHKEIT EIN GROSSHIRN, DAS AUS EINER ANZAHL VON KLEINHIRNEN ZUSAMMENGESETZT IST. FÄLLT EIN KLEINHIRN AUS, SO WIRD ES NACH EINER GEWISSEN ZEIT DURCH EIN ANDERES ERSETZT. LEIDER FUNKTIONIERT DIESES GROSSHIRN NICHT MEHR. AUS DIESEM GRUNDE WIRD WELTWEIT SEIT JAHRTAUSENDEN KEINE WESENTLICHE ENTSCHEIDUNG MEHR GETROFFEN. AUS DIESEM GRUNDE IST DAS GROSSHIRN AUCH IN SACHEN ZEUS NICHT IN DER LAGE, EINE ENTSCHEIDUNG ZU TREFFEN. *

Wenn nun eins der Kleinhirne ausbräche, im Alleingang unternähme, was dem Grosshirn nicht mehr möglich ist. Wenn nun ein Kleinhirn vorhanden wäre, Zeus stellte es sich niedlich, weich und von glitschiger, grauer Konsistenz vor, das ihn, Zeus, gewissermassen übernähme, als eine Idee - der Reigen könnte von vorn beginnen. Aber ihm wäre damit nicht geholfen, denn Zeus wusste aus Erfahrung, dass er, als Idee eines andern und weiterhin in metrischen Gesängen gefangen, kaum auf Erlösung hoffen konnte. Er fühlte sich als bedauernswerter Vogel, die Flügel honigverklebt. Was hat denn, dachte Zeus, sofort den Gedanken korrigierend, die griechische Metrik mit dem Schweizerhonig gemeinsam oder gar mit dem italienischen, dem Honig der Vogelfänger? Zeus kannte sich in seinen Gedanken nicht mehr aus.

Der Pflegebericht vermerkte eine zunehmende Verwirrung.

Eine Heil- und Pflegeanstalt ist nun wirklich dazu da, über Grosshirne und Kleinhirne, über das Gehirn überhaupt nachzudenken. Eine Heil- und Pflegeanstalt ist gewissermassen ein solches Grosshirn, dem die Kleinhirne als Teile des Ganzen zu dienen haben. Beschliesst beispielsweise das Grosshirn Anstalt, dass Katatone eine besondere, verkrampfte Stellung des -

männlichen oder weiblichen - Unterleibs auszeichnet, und verraten sich Katatone, Kleinhirne also, plötzlich und scheinbar frohgemut durch eine besonders verkrampfte Stellung ihrer Unterleiber, dann wird das ebenso frohgemut vom Grosshirn als ein Forschungserfolg registriert und dem geforscht habenden, winzigen Rädchen im Getriebe des Herrn mit einer Laudatio vergolten. Genauso ist es mit dem Verhalten Schizophrener, die, so will es das Grosshirn, zu sabbern, zu zucken, die Glieder zu verrenken, zu labern, zu geifern und - vor allem - zu halluzinieren haben, was das Zeug hält, und dann auch folgsam sabbern, labern, geifern, zucken, Glieder verrenken und - vor allem - halluzinieren. Dass den Schizophrenen hierbei mit der Vergabe toxischer Mittel nachgeholfen wird, ist weiter nicht von Belang und taucht in den Berichten meist als bescheidene, kaum lesbare Fussnote auf; schliesslich bringt man ja auch das depressive oder subversive oder renitente oder therapieresistente Kleinhirn mit Stromstössen zur Raison, bis es, wieder produktionsfähig - auf die Reproduktionsfähigkeit wird in solchen Fällen weniger geachtet -, ordnungsgemäss funktioniert. Das Grosshirn, allmächtig, wie zu andern Zeiten nur Götter waren, hat seine Kleinhirne fest im Griff, wie sonst wäre deren absolute Loyalität zu verstehen? Sie der Angst vor den toxischen Mittelchen, den Stromstösschen oder gar dem Eispickelchen zuzuschreiben, wäre ein Ausdruck schlechtester Erziehung und einer stark verminderten Intelligenz, welche wiederum in den meisten Fällen zur Vergabe toxischer Mittelchen, Stromstösschen oder zur Anwendung des silbernen Eispickelchens führen würde. Das durch die berechtigte Furcht vor einer Wiederholung der Vergabe toxischer Mittelchen, der Stromstösschen und anderer medizinischer Nettigkeiten veränderte Verhalten (die silbernen Eispickelchen kommen für gewöhnlich nicht zweimal am selben Objekt zum Einsatz) nennt das Grosshirn einen gelungenen, völlig unerwarteten, aber erhofften Heilungsprozess, für den es dankbar neue Laudatien einheimst, die dann als Zertifikate in den Quirinals dieser Grosshirne hängen.

Grosshirne sind tatsächlich weitsichtig. Funktionieren sie nicht mehr, ersetzt man die für die Funktionen des Grosshirns lebenswichtigen Kleinhirne mit neuen Kleinhirnen, die abgehalfterten Kleinhirne werden gewissermassen in Pension geschickt, auf die beiden Sieben der Anstalt Narrenwald beispielsweise, oder, sollte dies aus Gründen der Opportunität nicht angebracht sein, man übergibt sie andern Institutionen der öffentlichen Hand. Die Auswahl ist meist zufällig. So kann es geschehen, dass ein fünfundfünfzigjähriges Kleinhirn bereits auf zweiundzwanzig Jahre Altersheim zurückschauen kann. Der Spielarten, Kleinhirne zu versorgen, sind viele in einem eigentlichen Versorgungsstaat.

Das Grosshirn ist, in welcher Gestalt auch immer - in diesem Fall handelt es sich nach wie vor um das Grosshirn Heil- und Pflegeanstalt -, allgegenwärtig, es hortet die seine Zukunft sichernden Daten zu gewissen Kleinhirnen über deren Abgabe an andere Institutionen oder an die Allgemeinheit hinaus. Es ist jederzeit in der Lage, sich dieses heimlich gehorteten Materials bei Bedarf zu bedienen. Seine Allgegenwärtigkeit ist omnipotent, zum Nutzen der Kleinhirne, denen, man stelle sich diese Ungeheuerlichkeit einmal vor, sonst möglicherweise gar keine Beachtung zuteil würde, was wiederum zu deren Nichtexistenz, zum völligen Verschwinden aus dem väterlichen Grosshirn führen würde.

Mit derlei hehren und erhabenen Gedanken beschäftigt, betrat Bonifazius Wasserfallen die Männer E, bereit, sein Lächeln an die unruhigste aller Abteilungen seiner Anstalt zu vergeuden. Man war in den letzten Tagen und Wochen bescheiden geworden, was den Dank der Kranken betraf. Man wollte sich, ehe nicht die Ursache, die Unruheträger selbst eingehendst erforscht und eingeordnet waren, nicht auf die Äste hinauslassen, die Wasserfallen gegenwärtig wenig tragfähig schienen. Wachsam, aber freundlich lächelnd beobachtete Wasserfallen sein Krankengut, das, wie seit Tagen und Wochen schon, hektischer noch als früher auf und ab ging in den Gängen, sich die Köpfe an den Wänden wundschlug, oder am Rauchertischchen sitzend auf den Hof starrte, Psalmen sang oder unartikulierte Laute hinausschrie und, auch das kam gelegentlich beim einen oder andern vor, völlig unmotiviert lachte oder weinte. Die Unruhe auf der Männer E erschien Wasserfallen heute bedrohlicher als sonst, mitleidheischend liess er sein Bein über den Boden schleifen, DASARMEBEIN, das ihn ja gewiss auch als einen Leidenden auswies und also als einen Verwandten des Krankenguts, das ihn umgab. Wasserfallen ertappte sich bei dem absurden Gedanken, für einmal die Fronten tauschen zu wollen, wegzutreten, wie es seine jungen Studenten bezeichneten, die Seele abgeben, hatte es vor Jahren ein Patient genannt. Aller Verpflichtungen enthoben, diesem schwerelosen Zustand hätte sich Wasserfallen gern, wenn auch nur für eine begrenzte Zeit ausgesetzt. Damit könnte man den Strohköpfen - er war ihnen soeben entronnen - ein Schnippchen schlagen, Rätsel aufgeben, sie düpieren, in Verlegenheit versetzen, die Strohköpfe in Rage und einen Stein ins Rollen bringen, von dem niemand wüsste, wen er schliesslich träfe. Irrsinn als Waffe, hatte Wasserfallen kürzlich gelesen, der Satz stammte aus dem Pamphlet eines Patienten, Irrsinn als Waffe sei die schrecklichste aller denkbaren Waffen, das letzte Mittel, sich als Individuum zu erhalten. Wasserfallen, der als Anstaltsoberhaupt, als ein halbes zumindest, immer wieder im Kreuzfeuer irgendwelcher öffentlicher oder geheimgehaltener Meinungen stand und sich dadurch - allen andern voran durch die geheimgehaltenen - auch ab und zu bedroht fühlte, war gewillt, dem Patienten Glauben zu schenken. Irrsinn als Waffe. So gesehen, befand er sich wirklich auf der falschen Seite, auf der Verliererseite, denn er hatte kein Individuum zu verteidigen oder zu erhalten, nur sich als eine öffentliche Person, von der verlangt wurde, dass sie völlig uneigennützig der Öffentlichkeit diene und die Pflege des Persönlichsten, des Selbst, gefälligst vergesse. Dem half keine Laudatio auf die Sprünge und überhaupt keine öffentliche Ehrung, denn geehrt wurde nicht der hinkende Bonifazius Wasserfallen, dem die lachende Hera noch immer ein Dorn im Herzen war, sondern der Oberarzt und Beinahedirektor BW, mit dessen Genialität sich Flur schmückte, wann immer es die Situation erforderte. Bei einem Nachlassen seiner geistigen Qualitäten wäre Wasserfallen, das schien ihm eine sehr plausible Vermutung, ebenso schnell vergessen, ad acta gelegt wie die Krankengeschichten seiner verstorbenen Patienten, deren Ruhezustand allerdings als ein begrenzter gesehen werden musste, da man sie beim Auftauchen eines weiteren Familienangehörigen in der Anstalt selbstredend wieder benötigte. Das ersparte eine neue Anamnese und gab Aufschluss über die familienspezifischen, immer wieder auftretenden Minderwertigkeiten, unter denen ja auch der Neueintritt zu leiden hatte. Der Neueintritt trat dann sozusagen das Erbe seines Vorgängers an, was die Arbeit am Krankengut erheblich erleichterte. Man rufe sich beispielsweise den Strabismus in Erinnerung, ein wahrhaft göttlicher Fingerzeig auf Sippen auffälligster Minderwertigkeit, wie er vor allem an Nichtsesshaften zu beobachten sei. Wenn nun dieser Strabismus, bei dem das Höhenschielen als klarstes Indiz bezeichnet werden kann, bereits in den Akten des Grossvaters gewissenhaft registriert worden war, gaben solche Aufzeichnungen ausreichend Auskunft über den minderwertigen Zustand des Enkels, da Strabismus nur als Wiederholung auf die Minderwertigkeit der Sippe verweist. Im übrigen unterschied man die verschiedensten Schielarten, ohne jedoch die Qualität der Minderwertigkeit anzutasten.

Zeus weckte Bonifazius Wasserfallen aus seinen wissenschaftlichen Grübeleien, und das war nun wirklich die Überraschung, auf die Wasserfallen weder gehofft noch gewartet hatte. Zeus verlangte zu sprechen, verlangte das Wort in genau dem herrischen Ton, der ihn zu Beginn seines Anstaltsaufenthalts ausgezeichnet hatte. Die grossen Fäuste auf das Rauchertischchen aufgestützt, den nicht mehr ganz so mächtig ausladenden Körper leicht vornübergebeugt, die grauen Augen fest auf Bonifazius Wasserfallen gerichtet, sagte er, es schiene ihm, dass ein Wort durchaus angebracht sei. Bonifazius Wasserfallen konnte sich kaum fassen, so unerwartet traf ihn die Überraschung. Die Patienten, die bis jetzt in den Gängen auf und ab gegangen waren, hörten auf, ab und auf zu gehen. Patienten, die wimmerten und flehten, hörten auf, zu flehen und zu wimmern. Jene, die sich ihre Köpfe an den Wänden wundschlugen, standen nun erstarrt und bewegungslos im Korridor. Diejenigen, die schrien, schrien nicht mehr. Diejenigen, die lachten, wurden ebenfalls still. Selbst Don Ricardo verstummte, und Pipperger, sein BESTERFREUND, wartete gelassen.

Bonifazius Wasserfallen erinnerte sich einer Patientin, die, nachdem sie für Jahre verstummt gewesen war, ebenfalls zu reden begann, eine Rede halten wollte, um das Ende des Zerfalls aufzuhalten. Wasserfallen glaubte irrigerweise, dass auch Zeus es aufzuhalten versuche. Die Patientin, erinnerte sich Wasserfallen vage, hiess Nebbia, möglicherweise auch Nuvola; mit Nachnamen, daran erinnerte sich Wasserfallen nicht nur vage, hiess die Patientin Rivolta. Die hatte zur Rede angehoben, auf der Frauen C, und während sie sprach, verflüchtigte sich gewissermassen ihre Gestalt, löste sich auf, bis schliesslich nur mehr eine Hülle des Menschen am Boden lag, ein achtlos hingeworfenes Kleid, ohne jeden Bezug zur eben noch sprechenden Existenz, die Nebbia oder Nuvola Rivolta Minuten vorher noch gewesen war. Tot. Sie war redend gestorben, ohne dass es die Zuhörerinnen richtig bemerkt hatten. Sie hatte die Rede benutzt, um die Todesangst zu überwinden, zu überlisten, um in Würde zu sterben. Kein schlechter Einfall, dachte Wasserfallen und war neugierig, was denn seinen Zeus zur unerbetenen Rede veranlasste; es handelte sich selbstverständlich um eine wissenschaftliche Neugierde, eine erlaubte also, die den Rahmen des Schicklichen nicht sprengte.

Zeus hatte offensichtlich keine Eile, sich zu äussern. Noch immer starrte er Wasserfallen in die Augen, ohne ein Wort zu sprechen. Eine gespenstische Stille lag über der Männer E, unterbrochen nur von gelegentlichem Räuspern und rasselnden Schnaufern, die der lähmenden Stille nichts vom Gespenstischen nahmen, es sogar steigerten. Als dann Zeus endlich zu reden anfing, atmete auch Wasserfallen hörbar auf, erleichtert, in gespannter Erwartung des Kommenden.

Er sei nun - Zeus redete, jedes Wort fast unangenehm manieriert akzentuierend - am Ende angekommen, wolle nicht mehr. Weder Wasserfallen noch Abderhalden hätten ihn von der Gesundung des Grosshirns überzeugen können, das eine

Institution wie diese und andere und der Staat an sich darstellten oder die Gemeinschaft oder Gesellschaft. Ein derart gesundetes Grosshirn hätte ihn, Zeus, ohne weiteres entlassen können. Das Gegenteil sei geschehen, das Grosshirn habe ihn als Idee übernommen und durch leichtsinnige Vergabe verschiedenster Foltern bewiesen, dass er als Idee in ihren Köpfen lebe, während sie seine angebliche Krankheit zu behandeln glaubten. Ihre Behandlung beweise nichts anderes als seine Existenz, und dieser Existenz habe er sich entledigen wollen. So sei er zu dem geworden, was er, Wasserfallen, vor sich sehe, ein Vogel mit honigverklebten Flügeln, das Ende herbeisehnend. Er könne nicht abschätzen, wie sich dieses Ende gestalte, das stehe, entgegen allen Behauptungen der Menschen, in keines Gottes Macht, aber er fühle den tödlichen Atem, das Vergehen. In gewissem und letztem Sinne, dem alle Philosophie nachrenne, seien sie in ihm, Zeus, einem Nihilisten auf der Spur, nur hätten sie die Einmaligkeit dieses Umstandes nicht ausreichend gewürdigt, kleinlich, wie offenbar auch ein Grosshirn zu sinnieren pflege. So habe er sich entschlossen, zum letzten zu greifen, um ihre unvorsichtige Redensart zu übernehmen, nämlich in ihren, Wasserfallens und Abderhaldens Armen zu sterben. Nur so sei ihm vergönnt, sich selbst aufzuheben, in ihnen, Wasserfallen und Abderhalden, sich selbst aufzuheben; gleichzeitig werde ihnen, Wasserfallen und Abderhalden - Zeus drückte sich etwas umständlich und altmodisch aus -, der Segen ihrer eigenen existentiellen Aufhebung zuteil. Die Nichtexistenz hat keine Nachfolger, das könne ihnen, Wasserfallen und Abderhalden und der Menschheit, nur recht sein, meine er. Als Idee seien sie so untauglich wie er, wenngleich ohne metrische Gesänge versehen, es gebe keinen ausreichend klaren Grund, als Idee in Ideen dahinzusiechen, es sei denn, man fröne etwas merkwürdigen Lüsten. Er, Zeus, fröne solchen nicht.

Als Idee an der Brust einer Idee zu verenden, dünke ihn, Zeus, die schönste aller Möglichkeiten, der Welt zu dienen, und Wasserfallen werde ja nicht abstreiten wollen, dass er, als Nachfolger einer Idee, nichts anderes als eine Idee sein könne, die der Erlösung bedürfe.

Wasserfallen fühlte sein Standbein anschwellen, das er nicht wechseln und deshalb auch nicht entlasten konnte. DAS-ARMEBEIN hing ihm schlaff am Körper, war unbrauchbar geworden. Trotz der Schmerzen hatte er aufmerksam zugehört, nicht ohne ein gewisses Schaudern in der Seele, der verwirrten. Eine solche Rede hatte er noch nie vernommen.

Don Ricardo kicherte leise, für ihn waren die alten Zeiten zurückgekehrt, als man sich an den Kapriolen Zeus' ergötzte. Grossmütig verzieh er dem Sprecher die leise Stimme, sein früheres Gebrüll wäre ihm noch lieber gewesen.

Pipperger seinerseits starrte nachdenklich auf die klinisch sauberen Schuhspitzen; Zeus nahm, so der Anschein, ein jämmerliches Ende. Pipperger erinnerte sich wehmütig der fröhlichen Tage, als Zeus den Abderhalden ritt.

Entgegen allen Gewohnheiten war es Abderhalden und Karoline Presskopf gelungen, die Männer E trotz des lauten Schlüsselklirrens, das jeweils das Öffnen aller anstaltseigenen Türen begleitete, während der Rede Zeus' unbemerkt zu betreten. Internierte verfügen über ganz besonders fein abgestimmte Buschtelefone. Sie funktionieren, wenn man so will, durch die Veränderungen in der Anstaltsluft, die sich den Internierten in Wellen mitteilt und ihnen gleichzeitig die Informationen vermittelt, wie der Tag am angenehmsten zu verbringen ist. Dem Personal blieb die Pflicht einer exakten Deutung solcher Veränderungen, dann konnte nichts schiefgehen. So hatten Abderhalden und die Presskopf die Männer E zielsicher, aber unbemerkt betreten, um an den Annehmlichkeiten dieses Tages teilzunehmen.

Das Testament, fuhr Zeus fort, habe er geschrieben und deponiert, es möge der Nachwelt als Hilfe dienen, Ideen zu misstrauen. Tatsächlich gebe es nur eine Idee, für die zu sterben sich lohne, eine Unidee müsse er sie nennen, eine Idee non grata sozusagen, die Idee nämlich, keine zu sein.

Zeus' Stirn glänzte fiebrig. Um die grossen Augen nistete die wochenlange Schlaflosigkeit.

Wasserfallen beobachtete aus den Augenwinkeln die Presskopf. Wieder einmal wunderte er sich über ihre absolut zuverlässige Souveränität, wenn es um die Belange des Anstaltsguts ging. Von den etwas wirren Weisheiten Zeus' emotional völlig ungerührt, zupfte die Presskopf an der weissen Schürze, als wäre der exakte Sitz das einzig Wichtige zu dieser Stunde, die ihn, Wasserfallen, aus dem Gleichgewicht zu hieven drohte. Das Presskopfgesicht zeigte keine Regung, die auf ungewöhnliche innere Vorgänge schliessen liess, die ganze Presskopfsche Person verströmte einen Gleichmut, der sich seiner Sache sicher war wie immer.

Abderhalden hingegen schien von der Ansprache Zeus' berührt worden zu sein, zumindest schwitzte er etwas heftiger als sonst, und seine Wangen wiesen eine Röte auf, die seiner Betroffenheit zuzuschreiben war. Wasserfallen betrachtete das Gesicht des Konkurrenten mit einigem Widerwillen, man würde sich wohl, einmal mehr, um die Autorschaft des zu schreibenden Krankenberichts streiten. Wasserfallen hasste diese ewigen Auseinandersetzungen, er war im Grunde seines Herzens ein friedliebender Mensch, wenn man ihm nur selbstverständlich und möglichst wortlos das Berichteschreiben überliesse, die Autorschaft also über das tägliche Geschehen in seiner Anstalt. Die bevorstehende Untersuchung, für die der Rat bekanntlich einen beträchtlichen Kredit gewährt hatte, versprach Klärung in den ungeklärten Dingen, die ihn und Abderhalden betrafen. Die Untersuchung der Ursache für die Unfrieden stiftende Unruhe in Flur würde die längst fällige Lösung der Frage bringen, wer denn nun von ihnen beiden befähigt sei, die Anstalt als alleinregierender Direktor zu führen.

Meinte oder vielmehr glaubte Bonifazius Wasserfallen.

Zeus' sonore Stimme fuhr fort, vom Sterben zu reden, als handle es sich dabei um einen wissenschaftlichen Versuch des Vergehens. Der Tod, behauptete er unverfroren, treffe einen jeden nur vorgeblich, er sei so unbewiesen wie das Leben selbst, das man ihm andichte seit abertausend Jahren.

Auf dem Berg, fügte Zeus bei, scheinbar unmotiviert und ohne allen Zusammenhang mit dem vorher Gesagten, auf dem Berg habe er endlich sein Mädchen wiederentdeckt. Es sei zurückgekommen.

Wasserfallen überlegte, was es damit für eine Bewandtnis haben könnte, kam dem Rätsel jedoch nicht auf die Spur und war deshalb gewillt, es als unsinnig abzutun - als hätte sich der Augenkünstler Adolf Stauch nicht mit ihm unterhalten, um wenigstens einen Teil des Rätsels zu klären. Ein einfaches Gemüt hat auch seine Vorteile, besonders in schwierigen Situationen, die dazu angetan sind, Angst und Schrecken zu verbreiten. Wasserfallen verspürte keine Angst und keinen Schrecken, nur wissenschaftliche Neugier, die ihn zuhören liess. Sagte nicht Zeus selbst, dass es das Ende des Schreckens nicht gebe, dass ein Nichts ein Nichts an Schrecken gebäre, auch diesen als eine absurde Idee verneine, auflöse? Wasserfallen fühlte sich diesem Zeus mehr als notwendig oder mehr, als seiner Person zuträglich war, verbunden. Wie sollte er da seine Anekdoten am Stammtisch zum besten geben - als ein Zeus Verbundener?

Gottlob Abderhalden interessierte das Geschwätz des Redners nicht besonders, ihn rührte die Gestalt, die zerfallende, mehr als die Rede, von der er noch weniger verstand als Kollege Wasserfallen. Ihn fesselte der Ausgang des kommenden Streits mit Wasserfallen, wer denn nun die Autorschaft über den gemeinsamen Bericht zu übernehmen habe, übernehmen dürfe. Für solche Berichte war das Verstehen des Geschehens, des für den zu schreibenden Rapport verantwortlichen Geschehens nicht nötig, je weniger Verständnis, um so lauterer der Bericht.

Zeus sank ermattet auf seinen Stuhl zurück und starrte aus dem Fenster. Auf dem Friedhof wurde schon wieder ein Grab ausgehoben, er hatte sich an den Anblick der offenen Gräber gewöhnt.

Die Frau, das Mädchen, sie war ihm eben bei hellichtem Tag erschienen. Die Angst schüttelte ihn erneut. Die Gestalt stand am Ende seines Wegs, unerbittlich freundlich, lockend sogar, wenn er die Geste richtig verstand, den nackten Körper im Seil. Das Auge, der Diamant, das Auge, der Diamant, das Auge, das Auge...

Zu später Stunde schrieb Wasserfallen auf das Krankenblatt seines Patienten, der eigentlich Abderhaldens Patient war und von diesem auch, wie alle andern, sein Fundus genannt wurde, dass Zeus' Zerfallserscheinungen nun evident seien, unübersehbar. Zeus nähere sich der Grenze, sei ein wahrhaft Leidender. Mit einem Federstrich erhöhte er die tägliche Dosis an toxischen Mitteln, die Zeus beruhigen und die Abteilung endlich befrieden sollten.

XXXIII.

Rosa Zwiebelbuch im Zimmer 21, Frauen C. Ihr bläst ein Schinderwind durchs Wolkenhirn, bläst kräftig nun, den armen Rosakopf verlachend, den armen Rosakopf mit jenem Widernamen, des Schinderwindes Gastgeschenk. Name ohne Frühling, weiss sie, von allen Nächten verraten, der Albträume voll, der Peitschenhiebe, Feuersbrünste, Blutweiden, voll eines niederträchtigen Geschicks, verfluchten Geschlechts. Den müden Leib jetzt in den Tag gleiten lassen, vorsichtig, tastend, nein, nicht nach dem Tag grapschen, bringt Unglück; dumpfe Neugierde, schwarzer Schrecken noch immer, nach so vielen Jahren. Rosa, sich in den Tag tastend, in den Januarmorgen, hinein in die Stundenbrut kniet Rosa mutig. Verlangt in der Zeichensprache nach einem warmen Bad. Starrt in die Wasserbrühe, starrt auf ihren müden Körper in der Wasserbrühe, fühlt ihr Herz, das einer wundschlug vor langer Zeit unterm Krähenbaum - sie ist sich sicher. Sieht im Wasserspiegel ihr Gesicht, den Schädel, fühlt den Eispickel unter der Schädeldecke, als wäre er dort zurückgelassen worden. Fühlt den Schmerz, hört die Verwünschungen des Eispickelschwingers. Sieht die Jahre vorüberziehn, all die nutzlosen Stunden, Tage in dumpfer Apathie, im Dämmerschlaf, im Starrschlaf, als sei sie schon immer tot gewesen. Will, und dabei starrt sie in die Wasserbrühe, endlich Heimat, nur eine von den andern abgewiesene, verschmähte, mit schnellen Worten rasch verworfene. Will gleichzeitig den Zorn zurück und die Liebe, die verlorenen Städte, die Flüsse und Seen, die Lämmerwiesen, den Regenbogen. Weint in der Brühe, mit stummem Mund, bedeckt sich das verwundete Herz mit ewigem Schnee. Wie immer. Wie sie es immer schon mit ewigem Schnee bedeckte, mit kühlendem, reinem Schnee, zu allen Jahreszeiten, wenn die mörderischen Feuersbrünste einbrachen, der Tod rot war und brüllend den Eispickel über ihr schwang. Dann hat sie sich mit Schnee zugedeckt, die Rosa, die Scham und die Schuld zugedeckt mit dem weissen Schnee, alles frühere Leben zugedeckt, von dem das Rosagehirn nichts wissen will, seit dort einer das Chaos schuf und wegging und alle Türen zum Leben verschloss.

Seither hat sie dahinvegetiert, ist dahingestorben, bei jedem missglückten Schritt ins Leben ein wenig mehr dahingestorben, wie einst das Söhnchen dahingestorben ist an der Rosabrust, der geschändeten.

Nein.

Langsam steigt Rosa aus dem Bad, schwerfällig Halt suchend am Wannenrand, tritt, sauber frisiert und in sauberen Anstaltskleidern, in den Speisesaal, wo das Frühstück wartet. Das Auge der Thetis in der Hand. Sie hält sich daran fest, an dem Auge, will nicht untergehen, noch nicht, frühstückt nicht, ist in sich gekehrt, stumm, starrt keiner ins Gesicht, beachtet das Kichern und Plappern nicht und nicht das Schweigen, trinkt nur den Anstaltskaffee.

Der Tagesbericht Schwester Rosys vermerkt das Bad der Rosa Zwiebelbuch mit Wohlwollen. Dass sie stumm das Frühstück verschmähte, hat Rosy schon viele Male aufgeschrieben, sie lässt es jetzt sein.

XXXIV.

Nach seiner Letztenrede, wie Zeus sie nannte, wurde ihm kategorisch das Isolierzimmer H auf der Männer E zugewiesen. Wasserfallen wünschte eine intensivere Kontrolle und wollte - an seinen Untersuchungsauftrag gebunden - jede noch so leise Regung des Kranken notieren. Das Isolierzimmer H in der Männer E befand sich am Ende des Korridors mit dem Rauchertischchen, an dem Zeus tagelang gesessen und hinunter in den Hof und auf die Grabreihen gestarrt hatte. Der helle Raum mit der einfachen Möblierung, der weissen Bettwäsche und einem unsäglichen Erni über dem Kopfende des Bettes - zwei ineinanderverschlungene, voluminöse Pferdeleiber, blau und braun auf weissem Grund, mit blöden, entrückten Pferdegesichtern (rosa, wird Wasserfallen später seinem Notizbuch anvertrauen), die jedem Pferdefreund ein Greuel sein müssten, aber leider lässt sich diese Behauptung nicht belegen, da nicht nachzuweisen ist, dass je ein Pferdefreund im Isolierzimmer H gelegen hat - war mit allem ausgestattet, was auch ein Hotelzimmer vorzuweisen hat. Er unterschied sich von einem solchen lediglich durch ein Guckloch und die Eigenart, dass er nur von aussen her zu öffnen und zu schliessen war, der Patient sich daher entweder durch Klopfen oder durch Schreien Gehör verschaffen musste, falls er Wünsche äussern wollte. Einige Dellen in den Wänden liessen darauf schliessen, dass im Isolierzimmer H auch mal getobt wurde.

Zeus tobte nicht. Zeus sass auf der Bettkante und versuchte, den Erni zu ignorieren, die Pferdegesichter mit ihrem entrückten Pfaffenblick, obwohl sie mit schweren Hufen aufeinanderprallten und die angestrengt wirkende, unnatürliche Haltung nun wirklich nicht den Eindruck vermittelte, es könnte sich um eine Gebetsstunde frommer Pferde handeln.

Zeus sass auf der Bettkante und starrte auf seine Hände. Sein Geist war woanders, am Berg, im ewigen Schnee, am vereisten Berg, den er nun immer vor Augen hatte, seit das Mädchen am lichten Tag wiedergekommen war und er eine Letzterede gehalten hatte. Der Berg, sein Berg dünkte ihn heute von besonderem Blau, das Eis glänzte, die klaffenden Schrunden und Spalten schienen das blaue Licht zu trinken. Über dem Berg stand eine unbarmherzige Sonne, ABERNOTWENDIG, dachte Zeus, unschlüssig abwartend, was geschehen würde. Das Fenster beachtete Zeus nicht, es führte nicht auf den Hof und die Grabreihen. Von der Frauen C wusste Zeus nichts, da, ausser in der geschützten Atmosphäre des gemeinsamen Aufenthaltsraums, keine Kontakte zwischen den Frauen- und Männerabteilungen erlaubt waren. Wozu, da ja auch sexuelle Bedürfnisse nur allzu oft als Gehirnkrankheiten disqualifiziert wurden, wenn man sie lautstark und, wie es draussen üblich war, mit entsprechender Geste äusserte. Liebespaare waren unter den Internierten selten zu finden, und wenn, dann wurde mit dämpfenden Mitteln der Teufel ausgetrieben, der den kranken Verliebten zwischen den Beinen sitzen soll. Bei den sogenannten Nichtsesshaften gehörten sexuelle Bedürfnisse ohnehin zu den Symptomen, die sie als moralisch Schwachsinnige verrieten. Die Befriedigung solcher Wünsche verlangte zudem nach einem Zustand physischer und emotionaler Autonomie, den ein Anstaltsbetrieb nicht gewährleisten konnte.

Wasserfallen, das Auge am Guckloch des Isolierzimmers H, notierte: ...macht durch scheinbar tiefsinniges Nachdenken auf sich aufmerksam, kann aber die seit längerer Zeit festgestellte, fortschreitende Demenz nicht verbergen. Schizophrene Äusserungen hingegen sind keine mehr zu vermerken. Äusserer Habitus: Gesichtsstarre, besonders starrer Ausdruck in den Augen. Erste Anzeichen von Katatonie. Dagegen ES mittlerer Stärke, blockweise vier mal drei, zwischen den Blocks 24 Stunden Pause. Medikation beibehalten. Zur Antriebsförderung täglich einen einstündigen Aufenthalt im Freien, mit Begleitung. Darf auch für eine Stunde den Rauchertisch benützen, wenn seinem Gemütszustand ein Auslauf nicht zugemutet werden kann. Trotzdem eine gewisse Strenge in die Aufforderung, sich zu bewegen, legen. Angstzustände nur äusserst sparsam, durch bereits erprobte Mittel blockieren. Jede noch so harmlos erscheinende Äusserung des Patienten sofort melden.

Befriedigt klappte Wasserfallen den Schreibblock zu und warf noch einen kurzen Blick auf den Mann im Isolierzimmer. Schade um ihn, dachte er bedauernd und beendete seine Morgenvisite. Der desolate Zustand der Abteilung Männer E, die wachsende, Unfrieden stiftende Unruhe, deren Ursache zu untersuchen Wasserfallen sich vorgenommen hatte, waren nicht geeignet, sein Bedauern über den Zerfall des Patienten im Isolierzimmer H zu mildern, da dieser sich seiner wissenschaftlichen Neugier zunehmend entzog.

Auf der Frauen C faltete Rosa Zwiebelbuch Taschentücher und Küchenwäsche, eine Arbeit - Ämtchen im Anstaltsjargon -, die sie zu aller Überraschung ohne Murren und giftige Blicke, aber stumm übernommen hatte. Man war ja auf alles gefasst, das heisst auf einen weitern Tag, den die Rosa Zwiebelbuch dem Herrgott tatenlos wegstehlen würde. Um so grösser war die Überraschung, als Rosa nach nur einmaligem Bitten in den Wäschekorb griff. Sorgfältig faltete sie Taschentuch um Taschentuch. Nichts in ihrem Gesicht liess auf die morgendliche Gefühlserregung schliessen, die sie im Bad überkommen hatte. Selbst der Karoline Presskopf zauberte der Anblick Rosa Zwiebelbuchs ein anerkennendes Lächeln auf die Lippen, sie würde Rosas Bereitwilligkeit beim Rapport lobend erwähnen und Bonifazius Wasserfallen bitten, ihr etwas mehr Bewegungsfreiheit zu gewähren. Für heute wollte sie, entschied Presskopf ihrem Status gemäss eigenmächtig, die Zwiebelbuch auf den Gang durch die Abteilungen mitnehmen, deren Taschentücher und Küchenwäsche sie gerade faltete. Karoline Presskopf hinterliess eine entsprechende Notiz auf der Frauen C und dass sie Punkt vier wiederkomme, die Rosa mit der Wäsche abzuholen.

Rosas Hände falten Tuch um Tuch, legen Tuch um Tuch in den Wäschekorb, der sich langsam zu füllen beginnt. Stück für Stück, Jahr um Jahr, Jahrzehnt um Jahrzehnt trägt sie ab von dem Haufen Leben. Denkt, mit mir und mit meinen Jahren will es zuende gehn. Was war das für ein verdammter Krieg, ein Krieg im Rosagehirn, der die Rosa in Unrast gebracht hat, wo hat er begonnen. Wer kann es wissen, wenn nicht die Rosa der

Rosa, flüstert die eine der andern zu, nur du und das Auge. Immer wieder das Auge. Der Tag nimmt das Flüstern der Rosa auf, zersetzt es, spuckt es aus, und es bleibt das Auge, von neuem gross und rätselhaft, will sich nicht offenbaren, tut's nicht. Rosa Zwiebelbuch nimmt Jahr um Jahr, Jahrzehnt um Jahrzehnt in die Hände, macht sich auf die Suche nach den Rändern, den Jahrrändern, Jahrringen, will endlich im Jetzt ankommen, hier im Rosawinter, will sich erwärmen. Das Auge, das Trostlicht, so fern, so unendlich fern, offenbart sich nicht.

AUCHMEINESVATERSHUND, blutüberströmt, denkt Rosa ohne Hoffnung, hat 's Beil gespürt am Hals und ist in den Tod getreten. Nach meinen Vätern frag ich jetzt, schreit es in Rosa, ach, all die Trauer, die vom Himmel hängt in Fetzen, das Windwehen will nicht aufhören. Nach meinen Vätern frag ich jetzt, immer wieder, im Hundeblut ertrinkend, füll den Korb mit meinen Jahren, den zugeschneiten Jahren. Das Klagen des Bübchens trag ich drin und bete zum verkommenen Mond.

Behutsam schiebt Rosa Zwiebelbuch den vollen Korb zur Seite, sie starrt in den Korb wie in eine Kaffeetasse, um zu ergründen, was die Zeit bringen wird. Abteilungsknüppel Rosy drängt ihr freundlich einen Apfel auf, sie sieht ihn nicht, die Rosa. Sie sitzt auf der Bank, den Oberkörper wiegend, sanft und unentwegt, mit stummem Mund, mit wacher Haut und einem Sehnen, das sich nicht erfüllen will. Nie hat das Sehnen einen Ort. Kann sich nicht erfüllen, kann nicht fliegen, das Sehnen, den Hafen zu suchen; will dann vergehn.

Um vier Uhr nachmittags betrat Karoline Presskopf die Frauen C, ermüdet vom Tag und der Unruhe in der Anstalt, dem Sabbern und Labern und Wiegen und Plappern der Kranken, das hektischer war als je zuvor. Nun wollte sie die Rosa holen und die Wäsche auf die verschiedenen Abteilungen verteilen. Rosa hatte auch das Mittagessen nicht angerührt. Das fiel nicht weiter auf, da sie in letzter Zeit öfters die Mahlzeiten verweigerte, stumm am Tisch sass mit ihren Kameradinnen, die schmatzend und gurgelnd und kichernd und plappernd das

Essen hinunterstürzten, die Augen starr auf den Teller der Nachbarin gerichtet, ungeduldig den leergeschabten Grund des Tellers erwartend. Das war die Eintönigkeit des Anstaltsalltags, die Langeweile, oft nur durch die Mahlzeiten kurz unterbrochen, drei mal täglich, ehe die Eintönigkeit der Nacht jede andere vergessen liess.

Wenn Karoline Presskopf die Rosa heute besonders genau betrachtete, dann nicht aus einer Vorahnung des Kommenden heraus, nein, es dünkte die Presskopf schlicht unglaublich, dass Rosa Zwiebelbuch dazu anzuhalten war, die Aufgabe des Wäschefaltens zu übernehmen. Befriedigt verbuchte sie das Vorkommnis als ein Ereignis, das ein Lob verdiente, und strich Rosa Zwiebelbuch übers Haar. Die liess es sich gefallen, murrte nicht, hielt den Blick zurück und jede Regung, erhob sich, um den Korb am Henkel zu fassen und den Rundgang anzutreten, ein zwar gutgemeinter, aber etwas kindischer Dank Karoline Presskopfs. Langsam schleppte sie den schweren Korb durch die Gänge, laut schnaufend und ächzend ob des Gewichts, das nach Nummern und Wäschefarbe auf die verschiedenen Abteilungen zu verteilen war. Es schien Rosa, als hätte sich die gesamte Menschheit in den Korridoren der Abteilungen versammelt, auf und ab gehend, jammernd, singend und kichernd, lamentierend und imaginierte Kinder wiegend, die Köpfe an die Wände schlagend, mit verängstigten Stimmen redend und schreiend, dass es zum Fürchten war. Sie tat einen Blick in die Welt, wie sie war, eine Schmerzwelt, eine Angstwelt, eine gewalttätige Welt, eine kranke Welt, eine höhnende, kichernde, geifernde Welt. Sie tat es zum erstenmal mit dem Schimmer des Bewusstseins, der ihr geblieben war. Und sie drang ein, die Welt, in ihre Welt, eine Schmerzwelt, eine Angstwelt, eine gewalttätige Welt, eine kranke Welt, eine höhnende, kichernde, geifernde Welt. Rosa erkannte es, aber es war keine Freude in dem Erkennen.

Abteilung für Abteilung wurde von den beiden versorgt, von Karoline Presskopf leutselig, mal mahnend, mal trocken scherzend; mal lobend, mal tadelnd bediente sie die Welten mit dem, was ihnen zukam: Taschentücher und Küchenwäsche. Rosa

Zwiebelbuch schwieg, schwerfällig entnahm sie dem Korb die Wäsche, übergab sie nach Nummern und Farbe geordnet den Abteilungsältesten, die wiederum die Aufgabe hatten, sie entgegenzunehmen, in die Schränke zu ordnen, was tags zuvor wieder andere, ihrer Aufgabe gemäss, gewaschen hatten. Ein dumpfes Übereinkommen lag in der Handlung, die, langsam zelebriert, etwas Sakrales an sich hatte, wie viele Handlungen, die in der Anstalt durchgeführt wurden. Karoline Presskopf beschwichtigte die Unruhigsten. Wie musste es in der Stadt aussehen, wo sehr viel mehr Menschen der Unrast anheimfielen, die ihren Ursprung - nach Wasserfallen - angeblich in der Heil- und Pflegeanstalt Narrenwald hatte.

Vor der Männer E überliess der zufällig herbeihumpelnde Bonifazius Wasserfallen Karoline Presskopf mit einem aufmunternden Nicken das Aufschliessen der Tür und gab ihr den Vortritt, nachdem er der Presskopf mit einem Augenzwinkern den Rücken getätschelt und Rosa Zwiebelbuch mit einem väterlichen Lächeln bedacht hatte. In der Abteilung E schien der Wahnsinn das Zepter ergriffen zu haben. Unerträglich waren das Lärmen und Johlen, das Jammern und Beichten und Psalmodieren der Männer, die auf den langen Bänken sassen oder auf und ab schritten in stiller, verzweifelter Wut, die sich nicht anders Luft verschaffen konnte. Ungerührt ging Karoline Presskopf an den Männern vorbei, da und dort einen obszönen Blick, einen unangebrachten Zuruf streng ignorierend. Sie ging auf den Speisesaal zu, wo die Wäsche versorgt werden musste, Rosa Zwiebelbuch, die Hand am Henkel des Wäschekorbs, etwas zögernder hinterher. Hier schien alles, einem Brotteig gleich, durchsäuert von der Unruhe im Korridor. Es knisterte, die Luft war voll von den vielen, divergierenden Gefühlen, den Gefühlen der Angst und der Wut, dem Hoffen und Zagen, sie blähten sich auf und ballten sich wieder zusammen zu einem einzigen, konzentrierten, gefährlichen Wurfgeschoss, das keiner führenden Hand bedurfte.

Am Rauchertisch sass Zeus. Es war seine Stunde, die, die Bonifazius Wasserfallen ihm verschrieben hatte, die Auslaufstunde, um seinen mangelnden Antrieb zu steigern, wenn auch niemand wusste, wozu das gut sein sollte. Er, Zeus, dachte nicht darüber nach. Zeus dachte überhaupt nicht mehr. Mit angstverzerrtem Gesicht sass er am Rauchertisch, nein, halb stand er, die Hände auf die Tischplatte gestützt, Hände, die ihn nicht mehr halten wollten, nicht ihn, Zeus, den Eisgeher am Rauchertisch im Korridor der Männer E. Man hatte ihn mit brachialer Gewalt aus dem Isolierzimmer H geschleppt, um Wasserfallens Befehle zu befolgen, um die Stunde des Auslaufs einzuhalten, ungeachtet des lachhaften Widerspruchs, der sich aus der Tatsache ergab, dass Zeus nicht lief, nicht um den Rauchertisch lief, nicht ein einziges Mal, nicht eifrig rasend, wie man es sonst vom Laufen unruhiger Patienten gewohnt war. Zeus stand, halb aufgerichtet, am Rauchertisch, die Augen angstgeweitet, der rasselnde Atem streifte die Meute. Und Zeus schrie, er schrie das Elend in Grund und Boden, wollte von ihm verschlungen sein, schrie sich in eine Ekstase, die nichts Menschliches mehr an sich hatte, schrie sich das wunde Herz aus allen Poren, den Götterleib in den Wahnsinn, schrie, dass es durch den Korridor hallte und tausendfach echote in den Köpfen der Meute, in den Köpfen der Kranken und in den Köpfen der Wärter, dass es auch im Kopf der Presskopf widerhallte, die jetzt nicht mehr ganz so ungerührt war und aufmerksam auf Flucht sann, falls es die Situation verlangen sollte.

Hinter Zeus stand Gottlob Abderhalden, der sich im Beobachten von Zeus' Zustand mit Bonifazius Wasserfallen ablöste und den Auftrag hatte, nicht einzugreifen, solange keine unmittelbare Gefahr für Leib und Leben bestand. Vor Zeus die lamentierenden, kreischenden, singenden, betenden, Köpfe wundschlagenden, wild gestikulierenden, händeringenden, einander umarmenden Patienten, allem tröstlichen Irrsinn in ihren Köpfen ergeben.

Rosa Zwiebelbuch trennt sich, von niemandem beachtet, vom Wäschekorb, steht einen Augenblick stumm, still inmitten der rasenden Menge, wächst über sich hinaus, wächst in ein grosses Schweigen hinein, unberührt vom tosenden Lärm. Sie nimmt den Schrei auf, Zeus' Schrei.

Es ist etwas Eigenartiges um diesen ganz persönlichen Ton. Er ist jedem Menschen eigen, wie seine Gerüche, der Angstgeruch beispielsweise oder der Geruch seiner Brunst. Wie auch immer er sich vernehmlich macht, ob schreiend, flüsternd, ob weinend oder lärmend, ob mit polternder Grobschlächtigkeit oder zärtlichem Geplapper, immer ist es SEIN Ton, unverkennbar, selbst in der Masse sucht er den Zwilling, lockt ihn hervor, will ihn verzaubern, verschlingen, rauben, will ihn sich einverleiben, um eins zu werden, um sich und nur sich zu sein im andern, dem Zwillingston.

Rosa Zwiebelbuch nimmt Zeus' Ton auf, geht auf ihn zu, tritt ihm nahe, bis sich ihre Körper berühren, die eine des andern Atem spürt. Rosa Zwiebelbuchs EINAUGENBLICK, Rosas Auge forscht in den angstgeweiteten Augen, saugt sich im Abgrund der Augen fest, sieht, sieht endlich ihr Leben, sieht ihre Wahrheit, ihr Geheimnis, vor das man sich während all der Jahre stellte, ihr den Weg verstellte, damit sie nicht sah. Rosa sieht mit dem Auge der Thetis, schaut mit dem Auge der Thetis das Leid, das ihr angetan wurde, dieses viele Leid, an dem sie trug, und von dem sie nicht wusste, woher es kam. SIEHTDIEVÄTER. Jetzt endlich.

Rosa Zwiebelbuch hat den Ton aufgenommen, hat ihn eingefangen, den Ton, sie hat ihn an ihrer Leine, an der lebendigen Schnur, die zu aller Ursache führt, lasst nicht los, kann nicht loslassen, will nicht loslassen den Ton. Ihre hartgewordene Hand schnellt ins Haargestrüpp vor ihr, krallt sich fest, zieht IHN hinunter zu sich mit der Kraft, die wächst, mit dem Rosaleib wächst, der sich endlich zur Welt bringt. Der einstige Riese fällt in die Knie, geht zu Boden, kann den Fall nicht aufhalten, auch die Meute kann es nicht und nicht die in den weissen Schürzen. Sie halten den Atem an mit Staunen, im Entsetzen, wer weiss schon, sie wissen nicht, was geschieht.

Abderhaldens versteinertes, in aller Einfältigkeit versteinertes Gesicht wäre eine fotografische Aufnahme wert. Auch Wasserfallens ängstliche Neugier. Auch die Presskopf, peinlich berührt. Aber selbstverständlich denkt niemand daran, nicht daran und nicht an etwas anderes, es rotiert das Wurfgeschoss, das keiner Führung bedarf, starr wartet die Meute.

Einen Augenblick lang steht die Zeit still, wird durchsichtig, hält der Wahnsinn den Atem an, schaut das Rosaauge fast liebevoll auf den zuckenden Körper unter ihr, auf den Mann, dem sich das Gemächt willenlos aufbäumt, es schlägt gegen ihre Lenden, gegen ihren Leib, den er vor langer Zeit ohne anzuklopfen betreten hatte, sie nicht sehen lassend, wer der Einbrecher war. Ein garstiges Brüllen ist zu hören, ehe die Rosa die Zähne entblösst und sich mit einer einzigen blitzschnellen Bewegung am göttlichen Hals festbeisst, zubeisst, die reissenden Zähne nicht lösen kann vom göttlichen Fleisch, bis sich, endlich, eine Blutfontäne ergiesst, in den Mund der Rosa ergiesst. Die säuft und säuft von dem Blut, grunzt und stöhnt und weiss sich sicher. Mit ihrem schweren Körper zwingt Rosa Zwiebelbuch den feindlichen Leib nieder; das wild zuckende Gemächt unter ihr, die Hände im Haargestrüpp des Giganten vergraben, zwingt sie sich Zeus' Kopf zu Willen, saugt und trinkt und grunzt und stöhnt, lässt alle Fürze fahren, Wasser, Kot, Schreie. Will nicht aufhören, die Rosa, damit es nicht ende, die tobende Wut hat endlich ihren Ort gefunden. Mit einem tiefen Stöhnen nimmt Rosa Zwiebelbuch Zeus in Besitz; um das Söhnchen noch einmal und gierig zu empfangen, nimmt sie das Blut auf, das sprudelnde, Zeus' Blut. Der will sich aufrichten, um die Frau zu sehen, die rasende, sieht im Auge der Frau den Tod, sieht ihn und lacht. Lacht sein olympisches Gelächter, hält sich die Meute vom Leib mit seinem Gelächter, die zurückweicht und stumm auf das Paar gafft, das vereinte. Zeus lacht und grölt jetzt ein letztes Mal, er hat im Auge der

Zwiebelbuch das Geschick begriffen, dem nicht auszuweichen ist, auch nicht als Zeus, lacht sich das Gemächt schwach und die Todesangst, stirbt.

Rosa Zwiebelbuch fühlt mit dem letzten, glücklichen Rülpser den Frieden, der jedem Göttertrank folgt, hört die Stille einkehren ins Herz, das geplagte, fühlt das Wunder im Leib, das Wunder des Zorns, will sich ein letztes Mal verströmen, will weit werden dem Gieren, öffnet ihm den Leib, dass es eintrete, sie befruchte, befriede, fühlt das Herz stillstehn vor Glück, ein kurzes Zögern nur und eine kleine, niederträchtige Angst. Rosa kommt, kommt an.

Hände zerren an der tobenden Rosa. Das Auge der Thetis liegt zerbrochen neben Zeus, der sich nicht mehr rührt.

Letzte Notiz: Im Gasthaus zu den Heiligen Drei Königen schliesst der Augenkünstler Adolf Stauch ein weiteres Mal seine Augen. Seinen Brief hatte er vor Wochen getreulich beendet. Einen Brief allerdings, der Bonifazius Wasserfallen nie erreichte, da er im Kopf entstand und Stauch das Papier scheute.

Quellenhinweis:

Bei allen mit * versehenen Textstellen handelt es sich um wortgetreue Zitate aus den Schriften des Poeten Gilbert Tassaux. Er starb am 25. Januar 1983 in der psychiatrischen Klinik Waldau in Bern, er wurde von einem Mitpatienten erschlagen. In seinen Notizen (Nachlass) und selbst verlegten Schriften nannte sich Tassaux oft Zeus. In seinem letzten Werk, "Die Folter", beschrieb er seinen Leidensweg durch eine entmenschlichte Psychiatrie. Gilbert Tassaux war mein Freund. Ihm verdanke ich diese Geschichte.

Bei R♀F erschienen:

Ansichtsseiten
Aphorismen von Ruth Mayer. Mit einer Einführung von Ingeborg Drewitz und 2 Linolschnitten von Françoise Holzer.
2. erweiterte Auflage. 48 Seiten

Bewegte Frauen
Bisher unveröffentlichte literarische Mitteilungen (Prosa und Lyrik) zeitgenössischer Autorinnen, herausgegeben von Ruth Mayer. Mit einem Redebeitrag von Meret Oppenheim und einem Linolschnitt von Françoise Holzer. 104 Seiten

Anfällig sein
Prosa und Lyrik (Erstdrucke) bekannter und unbekannter Schriftstellerinnen, herausgegeben von Ruth Mayer. Mit einem Vorwort von Ingeborg Drewitz und Zeichnungen von Annemie Fontana. 120 Seiten

Im Beunruhigenden
Die dritte R♀F-Textsammlung mit erstmals publizierten Prosa- und Lyrikbeiträgen von Frauen, herausgegeben von Ruth Mayer. Mit einer Einleitung von Salomé Kestenholz und einem Linolschnitt von Françoise Holzer. 128 Seiten

FRAUEN erfahren FRAUEN
Prosaische und poetische Texte (Erstveröffentlichungen) von 33 Autorinnen, herausgegeben von Ruth Mayer. Mit einer Collage von Françoise Holzer. 136 Seiten

SIE WILL WISSEN wie weit ihre Kühnheit sie forträgt
oder
Warum radikalisieren sich Frauen?
Biografien französischer Revolutionärinnen von Salomé Kestenholz. Mit einem Vorwort von Laure Wyss und mehreren Fotografien. 110 Seiten

EIN INSELSOMMER
Erzählungen und Gedichte von Rosemarie Egger. Mit 13 fotografierten Eisenobjekten der Autorin. 112 Seiten